EIN BESCHÜTZER FÜR AVERY

SEALs of Protection: Legacy, Buch 6

SUSAN STOKER

EBENFALLS VON SUSAN STOKER

SEALs of Protection: Legacy
Ein Beschützer für Caite
Ein Beschützer für Brenae
Ein Beschützer für Sidney
Ein Beschützer für Piper
Ein Beschützer für Zoey
Ein Beschützer für Avery
Ein Beschützer für Kalee (1 Mar 2024)
Ein Beschützer für Jane (1 Apr)

Die SEALs von Hawaii:
Die Suche nach Elodie
Die Suche nach Lexie
Die Suche nach Kenna
Die Suche nach Monica
Die Suche nach Carly
Die Suche nach Ashlyn
Die Suche nach Jodelle

Das Bergungsteam vom Eagle Point

Ein Retter für Lilly
Ein Retter für Elsie
Ein Retter für Bristol
Ein Retter für Caryn
Ein Retter für Finley
Ein Retter für Heather
Ein Retter für Khloe

Die Zuflucht in den Bergen

Zuflucht für Alaska
Zuflucht für Henley
Zuflucht für Reese
Zuflucht für Cora
Zuflucht für Lara
Zuflucht für Maisy
Zuflucht für Ryleigh

Delta Team Zwei

Ein Held für Gillian
Ein Held für Kinley
Ein Held für Aspen
Ein Held für Jayme
Ein Held für Riley
Ein Held für Devyn
Ein Held für Ember
Ein Held für Sierra

Die Delta Force Heroes:

Die Rettung von Rayne
Die Rettung von Emily
Die Rettung von Harley
Die Hochzeit von Emily
Die Rettung von Kassie
Die Rettung von Bryn

Die Rettung von Casey
Die Rettung von Wendy
Die Rettung von Sadie
Die Rettung von Mary
Die Rettung von Macie
Die Rettung von Annie

Mountain Mercenaries:
Die Befreiung von Allye
Die Befreiung von Chloe
Die Befreiung von Morgan
Die Befreiung von Harlow
Die Befreiung von Everly
Die Befreiung von Zara
Die Befreiung von Raven

Ace Security Reihe:
Anspruch auf Grace
Anspruch auf Alexis
Anspruch auf Bailey
Anspruch auf Felicity
Anspruch auf Sarah

SEALs of Protection:
Schutz für Caroline
Schutz für Alabama
Schutz für Fiona
Die Hochzeit von Caroline
Schutz für Summer
Schutz für Cheyenne
Schutz für Jessyka
Schutz für Julie
Schutz für Melody
Schutz für die Zukunft

SUSAN STOKER

Schutz für Kiera
Schutz für Alabamas Kinder
Schutz für Dakota

Eine Sammlung von Kurzgeschichten
Ein langer kurzer Augenblick

KAPITEL EINS

Cole »Rex« Kingston war nicht glücklich.

Genauso wenig wie seine Teamkameraden.

Sie waren gerade von einer Mission zurückgekommen, nur um gleich wieder zu einer weiteren aufzubrechen. Das war es jedoch nicht, was sie unglücklich machte; sie waren gelegentlich direkt aufeinanderfolgende Missionen gewohnt. Aber diese war etwas Persönliches. Für Rex sogar noch mehr als für die anderen. Nicht nur, dass Militärangehörige ihres eigenen Stützpunktes entführt worden waren, auch die Frau, in die Rex sich verliebt hatte, war eine der Vermissten.

Rex flirtete schon seit Wochen mit Marinekrankenschwester Leutnant Avery Nelson und fand immer wieder Gründe, das Krankenhaus auf dem Stützpunkt aufzusuchen, in dem sie arbeitete, um mit ihr zu reden. Er mochte ihr Lächeln, ihren Sinn für Humor und die Art und Weise, wie sie immer bereit war, den anderen Krankenschwestern zu helfen. Er merkte, dass sie von ihren Kolleginnen und Kollegen sehr respektiert wurde.

Auch körperlich fühlte er sich sehr zu der Frau hingezogen. Sie hielt sich fit, hatte aber Kurven, die ihre Uniform gut ausfüllten. Was er jedoch *wirklich* liebte, waren ihre bezaubernden Sommersprossen und ihr rotes Haar.

Rex hatte noch nie viel über die Haarfarbe einer Frau nachgedacht. Er war mit Blondinen, Brünetten und Frauen mit schwarzen Haaren zusammen gewesen. Aber die Kombination aus Averys roten Locken und ihren Sommersprossen hatte etwas, das ihn ansprach.

Und jetzt wurde sie vermisst. Gefangen genommen von einer Gruppe von Aufständischen, die in der Stadt und in den Höhlen in der Nähe des Militärstützpunktes lebten, auf dem sie in Afghanistan stationiert war.

Vielleicht würde er nie wieder ihr ansteckendes Lachen hören oder ihre süßen Sommersprossen sehen können. Er hätte nie damit warten sollen, sie um eine Verabredung zu bitten. Er hatte keine Ahnung, warum er nicht getan hatte, was er tun wollte. Er hoffte nur, dass es noch nicht zu spät war, dass das Team Avery finden würde und er die Chance hätte, ihr zu sagen, wie faszinierend er sie fand und wie gern er sie besser kennenlernen wollte.

Die Jungs des SEAL-Teams waren vor vierundzwanzig Stunden in dem Land eingetroffen und hatten so viele hilfsbereite Menschen befragt, wie sie finden konnten – was sie jedoch erfahren hatten, war nicht gut.

Zwei Armeeangehörige, die zwei der mit Waffen beladenen Lastwagen zum Militärstützpunkt gefahren hatten, waren als Geiseln genommen worden. Die Fahrzeuge selbst waren ebenfalls verschwunden, was schlecht war. Sehr schlecht. Die Aufständischen verfügten jetzt über eine große Menge an Feuerkraft.

Aus irgendeinem Grund wurde auch Leutnant Avery Nelson vermisst. Sie gehörte zum Krankenpflege-Korps der Marine. Sie war mit einem Sonderauftrag im Land gewesen, um die einheimischen Frauen in Gesundheitsvorsorge zu unterrichten. Es hätte keinen Grund geben sollen, sie zu entführen, zumal sie nichts mit dem Waffenkonvoi zu tun hatte. Offenbar hatte sie aber in einer kleinen Praxis in der Nähe des Angriffsortes gearbeitet und war nach der Zerstörung des Gebäudes zusammen mit den Fahrern der Lastwagen entführt worden.

Rex' Team hatte großes Glück gehabt und einen Einheimischen gefunden, der zu reden bereit war. Wenn jemand herausfand, dass der Mann den Amerikanern geholfen hatte, würde er wahrscheinlich auf der Stelle getötet werden. Ebenso seine Familie. Seine Kinder und seine Frau würde man vermutlich vorher foltern. Die Aufständischen würden an ihm ein Exempel statuieren.

Sprich mit den Amerikanern und stirb.

Der Mann hatte von den Rebellen den Befehl erhalten, zu den Waffen zu greifen, um die ungläubigen Amerikaner aus dem Gebiet zu vertreiben. Aber ein Amerikaner hatte seine Frau davor bewahrt, bei der Geburt ihres Kindes zu sterben. Ein Soldat, der über vierundzwanzig Stunden lang bei seiner Frau in ihrem Haus geblieben war, während sie in den Wehen lag. Ohne diese Frau hätte er keine Familie. Sowohl sein Kind als auch seine Frau wären gestorben. Das war vor drei Jahren gewesen, und der Mann hatte es nie vergessen.

Äußerlich gehorchte er, aber er wusste aus erster Hand, dass nicht alle Amerikaner schlecht waren.

Als er demnach gesehen hatte, wie die amerikanische Frau gefangen gehalten wurde, als er geschickt wurde, um sich mit einer aus dem Konvoi gestohlenen Waffe auszurüsten, war der Mann angewidert gewesen. Er hatte sie als eine der Krankenschwestern erkannt, die dort waren, um die Frauen über Geburten zu unterrichten. Sie wollte ihnen helfen und sie nicht töten.

Mitten in der Nacht hatte er sich aus seiner kleinen

Hütte geschlichen und seine Frau und sein Kind zurückgelassen, um zum Militärstützpunkt zu kommen und den Soldaten zu erzählen, was er gesehen hatte.

Glücklicherweise waren Rex und sein Team dort gewesen. Über einen Dolmetscher hatten sie von dem Standort der tief in den Bergen liegenden Höhle erfahren, in der Avery als Geisel gehalten wurde.

Es war ein großer Glücksfall. Ohne diese Information hätten sie jeden Quadratzentimeter absuchen müssen, was ein Himmelfahrtskommando gewesen wäre.

Jetzt machten sie sich bereit, in die Berge vorzudringen, um Avery und hoffentlich auch die beiden vermissten Männer zu finden, obwohl der Einheimische nicht erwähnt hatte, Letztere gesehen zu haben.

Kurz bevor sie aufbrechen wollten, kam ein Oberstabsfeldwebel in den Raum, der ihnen als Kommandoposten diente, und teilte ihnen mit, dass sie gerade die beiden vermissten Gefreiten gefunden hatten.

Sie waren verstorben.

Die Information ließ Rex' Herzschlag in die Höhe schnellen.

»Und der Leutnant?«, fragte er.

»Keine Spur von ihr«, antwortete der Oberstabsfeldwebel.

Das hätte eigentlich eine schlechte Nachricht sein müssen, aber im Moment gab es für Rex nichts Besseres.

»Der Verlust Ihrer Männer tut uns sehr leid«, sagte Rocco zu ihm. »Wo wurden sie gefunden?«

»Ihre Leichen wurden am Straßenrand außerhalb der Stadt abgelegt«, erklärte der Oberstabsfeldwebel.

»Wie war ihr Zustand?«, fragte Gumby.

Der andere Mann verzog das Gesicht. »Nicht gut. Sie wurden mit Sicherheit gefoltert. Ihre Fußsohlen waren aufgerissen, als hätten sie lange Zeit barfuß gehen müssen.

Sie hatten auch ziemlich viel Gewicht verloren, also vermuten wir, dass sie in den Tagen nach dem Angriff wahrscheinlich ausgehungert wurden.«

Rex knirschte mit den Zähnen. Der Gedanke, dass Avery so behandelt wurde wie die Gefreiten, löste in ihm den Wunsch aus, jeden zu töten, der es wagte, sie auch nur anzurühren.

»Geschätzter Todeszeitpunkt?«, fragte Rocco.

Der Oberstabsfeldwebel schüttelte den Kopf. »Das ist schwer zu sagen. Aber wir schätzen innerhalb des letzten Tages oder so. Wie Sie wissen ist die Hitze hier draußen extrem, es ist also möglich, dass der Tod erst sehr kürzlich eingetreten ist.«

»Danke, dass Sie es uns mitgeteilt haben«, sagte Phantom. »Es wäre schlecht für uns, nach jemandem zu suchen, der bereits gefunden wurde.«

Der Mann nickte. »Wollen Sie wirklich nicht, dass einige meiner Männer mit Ihnen gehen? Ich habe ein Team von Army Rangers, die bereit sind.«

»Danke, aber nein«, sagte Rocco. »Seit wir Informationen von dem Augenzeugen bekommen haben, ist unser Plan, in die Berge zu gehen, den Leutnant zu finden und von dort zu verschwinden. Je mehr Leute wir dabeihaben, desto sichtbarer werden wir sein. Aber noch einmal, danke.«

»Keine Ursache. Ich bin nicht glücklich darüber, dass der Konvoi angegriffen wurde. Das war kein Zufall. Der Stützpunkt wird ständig von Lastwagen angefahren und verlassen. Die Einheimischen hätten unmöglich wissen können, dass wir genau zu diesem Zeitpunkt und an diesem Ort Waffen bekommen, es sei denn, sie hatten einen Informanten.«

»Sie glauben, Sie haben einen Verräter?«, fragte Bubba.

Der Oberstabsfeldwebel nickte. »Ja, das glaube ich. Und ich werde herausfinden, wer es war, und ihn oder sie an die

Wand nageln. Die Konsequenzen dieser Waffen in den Händen der Rebellen gehen über den Mord dieser beiden Gefreiten und die Entführung des Marine-Leutnants hinaus. Unsere Mission hier hat dadurch einen großen Rückschritt in Bezug auf den Frieden in der Region gemacht. Da der Feind jetzt so gut bewaffnet ist wie wir ... Ich muss nicht erwähnen, dass das jeden – unschuldige Zivilisten und Militärangehörige gleichermaßen – in extreme Gefahr bringt.«

Rex nickte zusammen mit seinen Teamkameraden. Er wusste so gut wie sie alle, wie gefährlich die Situation durch den Diebstahl der Waffen geworden war. Gewehre, Granaten, Kugeln, Panzerfäuste und sogar die eine oder andere Rakete waren von einem Augenblick zum anderen verschwunden. Der Gedanke, dass einer der eigenen Leute, ein amerikanischer Soldat oder Matrose, sein Land verraten hatte, war ein vernichtender Schlag ins Gesicht.

Aber im Moment machte Rex sich mehr Sorgen um Avery. Sie war seit fast zwei Wochen verschwunden, der Gnade von gefährlichen und skrupellosen Männern ausgeliefert. Er betete, dass ihre Quelle recht hatte und sie sich immer noch in der Höhle befand, in der sie zuletzt gesehen worden war. Er hasste den Gedanken, dass die freundliche Frau, die um eine Verabredung zu bitten er zu feige gewesen war, gefoltert und vergewaltigt wurde.

Rex atmete tief durch, drehte sich, um zum zehnten Mal seine Ausrüstung zu überprüfen, während Rocco sich um den Oberstabsfeldwebel kümmerte, und vergewisserte sich, dass er alles dabeihatte, was sie brauchen würden, sollten sie den vermissten Leutnant finden. Zusätzliche Kleidung, ein Paar Stiefel – da ihre Quelle sagte, dass sie ihrer eigenen beraubt worden war –, Wasser, Nahrung, Energiegels und Verbandsmaterial. Er hatte keine Ahnung, in welchem

Zustand sie Avery vorfinden würden, aber er betete so inbrünstig wie noch nie zuvor, dass sie noch am Leben war.

Er hasste es, dass er vor ihrer Abreise aus Kalifornien nicht den Mut gehabt hatte, sie um eine Verabredung zu bitten. Er wusste besser als die meisten anderen, wie kurz das Leben war. Aber aus irgendeinem Grund hatte er beschlossen, sie nach ihrer Rückkehr aus Übersee einfach zu besuchen und zu fragen, ob sie Lust auf einen Kaffee hätte. Oder auf ein gemeinsames Mittagessen. Dann Abendessen. Aber jetzt hatte sich alles geändert.

Er hatte keine Ahnung, in welchem Zustand – körperlich und geistig – sie sein würde, selbst wenn sie sie lebend fänden. Vielleicht würde sie nie wieder von einem Mann berührt werden wollen. Ihr sonniges Gemüt könnte für immer getrübt sein.

Der Gedanke, dass die schöne Frau, zu der er sich hingezogen fühlte, fast zu Tode geprügelt wurde, machte ihn so wütend, wie er es noch nie gewesen war.

Er hob den extrem schweren Rucksack hoch und setzte ihn sich über seiner Wüstentarnuniform auf. Sie waren im Begriff, sich in sehr unwegsames Gelände zu begeben – nichts, was sie nicht schon getan hatten. Aber dieses Mal war es für Rex etwas Persönliches.

Halte durch, Avery, dachte er, als er sich umdrehte, um Rocco zuzuhören, der ihnen letzte Anweisungen gab. *Halte einfach durch. Wir kommen dich holen.*

KAPITEL ZWEI

Avery Nelson saß mit dem Rücken an der rauen Felswand hinter ihr und öffnete die Augen ... allerdings war alles noch immer genauso schwarz wie zuvor. Sie wurde langsam verrückt, denn sie hatte keine Ahnung, wie viel Zeit seit ihrer Verschüttung in der Höhle vergangen war.

Sie wusste, dass seit ihrer Gefangennahme mindestens eine Woche verstrichen war. Eine Panzerfaust hatte das Haus getroffen, das als Praxis diente und in dem sie einige afghanische Frauen über Geburten unterrichtet hatte, und ein Stück der Decke war ihr auf den Kopf gefallen. Sie war nach draußen gestolpert, direkt in die Arme der Terroristen, die gerade einen Lastwagenkonvoi entführten, der durch die Stadt fuhr.

Sie war nicht bewaffnet gewesen. Sie gehörte nicht einmal zu dem Waffenkonvoi. Sie war eine Krankenschwester der Marine, die den Bewohnern des Dorfes half. Dennoch war sie sich ziemlich sicher, dass sie wusste, warum sie hier war. Der Mann, der sie in die Berge geschleppt hatte, hatte es ziemlich deutlich gemacht. Und sie hatte keine Chance gehabt, sich zu wehren, nicht wirklich. Sie war nicht gerade zierlich. Mit ihren eins siebenundsiebzig war sie größer als viele der Männer, mit denen sie arbeitete. Aber durch ihre Kopfverletzung und die ganze Verwirrung war sie den größeren, furchterregenderen Aufständischen nicht gewachsen gewesen.

Sie hatten sie zusammen mit den Waffen, die sich in den Lastwagen befanden, in die Berge verschleppt und Avery verprügelt. Sie hatten sie am Fußgelenk gefesselt und sich einen Spaß daraus gemacht, sie psychisch sowie physisch zu quälen.

In der Zwischenzeit gingen in der Höhle Männer ein und aus, um die gestohlenen Waffen der US-Armee zu holen. Es hatte eine Woche gedauert, bis sie alle verteilt waren. Und nach diesen sieben Tagen – in denen sie geschlagen, ausgelacht, angespuckt und praktisch ausgehungert worden war – waren sie alle verschwunden.

Aber nicht bevor sie den Eingang der Höhle in die Luft gesprengt und sie ohne jeglichen Ausweg darin eingeschlossen hatten.

Scheiß drauf.

Avery hatte es geschafft, mit einem Stein die Glieder der Kette zu zertrümmern, die sie am Boden festhielt, und ein Rinnsal Wasser genutzt, das an einer Wand ihres Grabes herunterlief, um am Leben zu bleiben.

Sie hatte geglaubt, Hunger zu kennen, aber nach einer Woche ohne Nahrung wusste sie jetzt, was Hunger *wirklich* bedeutete. Das Wasser hielt sie am Leben, aber sie war schwach und benommen, weil sie nichts gegessen hatte, seit sie in diesem Berg festsaß.

Nachdem sie von den Terroristen verprügelt worden war und dann tagein, tagaus Steine bewegt hatte, in der Hoffnung, sich selbst zu befreien, schrie jeder Muskel in ihrem Körper vor Schmerz. Ihre Fingernägel waren wahrscheinlich völlig abgenutzt. Ihr Kopf pochte noch immer von der

Gehirnerschütterung, die sie zu Beginn ihrer Tortur erlitten hatte, und ihre Rippen schmerzten noch von den Schlägen.

Aber verdammt, sie war am Leben.

Die Mistkerle hatten es vermasselt, indem sie ihr keine Kugel ins Gehirn gejagt hatten, bevor sie sie in der Höhle begruben. Offensichtlich dachten sie, sie hätten sie entweder mit ihrer letzten Tracht Prügel getötet – der bis dahin brutalsten –, oder sie würde verschüttet hinter den Trümmern am Eingang der Höhle sterben.

Avery war stärker als das.

Sie würde sich ihren Weg aus der Höhle herauskämpfen, und wenn es noch ein Jahr dauerte.

Avery weigerte sich, über die Tatsache nachzudenken, dass sie ohne Nahrung nicht einmal einen Monat durchhalten würde. Sie war voll und ganz darauf konzentriert, einen Stein nach dem anderen zu bewegen, bis sie sich befreit hatte.

Aus irgendeinem Grund hatten sie sich nicht sexuell an ihr vergangen, wofür sie mehr als dankbar war. Sie trug immer noch ihre hellbraune Tarnuniformhose und ein olivgrünes T-Shirt. Ihre Füße pochten, weil die Entführer ihr am ersten Tag in ihrer Gesellschaft Schuhe und Socken abgenommen hatten. Sie hatten sie festgehalten, während einige ihrer Kumpane mit einem Stock auf ihre Fußsohlen einschlugen. Es hatte so verdammt wehgetan, aber jetzt konnte sie nicht mehr viel spüren. Sie nahm an, dass ihre Füße sich an die ihnen zugefügten Misshandlungen gewöhnt hatten, seit sie dort war, oder dass die Nerven beschädigt waren.

Auf jeden Fall war es schön, nicht mehr über sie nachdenken zu müssen.

Als sie einen Felsbrocken von der Größe ihres Kopfes aufhob, spürte Avery, wie ihre Muskeln vor Anstrengung zitterten. Verdammt. Sie hatte keine Ahnung, dass das

Bewegen von Steinen so anstrengend sein konnte. Wenn sie nach Riverton und zum Marinestützpunkt zurückkam, würde sie mit Wolf reden. Er und sein Team von ehemaligen SEALs waren für die Ausbildung der Möchtegern-SEALs zuständig. Sie würde vorschlagen, dass sie einen Berg von Felsbrocken besorgten und die Rekruten den ganzen Berg Stein für Stein bewegen ließen. Im Handumdrehen wären sie ein Haufen Brei.

Der Gedanke an zu Hause war tröstlich, er gab ihrem schwächelnden Lebensmut Auftrieb. Avery liebte das Leben an der Westküste. Sie liebte den Strand und das milde Klima. Und sie liebte es, Krankenschwester zu sein. Es machte ihr Spaß, anderen zu helfen. Einer ihrer Lieblingseinsätze war die Höllenwoche für die Männer, die SEALs zu werden versuchten.

Oh, sie sah ihnen nicht gern dabei zu, wie sie in der kalten Brandung litten oder versuchten, jede unmögliche Aufgabe zu erfüllen, die ihre Ausbilder ihnen auferlegten. Aber sie liebte die Kameradschaft und die Entschlossenheit derjenigen, die es schafften. Am Ende der Woche waren sie dehydriert, litten oft an Unterkühlung und waren buchstäblich so erschöpft, dass sie kaum aufrecht stehen konnten ... aber der Stolz in ihren Gesichtern, da sie wussten, dass sie die brutalen Bedingungen überlebt hatten, war wunderschön.

Avery hatte nicht den Wunsch, ein SEAL zu sein. Ihre Stärken lagen darin, anderen zu helfen. Sie konnte gut mit Menschen umgehen, konnte sie beruhigen, wenn sie verletzt waren. Und sie war eine Problemlöserin. Das war sie immer gewesen und würde es immer sein.

So wie jetzt.

Sie hatte ein Problem, und sie würde es lösen oder bei dem Versuch sterben. Buchstäblich.

Das Problem waren die Tonnen von Steinen zwischen ihr und der Freiheit.

Um es zu lösen, musste sie die Felsbrocken nur einen nach dem anderen wegschaffen. Stück für Stück. Kleine Schritte.

Das sagte sie auch ihren Patienten, wenn sie nach Hause gehen wollten. Gesund werden. In den aktiven Dienst zurückkehren.

Als Avery mit dem Stein an der Brust los kroch, landete ihr Knie auf einem scharfen Splitter auf dem Boden der Höhle. Sie schnappte vor Schmerz nach Luft und streckte instinktiv eine Hand aus, um sich abzufangen, als sie zu fallen begann – ließ dabei jedoch den Stein fallen und schlug sich die Stirn daran an.

»Scheiße!«, rief sie aus und hob eine Hand an den Kopf, um die getroffene Stelle zu befühlen. Gott sei Dank spürte sie kein Blut, aber der Unfall war nicht ihr erster in letzter Zeit. Mit jeder Stunde, die verging, wurde sie ungeschickter und unkoordinierter.

Sie beschloss, dass es an der Zeit war, eine Pause zu machen, und kroch vorsichtig zurück zu der Nische, in der sie festgehalten worden war, bevor die Terroristen den Eingang der Höhle gesprengt hatten. Sie war nicht durstig, aber sie hielt trotzdem inne, um etwas von dem tropfenden Wasser aufzulecken. Alles, um die Leere in ihrem Bauch zu füllen.

Dann legte sie sich auf den Rücken und starrte nach oben. Es war stockdunkel, aber sie konnte sich dennoch die felsige Decke der Höhle über ihrem Kopf vorstellen. Sie hatte stundenlang wach gelegen und sie angestarrt, als die Terroristen noch da gewesen waren.

Avery spürte, wie sie in eine Depression versank, die sie sich nicht leisten konnte, und konnte nicht umhin, an all die Dinge zu denken, die sie noch nicht getan hatte. All die

Dinge, die sie unbedingt noch tun *wollte*, aber so wie es aussah, würde sie es wahrscheinlich nicht mehr lebend rausschaffen.

Ganz oben auf dieser Liste? Den Mut aufzubringen, den gut aussehenden SEAL, der immer öfter im Krankenhaus vorbeikam, auf eine Verabredung einzuladen.

Ihre Kolleginnen hatten ihr gesagt, dass er nur kam, um sie zu sehen und mit ihr zu reden, aber sie hatte ihnen nicht geglaubt.

Dann, kurz bevor sie das Land verließ, war sie sich sicher gewesen, dass er sie um eine Verabredung bitten würde. Die Art, wie er sie ansah, hatte Avery dazu gebracht, ihren Freundinnen schließlich zu glauben.

Normalerweise stand sie nicht auf Männer mit Bärten jeglicher Art, schon gar nicht mit Vollbärten wie seinem. Aber bei ihm war die Gesichtsbehaarung einfach köstlich. Er hatte dichtes schwarzes Haar, das zu lang für einen normalen Marinesoldaten war. Sie wusste, dass die SEALs aufgrund ihrer verdeckten Arbeit einen gewissen Spielraum bei der Körperbehaarung hatten.

Sie hatte sich umgehört und erfahren, dass sein Name Cole Kingston war. Seine Freunde nannten ihn Rex, aber Avery zog Cole vor. Seine Augen waren dunkel, fast so schwarz wie die Kohle, auf die sein Name hindeutete. Und einmal, als er in seinem Trainingshemd ins Krankenhaus gekommen war, hatte sie einen Blick auf die bunten Tattoos an seinem rechten Arm erhascht. Sie fragte sich, ob er noch mehr hatte.

Es war nicht normal für Avery, über das Aussehen eines Mannes zu fantasieren. Normalerweise interessierte sie sich mehr dafür, wie er sich verhielt. War er eingebildet? Guckte sie auf sie herab, weil sie »nur« eine Krankenschwester war? Benahm er sich wie ein Baby, wenn er verletzt wurde?

Aber sie konnte einfach nicht fassen, wie gut Cole aussah.

Deshalb hatte sie sich eingeredet, dass er auf keinen Fall *ihretwegen* immer wieder im Krankenhaus erschien.

Sie war nichts Besonderes. Sie hatte dichtes rotes Haar, aber meistens war sie zu beschäftigt, um etwas damit zu machen. Wenn sie sich zu lange in der Sonne aufhielt, bekam sie noch mehr der schrecklichen Sommersprossen auf ihren Wangen und ihrer Nase. Ihrer Erfahrung nach gefiel es den Männern nicht wirklich, dass sie so groß war. Sie mochten lieber zierliche Frauen. Und Avery hatte Muskeln. Sie konnte schneller laufen als viele Männer und schaffte sogar mehr Klimmzüge als manche von ihnen. All das zusammengenommen, eine sportliche, unabhängige, kluge, große, sommersprossige Frau ... das sorgte für einige einsame Nächte.

Aber aus irgendeinem Grund kam Cole immer wieder ins Krankenhaus zurück. Er war nur wenig größer als sie, und wenn sie Absätze trug, wäre sie mit Sicherheit auf Augenhöhe mit ihm. Er war gut gebaut, sah sogar ein bisschen gefährlich aus. Und sie war sich sicher gewesen, dass er sie bei ihrem letzten Aufeinandertreffen um eine Verabredung bitten würde. Und Averys Antwort wäre ja gewesen. Scheiße, ja!

Aber dann war in einem Zimmer in der Nähe ein Alarm losgegangen und sie hatte nach dem Patienten sehen müssen.

Sie hatte Cole sagen wollen, er solle warten, sie sei gleich wieder da, aber er hatte ihr keine Chance gelassen. Er hatte gelächelt und ihr gesagt, sie solle vorsichtig sein und sie würden sich sehen, wenn sie aus Afghanistan zurückkäme.

Seufzend öffnete Avery die Augen, nur um tiefste Schwärze zu sehen. Es war so verwirrend. Sie wusste, dass ihre Augen offen waren, und das bedeutete, dass sie *irgend-etwas* sehen sollte, aber alles, was sie sah, war Schwärze um sie herum.

Avery traf eine Entscheidung – falls sie aus dieser Höhle herauskam, es irgendwie den Berg hinunter in Sicherheit schaffte und wieder nach Kalifornien zurückkehrte, würde sie Cole Kingston ausfindig machen und *ihn* um eine Verabredung bitten.

Wenn er ablehnte, war das in Ordnung, aber sie hatte es satt, sich zurückzulehnen und auf die Dinge zu warten, die sie in ihrem Leben haben wollte. Und sie wollte mit Cole ausgehen. Sie wollte in einem Restaurant neben ihm sitzen und so viel wie möglich über ihn erfahren. Und sie wollte am Ende des Abends seine Lippen auf ihren spüren. Sie wollte herausfinden, wie es sich anfühlte, von einem Mann mit Vollbart geküsst zu werden. Würde es kitzeln? War er beim Essen unordentlich und würde es sie anwidern, wenn etwas davon in seiner Gesichtsbehaarung hängenbliebe? Wusch er seinen Bart unter der Dusche, so wie er die Haare auf seinem Kopf wusch?

Es gab so viel, was sie nicht über ihn wusste, aber sie wollte es herausfinden.

Und verdammt noch mal, wenn sie aus diesem verdammten Loch in der Seite des Berges herauskam, würde sie genau das tun.

Mit wiedererlangtem Lebensmut nahm Avery einen tiefen Atemzug und setzte sich auf. Wenn sie Cole um eine Verabredung bitten wollte, musste sie sich in Bewegung setzen. Sie würde noch zehn Steine bewegen. Danach würde sie eine kurze Pause einlegen und zehn weitere Steine bewegen. Dann wieder zehn. Schließlich würde sie so viele bewegt haben, dass sie sich in die Freiheit hindurchquetschen konnte.

Avery ging auf Hände und Knie und kroch langsam und

vorsichtig zurück zur Öffnung der Höhle. Sie hob einen weiteren Stein auf, drehte sich um und warf ihn nach rechts, weg von dem Weg zu der Nische mit dem Wasser.

Einer erledigt, noch neun übrig.

Ein Kinderspiel.

KAPITEL DREI

Rex und Phantom bewegten sich leise und stetig auf die Höhle zu, in der Avery laut ihrem Informanten festgehalten wurde. Rocco und Gumby waren hinter ihnen, Ace und Bubba hielten nach Aufständischen in der Nähe Ausschau.

Keiner von ihnen war glücklich darüber, dass sie auf niemanden gestoßen waren. Wenn ein Kriegsgefangener in der Nähe war, hätte es in der Gegend von Bösewichten nur so wimmeln müssen. Die Tatsache, dass es menschenleer zu sein schien, war kein gutes Zeichen. Ganz und gar nicht.

Da sie nicht in Betracht ziehen wollten, dass ihr Informant gelogen haben könnte, gingen Rex und Phantom weiter. Das Gelände war unwegsam, aber das konnte daran liegen, dass sie die Straße mieden, die direkt an der Seite des Berges zu ihrem Ziel führte.

Sie waren vorsichtig gewesen und bewegten sich langsam, um keine Aufmerksamkeit zu erregen, aber es sah so aus, als hätten sie einfach die Straße hinaufgehen können, da sie keinen einzigen Menschen gesehen hatten.

»Mir gefällt das nicht«, sagte Phantom.

»Mir auch nicht«, stimmte Rex zu.

»Sind wir sicher, dass der Typ ehrlich zu uns war?«

Rex zuckte mit den Schultern. »Er schien in Ordnung zu sein, aber ...« Er verstummte, als sie über einen Berggrat in der Nähe ihres Ziels kletterten.

»Was ist los?«, fragte Phantom.

Rex runzelte die Stirn und wandte sich an seinen Freund. »Sind wir sicher, dass wir die richtigen Koordinaten haben?«

»Absolut.«

Rex deutete auf die Seite des Berges, der vor ihnen lag. »Wo ist dann die verdammte Höhle?«

Phantom schaute sich um und fluchte. »Scheiße.«

Rex' Herz schlug schneller und er griff nach dem Knopf, mit dem er sein Funkgerät einschalten konnte. »Rocco, kannst du die Koordinaten für das Ziel bestätigen?«

Es dauerte eine Minute, aber dann hatte er Roccos Stimme im Ohr, die ihm genau das sagte, was er in sein eigenes GPS eingegeben hatte. »Warum, was ist los?«

»Wir sind bei diesen Koordinaten«, erklärte Phantom. »Und wir sehen lediglich einen Haufen Felsen an der Seite des Berges.«

Eine Sekunde lang sagte niemand etwas. Dann fragte Bubba: »Irgendwelche Anzeichen von Feinden in der Nähe?«

»Nein, nichts«, sagte Rex. »Es ist ruhig. Zu ruhig.«

»Glaubt ihr, das ist eine Falle?«, warf Gumby ein.

»Es fühlt sich nichts falsch an«, sagte Rex zu seinem Team. »Ich meine, es kommt mir nicht so vor, als kämen wir hier gleich in einen Hinterhalt.«

»Moment – oh, Scheiße«, sagte Phantom.

Rex schaute seinen Freund an. »Was?«

»Sieh mal«, erwiderte er und deutete auf die Felsen am Berghang. Dann zeigte er nach oben. »Es sieht aus, als hätte es vor Kurzem einen Erdrutsch oder so etwas gegeben. Siehst du, wie der Fels dort oben dunkler ist? Als wäre er seit Hunderten von Jahren nicht mehr der Sonne ausgesetzt gewesen.«

»Verdammt!«, fluchte Rex.

»Was?«, fragte Ace ungeduldig über das Funkgerät.

»Wir waren verwirrt, weil wir hier oben keine Höhle gesehen haben, aber wir glauben, dass wir Beweise für eine kürzliche Explosion sehen, durch die der Eingang eingestürzt ist.«

»Verflucht«, murmelte Rocco.

»Außerdem gibt es eine Menge Reifenspuren, die an der Seite des Berges hinaufführen. Spuren, die scheinbar ins Nirgendwo führen. Ich würde alles wetten, was ich habe, dass sich hier einer der vermissten Lastwagen befand, wie unser Informant gesagt hat.«

»Und wo ist der Leutnant?«, fragte Ace.

»Hinter diesen Felsen«, sagte Phantom ohne jegliche Unsicherheit in der Stimme.

Rex bewegte sich schnell auf die Stelle zu, an der sich der Eingang der Höhle hätte befinden sollen. Je näher er kam, desto deutlicher wurde, dass die Aufständischen den Eingang gesprengt und dabei versiegelt hatten.

Interessanterweise sah es so aus, als hätte derjenige, der den Sprengstoff gelegt hatte, nicht gewusst, was er tat, und zu viel davon verwendet. Die Felsen waren in Stücke gesprengt worden. Ja, es gab einige große Felsbrocken am Eingang, aber es gab wesentlich mehr kleinere, basketball- bis faustgroße Felsen.

Rex sah Phantom an, als er neben ihm auftauchte, und sein Freund schaute zurück.

Ohne ein Wort zu sagen, bückte Rex sich, nahm einen großen Stein und hievte ihn hinter sich. »Wenn wir auch sonst nichts weiter tun können, so können wir diese Felsbrocken benutzen, um die Straße für anderen Verkehr zu blockieren«, sagte Rex, während er einen weiteren aufhob.

»Du weißt, dass sie bei der Explosion hätte getötet werden können, oder?«, fragte Phantom leise, während er sich neben seinen Freund stellte, um die Höhle freizulegen, von der sie beide wussten, dass sie sich hinter den Felsen befinden musste.

»Ich weiß.«

»Oder sie könnten ihr einfach in den Kopf geschossen haben, bevor der Eingang gesprengt wurde.«

»Ich *weiß*«, wiederholte Rex.

»Aber wenn sie etwas davon getan haben, warum haben sie ihre Leiche nicht einfach dort liegen lassen, wo man sie finden könnte, wie bei den anderen beiden?«, fragte Phantom rhetorisch.

Rex ignorierte seinen Freund und bewegte weiter Steine, so schnell er konnte.

»Rocco, wir brauchen Hilfe«, sagte Phantom ins Funkgerät. »Ace und Bubba können Wache halten, aber wenn du und Gumby zu den Koordinaten kommen könntet, wir haben hier einen Haufen Steine, die wir wegschaffen müssen, bevor irgendwelche Aufständischen wieder hierherkommen.«

»Gut, dass ich diesen Bagger in meiner Tasche habe«, scherzte Gumby.

Rex schüttelte den Kopf, hörte aber nicht auf zu arbeiten. Meistens amüsierte ihn das Geplänkel seiner Freunde, aber im Moment konnte er gar nichts lustig finden.

Avery war hinter diesen Steinen. Er wusste es. Er hatte keine Ahnung, in welchem Zustand sie sich befand, aber wie Phantom schon gesagt hatte, musste es einen Grund geben, dass sie ihre Leiche nicht gefunden hatten. Es musste einen Grund geben, warum die Aufständischen die Höhle blockiert hatten, anstatt sie einfach zu verlassen, nachdem

EIN BESCHÜTZER FÜR AVERY

sie alle Waffen weggebracht hatten. Der einzige Grund, den er sich vorstellen konnte: Avery war noch am Leben und sie wollten nicht, dass jemand sie fand.

Aber warum?

Rex nickte Phantom zu, als er sich vorbeugte, einen weiteren Stein nahm und sein Bestes tat, um den Höhleneingang freizulegen.

Es war verrückt, sie hatten keine Ahnung, wie viel Geröll sich zwischen ihnen und dem Eingang befand, aber Rex würde nicht aufhören, bis sie ein Loch geschaffen hatten, das groß genug war, damit einer von ihnen hindurchklettern konnte ... oder damit Avery herausklettern konnte.

Bald gesellten sich auch Rocco und Gumby zu ihnen. Die vier Männer arbeiteten unermüdlich, warfen kleinere Steine aus dem Weg und versuchten gemeinsam, die größeren Felsbrocken zu bewegen. Sie waren schon mindestens anderthalb Stunden damit beschäftigt, und es sah nicht so aus, als hätten sie Fortschritte gemacht. Aber der Steinhaufen, der sich hinter ihnen auf der rauen Schotterstraße auftürmte, täuschte über diesen Eindruck hinweg.

Ungefähr alle fünfzehn Minuten hielten sie inne und Rex rief Averys Namen. Er konnte nicht so laut sein, wie er wollte, da sich in den Schluchten und Hügeln der Schall leicht übertrug, aber wenn Avery hinter der Steinmauer war, wollte er alles tun, was er konnte, um sie wissen zu lassen, dass er da war. Dass sie nicht mehr allein war.

Averys Hände zitterten jetzt ununterbrochen. Sie wusste, dass sie in letzter Zeit nicht annähernd genügend von den Steinen bewegt hatte. Sie wurde langsamer, was sowohl ärgerlich als auch beängstigend war.

»Mach einfach weiter«, sagte sie laut in dem Versuch, sich zu motivieren.

»Auf der anderen Seite dieser Felsen ist ein riesiger Cheeseburger. Nein, ein Stapel Zimtpfannkuchen. Ein Eis am Stiel.« Von all den verschiedenen Speisen zu träumen, die sie gern essen würde, verbesserte ihre Situation nicht wirklich, aber sie konnte nicht anders.

Eigentlich hatte sie nicht einmal mehr Hunger, was kein gutes Zeichen war, und das wusste sie. Mit dem Wasser, das sie getrunken hatte, konnte sie noch eine ganze Weile leben, aber ihr Körper würde mit jedem Tag, der ohne Nährstoffe verging, schwächer und schwächer werden.

Irgendwann würde sie gar nicht mehr aufstehen können und nur noch daliegen. Und wenn sie nicht zu ihrer Wasserquelle gelangen konnte, ginge es mit ihr schnell bergab. Bis sie einfach die Augen schloss und starb.

Dieser Gedanke reichte ihr, um entschlossen den Kopf zu schütteln.

»Nein!«, rief sie laut.

Das Wort hallte in der Höhle wider, als würde es sie verhöhnen. Also sagte sie es noch einmal, diesmal lauter. »Nein!«

Dann noch einmal. »*Nein!*«

Als sie ihren Frust losgeworden war, keuchte sie bereits. Sie weigerte sich, darüber nachzudenken, wie aufgeschmissen sie war, wenn das Schreien sie erschöpfte. Aber sie fühlte sich besser –

»Avery?«

Sie erstarrte.

Bildete sie sich jetzt schon ein, Dinge zu hören? Sie hätte schwören können, ihren Namen gehört zu haben … aber das war doch verrückt, oder?

»*Avery?*«

Heilige Scheiße – da war es wieder! Und dieses Mal *wusste* sie, dass es keine Halluzination war.

»Ich bin hier!«, schrie sie, während sie verzweifelt an den Felsen kratzte, welche sie von der Person auf der anderen Seite trennte, die ihren Namen rief. »Lasst mich nicht zurück! Ich bin hier!«

Rex sah zu Phantom hinüber, als sie sich beide bückten, um einen weiteren Stein von dem Haufen wegzuräumen.

»Hast du das gehört?«, fragte Phantom.

Rex nickte, und beide Männer beugten sich näher zu den Steinen vor ihnen.

»Nein! *Nein!*«

»Verdammt noch mal!«, rief Phantom.

Rex beugte sich vor und brüllte: »Avery?«

Alle vier Männer hielten den Atem an, als sie auf eine Antwort warteten. Sie warteten darauf, ob es tatsächlich der vermisste Leutnant war, den sie vor einer Sekunde gehört hatten.

Als sie keinen Ton vernahmen, rief Rex erneut ihren Namen.

Dann hörten sie alle die verzweifelte Antwort. »Ich bin hier! Lasst mich nicht zurück! Ich bin hier!«

Rex' Herz fühlte sich an, als würde es ihm aus der Brust schlagen.

»Wir kommen!«, schrie Rex zurück und alle vier Männer begannen hektisch, Steine in alle Richtungen zu werfen, in dem verzweifelten Versuch, zu der Frau auf der anderen Seite durchzubrechen.

Es dauerte viel zu lange und Rex' Hände und Rücken brachten ihn um, als er nach einem kleinen Felsbrocken griff, der gut und gern dreißig Kilo wog – und hörte, wie eine kleine Lawine von Steinen und Felsen auf der anderen Seite fiel.

Sie hatten die Steine von oben nach unten abgetragen, um zu verhindern, dass der Haufen von oben herabstürzte und jeden Fortschritt zunichtemachte. Jetzt betete Rex, dass Avery durch den Minieinsturz nicht noch mehr verletzt worden war als ohnehin schon, und riss mit seinen Händen den Stein weg – woraufhin oben eine kleine Öffnung zum Vorschein kam. Rex spähte hinein.

Er sah nichts als Dunkelheit.

Er wandte den Blick nicht von der Öffnung ab, sondern griff mit einer Hand nach hinten und stieß hervor: »Taschenlampe!«

Innerhalb von Sekunden hatte einer seiner Teamkameraden ihm eine Taschenlampe in die Hand gedrückt. Sie war klein, aber der Lichtstrahl war erstaunlich stark. Rex schaltete sie ein und richtete den Strahl auf das Loch.

Was er sah, verschlug ihm fast den Atem.

Avery Nelson kniete auf der anderen Seite des Erdrutsches. Sie hatte den Kopf gedreht und schützte ihre Augen vor dem winzigen Sonnenstrahl, der durch das von ihnen gegrabene Loch hereinfiel, und wahrscheinlich auch vor seiner Taschenlampe. Sie war von Kopf bis Fuß mit Schmutz bedeckt und wog mindestens zehn Kilogramm weniger als beim letzten Mal, als er sie gesehen hatte. Aber sie war am Leben. Das war im Moment alles, was ihn interessierte.

Mit einer kurzen Bewegung der Taschenlampe sah Rex, dass überall in der Höhle Steine um sie herum lagen, einige ordentlich an den Rändern des Bereichs, in dem sie kniete, andere scheinbar willkürlich hingeworfen. Es sah so aus, als hätte sie dasselbe getan wie er und sein Team, indem sie die Steine einen nach dem anderen entfernte. Es überraschte ihn nicht, dass sie nicht weinend in einer Ecke gesessen oder einfach darauf gewartet hatte, gerettet zu werden. Sie tat aktiv alles, was sie konnte, um sich selbst zu retten. Und er hatte keinen Zweifel daran, dass sie es irgendwann herausgeschafft hätte. Sie hatte aus eigener Kraft verdammt große Fortschritte gemacht.

»Avery?«, fragte er, als sie sich nach einigen Augenblicken immer noch nicht bewegt hatte.

Sie nickte, aber sie sah ihn nicht an und nahm ihre Hand nicht von den Augen.

Als er merkte, dass er ein Idiot war, senkte Rex das Licht so, dass es nicht in ihr Gesicht schien. Das Sonnenlicht strömte immer noch in die Höhle, aber wenigstens blendete er sie nicht mehr. Er wandte sich an Phantom. »Ich muss da rein.«

»Geht es ihr gut?«, fragte sein Freund.

»Ich weiß es nicht. Aber so wie sie aussieht, ist sie in schlechter Verfassung.«

Nickend begannen Rocco, Gumby und Phantom, weitere Steine aus dem Loch zu ziehen, das sie freigelegt hatten. Innerhalb von fünf Minuten hatten sie die Öffnung so groß gemacht, dass Rex hindurchschlüpfen konnte.

»Das gefällt mir nicht«, sagte Rocco. »Wir können es nicht gebrauchen, dass noch mehr Steine herunterkommen und euch *beide* da drin begraben. Hol sie verdammt noch mal raus, damit wir von diesem beschissenen Berg runterkommen.«

Nickend drehte Rex sich auf den Bauch, steckte seine Beine durch das Loch und rutschte rückwärts hinein. Langsam ließ er seinen Körper hinuntergleiten und spürte, wie kleinere Steine unter seinen Füßen nachgaben, als er sich in die Höhle hinabließ.

Seine Augen brauchten einen Moment, um sich anzupassen. Die hereinströmende Sonne gab ihm zwar genügend Licht, um sehen zu können, aber hinter der Felswand war es im Vergleich zu draußen praktisch immer noch schwarz. Er beugte sich vor und legte seine helle Taschenlampe so auf den Boden, dass der Lichtstrahl zur Decke gerichtet war, um die Umgebung noch besser auszuleuchten und Averys Zustand und die Situation im Allgemeinen besser einschätzen zu können.

Aus der Nähe sah sie noch schlimmer aus als aus seinem vorherigen Blickwinkel. Ihre Haut war blass, ihr Haar hing schlaff und lose um ihre Schultern. Ihr Gesicht war mit Prellungen übersät, sie hatte eine aufgeplatzte Lippe und er sah, dass auch ihre Arme blaue Flecke in Form von Fingern aufwiesen.

Sie hatte keine Schuhe, wie ihnen gesagt worden war, und um einen ihrer Knöchel war eine Metallmanschette gelegt. Ihre Fingernägel waren abgebrochen und rau, darunter befand sich Schmutz. Das olivgrüne T-Shirt, das sie trug, war dreckig und am Saum zerrissen, aber er war erleichtert, dass sowohl das Hemd als auch ihre Hose noch intakt waren.

Avery versuchte, von ihrem Platz auf dem Boden zu ihm hochzuschauen, aber ihre Augen waren zu so schmalen Schlitzen zusammengekniffen, dass er nicht glaubte, dass sie viel sehen konnte.

»Ich weiß, dass es hell ist, gib deinen Augen Zeit, sich daran zu gewöhnen«, sagte er zu ihr.

»Ich habe schon seit ... na ja, ich weiß nicht genau, wie lange ich kein Licht mehr gesehen habe. Aber es kommt mir wie Wochen vor.«

Unfähig, sich zurückzuhalten, streckte Rex sich und nahm eine ihrer Hände in seine. Sie klammerte sich an ihn, als wäre er das Einzige, was zwischen ihr und dem sicheren Tod stand, was vielleicht auch der Fall war.

»Bist du verletzt? Kannst du aufstehen?«, fragte er. Er musste sie da rausholen, nicht nur, weil es ihn krank machte, sie in dieser Situation zu sehen, sondern auch, weil er sich äußerst bewusst war, dass jederzeit jemand zurückkommen könnte, um nach der Gefangenen zu sehen und sich zu vergewissern, dass sie noch da war, wo sie zurückgelassen worden war.

»Nein und ja«, antwortete sie und kniete sich hin, um sich aufzurichten. Sie hatte seine Hand nicht losgelassen, und Rex würde es auch nicht vorschlagen. Er half ihr auf die Beine – und merkte, wie schwach sie war, als sie schwankte.

»Tut mir leid«, murmelte sie.

»Du brauchst dich nicht zu entschuldigen«, sagte Rex ein wenig zu barsch. Bewusst milderte er seinen Tonfall, als er fragte: »Hast du etwas gegessen?«

»Nicht wirklich. Ich glaube nicht, dass die schimmeligen und alten Brotkrusten, die sie mir zu ihrer eigenen Unterhaltung zugeworfen haben, gezählt haben«, entgegnete sie trocken.

»Wie zum Teufel kannst du stehen?« fragte Rex, mehr sich selbst als sie.

»Ich bin stur«, antwortete Avery. »Und sie haben mir zwar nichts zu essen gegeben, aber sie haben mich in einer Höhle mit meiner eigenen Wasserquelle zurückgelassen.« Sie deutete hinter sich. »Da ist ein kleines Rinnsal an der hinteren Wand. Ich habe so viel getrunken wie möglich.«

»Braves Mädchen.« Die Worte waren leicht chauvinistisch, aber Rex konnte sie nicht zurückhalten. Mit jeder Sekunde, die er mit dieser Frau verbrachte, war er mehr und mehr beeindruckt. In Kalifornien hatte er sie wegen ihres Lächelns, ihres Aussehens und ihrer Scharfsinnigkeit gemocht. Aber wie er schnell feststellte, steckte in Avery ein Kern von Stärke, der viel attraktiver war als ihre Haarfarbe oder wie gerade und glänzend ihre Zähne waren.

»Wenn du mich vor dem Umfallen bewahren kannst, bin ich bereit, von hier zu verschwinden«, sagte sie.

Rex trat näher heran und legte einen Arm um ihre Taille. »Ist das in Ordnung?«, fragte er, da er nicht zu den schrecklichen Erinnerungen beitragen wollte, die sie möglicherweise daran hatte, was ihr in Gefangenschaft angetan worden war.

Sie nickte und schlang ihren eigenen Arm um ihn, hielt den Kopf gesenkt und klammerte sich mit überraschender Kraft an seinem Hemd fest. »Ja. Schau mal, wir haben die perfekte Größe, um ein dreibeiniges Rennen zu gewinnen«, scherzte sie.

Rex schnaubte. Es war kein richtiges Lachen, denn er konnte sich nicht dazu durchringen, in einem solchen Moment zu lachen, aber er stimmte mit ihrer Einschätzung überein. Sie passten perfekt zusammen. Er führte sie zu dem Loch, durch das er die Höhle betreten hatte.

Sie kniff die Augen zusammen und tat ihr Bestes, um durch das Loch nach draußen in den hellen Sonnenschein zu schauen, aber es war offensichtlich, dass es ihr Schmerzen bereitete.

»Halt dich fest«, sagte er zu ihr, hob den Kopf und rief: »Phantom?«

»Genau hier«, antwortete sein Freund.

»Ich brauche deine Sonnenbrille.«

Ohne ein fragendes Wort erschien durch das Loch eine Hand mit der Sonnenbrille. Rex nahm sie und drehte sich zu Avery um. »Hier, die wird dir helfen, bis deine Augen sich angepasst haben.« Dann setzte er sie ihr auf, wobei er ihr die Haare hinter die Ohren strich.

Er hörte, wie sie erleichtert aufseufzte. »Danke, du hast ja keine Ahnung, wie ...« Ihre Stimme wurde leiser, als sie ihm schließlich ins Gesicht sah.

»Was?«

»*Cole?*«, flüsterte sie.

Diesmal musste Rex lachen, er konnte nicht anders. »Mann, es ist schon lange her, dass jemand mich so genannt hat. Woher kennst du meinen Namen?«

Sie zuckte mit den Schultern. »Ich habe möglicherweise herumgefragt«, gab sie freimütig zu.

»Du kannst mich Rex nennen«, sagte er und fühlte sich unglaublich geschmeichelt, dass sie mehr über ihn hatte herausfinden wollen. Er wusste, dass sie nur das Nötigste erfahren hatte. Aufgrund der Geheimhaltungsstufe der SEALs wäre alles, was über ihn gesagt wurde, allgemein bekannt gewesen.

»Danke, aber ich glaube, Cole gefällt mir besser. Ich kann nicht glauben, dass du hier bist«, sagte sie leise. Er konnte ihre Augen hinter den dunklen Gläsern der Sonnenbrille nicht sehen, spürte aber dennoch, wie sich ihr Blick in ihn hineinbohrte.

»Willst du mal mit mir ausgehen?«, platzte sie heraus.

Rex wusste, dass ihm der Mund offen stand, aber er konnte nicht glauben, was er gerade gehört hatte.

»Ich meine ...« Sie stockte angesichts seiner offensichtlichen Verwunderung. »Ich ... ich habe mir nur versprochen, dass ich mir das holen werde, was ich haben will, sollte ich jemals aus diesem Loch im Berg herauskommen.«

»Und du willst mich?« Rex konnte sich die Frage nicht verkneifen.

Er sah, wie ihre Wangen sich röteten, und es war ein willkommener Anblick. Sie war viel zu blass für seinen Geschmack. Sie zuckte mit den Schultern. »Ja.«

»Du solltest wissen, dass ich mir selbst in den Hintern getreten habe, dich aus Feigheit vor deinem Einsatz nicht auf einen Kaffee eingeladen zu haben«, gestand Rex.

Sie lächelten einander einen ruhigen Moment lang an, bevor Avery schwankte.

Und plötzlich erinnerte Rex sich daran, wo sie waren und was zum Teufel sie hier taten.

»Okay, du solltest locker durchkommen, du bist wesentlich weniger breit als ich«, sagte Rex zu ihr. »Ich werde dir helfen. Wenn ich dich anhebe, streckst du deine Arme aus dem Loch und meine Teamkameraden auf der anderen Seite werden dich festhalten und die ganze Arbeit übernehmen. Ich helfe von dieser Seite aus und passe auf, dass du nicht überall Kratzer bekommst, während du durchgezogen wirst. Klingt das gut?«

Avery nickte. Sie löste den Griff um seine Hand und trat näher an das Loch heran. Sie hob einen Fuß, woraufhin er sie festhielt und langsam hochhob. Ihre Arme verschwanden in das Loch, durch das er sich herabgelassen hatte, und innerhalb von Sekunden wurde sie von seinen Teamkameraden aus der Höhle gezogen.

Nachdem er sich die Taschenlampe geschnappt hatte, war Rex ihr dicht auf den Fersen. Er kam viel schneller aus der Höhle heraus, als er hineingelangt war, da seine Teamkameraden da waren, um ihm herauszuhelfen.

Kaum war er aus den Trümmern befreit, schritt er auf Avery zu, die neben Phantom stand. Der andere Mann hatte einen Arm um ihre Taille gelegt und sah aus, als würde er sie buchstäblich aufrecht halten.

Er betrachtete ihren Körper prüfend von Kopf bis Fuß. Sie war viel dünner, als sie es vor ihrem Einsatz gewesen war. Die blauen Flecke und Striemen auf ihrer Haut erschienen im Sonnenlicht noch deutlicher als in der Dunkelheit der Höhle. Sie war eindeutig geschlagen worden. Sie hielt sich mit einem Arm die Seite, während sie mit dem anderen das Tarnhemd von Phantom an der Taille umklammerte.

Die ganze Zeit, in der sie an ihrer Befreiung gearbeitet hatten, war es ruhig gewesen, aber natürlich meldete sich jetzt, da sie draußen waren, Bubbas Stimme über das Funkgerät. »Sieht aus, als bekämen wir bald Gesellschaft«, erklärte er.

»Scheiße, wie viele?«, fragte Rocco.

»Zwei Lastwagen mit einer unbekannten Anzahl von Feinden«, antwortete Bubba. »Sie rasen nicht den Hügel hinauf, aber sie machen auch keinen Sonntagsspaziergang. Ich vermute, dass sie einen Tipp bekommen haben, dass wir wegen des Leutnants hier sind, und sich vergewissern wollen, ob sie noch gefangen ist.«

»Sie ist verletzt«, sagte Gumby. »Wir müssen rausgeholt werden.«

Bevor ihr Teamkamerad antworten konnte, warf Avery entschlossen ein: »Ich kann gehen.«

»Leutnant Nelson –«, begann Gumby, aber sie unterbrach ihn.

»Ich. Kann. Gehen«, wiederholte sie. »Es wäre riskant, uns von einem Hubschrauber hier wegholen zu lassen. In diesem Konvoi waren Raketen und Panzerfäuste. Sie werden nicht zögern, uns damit abzuschießen. Es ist besser, wenn wir im Gelände verschwinden. Wenn sie uns nicht sehen können, können sie uns auch nicht töten.«

Das war ein gutes Argument, aber Rex wusste, dass er dasselbe dachte wie die anderen. »Du hast recht, aber die Frage bezieht sich eher auf deinen körperlichen Zustand. Du wurdest zwei Wochen lang gefangen gehalten. Dein Körper ist in keiner guten Verfassung, du hast nicht viel gegessen, wenn überhaupt etwas. Wenn du es nicht schaffst, bist du ein größeres Risiko, als wenn wir eine Hubschrauberevakuierung riskieren.«

Langsam griff Avery nach der Sonnenbrille in ihrem Gesicht. Sie nahm sie ab und neigte ihr Kinn, um ihm in die Augen zu sehen. Sie blinzelte und es war offensichtlich, dass das Sonnenlicht für ihre empfindlichen Augen immer noch schmerzhaft war, aber sie gab nicht nach. »Ich will verdammt sein, wenn es diesen Arschlöchern gelingt, mich nach allem, was ich durchgemacht habe, zu töten. Ich gebe zu, dass ich schwach bin und es eine Herausforderung sein wird, besonders ohne Schuhe, aber so wie ich mich gerade fühle, kann ich diesen verdammten Berg barfuß hinunterlaufen, wenn es das ist, was nötig ist, um ihnen zu entkommen.«

Beeindruckt von ihrer Stärke nickte Rex einmal und wandte sich dann an Gumby. »Überlege dir eine Route, die nicht über die Straßen führt. Sie hat recht, wir müssen nicht von unseren eigenen Waffen abgeschossen werden. Ich bin nicht abgeneigt, eine Hubschrauberevakuierung zu riskieren, aber nicht jetzt und nicht hier.«

»Rex«, sagte Rocco in einem Ton, der deutlich machte, dass er die Entscheidung nicht für richtig hielt, aber Rex ignorierte ihn.

Er nickte Phantom zu, schob ihn dann beiseite und legte selbst einen Arm um Averys Taille. Sein Team wusste bereits, was Avery ihm bedeutete. Sie mochten zwar kein Paar sein, aber die anderen wussten, dass er sich schon vor ihrem Einsatz für die Frau interessiert hatte. Die Tatsache, dass sie sich in Gefahr befunden hatte und offensichtlich verprügelt worden war, hatte seine Beschützerinstinkte nur noch verstärkt.

Er wusste, dass seine Teamkameraden sie bereits mochten. Sie hatten sie während des Trainings in Aktion gesehen, wie professionell sie mit den Verletzungen der Auszubildenden umgegangen war. Aber wenn sie jetzt ihre Stärke und Entschlossenheit im Angesicht ihrer offensichtlichen Schmerzen sahen, würden sie sie umso mehr respektieren und bewundern.

Rex führte sie zu einem Felsen und half ihr, sich zu setzen. »Das Herumlaufen auf diesen Felsen und dem heißen Sand tut verdammt weh«, sagte er, während er seinen Rucksack öffnete und hineingriff. »Wie wäre es, wenn du stattdessen ein Paar Socken und Stiefel anziehst?«

Avery hatte die Sonnenbrille wieder aufgesetzt, aber sie starrte ihn überrascht an.

»Wir hatten die Absicht, dich zu finden, Leutnant«, erklärte Rex. »Wir wussten aber nicht, in welchem Zustand du sein würdest, also haben wir für alles Notwendige gesorgt. Schuhe, Hemd, Hose, was immer du willst, wir haben es.« Er kramte weiter herum und holte einen kleinen Bolzenschneider heraus. Dann hob er ihren Fuß mit der Manschette hoch und machte sich daran, sie von dem rostigen Metall zu befreien.

Als er fertig war, schaute er finster auf ihren Knöchel hinunter. Er war aufgescheuert und blutete von dem Metall, das an ihrer Haut gerieben hatte. Es sah so aus, als hätte sie einen Streifen ihres T-Shirts um den Knöchel gewickelt, um das Scheuern zu verhindern, aber der war irgendwann verloren gegangen.

»Es sieht gar nicht so schlimm aus«, sagte Avery.

Rex blickte stirnrunzelnd zu ihr auf.

»Im Ernst. Es hätte viel schlimmer sein können. Ich bin froh, dass das Polster, das ich benutzt habe, funktioniert hat. Wenigstens ein bisschen.«

Kopfschüttelnd machte Rex sich daran, die Schnitte mit einem Alkoholtupfer zu reinigen. Sie zuckte zusammen, löste sich aber nicht aus seinem Griff und überließ es ihm, die Wunde so gut es ging zu verarzten.

»Wir müssen los«, mahnte Gumby.

Rex nickte und griff noch einmal in seinen Rucksack. Er zog eine kleine Tube heraus und reichte sie Avery. »Bis wir von hier weg sind, ist das das Beste, was ich tun kann. Du hast nicht gelogen, was das Wasser angeht, das du getrunken hast, oder?«

Sie schüttelte den Kopf. »Nein. Ich habe mich gezwungen, so viel wie möglich zu trinken.«

Er nickte. »Gut. Das ist ein kalorienreiches Eiweißgel. Es enthält außerdem Elektrolyte und Kohlenhydrate, die dir einen kurzen Energieschub geben.«

Avery nahm es von ihm entgegen und betrachtete es einen Moment lang.

In dem Wissen, dass sie nicht viel Zeit hatten, griff Rex nach einer der Socken, die er aus seinem Rucksack gezogen hatte. Er hätte es vorgezogen, ihre Füße sauber zu machen und zu waschen, bevor er ihr die Stiefel anzog, aber das musste warten.

»Ich ... danke«, sagte Avery.

Rex nickte. »Ich habe noch mehr davon in meinem Rucksack. Wenn du also denkst, dass dein Körper sie verträgt, sag mir Bescheid und ich gebe dir noch eins.«

Sie hatte Mühe, den Deckel der kleinen Plastiktube abzureißen, und Phantom half ihr dabei. Sie bedankte sich, als er sie ihr zurückgab, und führte sie dann an ihren Mund.

Gerade als Rex ihren zweiten Schuh zugebunden hatte, begann sie zu würgen. Sie hatte etwa die Hälfte des Päckchens zu sich genommen und versuchte, den Rest hinunterzubekommen.

»Langsam, Avery. Nicht so hastig.«

Ihre Hände zitterten, als er ihr beim Aufstehen half. »Es tut mir leid«, sagte sie. »Ich ... mein Hals ist wie zugeschnürt und es fällt mir schwer zu schlucken.«

»Das wundert mich nicht«, erwiderte Rex. »Es wird eine Weile dauern, bis dein Körper sich wieder ans Essen gewöhnt hat. Aber je mehr du runterkriegst, desto besser wird es dir gehen.«

Avery nickte. »Ich weiß. Ich versuche es.«

Rex war stolz auf sie. »Wie fühlen sich die Stiefel an?«

Avery atmete tief durch und hob erst einen Fuß, dann

den anderen, um die Passform zu testen. »Gut«, antwortete sie nach einem Moment. »Viel besser, als auf den Steinen und im Dreck zu laufen.«

»Wir müssen gehen«, erinnerte Gumby sie in warnendem Tonfall.

»Ich habe ein langärmeliges Hemd für dich«, sagte Rex zu Avery, »aber das muss warten, bis wir an einem sichereren Ort sind.« Er setzte seinen Rucksack auf und griff nach Avery. Er legte einen Arm um ihre Taille, um sie zu stützen, und drehte sie, bis sie von der Höhle weggingen. Sie würden den steilen Abhang auf der anderen Seite der Straße nehmen müssen. Sie konnten nicht einfach die Schotterstraße entlanggehen und den Aufständischen ausweichen.

»Ich lasse dich zu Fuß gehen, solange es die Mission nicht gefährdet«, erklärte Rex ihr. »Wenn es dazu kommt, muss ich dich vielleicht plötzlich hochheben und loslaufen. Schrei dann nicht, okay?«

Er beobachtete, wie Avery nickte. Er merkte, dass sie von dieser Aussicht nicht begeistert war, aber sie protestierte nicht.

»Meine Rippen tun etwas weh«, warnte sie ihn. »Sie sind nicht gebrochen, aber definitiv geprellt.«

Rex hasste es, das zu hören, nickte jedoch. »Ich werde so vorsichtig sein, wie ich kann, aber wenn wir schnell vorankommen müssen, werde ich dich wahrscheinlich unabsichtlich verletzen.«

»Besser du als sie«, erwiderte Avery ruhig.

Wieder einmal stieg sein Respekt vor ihr. Sie hatte offensichtlich die Hölle durchgemacht, aber sie tat ihr Bestes, es ihnen allen so leicht wie möglich zu machen.

»Komm schon. Lass uns von hier verschwinden«, sagte er zu ihr.

Innerhalb weniger Sekunden waren sie außer Sichtweite der Straße und der Höhle, in der sie die letzten zwei Wochen gefangen gehalten worden war. Hätten sie mehr Zeit gehabt, hätten sie wahrscheinlich ihr Bestes getan, um das von ihnen gegrabene Loch zu verdecken, damit ihre Entführer dachten, sie sei noch da. Jetzt würden sie mit einem Blick wissen, dass sie weg war. Aber es ließ sich nicht ändern.

Rex schaute zu Avery hinüber und sah, wie sie sich auf die Lippe biss, als er ihr den steilen Abhang hinunter half. Es war offensichtlich, dass Avery Schmerzen hatte, aber sie tat alles, was sie konnte, um zu helfen und kein Hindernis zu sein.

Sie hatten gerade den Fuß des Berges erreicht, als die ersten Geräusche der Lastwagen ihre Ohren erreichten. Rocco und Gumby beschleunigten das Tempo vor ihnen und Rex hielt Averys Taille fester. Hier in der Wüste gab es nicht viele Verstecke, aber mit jedem Schritt, bei dem Avery sich nicht beschwerte oder wimmerte, schwor er sich, alles zu tun, was nötig war, um sie sicher nach Kalifornien zu bringen.

KAPITEL VIER

Avery biss die Zähne zusammen und schaffte es irgendwie, ihre Schmerzensschreie zurückzuhalten. Jeder Schritt war eine Qual. Ihre Rippen schmerzten. Ihre Füße schmerzten. Ihre Augen schmerzten. Verdammt, sogar ihre Knochen taten weh. Der Nachgeschmack des Energiegels, das sie hinunterzuwürgen versucht hatte, war überwältigend, da sie so lange nichts mehr gegessen hatte. Er war sauer und süß zugleich. Ihre Geschmacksknospen waren überlastet und der Geschmack sowie die Konsistenz des Gels lösten in ihr den Wunsch aus, sich zu übergeben. In der Höhle, umgeben von völliger Dunkelheit, hatte sie gedacht, in der Hölle zu sein, aber das hier erschien ihr irgendwie schlimmer.

Sie zweifelte nicht daran, dass die Männer um sie herum in der Lage waren, sie sicher zum Stützpunkt zurückzubringen, aber im Moment wollte sie sich nur hinlegen und weinen.

Sie war Marineoffizier. Technisch gesehen war sie rang-höher als die SEALs, die zu ihrer Rettung geschickt worden waren. Auf keinen Fall würde sie vor ihnen Schwäche zeigen. Schon gar nicht vor Cole.

Sie war sich bewusst, dass er sie praktisch trug. Der Arm um ihre Taille trug so viel ihres Gewichts, dass sie kaum auf den Beinen war. Aber das war wahrscheinlich auch gut so, denn sie fühlte sich so wackelig und schwach, dass sie sich nicht sicher war, ob sie allein gehen könnte, egal wie sehr sie auf dem Gegenteil bestanden hatte.

Und das helle Sonnenlicht machte ihren Augen immer noch zu schaffen. Die Sonnenbrille half zwar, aber es war alles immer noch viel zu hell, als dass sie gut hätte sehen können.

Krankenschwester zu sein war sowohl ein Segen als auch ein Fluch. Es bedeutete, dass sie genau wusste, wie viel der menschliche Körper aushalten und wie lange er weiter funktionieren konnte, aber es bedeutete auch, dass sie sich jedes einzelnen Schmerzes bewusst war ... und was er bedeutete.

Ihr Magen war wahrscheinlich auf einen Bruchteil seiner normalen Größe geschrumpft, weil sie nichts gegessen hatte. Ihre Rippen waren vermutlich gebrochen. Die Schürfwunden an ihrem Knöchel, die sie sich durch die Fesselung zugezogen hatte, konnten leicht eine Infektion verursachen, die sich vielleicht über den Blutkreislauf nach oben ausbreiten würde. Sie hatte auf jeden Fall eine Gehirnerschütterung von der Wunde, die sie sich bei dem ursprünglichen Angriff auf den Konvoi zugezogen hatte, als das Gebäude mit der Praxis zusammenbrach. Und sie wollte gar nicht daran denken, welche Parasiten sie durch das Trinken des Wassers in der Höhle aufgenommen haben könnte.

Aber sie war am Leben.

Das wertete sie als Sieg.

Und jetzt halfen ihr vier – nein, sechs – SEALs bei der Flucht.

Das war viel besser, als sich allein durch die Wüste

schleppen zu müssen, um den Aufständischen zu entkommen.

»Worüber denkst du so angestrengt nach?«, fragte Cole.

Sie zuckte mit den Schultern und konzentrierte sich darauf, einen Fuß vor den anderen zu setzen. Einen Schritt nach dem anderen. Genau wie es ein Stein nach dem anderen gewesen war. Sie musste nur weiter vorwärtsgehen und würde belohnt werden, indem sie den Stützpunkt sicher erreichte.

»Nur über Dinge«, antwortete sie leise. »Zum Teil darüber, wie viel Glück ich habe. Als ich entführt wurde, war nichts anderes wichtig, als zu überleben. Nicht mein Job, meine kleinlichen Sorgen, mein Geschlecht, mein Rang oder sonst etwas. Es ging nur ums Überleben.«

»Du weißt, dass du ranghöher bist als wir«, sagte Phantom hinter ihr.

Der andere SEAL war direkt hinter ihnen gewesen, während sie den Hügel hinunter und weg von der Höhle gingen. Sie hatten den genauen Moment gekannt, als die Aufständischen merkten, dass ihre Gefangene entkommen war, da sie zu schreien angefangen hatten. Avery hatte einmal den Hügel hinaufgeschaut, nur um von Phantom gerügt zu werden.

»Schau niemals zurück, du kannst nichts daran ändern, dass dir die Bösen folgen. Du musst dich immer auf das konzentrieren, was vor dir ist. Auf Orte, an denen du dich verstecken kannst. Auf das, was du notfalls als Deckung nutzen kannst.«

Er hatte recht gehabt. Wenn man zurückschaute, brachte das einen nur ins Stolpern, und zwar in mehrfacher Hinsicht.

Avery zuckte bei Phantoms Bemerkung mit den Schultern.

»Willst du nicht anfangen, uns herumzukommandieren?«, fragte er.

Avery drehte den Kopf zu ihm und versuchte, seinen Tonfall zu interpretieren. Er war nicht streitlustig, entschied sie. Er hatte nur eine Frage gestellt ... aber es schien noch mehr dahinterzustecken.

»Warum sollte ich das tun?«, gab sie zurück.

Phantom antwortete nicht, durchdrang sie aber mit dem Blick aus seinen braunen Augen. Plötzlich war sie froh über die Sonnenbrille, die ihre Augen verdeckte, denn sie hatte das Gefühl, dass er viel zu viel lesen könnte, wenn er sie sähe. Es kostete sie ihre ganze Konzentration, einen Fuß vor den anderen zu setzen und nicht zu stolpern. Nicht dass Cole sie fallen lassen würde, aber sie wollte es nicht testen.

»Ihr habt viel mehr Erfahrung im Ausweichen als ich. Ihr seid stärker als ich. Außerdem seid ihr im Moment in einer besseren gesundheitlichen Verfassung. Das ist es, was ihr tut. Wenn das hier eine Kampfsituation wäre und wir Verwundete hätten, dann würde ich auf jeden Fall die Kontrolle übernehmen und Befehle geben. Ich weiß, dass ihr alle eine Sanitäterausbildung habt, aber ich bin hundertprozentig sicher, dass mein Wissen das eure übertrifft, wenn es um den medizinischen Bereich geht. Im Moment wäre ich eine Idiotin, meinen Rang dazu zu benutzen, euch Befehle zu erteilen. Das würde mich dumm aussehen lassen und ihr würdet jeden Respekt vor mir verlieren. Bis wir zurück auf dem Stützpunkt und in Sicherheit vor den Arschlöchern sind, die ihr Bestes getan haben, mich zu brechen und lebendig zu begraben, bin ich nur Avery. Nicht Leutnant Nelson.«

Avery blickte kurz zu ihm zurück. Es waren die richtigen Worte gewesen.

Phantom ließ die Schultern sinken und seine abwehrende Haltung ließ ein wenig nach. Er nickte ihr zu und ließ sich ein Stück zurückfallen, um ihr und Cole etwas Raum zu geben.

»Was sollte das denn?«, flüsterte Avery.

»Ich vertraue Phantom hundertprozentig«, sagte Cole zu ihr. »Wenn ich mir nur einen meiner SEAL-Kameraden aussuchen müsste, der mir den Rücken freihält, würde ich ihn wählen. Aber er hatte es nicht leicht im Leben. Soviel ich weiß war seine Kindheit die Hölle. Er lebte bei seiner Mutter und seiner Tante, die ihn extrem misshandelten. Er vertraut nicht leicht, vor allem Frauen. Gelegentlich ist er ein wenig zu unverblümt, und das kann ihn in Schwierigkeiten bringen. Das war seine Art, die Lage mit dir zu peilen.«

»Wenn ich ihm etwas befehlen würde, würde er es dann tun?«, fragte Avery.

Cole zuckte mit den Schultern. »Das kommt drauf an.«

»Worauf?«

»Ob es etwas wäre, das er sowieso tun würde.«

Avery konnte sich ein Kichern nicht verkneifen. »Natürlich.«

Cole lächelte sie an. »Aber im Ernst, er ist ein guter Mann. Er hat sich von seiner Kindheit nicht den Traum zerstören lassen, ein Navy SEAL zu werden. Er ist großartig in seinem Job und ich weiß ohne Zweifel, dass er alles tun wird, um dich in Sicherheit zu bringen.«

Avery nickte. Das war genau das, was sie hören musste. »Ich habe euch beim Training zugesehen«, sagte sie. »Ich weiß, dass ihr die Besten der Besten seid. Ich werde *mein* Bestes tun, um euch die Arbeit zu erleichtern, nicht zu erschweren.«

»Und wir wissen das zu schätzen. Wir müssen –«

Seine Worte wurden abrupt unterbrochen, als sie Rufe von der Straße hoch über ihnen hörten.

»Sie haben euch entdeckt«, bestätigte Ace über das Funkgerät.

»Was du nicht sagst«, erwiderte Rocco.

Ohne ein Wort zu sagen, drückte Cole Avery fester an sich und hob sie hoch, sodass ihre Füße über dem Boden schwebten. Die Position war unbequem, da sie praktisch an seine Seite gepresst war, aber er lief nicht weit. Er verschwand hinter einem großen Felsbrocken und Avery sank neben ihm auf die Knie, wobei sie ihr Bestes tat, den Schmerz durch seinen brutalen Griff an ihren Rippen zu ignorieren.

Cole nahm seinen Rucksack ab und reichte ihn Phantom, der neben ihm kniete. Der andere Mann steckte seine Arme durch die Träger, sodass er auf seiner Brust lag. Er zog die Gurte fest und nickte Cole zu.

Cole wandte sich von ihr ab und befahl: »Steig auf meinen Rücken.«

Avery schaute von ihm zu Phantom, dann wieder zu Cole. Sie wollte protestieren. Sie wollte sagen, dass sie zu schwer war. Zu groß. Zu ... *irgendetwas*, aber das würde sie nur Zeit kosten. Sie rutschte näher heran und kletterte vorsichtig auf seinen Rücken.

»Halt dich gut fest«, verlangte Cole. »Ich werde dich vielleicht nicht immer stützen können, also musst du alles tun, um dich festzuhalten. Benutze deine Beine, um dich an meine Seiten zu klammern, und was immer du tust, würge mich nicht mit deinen Armen. Du kannst sie um meinen Hals legen, aber schneide mir nicht die Luft ab, verstanden?«

Avery nickte. Das gefiel ihr nicht. Ganz und gar nicht. Aber sie hatte gerade erst versprochen, sie nicht infrage zu stellen, und sie wusste, dass sie Experten in solchen Dingen waren. Wenn Cole wollte, dass sie sich wie ein Affe an seinen Rücken klammerte, dann würde sie das tun.

»Und bevor du fragst, du wiegst weniger als mein Rucksack, also ist das kein Problem für mich, okay?«

Sie nickte und hielt sich an ihm fest, als er aufstand,

wobei sie sich so über ihn beugte, dass sie hinter dem Felsen versteckt blieben.

»Was machen sie?«, fragte Rocco Ace.

»Sieht so aus, als kämen sie hinter euch den Berg runter. Macht, dass ihr da wegkommt«, sagte Ace zu allen.

»Wenn sie so scharf darauf sind, dich tot zu sehen, warum haben sie dich dann nicht umgebracht, bevor sie die Höhle gesprengt haben?«, fragte Phantom.

Das hatte Avery sich auch schon gefragt. Sie hatte eine Ahnung warum, aber dies war weder der richtige Zeitpunkt noch der richtige Ort, um einen Plausch darüber zu halten.

»Wir müssen uns aufteilen«, sagte Rocco. »Gumby und ich gehen in Richtung Osten, zum Stützpunkt. Du und Phantom nehmt den Leutnant und geht in Richtung des Flusses nach Westen. Sie werden automatisch davon ausgehen, dass Avery zum Stützpunkt unterwegs ist. Mit all unseren Rucksäcken und auf diese Entfernung werden sie nicht so leicht erkennen können, zu welcher Gruppe sie gehört. Sie werden sich aufteilen müssen, um uns beiden zu folgen. Mit etwas Glück sieht Avery wie ein weiterer Rucksack aus, solange sie den Kopf unten hält, zumindest für kurze Zeit. Wir bleiben in Kontakt und planen einen Abzug. Wir wären wohl besser das Risiko mit dem Hubschrauber eingegangen, aber jetzt ist es zu spät. Bereit?«

Alle um sie herum nickten.

Avery wollte am liebsten sagen, dass sie *nicht* bereit war. Dass sie in Richtung des Stützpunktes gehen wollte, der Sicherheit repräsentierte. Sie wollte sich nicht weiter davon entfernen. Aber sie blieb stumm. Sie wusste genau, dass diese Männer ihr Leben für sie aufs Spiel setzten. Das hasste sie genauso sehr wie alles andere. Wenn einem von ihnen etwas zustieße, würde sie sich verantwortlich fühlen. Es war albern, sie hatte sich nicht selbst entführt, aber das Gefühl war trotzdem da.

»Sei vorsichtig«, murmelte sie leise, bevor Rocco sich abwandte.

Er lächelte sie an. »Immer. Ich habe eine Frau, die zu Hause auf mich wartet. Nichts wird mich von ihr fernhalten.«

»Ich zähle bis drei«, sagte Cole. »Eins. Zwei. *Drei.*«

Auf das letzte Wort hin liefen die vier Männer los. Wie geplant gingen Rocco und Gumby in Richtung Osten, Phantom und Cole gen Westen.

Avery zog den Kopf ein und hielt sich verzweifelt fest, während Cole lief. Sie konnte nicht glauben, wie geschickt und schnell er sich mit ihr auf dem Rücken bewegen konnte. Phantom war direkt hinter ihnen, vermutlich um ihr Deckung zu geben, da sie auf Coles Rücken völlig ungeschützt war.

Sie wichen nach links und rechts aus und nutzten jeden verfügbaren Felsbrocken als Deckung. Avery tat ihr Bestes, keine Last zu sein. Sie bemühte sich bewusst, Cole nicht zu würgen, und ihre Oberschenkel zitterten von der Anspannung, sich an seine Seiten zu klammern.

Über und hinter ihnen hörten sie Rufe, aber weder Cole noch Phantom wurde langsamer. Angesichts der Erschütterungen während des Laufens wurde Avery übel, weshalb sie die Augen schloss. Auf keinen Fall wollte sie sich auf Cole erbrechen. Nicht dass sie etwas im Magen gehabt hätte, das sie hätte hochwürgen können – abgesehen von den wenigen Portionen des Eiweißgels, die sie hinuntergebracht hatte.

Sie spürte, wie sie sich immer mehr im Zickzack bewegten, und als sie die Augen öffnete, sah Avery, dass das raue Wüstenklima einem grüneren Terrain gewichen war.

Je näher sie dem Fluss kamen, desto mehr Bäume gab es, aber sie verlangsamten ihr Tempo nicht. Avery war beeindruckt von der Tatsache, dass die beiden Männer so schnell liefen. Sie hörte kaum, dass Cole schwer atmete. Es hätte sie nicht überraschen sollen; sie hatte aus erster Hand gesehen, wie viel Konditionierung sie aushalten mussten. Laufen im Sand und lange Halbmarathons waren die Norm für ihr Training. Aber es konnte für ihn nicht einfach sein, mit einer Person auf dem Rücken zu laufen – oder für Phantom mit zwei Rucksäcken.

»Kannst du schwimmen?«, fragte Cole.

Scheiße. »Ja«, antwortete Avery. Sie tat es nicht gern, aber sie konnte es. Als sie beschlossen hatte, zur Marine zu gehen, hatte sie sich gezwungen, mehr zu lernen als Hundepaddeln, nur für den Fall. Es war ihr als das Klügste erschienen, was sie tun konnte. »Verfolgen sie uns?«

»Ja. Bubba und Ace konnten sie beobachten, bis die Aufständischen sich getrennt haben, genau wie wir dachten. Aus irgendeinem Grund sind sie sehr entschlossen und haben die Verfolgung noch nicht aufgegeben. Nach Ace' letztem Stand sind uns etwa ein Dutzend Rebellen auf den Fersen. Bei der Feuerkraft, die sie haben, müssen wir sie unbedingt abhängen. Deshalb werden wir uns wohl oder übel ein wenig nass machen.«

»Ein wenig?«, fragte Avery, die versuchte, den Teil zu verdrängen, in dem zwölf Männer versuchten, sie zu finden und zu töten.

Cole lachte leise. »Ja. Nur ein wenig.«

Sie liefen noch ein paar Minuten, bis sie an einem breiten Fluss zum Stehen kamen. Sie wusste, dass es derselbe Fluss war, den die Dorfbewohner zum Baden und Waschen ihrer Kleidung benutzten. Sie wollte sich ihm nicht nähern, hatte aber natürlich keine andere Wahl.

Cole kniete sich hin und klopfte ihr auf die Beine. Sie ließ ihre Füße auf den Boden sinken und wäre zusammengebrochen, wenn Phantom sie nicht am Arm gepackt und aufrecht gehalten hätte.

»Danke«, murmelte sie, während sie die Knie durchdrückte, um zu stehen.

Cole nahm ihren anderen Arm und sie hörte zu, wie er und Phantom sich kurz darüber unterhielten, ob sie in das schnell fließende Wasser gehen oder versuchen sollten, den Aufständischen zu Fuß zu entkommen.

Das Geräusch eines Gewehrschusses nahm ihnen die Entscheidung ab. Cole schnappte sich seinen Rucksack von Phantom, setzte ihn sich auf und machte sich auf den Weg zum Fluss.

Avery wollte nicht ins Wasser gehen, aber sie hatte keine andere Wahl. Sie wollte nicht zurück in die Klauen der Männer gelangen, die sie geschlagen und zum Sterben zurückgelassen hatten. Sie hatte ihre eine Chance genutzt, ihnen zu entkommen, und wenn sie sie wieder in die Finger bekamen, käme ihr das erste Mal mit den Rebellen wie ein Spaziergang vor.

»Halte deine Füße vor dir und lass die Strömung die Arbeit machen«, wies Cole sie an, als sie ins Wasser traten. »Ich werde die ganze Zeit in deiner Nähe sein. Wenn ich dir sage, dass du dich ducken sollst, holst du tief Luft und gehst unter Wasser, verstanden?«

»Verstanden«, bestätigte Avery. Sie zitterte vor Angst und Adrenalin, aber sie zögerte nicht, neben Cole ins Wasser zu gehen. Sie schaute hinter sich und sah Phantom am Ufer stehen, sein Gewehr auf die Bäume gerichtet, von denen sie gekommen waren.

»Kommt er nicht mit?«, fragte sie halb panisch.

»Doch. Sobald wir vom Ufer weg sind.«

Das Wasser war lauwarm und nicht so erfrischend, wie sie es sich erhofft hatte, aber in Sekundenschnelle war die Temperatur die geringste ihrer Sorgen. Im einen Moment trieb sie noch träge in der Nähe des Ufers, im nächsten hatte

Cole ihren Arm ergriffen und sie näher an die schneller fließende Strömung herangeführt.

Sofort schnellte ihr Körper nach vorn und sie hielt den
Atem an, als ihr das Wasser kurz über den Kopf stieg.

Sie prustete einen Moment lang, dann richtete sie sich auf
und ließ ihre Füße flussabwärts zeigen, wodurch sie mehr oder
weniger im Wasser saß. Glücklicherweise hatte sie von Natur
aus Auftrieb und musste sich nicht allzu sehr anstrengen, um
nicht unterzugehen. Sie spürte Coles Hand auf ihrem Arm
und schaute nach links. Er hatte sich zwischen sie und die
Aufständischen manövriert und hielt sich an ihr fest, damit sie
nicht in die Mitte des Flusses hinausgeschwemmt wurde.

In seinem Gesicht lag eine Intensität, die ihn beruhigte.
Seine langen dunklen Haare fielen ihm in die Augen und sie
fragte sich, wie er überhaupt etwas sehen konnte. Avery
nahm an, dass sie nicht viel besser aussah als er. Beim
ersten Untertauchen hatte sie ihre Sonnenbrille verloren,
was ihr ein schlechtes Gewissen machte, aber sie hatte keine
Zeit, den Verlust der Brille zu betrauern, bevor Cole sich ihr
zuwandte und rief: »Halt dich fest!«

Avery drehte sich wieder nach vorn und schnappte nach
Luft. Vor ihnen lag eine lange Strecke mit Stromschnellen,
die von ihrem aktuellen Blickwinkel aus verdammt beängstigend wirkte. Sie war schon einmal beim Wildwasser-
Rafting gewesen und es hatte Spaß gemacht und war aufregend gewesen, aber ohne ein Boot und einen erfahrenen
Führer, der sie durch die Stromschnellen steuerte, wäre es
schrecklich gewesen.

So ähnlich fühlte sie sich auch jetzt.

»Ich habe dich«, sagte Cole zu ihr, kurz bevor sie das
unruhige Wasser erreichten.

Avery fühlte sich wie ein auf dem Wasser tanzender
Korken, tat jedoch ihr Bestes, den Kopf über der Wasser-

oberfläche und ihre Füße vor sich zu halten. Während sie flussabwärts raste, stieß sie mit dem Hintern gegen einige Felsen, aber durch das in ihren Adern fließende Adrenalin und all die anderen Schmerzen spürte sie es kaum.

Gerade als sie dachte, sie hätten die schlimmsten Stromschnellen hinter sich, hörte sie Cole neben sich fluchen. Sie blickte in dem Moment zu ihm hinüber, in dem er sie mit aller Kraft von sich wegstieß und schrie: »Schwimm um den Baum herum!«

Avery schaute gerade noch rechtzeitig hoch, um zu sehen, dass ein dicker Baumstamm ihren Weg versperrte. Er hatte sich in Steinen oder Geröll verfangen und steckte quer über der Seite des Flusses fest, die sie gerade hinunterrauschten.

Sie tat ihr Bestes, drumherum zu paddeln, und hätte es wahrscheinlich auch geschafft – aber sobald Cole sie losließ, raste er viel schneller durch das Wasser. Er versuchte, die linke Seite des Baumes zu umgehen, schaffte es aber nicht ganz. Das rauschende Wasser in der Mitte des Flusses ließ seine Beine gegen den großen Baumstamm prallen, sodass sein Oberkörper um das Ende klappte. Er hielt sich am Baum fest in dem Versuch, sich aufzurichten, aber der Wasserdruck war zu stark und riss ihn nach unten.

Instinktiv griff Avery nach dem rechten Ende des Baumstamms, kurz bevor sie vorbeikam. Das Wasser rauschte so stark über ihren Kopf, dass sie nicht sicher war, ob sie sich würde festhalten können. Sie schaffte es, sich aufzurichten und den Stamm entlangzuschauen – woraufhin ihre Augen sich vor Entsetzen weiteten.

Ein Gurt von Coles Rucksack hatte sich in einem der Äste verfangen. Sein Körper war teilweise unter den Stamm geschwemmt worden, aber jetzt war er vom Rucksack eingeklemmt. Das Flusswasser floss über seinen Hinterkopf, während er sich sichtlich abmühte, sich zu befreien. Nach ein paar Sekunden hob er den Kopf, um nach Luft zu schnappen, bevor er wieder unter Wasser gedrückt wurde.

Als Avery sich verzweifelt umsah, entdeckte sie, dass die Strömung Phantom bereits an ihnen vorbeigetragen hatte. Er bemühte sich zurückzuschwimmen, aber sie wusste, dass es angesichts der Stromschnellen praktisch unmöglich wäre.

Mit aller Kraft kämpfte Avery sich den Baumstamm hinunter, wobei sie jedes Mal fluchte und sich verzweifelt festklammerte, wenn sie abrutschte. Sie dachte nicht einmal nach, sondern reagierte einfach. Sie konnte Cole nicht dort zurücklassen. Sie hatte keine Ahnung, wie er sich befreien sollte, wenn sie es täte. Wenn er dazu in der Lage gewesen wäre, hätte er sich bereits seines Rucksacks entledigt, aber irgendetwas hielt ihn davon ab, genau das zu tun. Solange der Ast, in dem er festhing, nicht abbrach, käme er nicht los.

Es schien ewig zu dauern, bis sie ihn erreichte. Jeder Zentimeter, den sie sich am Baum entlang bewegte, kam ihr wie ein Kilometer vor. Ihre Glieder zitterten jetzt noch stärker und Avery wusste, dass sie nicht mehr lange durchhalten würde. Sie hatte schon zu lange keine Nährstoffe mehr zu sich genommen, als dass ihr Körper die Anstrengung, zu der sie ihn zwang, hätte aushalten können.

Als sie Coles Seite erreichte, wusste sie, dass die Situation äußerst dringend war. Er brauchte immer länger, um sich aufzurichten und Luft zu holen, und sie konnte sehen, dass seine Energie schwand. Sie warf einen Blick auf den Rucksack und wusste, dass sie ihn auf keinen Fall würde bewegen können. Die Kraft des Wassers machte ihn doppelt so schwer, wie er ohnehin schon war, also würde der Versuch, ihn zu lösen, nichts bringen.

Sie richtete die Aufmerksamkeit auf den Teil des Astes, an dem er festhing. Er war nur etwa zehn Zentimeter lang, aber ziemlich dick, weshalb er nicht gleich abgebrochen war, als der Rucksack daran hängenblieb.

In dem Wissen, dass Cole nur dann eine Chance hatte, wenn sie den Rucksack vom Ast befreite, manövrierte Avery ihren Körper so, dass sie rittlings auf dem Baumstamm saß und von Cole abgewandt war. Die Kraft des Wassers hielt sie fest, als sie sich zur Seite beugte, genau wie sie gehofft hatte.

Sie schaffte es, ein Bein zu heben und mit aller Kraft gegen den Ast zu treten.

Die Erschütterungen ließen ihre Rippen höllisch wehtun, aber der Ast brach nicht ab.

Fluchend trat sie erneut dagegen. Dann noch einmal.

Das Wasser, das über den Baum floss, spritzte ihr ins Gesicht und hinderte sie an tiefen Atemzügen, wann immer sie diese nehmen musste. In dem Wissen, dass Cole die Zeit davonlief, drehte sie den Kopf vom Wasser weg, um tief Luft holen zu können, und stieß dann einen kleinen Schrei der Frustration aus, als sie noch einmal so fest wie möglich zutrat.

Sie hörte den Ast nicht knacken, als er nachgab, aber sie spürte, wie der Baumstamm schwankte, und dann wurde Cole flussabwärts mitgerissen.

Avery wollte vor Erleichterung am liebsten schreien und zwang sich in eine aufrechte Position über dem Ast, bevor sie losließ und sich ebenfalls vom Wasser tragen ließ. Sie versuchte, sich umzudrehen, sodass sie wieder in einer halb sitzenden Position war und ihre Füße flussabwärts zeigten, aber sie konnte ihren erschöpften Körper nicht unter Kontrolle bringen. Sie trieb seitwärts, hustend und würgend, da das schnell fließende Wasser immer wieder über ihr Gesicht schwappte.

Nach wenigen Minuten war sie aus den Stromschnellen heraus, aber das Wasser bewegte sich immer noch extrem schnell und trieb sie immer weiter flussabwärts. Avery war desorientiert und hatte keine Ahnung, wohin Phantom oder Cole verschwunden waren. Sie konnte lediglich die Luft anhalten und versuchen, nicht unterzugehen und zu ertrinken. Sie hatte keine Kraft mehr. Sie konnte nicht einmal den Kopf heben, um sich umzusehen.

In der einen Sekunde trieb sie wie einer der losen Äste um sie herum, in der nächsten packte jemand ihr Handgelenk und zerrte kräftig daran.

Sie stieß einen kleinen Schrei aus, bevor sie mit dem Kopf unter Wasser ging. Doch kaum war sie untergetaucht, hatte die Person einen Arm um ihren Oberkörper gelegt und zog sie ans Ufer. Avery klammerte sich an den starken Unterarm, der über ihrer Brust lag, und grub das hinein, was von ihren Fingernägeln übrig geblieben war. Sie wollte sich wehren. Sie wollte tun, was sie konnte, um sich vor der erneuten Gefangennahme zu retten, aber ihr Körper spielte nicht mit.

»Ich habe dich, Leutnant!«, rief eine tiefe Stimme über ihrem Kopf.

Jeder Muskel in ihrem Körper wurde schlaff. Es war Phantom.

Aber eine Sekunde später fing sie wieder an zu kämpfen. »Cole!«, brachte sie zwischen den Wellen heraus.

»Sicher!«, schrie Phantom zurück.

Avery entspannte sich wieder und ließ sich über den Fluss zum Ufer ziehen. Als sie spürte, wie Phantoms Arm sich von ihr löste, wollte sie sich aufsetzen, um ihm zu helfen, aber es war sinnlos. Ihr Körper war völlig erschöpft.

Sie blickte in sein besorgtes Gesicht auf und spürte, wie Wasser aus seinem Bart auf sie tropfte, als er nach ihr griff, aber danach wurde alles schwarz.

KAPITEL FÜNF

Rex beobachtete, wie Phantom Avery packte, bevor sie stromabwärts von ihnen weggeschwemmt wurde, und sich auf den Weg zurück zum Ufer machte.

Er wusste, dass er dem Tod sehr nahe gekommen war. Er hatte den Ast nicht erreichen können, an dem sein Rucksack sich verfangen hatte, und die Kraft des Wassers erlaubte es ihm nicht, sich umzudrehen oder den Kopf länger als ein paar Sekunden über Wasser zu halten. Er war immer schwächer geworden und es hätte nicht lange gedauert, bis er nicht mehr die Kraft gehabt hätte, den Kopf aus dem rauschenden Wasser zu heben.

Dann hatte er gespürt, wie etwas an seinem Rücken herumhämmerte. Bevor er überhaupt merkte, dass es Avery war, hatte sie es geschafft, den kleinen Ast abzubrechen, der ihn gefangen hielt, und er war flussabwärts katapultiert worden. Phantom hatte ihn abgefangen und ihm in das langsamer fließende Wasser näher am Ufer geholfen, dann hatte er sich um Avery gekümmert.

Rex hatte die beiden von seiner Position aus beobachtet und den Atem angehalten, bis Phantom Averys Hand ergriff und sie zu ziehen begann. Erst in diesem Moment war ihm bewusst geworden, wie angespannt er gewesen war.

Er trieb zu Phantom und Avery hinunter, gerade als sie das Ufer erreichten. Rex hatte keine Ahnung, wie weit sie flussabwärts gekommen waren, aber für den Moment musste es reichen. Sowohl er als auch Phantom hatten ihre Funkgeräte durch das rauschende Wasser verloren, aber darum würden sie sich später kümmern.

Er sah, wie Avery bewusstlos wurde. Er richtete sich auf wackeligen Beinen auf und half Phantom, sie an Land zu ziehen. Nachdem er sich vergewissert hatte, dass Avery atmete und einen Herzschlag hatte, erlaubte Rex sich eine kurze Pause. Er zog den Rucksack ab und ließ sich am schlammigen Ufer auf den Rücken fallen. Phantom tat es ihm gleich.

»Scheiße, Mann«, sagte Phantom nach einem langen Moment. »Ich kam nicht zu dir. Die Stromschnellen waren zu stark.«

»Ich weiß«, erwiderte Rex. Und das tat er. Er hatte gesehen, wie sein Teamkamerad verzweifelt versuchte, stromaufwärts zu ihm zu schwimmen, aber er wusste, dass er es nie geschafft hätte.

»Was sie getan hat, hätte sie eigentlich nicht schaffen können«, fuhr Phantom fort. »Nicht nach allem, was sie schon durchgemacht hat. Nicht mit gebrochenen Rippen. Nicht, wenn sie zwei Wochen lang nichts gegessen hat. Auf keinen Fall.«

»Aber sie hat es getan«, sagte Rex leise und setzte sich auf. »Wir müssen weg vom Fluss.«

Phantom nickte. Sie waren alle klatschnass, aber in der warmen Wüstenluft würden sie schnell trocknen. Rex fühlte noch einmal Averys Puls, stellte zufrieden fest, dass er normal und sie nach alledem einfach nur erschöpft war, und hob sie mit einem Arm unter ihren Knien und dem anderen unter ihrem Rücken hoch. Sie war groß, aber nicht zu schwer für ihn. Phantom half ihr, sie in seinen Armen zu platzieren, legte ihren Kopf auf Rex' Schulter und verschränkte ihre Arme. Dann hob er beide Rucksäcke auf und das Trio machte sich auf den Weg.

Zehn Minuten später regte Avery sich in Rex' Armen. Sie kam nur langsam zu sich, so als würde ihr Körper widerwillig aus seinem dringend benötigten Schlaf erwachen.

In der einen Sekunde hing sie noch schlaff in seinen Armen, in der nächsten versuchte sie zappelnd, von ihm wegzukommen.

Rex ging sofort auf ein Knie. Er wollte nicht, dass sie sich verletzte, indem sie auf den Boden fiel, wenn sie sich aus seiner Umklammerung herauswand. »Ganz ruhig, Avery, ich bin's, Rex ... äh ... Cole. Du bist in Sicherheit.«

Sie hielt inne und öffnete die Augen. Sie blinzelte, da sie die Sonnenbrille im Fluss verloren hatte. »Cole?«, fragte sie mit zögerlicher Stimme.

»Ja, ich bin's.«

Dann überraschte sie ihn, indem sie eine Hand nach oben streckte und seine Wange umfasste. »Geht es dir gut?«

Rex hörte, wie Phantom hinter ihm erstaunt prustete, aber er wandte den Blick nicht von Avery ab. »Ja, mir geht's gut. Dank dir.«

Sie schaute sich um. »Und Phantom?«

»Ich bin hier. Und mir geht es auch gut«, sagte Phantom und trat zur Seite, damit sie ihn sehen konnte.

Je länger sie wach war, desto mehr wurde sie sich der Dinge bewusst. Rex bemerkte den genauen Moment, in dem ihr klar wurde, dass er sie hielt, denn sie ließ die Hand sinken und zappelte ein wenig. »Hast du mich getragen? Ich kann gehen.«

»Du bist ohnmächtig geworden«, erklärte Rex ihr. »Wir mussten vom Fluss weg.«

»Oh.« Sie versuchte, sich aufzusetzen. »Jetzt geht es mir gut.«

Rex ignorierte sie, stand wieder auf und begann zu gehen.

»Cole? Hast du mich gehört?«

»Ich habe dich gehört«, sagte er. »Ich ignoriere dich nur.«

Sie seufzte frustriert, woraufhin Rex sich ein Lächeln verkneifen musste.

»Ich könnte dir befehlen, mich abzusetzen, damit ich gehen kann«, sagte sie.

»Das könntest du«, stimmte Rex zu. Dann fügte er hinzu: »Aber ich würde den Befehl ignorieren, also spar dir den Atem.«

Sie schwieg eine Minute lang, bevor sie fragte: »Wie weit ist es noch?«

»Ich weiß nicht«, gestand Rex. »Wir müssen weit genug vom Fluss entfernt sein, damit die Aufständischen keine Ahnung haben, wohin wir gegangen sein könnten, falls sie uns folgen. Außerdem müssen wir auf höher gelegenes Gelände gelangen. Wir haben unsere Funkgeräte im Fluss verloren, also müssen wir die Satellitentelefone in unseren Rucksäcken benutzen, um den Rest des Teams zu kontaktieren und unsere Evakuierung zu organisieren.«

»Werden sie noch funktionieren?«, fragte sie. »Ich meine, nachdem sie im Fluss nass geworden sind?«

Rex nickte. »Wir haben in den Rucksäcken wasserdichte Beutel mit den Telefonen und anderen Kleinigkeiten, die das Wasser nicht überleben würden. Verbände, Wasserreinigungstabletten und so weiter.«

»Oh. Okay.«

»Apropos, Phantom, kannst du noch ein Energiegel für Avery rausholen?«

»Klar doch«, antwortete der andere Mann. Etwa eine

Minute später kam er zu ihnen und reichte Avery ein weiteres der kalorien-, eiweiß- und kohlenhydratreichen Gels. Den Deckel hatte er bereits abgerissen.

Sie nahm es mit einer Grimasse entgegen.

»Ich weiß, dass es nicht besonders gut schmeckt, aber dein Körper braucht es«, sagte Rex sanft zu ihr.

Sie nickte. »Ich weiß, aber habe wirklich keinen großen Hunger, ob du es glaubst oder nicht, und wie du gesehen hast, hat das letzte meinem Körper nicht sonderlich gefallen.«

»Ich verstehe schon. Dein Körper hat seit über zwei Wochen nichts anderes als Wasser bekommen. Nimm ganz kleine Portionen und tu dein Bestes, so viel wie möglich runterzukriegen.«

Das gehörte zu den Dingen, die Rex an Avery am meisten mochte – sie beschwerte sich nicht, nur um sich zu beschweren. Verdammt, sie jammerte in keiner Weise wegen ihrer Situation. Sie war eine Zierde für die Marine.

Sie gingen weiter, und während Avery ihr Bestes gab, das Energiegel zu essen, besprachen er und Phantom ihr weiteres Vorgehen.

»Wir müssen davon ausgehen, dass die Rebellen Avery mit uns gesehen haben«, sagte Phantom. »Bis morgen früh werden sie überall in der Gegend sein. Vor allem weil wir nicht wie geplant auf der anderen Seite des Flusses rauskommen konnten.«

»Stimmt. Ich denke, wir sollten umkehren und zu dem Berg gehen, den wir gerade verlassen haben«, entgegnete Rex.

Phantom dachte kurz nach und nickte dann. »Das ist ein guter Plan. Sie werden erwarten, dass wir auf der anderen Seite rausgekommen sind, dann kehrtgemacht und uns auf den Weg zum Stützpunkt in mutmaßliche Sicherheit gebracht haben, aber ich glaube nicht, dass sie in einer

Million Jahren ahnen, dass wir genau dorthin zurückkehren, wo wir losgegangen sind.«

»Sagt mir nur, dass wir die Nacht nicht in einer Höhle verbringen werden«, flehte Avery leise.

Rex tauschte einen Blick mit Phantom aus. Eine Höhle als Unterschlupf zu nutzen war die klügste Option. Sie konnten ein Feuer machen, um ihre Kleidung und andere Sachen aus ihren Rucksäcken zu trocknen, die nass geworden waren. Außerdem wären sie so vor Drohnen geschützt, die über ihnen flogen. Aber an dem leichten Zittern in Averys Stimme war zu erkennen, dass dies ihrer Psyche mehr schaden als nützen würde.

Rex öffnete den Mund, um ihr zu versichern, dass sie nicht in einer Höhle schlafen würden, aber sie schüttelte den Kopf.

»Tut mir leid, ignoriert mich einfach. Eine Höhle ist taktisch gesehen am sinnvollsten. Wir wollen auf keinen Fall unter freiem Himmel sein.«

Überraschenderweise meldete Phantom sich zu Wort, bevor Rex es tun konnte. »Nein. Das ist genau das, was sie von uns erwarten würden. Und wir wollen nicht berechenbar sein. Außerdem hast du bereits gesehen, was Afghanistan an Gastfreundschaft in Höhlen zu bieten hat. Wir müssen deinen Horizont erweitern.«

Rex drückte Avery fester an sich, als sie grinste. »Genau. Vielleicht können wir ein Drei- oder Vier-Sterne-Hotel finden, während wir herumlaufen. Ich könnte ein langes Bad in einem Whirlpool und eine Massage gebrauchen.«

Erstaunlicherweise lachte Phantom. »Da bin ich mir nicht so sicher. Ein billiges Motel ist wahrscheinlich eher das, was du bekommen wirst.«

Sie schwieg einen Moment, bevor sie in tiefem, ernstem Tonfall sagte: »Danke, dass ihr mich da rausgeholt habt.«

»Du bist eine von uns«, erwiderte Phantom schlicht. »Wir beschützen unsere Leute.«

»Als wir hörten, dass du es bist, gab es nichts mehr, was uns hätte abhalten können«, fügte Rex hinzu.

Er schaute auf sie herab – und wusste, dass er diesen Moment für den Rest seines Lebens nicht mehr vergessen würde. Ihr kastanienbraunes Haar war völlig zerzaust. Es hatte angefangen zu trocknen und einzelne Strähnen kringelten sich um ihr Gesicht. Sie war immer noch sehr blass, was ihre Sommersprossen auf der Nase und den Wangen noch stärker hervortreten ließ. Er konnte ihre Rippen deutlich unter seinem Arm spüren und die blauen Flecke in ihrem Gesicht standen in krassem Kontrast zu ihrer Hautfarbe, was die grünen und violetten Verfärbungen fast schon obszön wirken ließ. Er wusste, dass die Schmerzen, die sie erlitten hatte, heftig gewesen sein mussten.

Aber sie lächelte.

Andere Menschen würden sich über jedes einzelne Zwicken beschweren. Sie hätte vor Angst gelähmt sein können, dass sie von einer Bande Männern gejagt wurde, die sie töten wollten. Sie hatte es überlebt, ausgehungert, geschlagen und lebendig begraben zu werden. Ganz zu schweigen von dem wilden, beängstigenden Tauchgang in einem afghanischen Fluss, bei der sie ihn fast vor ihren Augen hatte sterben sehen.

Aber sie lächelte immer noch.

»Als *ich* hörte, dass du es bist, hätte *mich* nichts abhalten können«, stellte er klar.

Er sah ihr Interesse. Dieselbe Verbindung, die er zu Avery spürte, spiegelte sich in ihren Augen wider.

»Ja, er war sauer, dass er dich nicht um eine Verabredung gebeten hatte. Und ein SEAL versagt nie. Also musste er den ganzen Weg hierherkommen, um zu fragen, ob du einen Kaffee trinken gehen willst oder so«, stichelte Phantom.

Rex schaute ungläubig zu seinem Freund hinüber. Phantom war kein Witzbold. Er schloss sich nicht den gutmütigen Sticheleien an, mit denen er und die anderen sich von Zeit zu Zeit vergnügten. Dass er so mit Avery scherzte, war völlig untypisch.

Seit ihrer Mission in Timor-Leste war Phantom ein wenig mürrisch. Irgendetwas störte ihn an der Zeit, die sie dort verbracht hatten. Er hatte das Gefühl, während der Mission etwas übersehen zu haben. Sie hatten sich alle zusammengesetzt und versucht, alles Getane noch einmal durchzugehen, aber es hatte nichts geholfen. Phantom hatte vor Kurzem sogar zugegeben, einen Hypnotiseur aufsuchen zu wollen, um zu sehen, ob das seinem Gedächtnis auf die Sprünge helfen würde, aber aufgrund der vielen Einsätze hatte er noch keine Gelegenheit dazu gehabt.

»Nun, er hat mich immer noch nicht gefragt«, sagte Avery mit einem weiteren Lächeln. »Ich meine, ich habe *ihm* den Vorschlag unterbreitet, aber ich bin mir nicht sicher, ob er bisher wirklich geantwortet hat.«

Rex dachte daran zurück, wie sie zusammen in der Höhle gewesen waren, und stellte fest, dass er ihr *tatsächlich* nicht geantwortet hatte. »Ich glaube, ich habe ein paar Kaffeepäckchen in meiner Tasche. Wir können heute Abend eine schöne heiße Tasse davon trinken, wenn wir uns eingerichtet haben.«

Sie kicherte und das Geräusch ließ sein Herz schneller schlagen. Es war verrückt, sich so sehr zu jemandem hingezogen zu fühlen. Rex mochte sie schon seit Monaten, aber zu sehen, wie ruhig sie sich bisher unter Druck verhalten hatte und wie positiv sie eingestellt war, ließ ihn erkennen, dass er keine Ahnung gehabt hatte, wie fantastisch sie *wirklich* war. Und er verpasste sich geistig selbst einen Tritt in den Hintern, seiner Anziehung zu ihr nicht früher nachgegeben zu haben.

»Abgemacht«, sagte sie mit einem Nicken. »Ich könnte eine gute Tasse Kaffee gebrauchen.«

»Ich habe nicht gesagt, dass er gut sein wird«, warnte Rex grinsend.

Sie gingen noch ein paar Stunden weiter. Avery bestand darauf, abgesetzt zu werden, dem Rex widerwillig nachkam. Wahrscheinlich könnten sie schneller vorankommen, wenn er sie trüge, aber er verstand besser als die meisten anderen, wie wichtig es war, sein eigenes Gewicht tragen zu können. Avery schaffte es, drei weitere Energiegels zu schlucken, während sie unterwegs waren. Und während er und Phantom sie mit Adleraugen beobachteten, um Anzeichen der Schwäche frühzeitig erkennen zu können, ging sie weiter, als wäre sie schon ihr ganzes Leben lang an Wanderungen in der heißen Wüste gewöhnt, nachdem man sie ausgehungert und verprügelt hatte.

Die Sonne ging gerade unter, als sie endlich einen Ort fanden, an dem sie die Nacht verbringen konnten. Es war keine Höhle, aber der Ort bot einen gewissen Schutz. Mindestens hundert große Felsbrocken lagen in der staubigen Landschaft am Fuße des Berges verteilt, den sie am nächsten Tag besteigen würden. Sie konnten sich neben einigen der größeren niederlassen, die Wärme aufsaugen, die der Stein über den Tag hinweg aufgenommen hatte, und sich in die Umgebung einfügen.

Sie würden kein Feuer machen oder ihre Lampen benutzen können, für den Fall, dass die Aufständischen in der Nähe waren und nach ihnen suchten, aber sie wären so sicher, wie es unter den gegebenen Umständen möglich war. Wenn es dunkel wurde, würde Phantom auf den Berg steigen und sehen, ob er mit dem Satellitentelefon Empfang hatte, um sich mit dem Rest des Teams in Verbindung zu setzen und ihre Abholung zu arrangieren.

Rex bereitete Avery einen Platz und freute sich, dass sie sich für den Moment entspannte, während er und Phantom sich daranmachten, ihre Rucksäcke zu leeren und die Kleidung zum Trocknen auszubreiten. Er gab Avery ein weiteres Energiegel sowie seine Feldflasche, während er eine Feldration vorbereitete.

Dann setzten sie sich zum Essen hin.

Rex wusste, was Hunger bedeutete. Er und seine SEALs waren schon Kriegsgefangene gewesen, und er konnte sich sogar daran erinnern, wie hungrig er während der Höllenwoche des SEAL-Trainings gewesen war. Aber er war noch nie zwei Wochen ohne Nahrung gewesen. Er war noch nie kilometerweit in der Hitze gewandert, ohne danach etwas zu essen. Er hatte noch nie jemandem das Leben gerettet, nachdem er geschlagen und ausgehungert worden war.

Als Avery die heißen Nudeln aus der Feldration gereicht wurden, verschlang sie sie nicht wie die hungrige Frau, die sie war. Sie aß die Nudeln voller Anmut, Gabel für Gabel, und nahm zwischendurch immer wieder einen Schluck Wasser.

Rex tat sein Bestes, sie nicht anzustarren, während er seine eigene Mahlzeit einfach schluckte, ohne sie wirklich zu schmecken.

Noch bevor sie die Hälfte der Nudeln aufgegessen hatte, stellte Avery die Feldration zur Seite und behauptete, sie sei satt. Rex war nicht überrascht. Ihr Magen war mit Sicherheit geschrumpft, und sie würde eine Weile keine normal großen Mahlzeiten mehr zu sich nehmen können.

»In etwa einer Stunde kannst du versuchen, ob du noch etwas essen kannst«, sagte er und griff nach ihrer ungegessenen Portion. »Ich packe das weg, bis du bereit bist.«

Avery nickte und lehnte den Kopf gegen den Felsen hinter ihr.

»Kann ich mir deine Füße ansehen, bevor es zu dunkel wird?«, fragte Rex. »Wir müssen die Socken sowieso trocknen lassen.«

Avery nickte zögerlich. »Sie tun weh, aber ich glaube nicht, dass es etwas Ernstes ist«, erwiderte sie.

Rex machte sich nicht die Mühe, einen Kommentar abzugeben. Er wollte es mit eigenen Augen sehen. Er kannte Avery inzwischen gut genug, um zu wissen, dass sie ihre Verletzungen herunterspielte.

Er öffnete die Schnürsenkel ihrer Stiefel und zog ihr vorsichtig die Socken aus. Ihre Füße waren schrumpelig, weil sie in nassen Socken gegangen war, und die Schrammen und Striemen an ihren Fußsohlen ließen ihn erneut zusammenzucken.

Phantom reichte ihm einige antiseptische Tücher, mit denen Rex sie so gut wie möglich säuberte. Soweit er es beurteilen konnte, hatte sie keine Schnitte, die tief genug waren, um genäht werden zu müssen, aber er machte sich die geistige Notiz, sie im Auge zu behalten, falls sie sich infizieren sollten.

Während er sich um ihre Füße kümmerte, sagte Avery kein Wort, sondern beobachtete ihn nur mit unergründlicher Miene. Als er fertig war und ihre feuchten Socken durch trockene ersetzt hatte, die in einem der wasserdichten Beutel in seinem Rucksack gewesen waren, bemerkte sie: »Das kannst du gut.«

Rex zuckte mit den Schultern. »Ich habe eine Menge Erfahrung.«

Er wusste, dass sie keinen Kaffee trinken und ihren Magen stattdessen mit etwas Nahrhafterem füllen sollte, aber er wollte ihr einen Grund zum Lächeln geben, weshalb er nach einem der Feldrationspäckchen mit löslichem

Kaffee griff. Er benutzte das Heizelement aus einer anderen Ration, um etwas Wasser zu erwärmen, und reichte ihr eine Tasse des starken Gebräus, als er mit der Zubereitung fertig war.

Zufrieden beobachtete er, wie sie tief einatmete, bevor sie die Tasse an den Mund führte. Er hätte ihr den ganzen Tag lang bei ihrer angeborenen Lebensfreude zusehen können und wäre es nie leid geworden. Sie erfreute sich wirklich an den kleinen Dingen, was ihn daran erinnerte, dass er das auch öfter tun sollte.

»Das ist wirklich der beste Kaffee, den ich je getrunken habe«, sagte sie leise, nachdem sie einen Schluck genommen hatte.

Rex schnaubte. »Er schmeckt beschissen, Avery. Wenn du *das* gut findest, wirst du über den doppelten Schokoladen-Espresso ausrasten, den ich dir bei mir zu Hause aus frischen Bohnen machen kann.«

Sie stöhnte auf. »Gott ... Schokolade. Dafür würde ich jetzt töten.«

Phantom griff in seinen Vorrat an Feldrationen und zog einen Schokoriegel heraus. Er war größtenteils geschmolzen und zerdrückt. »Kein Grund zum Morden«, sagte er, während er ihn ihr auf seiner Handfläche entgegenstreckte.

Avery bewegte sich schneller, als Rex es bisher von ihr gesehen hatte, und schnappte sich die Süßigkeit aus Phantoms Hand. Vorsichtig stellte sie ihren Kaffee ab und zog die Folie von der Schokolade ab. Rex sah amüsiert zu, wie sie den geschmolzenen Riegel in den Mund saugte und dann jeden kleinen Rest von der Verpackung leckte. Als sie fertig war, lächelte sie die beiden breit an.

»Ich komme mir äußerst verwöhnt vor«, sagte sie. »Erst Kaffee, jetzt Schokolade. Ihr wisst wirklich, wie man ein Mädchen glücklich macht.«

Rex runzelte die Stirn. Anstatt gute Gefühle in ihm

auszulösen, wie ihre Worte es hätten tun sollen, verursachten sie das genaue Gegenteil. Sie war durch die Hölle gegangen. Sie hatten sie nicht nur nicht zum Stützpunkt zurückgebracht, damit sie medizinisch versorgt werden konnte, sondern sie hatten ihren Körper so stark beansprucht, dass sie vor Erschöpfung ohnmächtig geworden war. *Dann* hatten sie sie kilometerweit durch die Wüste wandern lassen. Es war nicht so, als hätten sie es aus Spaß getan, aber das schwächte seine Gewissensbisse nicht ab.

Diese Scheiße musste aufhören. Er musste sie in Sicherheit bringen. Pronto.

Avery bemerkte offensichtlich seinen finsteren Blick, denn sie hörte auf zu lächeln und sah ihn besorgt an. »Ist alles in Ordnung mit dir? Scheiße, Cole, ich habe gar nicht daran gedacht, dass du wahrscheinlich einen Haufen Flusswasser geschluckt hast. Und wahrscheinlich war es total keimbelastet. Hast du irgendwelche Antibiotika in deinem Rucksack? Fühlst du dich krank? Vielleicht sollten wir weitergehen. Ich weiß nicht, wie weit wir vom Stützpunkt entfernt sind, aber vielleicht schaffen wir es heute Nacht noch dorthin.«

»Mir geht es gut«, antwortete Rex, als sie Luft holte, da er sie davon abhalten wollte, sich Sorgen zu machen.

»Aber du hättest sterben können«, sagte sie leise.

»Das wäre ich wahrscheinlich auch, wenn du nicht da gewesen wärst«, erwiderte Rex ehrlich.

Sie starrten sich einen Moment lang an, bis sie sagte: »Genauso wie ich in der Höhle gestorben wäre, wenn ihr nicht gekommen wärt.«

Rex schüttelte den Kopf. »Nein. Du warst schon fast draußen, als wir ankamen. Du hättest dich am nächsten Tag oder so befreit. Aber meine Zeit war um. Ich hing an diesem Ast fest. Phantom konnte nicht zu mir gelangen. Wenn du den Baum losgelassen hättest und flussabwärts getrieben wärst, wäre es ganz anders ausgegangen. Ich habe mich noch nicht bei dir bedankt ... also danke, Avery.«

»Ja, Rex ist manchmal ein Mistkerl, aber er ist wie mein Bruder. Ich möchte gar nicht daran denken, was das Team ohne ihn machen würde. Du hast auf jeden Fall auch meinen Dank.«

Avery schien sich mit dem Lob nicht wohlzufühlen, was Rex nicht im Geringsten überraschte. Aus Mitleid mit ihr griff er nach ihrem Kaffee und reichte ihn ihr. »Wir müssen darüber reden, was mit dir passiert ist«, sagte er leise.

Sie nahm den Kaffee und seufzte.

»Ich weiß, dass das wahrscheinlich nicht zu den Dingen gehört, die du tun willst, aber Avery, du musst wissen, dass die Hartnäckigkeit, mit der diese Typen dich suchen, nicht normal ist. Vor allem wenn sie bereits die Chance hatten, dich zu töten, es aber nicht getan haben.«

»Die beiden Gefreiten sind tot, oder?«, fragte sie.

Rex presste die Lippen zusammen und nickte.

»Das habe ich mir schon gedacht.«

»Hat einer deiner Entführer Englisch gesprochen?«, fragte Phantom, der in der Nähe auf dem Boden saß.

»Ja«, sagte Avery nach einem Moment. »Obwohl ich ihn nur zweimal gesehen habe.«

Rex beugte sich vor. »Wo? Hat er etwas zu dir gesagt?«

Sie drehte sich mit großen Augen zu ihm um. Die Sonne war untergegangen und es wurde von Sekunde zu Sekunde dunkler. Bald würde er im Licht des Mondes nur noch ihre Silhouette erkennen können.

Ihre nächsten Worte änderten alles an ihrer Mission – und machten Rex klar, dass sie in viel größerer Gefahr schwebte, als sie vermutet hatten.

KAPITEL SECHS

Avery starrte Cole an und dachte zum ersten Mal seit über zwei Wochen wirklich über ihre Situation nach. Sie war mehr damit beschäftigt gewesen, *was* mit ihr geschah – trotz der Schmerzen in ihrem Körper zu funktionieren und aus der Höhle herauszukommen –, als dass sie sich über das *Wie* und *Warum* Gedanken gemacht hätte.

Hatte der afghanische Mann etwas zu ihr gesagt? Ja, das hatte er. Die Gehässigkeit in seinem Tonfall würde sie nie vergessen.

»Ich war in der Praxis in der Stadt und habe mit einer Gruppe von Frauen gesprochen. Ich bin die pränatale Ernährung, die Grundlagen der Geburt und die Notwendigkeit durchgegangen, alles steril zu halten. Als ich den Kopf gehoben habe, sah ich einen Amerikaner, der das traditionelle *Khetpartug* trug ... ihr wisst schon, lockeres Hemd und Hose aus Leinen. Er hat meine Aufmerksamkeit erregt, weil wir den Stützpunkt nicht verlassen dürfen, ohne Uniform zu tragen. Er unterhielt sich mit einem Afghanen im Schatten zwischen zwei Gebäuden. Es sah äußerst zwielichtig aus. Sie schüttelten sich die Hand und gingen dann getrennte Wege, aber er hat sich umgedreht und gesehen, wie ich ihn beobachtete, bevor er ging.«

Avery konnte sehen, dass Cole eine Million Fragen hatte, aber er schwieg und ließ sie reden.

»Der Afghane trieb sich eine Weile in der Nähe der Praxis herum und als wir Pause hatten, hat er meine Schülerinnen belästigt. Ich sagte ihm, er solle weitergehen, dass er meine Schülerinnen nervös mache. Er hat sich mit einem höhnischen Grinsen zu mir umgedreht und gemeint, ich würde mich in die afghanische Lebensweise einmischen. Frauen gehörten ins Haus und niemand würde es wagen, einer meiner Schülerinnen zu erlauben, ihre Frauen zu behandeln.«

»Wie hat der Amerikaner ausgesehen?«, fragte Phantom.

»Dunkles Haar, normal gebaut. Ungefähr so groß wie ich«, antwortete Avery. Dann zog sie eine Grimasse. »Ich weiß, das ist keine große Hilfe, aber ich war mehr damit beschäftigt, meine Schülerinnen wieder ins Haus zu bekommen und sie vor der Gehässigkeit des Mannes zu schützen.«

»Du hast gesagt, du hast den Afghanen zweimal gesehen. Wann war das zweite Mal?«, fragte Cole.

Dieser Teil war schwieriger. Er zwang sie dazu, sich daran zu erinnern, was an dem Tag geschehen war, an dem der Konvoi angegriffen wurde. »Ich war in der Praxis und der Konvoi kam gerade durch. Wir alle hörten Schreie und Schüsse. Meine Schülerinnen liefen sofort zur Tür auf der Rückseite der Praxis, um zu entkommen und im Chaos zu verschwinden. Ich ging zur Vordertür, weil ich dachte, ich könnte vielleicht etwas tun.

In der einen Sekunde war das Haus noch intakt, und in der nächsten stürzte es um mich herum ein. Etwas traf mich am Kopf und warf mich zu Boden. Ich wusste, dass ich blutete, aber ich schaffte es, aufzustehen und aus dem Haus zu kommen, bevor es zusammenbrach.

Ich lief direkt in die Hölle. Die Aufständischen lieferten sich mit den Soldaten einen erbitterten Kampf um die Lastwagen. Derselbe afghanische Mann, den ich am Tag zuvor gesehen hatte, war da, als hätte er auf mich gewartet. Nun ... ich glaube, das *hat* er auch. Er stürmte auf mich zu und hielt mir eine Waffe an den Kopf. Ich dachte, er würde mich auf der Stelle umbringen. Stattdessen lächelte er und sagte: *Ich soll dich eigentlich töten, damit es so aussieht, als wärst du in diesem Feuergefecht gestorben, aber das werde ich nicht tun. Stattdessen wirst du dir wünschen, ich hätte dich erschossen – und du wirst einen langen, langsamen Tod erleiden.*

Ich fragte ihn warum, und er zuckte mit den Schultern, grinste mich fies an und sagte: *Weil du unsere Frauen nicht ausbilden solltest. Sie haben ihren Platz, und kein Amerikaner sollte versuchen, das zu ändern.* Dann schubste er mich in Richtung einer Gruppe von Aufständischen und rief ihnen etwas in ihrer Sprache zu. Ich wurde auf den Rücksitz eines mit Waffen und Munition beladenen Lastwagens geworfen und wir rasten in Richtung der Höhlen davon.«

Als sie die Geschichte laut erzählte, klang sie so dramatisch, dass es Avery fast peinlich war. Aber jedes Wort war wahr.

»Was ist in den Höhlen passiert, Avery?«, fragte Cole. Er war näher gekommen, und obwohl sie ihn nicht mehr gut sehen konnte, spürte sie ihn neben sich. Sein Knie berührte ihre Wade, und es war eine große Erleichterung zu wissen, dass sie nicht mehr allein war. Sie hatte zu viele Stunden allein in der Dunkelheit verbracht. Sie hatte das Gefühl, nie wieder im Dunkeln schlafen zu können. Sie würde sich ein Nachtlicht besorgen oder eine Lampe im Bad anlassen müssen, als wäre sie vier Jahre alt und hätte Angst vor Monstern unter ihrem Bett.

Aber jetzt wusste sie, dass es Monster wirklich gab.

»Das habe ich doch schon erzählt«, erwiderte sie monoton. »Sie haben mich verprügelt und die Männer, die wegen der Waffen kamen, haben mich ebenfalls geschlagen.«

»Wie viele?«, hakte Phantom nach.

»Wie viele Männer in die Höhle kamen?«, fragte Avery.

»Ja.«

»Ich bin mir nicht sicher. Ich war irgendwo weiter hinten angekettet. Ich hatte keine direkte Sicht auf den vorderen Bereich. Aber es waren eine Menge. Dutzende.«

»War der Amerikaner auch dabei?«, fragte Phantom.

»Nicht dass ich wüsste.«

»Wurdest du vergewaltigt?«, fragte Cole.

Die Frage war so unverblümt. So abrupt. Avery konnte einen Moment lang nicht antworten. Dann holte sie tief Luft und antwortete: »Nein.«

Sie spürte, wie Cole ihre Hand in seine nahm. »Wenn es passiert ist, war es nicht deine Schuld«, sagte er leise. »Das ist nichts, wofür du dich schämen müsstest. Es ist *ihre* Schande, nicht deine.«

Avery wusste seine Worte zu schätzen. »Ich weiß, aber ich lüge nicht. Sie haben mich geschlagen und verspottet ... nicht dass ich sie verstehen konnte, aber ich konnte an ihrem Tonfall erkennen, dass sie mir alle möglichen schrecklichen Dinge erzählten. Sie haben mir schimmeliges Brot gebracht, es mir entgegengeworfen und gelacht, wenn ich es aus dem Dreck nahm und einfach gegessen habe. Ich schätze, sie wussten es entweder nicht oder waren zu dumm, um an das Wasser zu denken, das an den Felsen in meiner Nähe herunterlief, denn sie brachten Wasser, schütteten es mir ins Gesicht und freuten sich, wenn ich ihnen eine Show bot, indem ich mich in den Dreck kniete und so tat, als würde ich es auflecken. Ich wusste, dass sie nicht herausfinden durften, dass ich nachts getrunken habe, bis mir der Bauch wehtat.«

»Clever«, bemerkte Cole.

Dieses eine Wort trug viel dazu bei, die Demütigung zu lindern, die sie in den Händen ihrer Entführer empfunden hatte.

»Ich habe die Tage gezählt, die ich dort war, und am siebenten Tag hat sich alles geändert.«

»Wie das?«, fragte Phantom.

»Niemand kam zurück in die Nische, in der ich angekettet war, um mich zu schlagen oder zu quälen. Sie waren zu sehr damit beschäftigt, etwas am Eingang der Höhle zu tun. Ich habe die Atempause genossen, als es seltsam still wurde. In dem Moment bekam ich *richtig* Angst. Die Vorahnung auf das, was sie vorhatten, war fast überwältigend. In der einen Sekunde saß ich hinten in meiner Nische und fragte mich, was sie taten, in der nächsten gab es einen riesigen Knall, es wurde stockdunkel und ich konnte vor lauter Staub und Schutt in der Luft kaum noch atmen.«

»Wusstest du, dass sie den Eingang gesprengt hatten?«, fragte Cole, wobei er ihre Hand drückte.

»Am Anfang nicht. Ich war zu desorientiert. Es war so dunkel und meine Ohren haben geklingelt. Aber als der Staub sich gelegt hatte und immer noch niemand auftauchte, geriet ich in Panik. Da habe ich mir die meisten Verletzungen an meinem Knöchel zugezogen«, gab sie zu. »Ich habe immer wieder an der Kette gezerrt, bis ich erschöpft war. Ich tastete um mich herum, bis ich ein paar Steine fand, die sich durch die Sprengung gelöst hatten, und habe immer wieder auf die Kette eingeschlagen, bis sie kaputtging. Als Erstes habe ich mich zu der Stelle vorgetastet, an der das Wasser an der Seite meines Gefängnisses heruntergetropft war, und habe Gott gedankt, dass es noch da war. Ich wusste, ohne Wasser wäre ich gestorben.«

Das Wiedererleben ihrer Emotionen bei der Verschüttung der Höhle war fast zu viel und Avery wollte einfach nur ihre Geschichte zu Ende erzählen, damit sie nach vorn schauen konnten. Also fasste sie den Rest ihrer Zeit in der Höhle schnell zusammen: »Ich wollte nicht, dass diese Mistkerle gewinnen, also beschloss ich, mir einen Weg nach draußen zu graben. Ein Stein nach dem anderen. Dann wart ihr da ... und jetzt sind wir hier.«

»Klingt, als hättest du etwas gesehen, was du nicht hättest sehen sollen«, sagte Phantom nach einer Weile. »Und deshalb solltest du überhaupt erst getötet werden. Der Amerikaner muss ein Landesverräter sein; warum sollte er dich sonst töten wollen? Aber anstatt dich schnell zu töten, hat der Afghane dich entführt, gefoltert und dich wegen seiner Überzeugungen einem langsamen Tod überlassen. Klingt das in etwa richtig? Glaubst du, dein Tod wurde angeordnet, nur weil du den Afghanen mit einem Amerikaner gesehen hast? Oder hast du etwas anderes gesehen oder gehört?«

Averys Kopf tat weh. Verdammt, *alles* tat weh. Die Mahlzeit, die sie vorhin zu sich genommen hatte, fühlte sich an, als würde sie wie ein großer Klumpen in ihrem Bauch liegen, bereit, jeden Moment hochzukommen. Ihre Füße schmerzten, ihre Rippen pochten und sie hätte schwören können, dass sie jeden blauen Fleck an den Stellen spüren konnte, an denen sie getroffen, geschlagen und getreten worden war.

Zu wissen, dass jemand absichtlich ihren Tod befohlen hatte, war bereits schlimm, aber zu begreifen, dass die Aufständischen und seine Kumpane alles getan hatten, was sie konnten, damit sie vorher litt, war eine ganz neue Stufe der Grausamkeit.

»Der Amerikaner hätte nicht diese Kleidung tragen sollen, um sich unter die Einheimischen zu mischen. Das ist gegen die Vorschriften. Ich wette alles, was ich habe, dass er den Aufständischen Details über den Waffenkonvoi verraten hat.«

»Dem stimme ich zu«, sagte Cole. »Die Armee hält die Details dieser Konvois sehr geheim. Die Rebellen hätten unmöglich so gut auf den Angriff vorbereitet sein können, zusammen mit einer hergerichteten Höhle, um die Waffen zu lagern. Ganz zu schweigen von ihren versammelten Anhängern, die die Waffen geholt und versteckt haben.«

Einen Moment lang war sie froh um die Lösung des Rätsels, warum sie entführt worden war. Aber dann wurde ihr klar, dass sie in Wirklichkeit gar nichts gelöst hatten. »Scheiße«, murmelte sie leise.

»Ja«, stimmte Cole zu, als könnte er ihre Gedanken lesen. »Sofern du uns nicht sagen kannst, wer der Amerikaner war, bist du immer noch in Gefahr. Und ich habe das Gefühl, dass er jetzt, da du geflohen bist, umso mehr alles tun wird, damit du nicht weitergibst, was du gesehen hast.«

»Ich weiß nicht, wer er war«, sagte sie, wobei ihre Stimme brach. »Ich bin mir zu neunundneunzig Prozent sicher, dass in dem Dorf keine Amerikaner leben, also *musste* der Mann vom Stützpunkt kommen. Aber bei den Hunderten, die dort stationiert sind, glaube ich nicht, dass ich ihn jemals gesehen habe, außer dieses eine Mal in der Stadt. Ich weiß nicht einmal, ob er bei der Armee oder bei der Marine ist.«

»Keine Panik«, beruhigte Cole sie und drückte noch einmal ihre Hand.

»Keine Panik?«, fragte sie ein wenig hysterisch. »Wie kann ich die nicht haben? Jemand denkt, ich könnte ihn identifizieren, und will mich umbringen! Wer tut so etwas? Wenn er herausfindet, dass ich geflohen bin, wird er alles tun, um mich zu finden und zu beenden, was die Aufständischen verbockt haben.«

Avery wusste, dass sie die Kontrolle verlor, aber sie konnte nicht aufhören. Ihr Herzschlag beschleunigte sich und Galle stieg ihr in die Kehle.

Bevor sie wusste, wie ihr geschah, hatte Cole sie in die Arme genommen und drückte ihren Kopf an seine Schulter. Ein Teil von ihr wusste, dass er damit ihre immer lauter werdenden Worte dämpfen wollte, aber ihrem Körper war das egal. Nach einer sehr langen Woche in der Dunkelheit, in der ihr lediglich ihre eigene Stimme Gesellschaft geleistet hatte, war er der erste Mensch, mit dem sie in Kontakt gekommen war. Er war derjenige, der ihr beim Gehen geholfen hatte, als sie dachte, sie könnte keinen Schritt mehr tun. Er war derjenige, der sie während der beängstigenden Zeit im Fluss über Wasser gehalten hatte, und er war derjenige, der sie getragen hatte, als sie wieder zu sich kam, nachdem sie ohnmächtig geworden war. Es war kein Wunder, dass sie seine Arme mit Sicherheit verband.

»Atme, Avery«, befahl Cole.

Es fiel ihr schwer, aber sie tat, wie verlangt. Sie nahm einen tiefen Atemzug. Dann noch einen. Sie merkte, dass Cole mit ihr atmete.

»Wir werden ihn nicht an dich heranlassen«, schwor Cole.

»Aber wie könnt ihr ihn aufhalten? Ich habe keine Ahnung, wer er ist, und er weiß offensichtlich genau, wer *ich* bin«, gab sie zurück.

»Einer von uns wird immer an deiner Seite sein, bis er gefasst ist«, versprach Cole ihr.

»Und glaube nicht, dass das nicht passieren wird«, sagte Phantom, bevor sie protestieren und behaupten konnte, es sei nicht möglich. »Sobald wir dich zum Stützpunkt zurückgebracht haben, werden wir dafür sorgen, dass du mit uns nach Hause kommst. In Kalifornien besorgen wir uns die

Akten aller hier stationierten Soldaten und du kannst sie einzeln durchsehen, bis du den Verräter erkennst.

Unser Computergenie Tex wird auch die Bankunterlagen kontrollieren. Ich bezweifle, dass dieses Arschloch Staatsgeheimnisse aus reiner Herzensgüte verraten hat. Wahrscheinlich wurde ihm ein Haufen Geld gezahlt. Jemand muss eine große Summe Geld auf sein Konto eingezahlt haben. Das wird auffallen«, erklärte Phantom.

»Und mit dem Rest unseres Teams können wir dich beschützen, bis wir die Ratte aus ihrem Versteck aufgescheucht haben. Damit wird er nicht durchkommen, Avery. Ich gebe dir mein Wort als SEAL«, sagte Cole.

Ihre absolute Zuversicht, dass sie herausfinden würden, wer hinter allem steckte – dem Angriff auf den Konvoi, dem Tod der beiden Armeeangehörigen und ihrer Folter –, war unglaublich beruhigend. Aber sie war immer noch nicht davon überzeugt, dass sie sie beschützen konnten. »Ich bin mir nicht sicher, ob ich ihn auf einem offiziellen Militärfoto wiedererkennen werde«, gab sie zu. »Er könnte sein Aussehen seit der Aufnahme des Bildes verändert haben. Und es könnte Wochen dauern. Monate. Ihr könnt nicht rund um die Uhr an meiner Seite sein. Ihr habt einen Job, so wie ich auch.«

»Ich habe Vertrauen in dich, Avery. Ich glaube, du unterschätzt dich. Sowohl als Marineoffizierin als auch als Krankenschwester wurdest du darauf trainiert, dir Details zu merken. Ich denke, wenn du nicht mehr mitten in der Wüste bist, sondern in deinem eigenen Zuhause, mit vollem Bauch und geheilten Verletzungen, wirst du dich besser konzentrieren können«, entgegnete Cole. »Und du hast recht, was unsere Jobs angeht, aber wir kennen viele Leute, auch andere SEALs, die gern bereit wären, dich zu beschützen, bis die Sache geklärt ist.«

»Ich will niemandem zur Last fallen«, warf sie sofort ein.

Cole lachte. »Woher wusste ich, dass du das sagen würdest?«, fragte er rhetorisch, bevor er fortfuhr: »Glaub mir, du wirst niemandem zur Last fallen. Und ich schätze, sobald sie deine Geschichte hören, werden sie sich darum reißen, wer dich beschützen darf.«

Sie schüttelte den Kopf an seiner Schulter und spürte das Vibrieren seines Lachens mehr, als dass sie es hörte. Er beugte sich vor, griff nach etwas und hielt es ihr hin. »Warum schaust du nicht, ob du den Rest deiner Nudeln noch essen kannst?«

Avery blinzelte. In der einen Sekunde war sie kurz vor einem Nervenzusammenbruch und in der nächsten fühlte es sich an, als wäre ihr Leben organisiert worden, während man ihr sagte, sie solle essen, als wäre sie ein Kleinkind. Und als sie merkte, dass sie tatsächlich ein wenig Hunger hatte, griff sie nach dem Plastikbeutel, den Cole in der Hand hielt.

»Ich komme zurück, sobald ich kann«, sagte Phantom irgendwo über ihren Köpfen.

Avery schaute auf, konnte aber nicht viel mehr als seine Silhouette erkennen. »Pass auf dich auf.«

»Das werde ich. Wenn ich bis Sonnenaufgang nicht zurück bin, macht weiter wie geplant.«

»Machen wir«, versicherte Cole ihm.

»Phantom?«, sagte Avery schnell.

»Ja?«

»Wenn du nicht vor Sonnenaufgang zurück bist, werde ich dich aufspüren und dir mit dem Stock eins überziehen.«

Es herrschte Stille, bevor sie spürte, wie er mit einer Hand sanft über ihr Haar strich ... dann zog er sie wieder zurück. »Ich glaube, das war das Netteste, was je eine Frau zu mir gesagt hat, Leutnant. Ich werde wiederkommen«, schwor er.

Sie hörte, wie seine Schritte leiser wurden, und bekam

den Eindruck, dass er es absichtlich tat. Hätte er unentdeckt bleiben wollen, hätte er ganz lautlos in der Nacht verschwinden können, das wusste sie.

»War er sarkastisch?«, fragte sie, nachdem Phantoms Schritte verklungen waren.

»Nein. Ich habe dir doch gesagt, dass er keine gute Kindheit hatte. Wir haben immer vermutet, dass Phantom wegen eines perfektionistischen Vaters, der ihn sehr hart behandelt hat, so ist, wie er ist, aber mittlerweile haben wir herausgefunden, dass das nicht der Fall war. Stattdessen waren es seine Mutter und seine Tante, die ihn körperlich und seelisch misshandelten. Er hat sich immer von Beziehungen ferngehalten und ich glaube, dass er deshalb niemals in seinem Leben einer Frau vertraut hat.«

»Das ist scheiße«, sagte Avery. »Er ist ein wenig kratzbürstig, aber er ist ein guter Mann. Das merke ich.«

Cole legte einen Arm um sie und sie stellte fest, dass sie immer noch auf seinem Schoß saß. Sie wollte sich von ihm lösen, aber er ließ sie nicht los. »Mein Schoß ist viel weicher als der Boden«, begründete er sein Handeln. »Iss.«

Avery schluckte angesichts seiner Nettigkeit und beschloss, genau dort zu bleiben, wo sie war. Er hatte recht, seine Oberschenkel waren viel bequemer, als auf dem harten Boden zu sitzen und sich von Steinen in den Hintern piksen zu lassen. Sie aß den Rest ihres Abendessens auf und fühlte sich erneut, als würde sie platzen. Aber sie konnte fast spüren, wie ihr Körper die Nährstoffe so schnell aufnahm, wie sie schluckte. Es würde eine Weile dauern, bis sie wieder ganz die Alte war, aber sie war auf dem besten Weg dahin.

Nach einer Weile sagte sie: »Ich fühle mich, als sollte ich etwas tun.«

»Was denn?«, fragte Cole.

»Ich weiß nicht. Etwas. *Irgendetwas.* Versuchen, mich zu

erinnern, wie der Verräter aussah. Mir einen Plan ausdenken, wie wir zurück zum Stützpunkt kommen. Eine Waffe putzen. Irgendwas.«

»Es gibt nichts, was du jetzt tun kannst, das dir mehr helfen würde, als dich zu entspannen. Dein Körper hat die Hölle durchgemacht. Du musst dich erholen. Wie geht's deinem Kopf? Du sagtest, du dachtest, du hast eine Gehirnerschütterung?«

»Ich *hatte* eine Gehirnerschütterung«, erwiderte sie. »Ich bin Krankenschwester. Ich weiß alles, was bei mir nicht stimmt.«

»Was zum Beispiel?«, konterte er.

»Geprellte Rippen. Unterernährung. Muskelschwund. Meine Augen hatten sich gerade erst an das helle Licht gewöhnt, als es schon wieder dunkel wurde, und ich habe das Gefühl, dass es morgen schwierig sein wird, mich wieder an das Licht zu gewöhnen. Mein Gesicht spannt, was bedeutet, dass ich heute wahrscheinlich einen Sonnenbrand bekommen habe, und obwohl meine Füße sich gut anfühlen, mache ich mir Sorgen, dass ich am Knöchel eine Infektion bekomme.«

»Ich kann nichts für deine Rippen tun, aber ich werde dich weiter mit den Energiegels füttern, bis ich keine mehr habe. Du wirst von der Anstrengung wahrscheinlich Muskelkater bekommen, aber wir haben Schmerzmittel, die helfen. Es tut mir leid, dass die Sonnenbrille verloren gegangen ist, und das mit dem Sonnenbrand ... aber ich freue mich schon darauf, morgen noch mehr Sommersprossen in deinem Gesicht zu sehen als heute. Ich habe Sonnencreme dabei, die du benutzen kannst. Und morgen früh untersuche ich deinen Knöchel, mache ihn sauber, verbinde ihn und gebe dir Antibiotika.«

»Hast du auf alles eine Antwort?«, fragte sie ein wenig

gereizt, obwohl sie bei jeder seiner Antworten auf ihre Beschwerden innerlich dahinschmolz.

»Ja«, erwiderte er, ohne zu zögern.

Kopfschüttelnd ließ Avery ihren Körper langsam gegen seine Brust sinken. »Cole?«

»Ja?«

»Ich hatte heute schreckliche Angst im Fluss.«

Mit dem Arm, den er um ihre Taille gelegt hatte, hielt er sie einen Moment lang fester, bevor er sich wieder entspannte. »Ich auch«, gestand er leise. »Ich wusste, dass ich am Arsch war. Ich war wütend auf mich selbst, dich im Stich gelassen zu haben. Ich wurde beschossen, gefangen gehalten und von den fiesesten Terroristen der Welt gejagt, aber zu wissen, dass ich von einem verdammten Ast zu Fall gebracht werden würde, war demütigend und so verdammt erbärmlich.«

»Ich fühle mich, als wäre es jemand anderem passiert. Als hätte ich über allem geschwebt und zugesehen.«

»Du warst da, Avery. Genau da, verdammt.«

»Ich hatte riesige Angst, dass ich den Halt verlieren und abgetrieben werden würde. Oder dass ich nicht in der Lage wäre, heftig genug gegen den kleinen Ast zu treten, um ihn abzubrechen. Jedes Mal wenn du den Kopf gehoben hast, um nach Luft zu schnappen, dachte ich, das wäre dein letzter Atemzug. Ich weiß, dass wir uns nicht wirklich kennen, auch wenn die Chemie zwischen uns zu stimmen scheint, aber ich schwöre bei Gott, ich hatte den deprimierenden Gedanken, dass ich ... mit deinem Tod etwas sehr Wertvolles verloren hätte. Dass ich verdammt viel verloren hätte.«

Eine Weile lang antwortete Cole nicht. Er drückte sie einfach an seine Brust. Sie zählte, wie er einunddreißigmal einatmete, bevor er schließlich sprach, und seine Stimme war ein wenig unsicher, als er sagte: »Du wirst denken, ich lüge, aber ich schwöre, dass ich es nicht tue. Ich hatte eine Vision von einem kleinen Jungen, der flussabwärts im Wasser kniete. Er starrte mich an und flehte mich an durchzuhalten. Er sagte, ich müsse leben, damit auch er leben könne. Das gab mir die Kraft, mich noch einmal hochzudrücken, um einen weiteren Atemzug zu nehmen. Dann war ich frei und trieb flussabwärts in Richtung Phantom. Glaube nur nicht, ich wüsste nicht, dass du mir das Leben gerettet hast, Avery. Ich bin mir dessen bewusst und schulde dir mehr, als ich je zurückzahlen kann.«

»Tu das nicht«, befahl sie.

»Warum nicht? Es ist die Wahrheit«, entgegnete Cole.

»Nein. Ich empfinde dasselbe für dich. Du wirst nie wissen, wie fantastisch es für mich war, deine Silhouette am Höhleneingang zu sehen. Ich hatte seit einer gefühlten Ewigkeit keinen anderen Menschen mehr gesehen. Und dass du durch die Trümmer geklettert bist, war buchstäblich ein Wunder, von dem ich nicht dachte, dass es geschehen würde. Du hast mir das Leben gerettet und ich dir das deine. Ich glaube, wir sind quitt.«

»Nein, sind wir nicht«, argumentierte Cole.

»Cole«, sagte Avery verärgert.

»Du verstehst das nicht. Zu dem, was du getan hast, hättest du gar nicht fähig sein sollen«, erklärte er. »Nicht in deinem Zustand. Nicht nach allem, was du durchgemacht hast. Ich weiß, dass Frauen zäh und stark sind, darum geht es hier nicht. Aber ich habe in deinen Schuhen gesteckt. Ich weiß genau, wie du dich gefühlt hast, nachdem du nichts zu essen hattest und verprügelt wurdest. Und ich gebe zu, dass ich vermutlich nicht in der Lage gewesen wäre, das zu tun, was du heute getan hast. Du kannst denken, dass wir quitt sind, so viel du willst, aber Phantom und ich kennen die Wahrheit.«

Avery wollte ihm widersprechen und weiter mit ihm

diskutieren, aber plötzlich konnte sie kaum noch die Augen offen halten.

Sie hatte Angst vor dem, was der morgige Tag bringen könnte. Sie war besorgt, dass sie noch immer jemand umbringen wollte. Es graute ihr davor, dass man sie verfolgen und wieder gefangen nehmen könnte. Aber vor allem war sie einfach nur ... müde.

Erschöpft. Geistig und körperlich.

»Schlaf, Avery«, murmelte Cole in ihr Ohr. Er rutschte mit seinem Körper nach unten, bis er seinen Rucksack als Kopfkissen benutzte. Sie lag auf ihm. Ihre Beine waren ineinander verschlungen, ihre Körper aufeinander ausgerichtet.

»Wir passen perfekt zusammen«, flüsterte Avery, ohne sich ihrer Worte wirklich bewusst zu sein.

»Das tun wir«, stimmte Cole zu. »Jetzt sei still und schlaf. Das braucht dein Körper, um zu heilen.«

Innerhalb weniger Sekunden war sie eingeschlafen.

***

Rex schloss nicht die Augen. Er war auf der Hut vor jeder Art von Bewegung. Keiner würde der Frau in seinen Armen auch nur ein Haar krümmen. Nicht, wenn er es verhindern konnte.

Er hatte keine Ahnung, was auf die beiden zukommen würde. Er wusste nur, dass er sehen wollte, wohin die Dinge zwischen ihnen führen könnten. Er wollte sehen, ob die Chemie zwischen ihnen echt oder nur aufgrund ihrer Situation entstanden war. Er respektierte Avery mehr, als er sagen konnte. Unter Druck blieb sie ruhig und tat ohne viel Aufhebens, was getan werden musste.

Bei seinem Geständnis, im Fluss einen kleinen Jungen

gesehen zu haben, hatte er jedoch *nicht* hinzugefügt, dass das Kind kastanienbraunes Haar gehabt hatte.

Dass es grüne Augen hatte, die Averys verdammt ähnlich sahen.

Selbst für Rex klang es verrückt. Er wollte Avery auf keinen Fall erschrecken, indem er ihr erzählte, dass er eine Vision ihres Kindes (ihres *gemeinsamen* Kindes?) gehabt hatte, als er dachte, er würde sterben.

Aber er wusste genau, was er gesehen hatte und was es für ihre Zukunft bedeutete.

Er konnte mit Sicherheit sagen, dass er alles Nötige tun würde, um dafür zu sorgen, dass Avery diese Sache überlebte. Dass derjenige, der sein Land verraten hatte, Avery nicht mit in den Abgrund reißen würde.

Der Kernpunkt war, dass er sie als Leutnant Nelson in Riverton gemocht hatte, aber noch mehr mochte und respektierte er sie als die Frau, die außerordentlich viel Mut und Stärke bewiesen hatte – obwohl sie angesichts ihrer Erlebnisse nichts von beidem hätte haben müssen.

Zwei Stunden später kehrte Phantom zurück.

»Wir sind für morgen bereit«, sagte er zu Rex, dann erklärte er ihm den Plan. Er hatte sich mit Rocco und den anderen in Verbindung setzen können und sie planten ihre Evakuierung. Es konnte ihm gar nicht schnell genug gehen, besonders nach allem, was Avery ihnen über den Angriff auf den Konvoi erzählt hatte und warum sie gefangen genommen worden war.

Ein Verräter war auf freiem Fuß, und je schneller sie Avery aus Afghanistan herausholten, desto besser. Sie könnte alles, woran sie sich erinnerte, der Polizei und der Strafverfolgungsbehörde der Navy erzählen, und die wiederum könnten das Arschloch finden, das sein Land verraten, den Tod von zwei unschuldigen Männern verursacht und versucht hatte, Avery zu töten.

Nachdem Phantom sich in der Nähe niedergelassen hatte, um ein paar Stunden zu schlafen, entspannte Rex sich selbst ein wenig. Er brauchte auch etwas Schlaf und wusste, dass er morgen nach allem, was passiert war, Muskelkater haben würde. Aber ein paar schmerzende Muskeln waren nichts im Vergleich dazu, tot zu sein.

Ohne nachzudenken, drehte er den Kopf und küsste Avery sanft auf die Stirn. Sie bewegte sich in seinem Griff und kuschelte sich noch enger an ihn. Ein seltsames Gefühl durchströmte Rex. Ein Gefühl der Richtigkeit, das er noch nie zuvor verspürt hatte, schon gar nicht mitten in einer Mission.

Avery war etwas Besonderes. Das konnte er mit jeder Faser seines Körpers spüren. Und er würde tun, was auch immer nötig war, damit sie ihr Leben so fortführen konnte, wie es gewesen war – bevor sie sich zur falschen Zeit am falschen Ort befunden hatte.

Niemand würde das Licht in ihr auslöschen.

Niemand.

KAPITEL SIEBEN

Früh am nächsten Morgen beugte Rex sich über Avery und schüttelte sie sanft. Er war dreißig Minuten zuvor unter ihr herausgerutscht, hatte seine Tasche neu gepackt und alles vorbereitet, damit sie den Berg hinauf zu ihrem Evakuierungspunkt gehen konnten.

Er hatte eine weitere Feldration für sie aufgewärmt und einige Erste-Hilfe-Materialien rausgelegt, damit er sich um ihren Knöchel und ihre Füße kümmern konnte. Außerdem hatte er eine weitere Tasse des beschissenen löslichen Kaffees sowie ein starkes Schmerzmittel vorbereitet. Er hatte heute Morgen starken Muskelkater und wusste, dass es ihr vermutlich nicht besser gehen würde.

In der einen Sekunde rüttelte er noch an ihrer Schulter und in der nächsten saß er auf seinem Hintern im Dreck. Sie wachte kämpfend auf und schaffte es, ihm einen Tritt gegen den Oberschenkel zu verpassen, der ihn aus dem Gleichgewicht brachte. Aber innerhalb einer Sekunde war er wieder auf den Beinen, hielt ihr eine Hand über den Mund und drückte sie mit seinem Körper zu Boden.

Sie wehrte sich so heftig gegen ihn, dass Rex Mühe

hatte, sie ruhig zu halten. Phantom kam herüber und half ihm, während Rex sein Bestes tat, um sie vollständig aufzuwecken und in die Gegenwart zurückzubringen.

»Avery, ich bin's, Cole. Es geht dir gut. Du bist in Sicherheit.«

Sie zappelte noch eine Weile in seinen Armen, dann schienen die Worte zu wirken. Sie erstarrte unter seinen Händen, öffnete die Augen und schaute zu ihm auf.

»Bist du jetzt wach?«, fragte Rex.

Sie nickte.

Langsam hob er seine Hand, bereit, sie ihr wieder auf den Mund zu legen, sollte sie schreien, aber sie leckte sich nur über die Lippen und sah ihn stirnrunzelnd an.

Rex spürte, wie Phantom sich von ihren Beinen löste und zurücktrat. Er strich ihr mit einer Hand über das Haar und fragte leise: »Geht es dir gut? Habe ich dir wehgetan?«

Sie schüttelte sofort den Kopf und Rex schnaubte. Avery hatte sich keinen Zentimeter bewegt, also hatte sie keine Ahnung, ob er ihr wehgetan hatte oder nicht.

»Es tut mir leid«, flüsterte sie. »Habe ich geschrien? Ist unsere Position gefährdet?«

»Du musst dich nicht entschuldigen«, sagte Rex barsch. Er tat sein Bestes, seine Gefühle zu zügeln. Er war nicht auf *sie* wütend, sondern auf die Situation. Ihr Tritt war kein Witz gewesen. Sie hatte um ihr Leben gekämpft und es verärgerte ihn, dass sie ihn für einen ihrer Entführer gehalten hatte. Er hasste den Gedanken, dass sie in einer Situation gewesen war, in der sie sich vor Männern hatte schützen müssen, die sie misshandelt hatten. Er war stolz darauf, dass sie nicht gezögert hatte, das Nötige zu tun, um sich selbst zu schützen, aber es gefiel ihm trotzdem nicht. In der Theorie wusste er, dass sie Soldatin war und eine Ausbildung in Selbstverteidigung hatte, aber das machte die Realität, sie um ihr Leben kämpfen zu sehen, nicht einfacher. »Du hast nicht geschrien. Aber ich wusste nicht, ob du es tun würdest, also musste ich vorsichtig sein«, sagte er, wobei er sich bemühte, in seinen Tonfall mehr Entspannung einfließen zu lassen, als er fühlte.

Sie nickte. »Ich verstehe.«

»Ich helfe dir, dich aufzusetzen«, sagte Rex und griff nach ihrer Schulter. Er sah, wie sie leicht zusammenzuckte und dann ihr Bestes tat, um ihre Reaktion auf seine Berührung zu verbergen. Auch das hasste er, aber er verstand es. Nachdem er aus der Gefangenschaft nach Hause gekommen war, hatte er sehr lange Zeit nicht gewollt, dass ihn jemand berührte. Selbst die kleinste Bewegung eines Arms ließ ihn zurückschrecken.

Avery stöhnte, als sie sich aufrichtete, und Rex konnte den Schmerz in ihrem Gesicht sehen.

»Hier«, sagte er und hielt ihr zwei weitere der Tabletten hin, die sie am Vortag genommen hatte. »Die werden die Schmerzen lindern.«

»Danke.« Sie zögerte nicht, danach zu greifen. Das allein zeigte Rex, dass sie vermutlich mehr Schmerzen hatte, als sie zugeben wollte. Ihre aufgeplatzte Lippe sah schon etwas besser aus, aber sie hatte immer noch blaue und grüne Blutergüsse im Gesicht und auf den Armen.

Phantom streckte eine Hand über seine Schulter und Rex nahm ihm den Becher mit dem Kaffee ab, um ihn Avery zu reichen. Sie lächelte die beiden an und trank einen Schluck, wobei sie freudig die Augen schloss. Sie schluckte die Tabletten hinunter, während Rex ihr noch schnell eine Feldration aufwärmte, bevor sie sich auf den Weg machten. Die Sonne ging gerade auf und ließ alles um sie herum in einem dunstigen Rosa leuchten.

Rex setzte sich neben Avery, während sie aß.

»Das hat mir gefehlt«, sagte sie zwischen zwei Bissen und blickte in die Ferne.

»Was?«

»Das. Der Sonnenaufgang. Er ist in der Wüste so schön. Ich glaube, so lange in der Dunkelheit zu sein war härter als die Schläge. Der Sonnenaufgang am Morgenhimmel hat einfach etwas, das mich an Neuanfang und Hoffnung denken lässt.«

Rex konnte nicht behaupten, jemals darüber nachgedacht zu haben. Normalerweise bedeutete der Sonnenaufgang, dass er mit seinen Teamkameraden trainierte oder dass sie, wenn sie sich auf einer Mission befanden, besonders vorsichtig sein mussten, da ihre Feinde sie durch das Licht leichter entdecken konnten. Aber es gefiel ihm, den Morgen durch ihre Augen zu sehen.

Sie ließ mehr als die Hälfte der Mahlzeit übrig, aber er versuchte nicht, sie zu mehr zu überreden. Sie war erwachsen, eine Krankenschwester und wusste, was ihr Körper leisten konnte und was nicht. Er schlang den Rest in vier großen Bissen hinunter und stand auf, um den leeren Behälter in seiner Tasche zu verstauen.

»Wie lautet der Plan?«, fragte Avery hinter ihm.

»Zuerst schaue ich mir deine Füße an. Dann werden wir den Berg hinaufgehen.« Er deutete auf den hohen Gipfel zu ihrer Rechten. »Dann holt uns ein Hubschrauber ab und bringt uns zum Stützpunkt, wo wir uns mit dem Rest des Teams neu gruppieren und nach Hause fliegen.«

Sie starrte ihn einen Moment lang an und fragte dann: »Wir sehen uns also in Kalifornien, wann immer sie mich nach Hause schicken, richtig?«

Rex schüttelte den Kopf. »Nein, du verstehst nicht. Als ich sagte, dass *wir* uns neu gruppieren und nach Hause fliegen, meinte ich uns alle. Zusammen.«

Sie runzelte die Stirn. »Ich weiß, dass ich in die Staaten zurückgeschickt werde, auch wenn mein Einsatz noch nicht vorbei ist, da so die Prozedur für Kriegsgefangene läuft. Ich dachte, ich hätte Phantom vorhin falsch verstanden, als er sagte, ich würde mit eurem Team nach Hause fliegen.«

»Du hast ihn nicht falsch verstanden«, entgegnete Rex.

»Kann ... Wie ist das möglich?«

Rex bewegte sich langsam, um sie nicht wieder zu erschrecken, und legte ihr eine Hand auf die Schulter. »Das Wie ist nicht wichtig, du musst nur wissen, dass es passieren wird. Du musst schnell nach Hause kommen, und wir werden uns darum kümmern. In diesem Land ist es offensichtlich nicht sicher für dich.«

Rex sah das Verständnis in Averys Gesicht. »Richtig. Ich muss den Mann identifizieren, den ich im Dorf gesehen habe«, sagte sie. »Er wollte, dass ich auf der Stelle getötet werde, und er könnte leicht jemand anderen anheuern, der dafür sorgt, wenn ich lange genug hier bin.«

»Genau«, stimmte Phantom zu.

»Danke«, sagte Avery. Dann warf sie einen Blick auf Rex. »Ich kann mich selbst um meine Füße kümmern, wenn du noch andere Dinge zu tun hast, um unseren Aufbruch vorzubereiten.«

Rex schüttelte den Kopf. »Ich habe mich schon fertig gemacht, als du heute Morgen noch geschlafen hast. Es wird nur fünf Minuten oder so dauern.«

Sie grinste ihn an. »Okay, aber du solltest wissen, dass ich dich die ganze Zeit beurteilen werde. Ich meine, ich bin immerhin Krankenschwester.«

Er lächelte zurück. »Ich habe nichts anderes erwartet, Leutnant.«

Ihm gefiel das lockere Geplänkel zwischen ihnen. Noch mehr gefiel ihm, dass sie mit Phantom gut zurechtzukommen schien. Er war nicht gerade ein Mann, zu dem man leicht eine Bindung aufbauen konnte. Und obwohl sie in den letzten vierundzwanzig Stunden alle sehr beschäftigt gewesen waren und Phantom nicht viel Zeit gehabt hatte, sich mit ihr zu unterhalten – und sie zu beleidigen –, war er auch nicht gerade der Charme in Person gewesen. Aber Avery schien es nicht bemerkt zu haben.

Sie bedankte sich noch einmal bei Phantom für den Kaffee und setzte sich dann auf den Felsen, neben dem sie geschlafen hatten. Rex kam mit den Verbänden sowie einem weiteren Paar sauberer Socken nach und reinigte und verband ihre Füße erneut. Heute sahen sie geschwollen und wund aus, aber leider konnten sie sich nicht den Luxus erlauben, einen Tag länger zu warten und sie ausruhen zu lassen. Seit sie in die Nähe der Höhle zurückgekehrt waren, in der sie gefangen gehalten und die Waffen an Sympathisanten der Rebellen verteilt worden waren, befanden sie sich definitiv in Gefahr.

Die Evakuierung per Hubschrauber war heute genauso riskant wie gestern, aber hoffentlich hätten sie etwas mehr Zeit, um in den Hubschrauber zu kommen, als es am Tag zuvor der Fall gewesen wäre. Zum einen waren sie nur zu dritt anstatt zu siebt. Und zweitens würde beim Auftauchen des Hubschraubers nicht wie gestern eine Rebellengruppe auf sie zustürmen.

Wenn sie Glück hatten.

Solange sie nicht sicher hinter den Mauern des amerikanischen Stützpunktes saßen, würde Rex keine Ruhe finden ... und vermutlich nicht einmal dann. Denn wenn das, was Avery gesehen hatte, stimmte, hatte der Oberstabsfeldwebel recht – es gab definitiv einen Verräter unter ihnen. Einen Amerikaner, der kein Problem damit hatte, genau die Leute zu bewaffnen, gegen die sie eigentlich kämpfen sollten. Es war möglich, dass er ihren Fortschritt im Alleingang um einige Jahre zurückgeworfen hatte. Die Armee und die Marine hatten hart gearbeitet, um die Einheimischen zu schützen und zu verhindern, dass die Aufständischen die Waffen in die Hände bekamen, zu denen sie jetzt Zugang hatten. Und wenn sich derjenige, der den Konvoi verraten und Averys Tötung angeordnet hatte, auf dem Stützpunkt befand, wäre sie definitiv nicht sicher.

Rex band die Schnürsenkel ihrer Stiefel zu, aber bevor sie aufstehen konnte, legte er ihr eine Hand aufs Schienbein, um sie aufzuhalten. »Geht es dir gut?«, fragte er leise.

Sie starrte ihn einen Moment lang an, bevor sie antwortete: »Nein. Aber das wird schon wieder.«

Ihre Ehrlichkeit ließ seinen Respekt für sie ins Unermessliche steigen – und das wollte etwas heißen, denn er respektierte sie bereits in höchstem Maße. »Du darfst menschlich sein, weißt du«, sagte er.

Sie verzog die Lippen zum Anflug eines Lächelns. »Das sagt der Navy SEAL, der sich wahrscheinlich monatelang von Dreck und Luft ernähren könnte, wenn er müsste.«

Rex grinste. »Jahrelang«, witzelte er. Dann wurde er ernst. »Im Ernst, du hast dich viel besser gehalten, als ich erwartet hätte.«

»Für eine Frau?«, neckte sie ihn.

Aber Rex ging nicht auf ihren Köder ein. »Nein, für jemanden, der entführt, geschlagen und gefoltert wurde und zwei Wochen lang nichts zu essen hatte. Du hast mir gestern das Leben gerettet, und das nehme ich nicht auf die leichte Schulter. Du bist ohne jegliche Beschwerde gelaufen, obwohl ich weiß, dass deine Füße und dein Körper höllisch wehgetan haben müssen. Du bist, ohne zu zögern, in den Fluss gesprungen und als die Dinge aus dem Ruder liefen, hast du getan, was getan werden musste. Du machst der Marine alle Ehre, Leutnant.«

Sie holte tief Luft, dann murmelte sie: »Danke.«

»Gern geschehen. Irgendwelche Fragen zu heute?«

»Nein. Du führst und ich folge. Ich muss nicht alle Details wissen.«

Rex nickte. Sie hatte recht. Er wäre bereit gewesen, ihr

alles zu erzählen, was er wusste, aber sie hatten keine Zeit und sie wussten beide, dass er, Phantom und der Rest ihres Teams hier die Experten waren, wenn es hart auf hart kam.

»Cole?«

»Ja?«

»Ich möchte mich gern so schnell wie möglich mit meiner Familie in Verbindung setzen. Sie muss krank vor Sorge sein. Meinst du, das lässt sich einrichten, wenn wir wieder auf dem Stützpunkt sind?«

»Natürlich«, sagte Rex sofort.

»Danke. Meine Schwester lebt in Florida und meine Eltern sind in Texas. Sie waren alle nervös wegen meines Einsatzes, und obwohl ich mich nicht darauf freue, mir ihr *Ich hab's dir ja gesagt* anzuhören, weil ich ihre Bedenken über die Gefahr hier ignoriert habe, muss ich ihre Stimmen hören.«

»Ich werde dafür sorgen, dass du mit ihnen sprichst, bevor wir losfliegen«, versicherte Rex ihr.

»Danke. Hast du Familie?«

»Ja. Meine Eltern sind geschieden. Meine Mutter wohnt in Nordkalifornien und ist wieder verheiratet, und mein Vater lebt als glücklicher Single in New York.«

»Das tut mir leid«, sagte Avery mit einem leichten Stirnrunzeln.

»Das muss es nicht. Es ist besser, wenn sie getrennt sind. Sie sind beide großartige Menschen und getrennt viel glücklicher als zusammen.«

»Wissen sie, was du tust?«

»Dass ich ein SEAL bin? Ja.«

Sie schüttelte den Kopf. »Okay, aber wissen sie auch, wie viel du für Menschen wie mich bedeutest? Menschen, die buchstäblich am Ende ihrer Kräfte sind und wissen, dass sie sterben werden, bevor du und dein Team auftauchen, um sie zu retten?«

Diesmal schüttelte Rex den Kopf. »Ich bin kein Superheld«, warnte er. »Ich bin ein ganz normaler Typ. Ich fluche zu viel, schaue zu viel Sport im Fernsehen und kann nur einfache Gerichte kochen. Mach mich nicht zu etwas, das ich nicht bin.«

Avery verdrehte die Augen. »Wie auch immer. Und damit das klar ist, echte Frauen kümmert das alles einen Dreck. Wir wollen jemanden, auf den wir uns verlassen können, wenn wir ihn brauchen. Ich nehme es gern in Kauf, den ganzen Tag und die ganze Nacht Fußball im Fernsehen zu sehen und für die Küche zuständig zu sein, wenn ich jemanden hätte, von dem ich weiß, dass er alles stehen und liegen lässt, um zu mir zu kommen, wenn ich ihn am meisten brauche. Und du, Cole, bist definitiv diese Art von Mann, ob du es nun zugeben willst oder nicht.«

Sie starrten einander einen Moment lang an. Rex gefiel es, dass sie ihn so sah, aber er befürchtete auch, dass sie ihn auf ein mächtig hohes Podest stellte – und wenn er einen falschen Schritt machte, wäre es ein tiefer Fall.

»Kann's losgehen?«, fragte Phantom aus der Nähe, womit er den intimen Bann brach, der sich um Rex und Avery gebildet hatte.

»Wir sind bereit«, antwortete Avery und wandte den Blick von Rex ab, als sie aufstehen wollte.

Sofort legte Rex ihr eine Hand auf den Arm, um ihr zu helfen. Sie schwankte kurz, dann hatte sie sich wieder unter Kontrolle. Er runzelte die Stirn. »Wirst du es bis zum Gipfel schaffen?«, fragte er. Sein Blick fiel auf den Berghang, den sie erklimmen mussten, bevor er wieder sie ansah.

»Ja«, erwiderte sie entschlossen.

Rex nickte. Er hätte wissen müssen, dass das ihre Antwort sein würde. Er drehte sich zu Phantom um und der andere Mann hob leicht das Kinn. Er wusste genauso gut wie Rex, wie hart und stur die Frau war. Er würde genauso wie Rex darauf achten, wie es ihr erging.

Er ging hinüber, um seinen Rucksack zu holen, und Avery fragte: »Kann ich etwas tragen?«

Rex schnaubte und machte sich nicht die Mühe zu antworten.

»Im Ernst, ich fühle mich beschissen, weil ich nicht helfe. Diese Rucksäcke müssen schwer sein.«

Rex drehte sich, um zu antworten, aber Phantom war bereits zu ihr hinübergegangen und legte ihr eine Hand auf die Schulter. Rex stand skeptisch in der Nähe, bereit, den Schaden zu begrenzen, falls Phantom etwas Unangemessenes von sich gab.

»Du hilfst«, versicherte er ihr. »Du hilfst, indem du das tust, worum wir dich bitten. Indem du dich nicht beschwerst. Indem du fröhlich bleibst. Du hast in den letzten zwei Wochen eine schwere Last auf deinen Schultern und in deinem Herzen getragen und wirst das wahrscheinlich auch noch eine Weile lang tun. Deine Aufgabe ist es, einen Fuß vor den anderen zu setzen und weiterzumachen, egal was passiert. Kannst du das tun?«

Avery nickte sofort.

»Gut«, sagte Phantom. »Wie wäre es dann, wenn wir aus dieser Wüste verschwinden und nach Hause fliegen?«

»Klingt nach einem guten Plan«, antwortete Avery.

Phantom drehte sich um, ohne einen Blick zurück zu werfen, und ging auf die Seite des Berges zu.

»Bereit?«, fragte Rex leise, da er sah, wie Avery Phantom mit unergründlicher Miene beobachtete.

Sie holte tief Luft und nickte. »Bereit.«

Ihre Blicke trafen sich für eine Sekunde und Rex entdeckte eine Verletzlichkeit in ihren Augen, die er vorher noch nie gesehen hatte. Phantoms Worte hatten einen Nerv getroffen. Sie war stark, widerstandsfähig und all die anderen Dinge, für die Rex sie bewunderte, aber die Erlebnisse waren nicht spurlos an ihr vorbeigegangen. Phantom hatte das erkannt, es offen angesprochen und sie trotzdem akzeptiert.

Er nahm sich vor, sein Bestes zu tun, um Phantoms Beispiel zu folgen. Er wollte Avery nicht zwingen, das Geschehene zu verdrängen. Sie musste damit fertigwerden. Weinen, wütend werden, sauer sein. Erst dann konnte sie es hinter sich lassen.

Zwei Stunden später gingen sie immer noch stetig aufwärts. Sie waren in der Nähe der Höhle, in der sie Avery gefunden hatten, und befanden sich für den Moment auf einem relativ flachen Stück Boden. Sobald sie an ihrem Ziel angekommen waren, mussten sie noch etwa dreihundert Meter weiter aufsteigen, damit ein Hubschrauber sie abholen konnte. Phantom hatte eine Zeit für die Evakuierung vereinbart. Sollte etwas vorfallen, das ihnen einen Strich durch die Rechnung machte, würde er das Team anrufen und informieren. Bisher lief jedoch alles nach Plan.

Sie hatten gerade die relative Sicherheit einer kleinen Gruppe von Felsbrocken verlassen, als sie Stimmen hörten.

Ohne nachzudenken, eilte Rex die drei Schritte zu Avery, die sie getrennt hatten, und riss sie heftig zu Boden.

Sie stieß ein leises *Uff* aus, gab aber kein weiteres Geräusch von sich, als sie im Dreck landete. Rex hatte sein Bestes getan, um ihren Sturz mit seinen Armen abzufedern, aber es konnte sich trotzdem nicht gut angefühlt haben, praktisch von ihm umgenietet zu werden. In dem Wissen, dass auch Phantom in Deckung gegangen war, konzentrierte Rex sich darauf, Avery zu beruhigen.

Er lag auf ihr und bedeckte hoffentlich jeden Zentimeter ihres Körpers mit seinem. Er senkte den Kopf, bis seine Lippen an ihrem Ohr waren. »Halt ganz still, Avery. Sie werden direkt an uns vorbeigehen.«

Ihr Herz hämmerte und er sah, dass der Puls an ihrem Hals den ihres Herzschlags widerspiegelte. Sie sagte kein Wort. Sie nickte nicht. Sie bewegte sich nicht einmal unter ihm. Rex drückte seine Arme enger an ihren Körper und betete, dass die braunen Tarnuniformen, die sie trugen, ihren Zweck erfüllten.

Sie befanden sich auf freiem Feld, umgeben von Gestrüpp und anderen dürren Sträuchern, mit ein paar größeren Felsbrocken hier und da. Wenn sie entdeckt würden, könnten sie zu den Felsen zurücklaufen, an denen sie gerade vorbeigekommen waren, aber sie wären auf der Flucht leichte Beute. Sowohl er als auch Phantom hatten Waffen, und obwohl es so klang, als wären es nur ein paar Männer, würden die Schüsse alle anderen in der Gegend alarmieren.

»Atme, Avery. Nicht die Luft anhalten. Achte auf meine Atemzüge. Ein ... aus ... so ist es richtig.« Rex tat sein Bestes, sie zu beruhigen. Er wagte es nicht, den Kopf zu drehen oder aufzuschauen, um zu sehen, wo die Männer waren. Er konnte sie immer noch reden hören, und hier draußen in der Wüste konnte das bedeuten, dass sie direkt über ihnen waren oder weit genug entfernt, um nicht entdeckt zu werden. Aber er wollte kein Risiko eingehen. Nicht mit Averys Leben.

In der Nähe gab es eine Straße sowie andere Höhlen. Sie mussten einfach abwarten. Eine Schweißperle rann ihm langsam über die Stirn und tropfte auf den Boden unter ihm. Er sah, dass auch Averys Gesicht schweißbedeckt war. Auf dem warmen Sand und unter seinem schweren Körper musste ihr heiß sein. Aber sie rührte keinen einzigen Muskel. Sie tat genau das, was sie tun sollte – sie wurde ein Teil der Wüste, durch die sie sich bewegt hatten.

Es dauerte fast dreißig Minuten, die längsten dreißig Minuten in Rex' Leben, aber schließlich verstummten die

Stimmen der Männer. Er und Phantom blieben noch zehn Minuten an Ort und Stelle, nur um sicherzugehen.

Als Rex sich langsam von Avery löste, sah er, wie sie tief einatmete. »Habe ich dich erdrückt?«, fragte er tonlos, wohl wissend, dass ihre Stimmen ebenso weit zu hören wären wie die der Männer.

Avery machte keine Anstalten, sich aufzusetzen. Sie lag nur im Sand und schüttelte den Kopf.

Rex legte eine Hand in ihren Nacken und sagte: »Sieh mich an.«

Sie drehte den Kopf und ließ ihre Wange auf dem Sand ruhen. Ihr Nacken war unter seiner Hand schweißnass und er konnte sehen, dass ihre Haare auf ihrer Stirn klebten.

»Es ist alles gut«, versicherte er ihr. »Sie haben uns nicht gesehen.« Das wusste sie, aber er war sich nicht sicher, was er noch sagen sollte, um sie zu beruhigen.

»Ich weiß«, flüsterte sie zurück. »Ich ... ich brauche nur einen Moment.«

Rex wollte ihr alle Zeit der Welt geben, um ihr Gleichgewicht wiederzufinden, aber diese hatten sie leider nicht. Er nickte dennoch und beschloss, dass sie ein oder zwei Minuten haben konnte, nachdem sie sich in dieser nervenaufreibenden halben Stunde so gut geschlagen hatte.

Er war es gewohnt, sich verstecken zu müssen, aber es war trotzdem anstrengend, selbst für ihn. Für jemanden wie Avery, die noch nie so wie er und seine SEAL-Kameraden einer Gefangennahme hatte entgehen müssen, mussten sich die dreißig Minuten wie eine Ewigkeit angefühlt haben.

Ein Blick zu Phantom zeigte ihm, dass der andere Mann äußerste Geduld zeigte, was Rex zu schätzen wusste.

Gerade als Rex Avery sagen wollte, dass sie weitergehen mussten, bewegte sie sich. Sie hob den Kopf und drehte sich auf alle viere. Sie kniete sich hin und holte noch einmal tief

Luft, bevor sie sich den Sand so gut wie möglich von Wange und Stirn wischte und aufstand.

Rex war schon sehr lange nicht mehr so stolz auf jemanden gewesen.

»Ich bin bereit«, sagte sie, wobei Rex das Zittern in ihrer Stimme ignorierte.

Als sie sich diesmal auf den Weg machten, nahm er ihre Hand in seine. Sie gingen Seite an Seite durch das felsige Gelände auf die nächste Steigung zu, die sie nehmen mussten, um zum Treffpunkt zu gelangen.

KAPITEL ACHT

Avery lutschte an dem Energiegel, das Cole ihr gegeben hatte, bevor er sich auf den Weg gemacht hatte, die Gegend zu erkunden, in der der Hubschrauber sie abholen sollte. Sie waren etwa eineinhalb Stunden zu früh dran. Es machte sie nervös, so lange an einem Ort zu bleiben, aber Phantom und Cole schienen nicht besorgt zu sein.

Sie nahm an, dass sie froh sein konnte, dem Zeitplan voraus zu sein. Aber sie konnte nicht umhin, daran zu denken, wie viel Angst sie vorhin gehabt hatte. Sie waren auf freiem Feld ohne Deckung gewesen. Sie wusste Coles Beschützerinstinkt zu schätzen, auch wenn das Gewicht auf ihrem Rücken sehr schwer gewesen war. Ihre Rippen hatten protestiert und es war schwer gewesen, tief durchzuatmen. Sie hatte keine Ahnung gehabt, wie sie übersehen werden sollten, aber wie durch ein Wunder hatte es funktioniert. Sie hatten sich so gut in die Brauntöne des Wüstenbodens eingefügt, dass die Männer sie nicht sehen konnten – wenn sie überhaupt auf die Landschaft geblickt hatten.

Die ganze Erfahrung machte ihr wieder einmal klar, wie viel sie Cole und Phantom zu verdanken hatte. Ihrem ganzen Team. Und die Vorstellung, dass sie das die ganze Zeit taten, ihr Leben aufs Spiel setzten, um anderen zu helfen und Terroristen aufzuspüren, weckte in ihr eine völlig neue Wertschätzung für die SEALs und alle anderen Spezialeinheiten.

Sie war nicht begeistert, dass Cole ihr sicheres kleines Versteck verlassen hatte, um nach Gefahren in ihrer Umgebung zu sehen, aber sie konnte auch nicht protestieren und ihn anflehen zu bleiben. Phantom war an ihrer Seite und ebenso in der Lage, sie zu beschützen, aber irgendetwas an Cole gab ihr einfach ein Gefühl der Ruhe.

»Bist du fertig damit?«, fragte Phantom.

Avery zuckte zusammen. Sie war so in ihre Gedanken versunken gewesen, dass seine Worte ihr einen riesigen Schreck einjagten.

»Tut mir leid«, sagte Phantom. »Ich wollte dich nicht erschrecken.«

»Ist schon okay. Ich sollte besser aufpassen.« Avery reichte ihm die leere Gelpackung. Das Zeug schmeckte zwar nicht besonders gut, aber sie konnte nicht leugnen, dass es ihr sehr gut geholfen hatten, ein wenig Energie zu tanken. Außerdem hatten sie die perfekte Größe. Sie konnte mittlerweile den Inhalt einer ganzen Packung zu sich nehmen, ohne das Gefühl zu haben, sie müsse sich übergeben.

Phantom steckte die leere Verpackung in eine Seitentasche seines Rucksacks und drehte sich wieder zu ihr um. »Also«, sagte er, »was macht ein so schönes Geschöpf wie du an einem Ort wie diesem?«

Avery kicherte leise und rollte mit den Augen.

»Okay, das klang schrecklich, aber im Ernst ... wir haben Zeit totzuschlagen. Warum wolltest du Krankenschwester werden und warum bist du hier mitten im Nirgendwo?«

Da sie um jeden Preis von ihren Sorgen um Cole abgelenkt werden wollte, schlang Avery die Arme um ihre hoch-gezogenen Beine und erzählte ihm ihre Geschichte.

»Als ich ungefähr zehn war, musste meine Mutter ins Krankenhaus. Ich dachte, sie würde sterben, obwohl es nur ihr Blinddarm war. Aber sie behielten sie ein oder zwei Tage im Krankenhaus, um die Schwellung abklingen zu lassen, bevor sie die Operation vornehmen konnten. Mein Vater verbrachte jede Nacht in ihrem Zimmer und eine Nach-barin kümmerte sich um meine Schwester und mich. Aber wir besuchten sie jeden Tag. Ich war fasziniert von den Krankenschwestern. Sie lächelten immer und beruhigten sowohl meine Mutter als auch uns. Sie unterhielten uns und brachten uns kleine Süßigkeiten. Ich erinnere mich, dass ich geweint habe, als meine Mutter zur Operation abgeholt wurde, und eine der Krankenschwestern nahm mich beiseite und sagte mir, dass sie wieder gesund werden würde. Dass sie die ganze Nacht da sein und sich gut um sie kümmern würde. In diesem Moment beschloss ich, dass ich genau wie sie sein wollte.«

»Interessant«, entgegnete Phantom.

Avery legte den Kopf schief. »Du sagst das, aber ich bin mir nicht sicher, ob du es wirklich so meinst.«

»Nein, ich meine es wirklich so«, protestierte Phantom.

Avery sah ihn einen Moment lang an, dann fragte sie: »Was genau ist daran interessant?«

Phantom lachte leise. »Du bist sehr gut darin, Menschen zu lesen, wusstest du das?«

»Ja. Jetzt hör auf, der Frage auszuweichen«, schimpfte Avery.

»Ich finde nur die Beziehung zwischen dir und deiner Mutter – und dieser Krankenschwester – interessant. Das ist alles.«

»Warum?«

Avery dachte nicht, dass er antworten würde. Nach dem

wenigen, was sie über Phantom wusste, hatte sie den Eindruck, dass er nicht viel über sich selbst sprach. »Hör zu, du weißt verdammt viel über mich«, sagte sie. »Du weißt, wie ich aussehe, wenn ich zwei Wochen lang nicht geduscht habe. Dass ich süchtig nach Kaffee bin. Dass ich kein Fan von Käfern bin. Dass ich jetzt Angst vor der Dunkelheit habe. Dass ich in medizinischen Situationen das Sagen habe und keine Gnade kenne, wenn jemand es wagt, sich einzumischen und mich zu untergraben. Also rede.«

Er grinste, dann wandte er den Blick ab. Sie wollte gerade den Mund aufmachen und ihm sagen, dass sie nur scherzte und er ihr überhaupt nichts erzählen müsse, als er zu sprechen begann.

»Ich habe meinen Vater nie gekannt. Er war nur ein Typ, den meine Mutter gevögelt hat. Sie lebte mit ihrer Schwester zusammen und beide waren nicht begeistert, dass ich ein Junge wurde. Als ich noch sehr jung war, war alles in Ordnung, aber je älter ich wurde, desto mehr haben sie ihren Hass auf die männliche Spezies an mir ausgelassen. Ich erspare dir die Details ... aber es verging kein Tag, an dem ich nicht körperlich oder seelisch misshandelt wurde. Ich musste alles perfekt machen, sonst wurde ich bestraft. Ich musste nie zwei Wochen lang so wie du ohne Nahrung auskommen, aber das lag nur daran, dass ich es aus den Brotboxen meiner Mitschüler gestohlen habe. Meine Mutter und meine Tante haben sich jedenfalls nicht die Mühe gemacht, mich mit Essen zu versorgen.«

»Scheiße, Phantom, das tut mir leid«, sagte Avery entsetzt.

»Ja. Aber ich finde deine Geschichte auch deshalb interessant, weil ich ungefähr dreizehn war, als mein Blinddarm geplatzt ist. Ich wurde in mein Zimmer eingesperrt mit der Aussage, ich solle aufhören zu jammern. Nach einem Tag, an dem ich dachte, ich würde vor Schmerzen sterben, habe ich mein Fenster eingeschlagen und mich aus dem Haus geschlichen. Ich bin drei Kilometer weit zu einer Arztpraxis gelaufen und habe den Arzt angefleht, etwas gegen die Schmerzen zu tun. Er rief meine Mutter an.«

Avery verzog das Gesicht.

»Ja«, murmelte Phantom, »sie war nicht glücklich. Ich wusste, dass ich sterben würde, wenn sie mich wieder nach Hause bringt. Irgendetwas stimmte nicht mit mir. Etwas Schlimmes. Ich wusste nicht, was es war, ich wusste nur, dass ich es nicht schaffen würde, wenn ich nicht medizinisch versorgt würde. Ich sagte meiner Mutter, wenn sie mich nicht sofort in die Notaufnahme bringt, würde ich dafür sorgen, dass jeder erfährt, wie sehr sie und ihre Schwester mich misshandelt hatten. Sie musste etwas in meiner Stimme gehört haben, das ihr sagte, dass ich es ernst meinte. Sie fuhr mich in ein Krankenhaus und ging. Ich habe über mein Alter gelogen. Selbst mit dreizehn war ich größer als die meisten anderen Kinder, also log ich und behauptete, ich sei obdachlos und hätte keine Versicherung. Ich wurde noch am selben Nachmittag operiert. Nur waren die Krankenschwestern, die sich um mich kümmerten, nicht so wie die, die du hattest. Ich war ein Niemand, der niemanden hatte, der sich um mich sorgte, und wurde überwiegend ignoriert.«

Avery konnte sich nicht verkneifen, eine Hand nach ihm auszustrecken. Sie beugte sich vor und legte sie auf sein Knie. »Es tut mir leid, Phantom.«

Er zuckte mit den Schultern.

»Was ist passiert?«

»Nichts. Ich bin am nächsten Nachmittag nach Hause gegangen, weil ich es satthatte, nicht beachtet zu werden.«

»Du bist nach Hause gegangen?«, fragte Avery ungläubig.

»Ja. Ich wusste nicht, wohin ich sonst gehen sollte, und

ich wusste schon damals, dass ich ein SEAL werden wollte. Und um das zu tun, brauchte ich einen Highschool-Abschluss. Hätte ich auf der Straße gelebt, wäre der Abschluss schwer gewesen ... also bin ich nach Hause gegangen.«

»Und deine Mutter und Tante?«

»Ich schätze, weil ich endlich für mich selbst einge-standen war, merkten sie, dass sie mich nicht mehr kontrol-lieren konnten. Also haben sie mich auch ignoriert. Völlig. Was für mich in Ordnung war. Ich stahl Geld von ihnen, wenn ich konnte, und kaufte mein eigenes Essen und meine Kleidung. Als ich fünfzehn wurde, bekam ich einen Job in einem örtlichen Baumarkt und hatte mein eigenes Geld. An dem Tag, an dem ich die Highschool abschloss, zog ich aus und ging zur Marine.«

»Und hier bist du«, murmelte Avery.

»Und hier bin ich. Um deine Frage zu beantworten, ich fand deine Geschichte interessant, wie du beschlossen hast, Krankenschwester zu werden. Erstens, weil ich keine Eltern wie deine hatte. Und zweitens wegen der positiven Erfah-rungen, die du mit den Krankenschwestern deiner Mutter gemacht hast und wie sie dich inspiriert haben.«

Avery beugte sich vor und schaute Phantom in die Augen. »Krankenschwester zu sein ist hart. Wirklich hart. Ich bin ständig müde. Ich muss immer fröhlich sein, auch wenn jemand im Sterben liegt, weil die Angehörigen es nicht verdient haben, dass sich jemand um ihren geliebten Menschen kümmert, der mürrisch und wütend ist. Auf mich wurde gespuckt, gepinkelt, gekackt und gebrochen. Ich habe mir die Augen ausgeweint, wenn einer meiner Pati-enten starb, und gejubelt, wenn ein unausstehlicher Patient entlassen wurde.

Aber ich habe noch nie – wirklich *niemals* – einen meiner Patienten wegen seiner finanziellen Situation, seiner

Hautfarbe oder einer nicht bestehenden Krankenversicherung anders behandelt. Jede einzelne Person, für die ich verantwortlich bin, wird so behandelt, als wäre sie meine Tochter, mein Sohn, meine Eltern, meine Großeltern oder meine beste Freundin. Wenn ich deine Krankenschwester gewesen wäre, als du dreizehn warst, hättest du gesehen, was für eine Nervensäge eine fürsorgliche, besorgte Krankenschwester ist.

Krankenschwester zu sein ist eine Berufung, genau wie deine Arbeit es vermutlich für dich ist. Aber keine Sorge, ich bin keine Heilige. Ich bin mir nicht sicher, ob ich es übers Herz brächte zu helfen, wenn einer meiner Entführer oder dieser Verräter verblutend vor mir liegen würde.«

»Rex ist ein glücklicher Mann«, sagte Phantom.

Avery runzelte die Stirn. »Was?«

»Du hast mich gehört.«

»Das habe ich, aber ich bin mir nicht sicher, warum du mir das sagst.«

»Weil ich sehe, wie ihr beide euch anschaut. Ich sehe, wie sehr er dich beschützt und wie dein Blick ihm folgt, wohin er auch geht.«

Avery wollte seine Worte leugnen, konnte es aber nicht.

»Falls du noch Zweifel hast, Avery, er mag dich. Bevor dein Einsatz begann, hat er sich Ausreden ausgedacht, um ins Krankenhaus zu kommen, nur um dich zu sehen. Wir haben ihm die Hölle heißgemacht, weil er zu feige war, dich um eine Verabredung zu bitten. Es war offensichtlich, dass er dich mag, und als er erfuhr, dass *du* Teil unserer Mission bist, wäre er fast durchgedreht. Er kann sich glücklich schätzen, eine Frau wie dich zu haben. Das habe ich gemeint.«

»Ich glaube, es ist eher umgekehrt«, erwiderte Avery ehrlich. »Ich meine, er ist einfach fantastisch. Ich habe keine Ahnung, wie *ich* seine Aufmerksamkeit erregen konnte. Alle anderen Krankenschwestern im Krankenhaus haben mich seinetwegen aufgezogen. Ich wusste, dass er nicht wirklich einen Grund hatte, ständig dort zu sein.«

Phantom nickte. »Frauen wie du sind schwer zu finden. Aber die anderen Jungs haben es alle geschafft, ihr Gegenstück zu finden, und die Dinge zwischen uns haben sich geändert.«

Bevor sie nachhaken konnte, fuhr er fort.

»Und das meine ich nicht auf eine schlechte Art. Die Dinge sind einfach anders. Anstatt dass wir alle zusammen abhängen, grillen wir am Strand und spielen mit den Kindern von Ace und Piper. Oder wir gehen in eine Kneipe und schauen den *Frauen* bei ihrem Mädelsabend zu. Dann fährt der Rest des Teams sie nach Hause, damit sie sicher ankommen.«

»Willst du das für dich selbst?«, fragte Avery.

Phantom schnaubte. »Mich würde keine haben wollen.«

»Das habe ich zwar nicht gefragt, aber gut, ich beiße an. Warum nicht?«

Er schüttelte den Kopf. »Ich bin nicht gerade der charmanteste Typ der Welt. Ich sage, was ich meine. Ich mag es nicht, um den heißen Brei herumzureden, und ich werde nie der Kerl sein, der einer Frau sagt, dass sie schön aussieht, wenn sie es nicht tut. Wenn mich jemand fragt, ob sein Hintern in der Hose zu groß aussieht, bin ich ehrlich, und das ist wahrscheinlich nicht das, was derjenige hören will. Außerdem hatte ich als Kind nicht die besten Vorbilder.«

»Aber jetzt hast du sie, oder?«

Als Phantom nicht antwortete, fuhr Avery fort: »Deine Teamkameraden sind alle verheiratet oder liiert? Und du hast gesagt, du hängst mit ihnen allen ab. Was soll's, wenn du von deiner Mutter und Tante nicht gelernt hast, wie eine Beziehung sein sollte? Scheiß auf sie. Mir scheint, dass du einige der besten Vorbilder direkt vor dir hast. Du bewunderst und respektierst deine Teamkameraden, warum kannst du also nicht von *ihnen* lernen?«

Sie dachte nicht, dass Phantom antworten würde, als sein Schweigen andauerte. Aber dann sagte er leise: »Ich wäre der schlechteste Vater aller Zeiten.«

»*Willst* du denn Vater werden?«, fragte Avery.

Phantom zuckte mit den Schultern. »Ja, ich denke schon. Nicht in nächster Zeit, es ist nur … ich habe keinerlei Liebe bekommen, als ich jung war. Ich weiß nicht, wie man mit Kindern spricht oder was man mit ihnen macht. Wenn ich mit Ace' Kindern zusammen bin, tue ich einfach, was er mir sagt.«

»Ich glaube, von all deinen Freunden wärst du zweifellos der beste Vater.«

Phantoms Blick traf den ihren. »Wie kannst du das sagen? Du hast keine Ahnung, was ich als Kind durchgemacht habe. Ich habe Angst, dass ich wie meine Mutter werde und mein Kind schlage, wenn es mich zum ersten Mal verärgert. Das wäre das *Letzte*, was ich würde tun wollen.«

»Und genau deshalb wärst du ein fantastischer Vater«, sagte Avery voller Überzeugung. »Du weißt, wie es ist, misshandelt und ignoriert zu werden. Du weißt, wie du dich dabei gefühlt hast und was es mit dir gemacht hat. Deshalb glaube ich, dass du alles tun wirst, um deinem eigenen Kind *nicht* diese Art von Vater zu sein.

Du bist ein guter Mann, Phantom. Ein wenig unverblümt, ja, aber das ist nicht unbedingt etwas Schlechtes. Es ist ermüdend, immer zu überlegen, was man sagen sollte und was nicht. Und es nervt, zu jemandem nett zu sein, den du nicht magst. Irgendwie beneide ich dich darum. Wie auch immer, zurück zu meinem Argument. Du wirst einer der besten Väter der Welt sein, gerade *weil* du so viel durchgemacht hast. Du wirst besonders beschützend und besitzergreifend sein und deine Frau und Kinder behandeln, als wären sie das Wertvollste auf der Welt ... weil sie das für dich sind.

Anstatt dich vor deiner Vorgeschichte zu fürchten, solltest zu sie akzeptieren. Sie hat dich zu dem Mann gemacht, der du heute bist. Dem Mann, von dem ich keinen Zweifel habe, dass er alles tun würde, um mich zu beschützen und mich nach Hause zu meiner Familie zu bringen.«

Phantom schloss die Augen und für eine Sekunde dachte Avery, dass sie zu weit gegangen war. Ihre Grenzen überschritten hatte. Sie hatte diesen Mann gerade erst kennengelernt und schon spielte sie die Psychologin.

Gerade als sie sich dafür entschuldigen wollte, sich angemaßt zu haben, etwas über seine Situation zu wissen, öffnete er die Augen.

»Vielleicht, vielleicht auch nicht. Aber ich bin mir nicht sicher, ob ich jemals eine Frau finden werde, die meine ... Macken tolerieren kann«, sagte Phantom.

Avery kicherte. »So nennst du sie also?«

Er lächelte, dann seufzte er. »Ich hatte noch nie viel Glück bei der Partnersuche«, gestand er. »Entweder wird die Frau uninteressant, wenn ich sie erst einmal kennengelernt habe, oder sie ist ein Psycho.«

»Psycho? Klingt, als gäbe es eine Geschichte dahinter«, sagte Avery interessiert.

»Da gibt es nicht viel zu erzählen«, antwortete Phantom mit einem Achselzucken. »Ich habe diese Frau, Mona Saterfield, irgendwann abends mal kennengelernt. Sie war ein süßes kleines Ding.«

»Neben dir ist jeder klein«, unterbrach Avery ihn kichernd. »Du bist riesig.«

»Ich bin nur eins fünfundneunzig«, beschwerte Phantom sich.

»Nur«, neckte Avery ihn mit einem Augenrollen. »Und

entschuldige, ich wollte deine Geschichte nicht unterbrechen. Rede weiter.«

»Also, Mona war süß. Sie war ganze dreißig Zentimeter kleiner als ich, hatte schöne lange blonde Haare und blaue Augen. Sie wirkte ... verletzlich. Das ist nicht wirklich das Wort, das ich suche, aber es wird reichen. Sie schien in der Kneipe nervös und außerhalb ihres Elements zu sein, nicht wie die üblichen Frauen, die dort versuchen, Matrosen aufzureißen. Wir unterhielten uns eine Weile, dann bat ich sie um ihre Nummer und sagte Gute Nacht – nein, ich habe sie nicht für einen One-Night-Stand mit nach Hause genommen. Ich war zum ersten Mal seit langer Zeit wieder daran interessiert, eine Frau kennenzulernen.«

Als Phantom nicht sofort weitersprach, fragte Avery: »Und? Ich nehme an, es hat nicht geklappt?«

»Da hast du recht. Wir haben ein paarmal miteinander telefoniert und ich habe sie ungefähr eine Woche später zum Essen ausgeführt. Es war, als wäre sie ein völlig anderer Mensch. Sie fing an, darüber zu reden, in was für einem Haus sie leben wollte und wie sie zu Hause bei unseren Kindern bleiben würde, während ich arbeite. Sie fand jedoch, dass der Job als SEAL zu gefährlich sei, also meinte sie, ich müsse kündigen und mir einen sichereren Job suchen.«

»Heilige Scheiße! Echt jetzt? Bei der *ersten* Verabredung?«, fragte Avery.

»Ja. Und als ich unsere Kellnerin anlächelte, als sie unser Essen brachte, ist Mona ausgerastet. Sie sagte der Frau, ich sei *ihr* Mann und sie solle ihre Augen bei sich behalten. Es war völlig verrückt.«

»Wow! Was hast du getan?«

»Wir haben zu Ende gegessen, aber als ich sie nach Hause gebracht habe, habe ich ihr gesagt, ich würde nicht glauben, dass es mit uns funktionieren wird. Sie war *sehr* aufgebracht. Sie hat geweint, hyperventiliert, das ganze Programm. Ob du es glaubst oder nicht, ich bin nicht *immer* ein Arschloch, also habe ich das Blaue vom Himmel gelogen und ihr gesagt, dass sie einen Mann verdient, der sie in seinem Leben an erste Stelle setzt, und dass ich nicht will, dass sie sich immer Sorgen um mich macht, wenn ich im Einsatz bin. Ich war noch nie in meinem Leben so erleichtert, als sie endlich aus meinem Wagen ausgestiegen ist.«

»Meine Güte, Phantom, nur weil du mit einer verrückten Frau ausgegangen bist, heißt das nicht, dass wir alle so sind«, entgegnete Avery.

Er zuckte mit den Schultern. »Aber du hast recht ... ich wäre meiner Frau und meinen Kindern gegenüber vermutlich beschützend und besitzergreifend. Und zu unverblümt. Meine Kinder würden wahrscheinlich schon mit vier Jahren fluchen wie ein Bierkutscher. Ich bin *trotzdem* ein Arschloch, und das weiß ich. Ich kann mir nicht vorstellen, welche Art von Frau mehrere Verabredungen mit mir durchstehen könnte, geschweige denn den Rest ihres Lebens.«

»Sie ist da draußen«, versicherte Avery ihm. »Du magst vielleicht ein wenig kantig sein, aber nicht alle Frauen sind Psychopathen wie Mona, und manche von uns mögen es, wenn ihre Männer sie beschützen ... solange sie dabei keine kontrollsüchtigen Arschlöcher sind.«

Sie schwiegen beide einen Moment lang. Dann sprach Phantom. »Ich *werde* dich beschützen und dich zu deiner Familie zurückbringen«, schwor er.

»Ich weiß«, sagte Avery leise.

»Und wenn wir wieder in den Staaten sind, solltet du und Rex besser aufhören, umeinander herumzutänzeln, und endlich miteinander ausgehen.«

Avery lächelte, froh darüber, dass er die Stimmung

aufgehellt hatte. »Ich habe ihn bereits um eine Verabredung gebeten«, informierte sie Phantom.

»Das hast du mir erzählt«, sagte er.

»Ach, stimmt ja.« Sie schüttelte den Kopf. »Ich bin einfach damit herausgeplatzt, als er in die Höhle kam, um mich zu holen. Tatsächlich war es ein wenig peinlich«, gestand Avery.

Phantom lachte. »Nicht für ihn. Wahrscheinlich hat er sich im Geiste selbst abgeklatscht.«

Die Vorstellung brachte Avery zum Lachen.

»Aber im Ernst, ihr seid wie füreinander geschaffen. Er braucht jemanden wie dich.«

»Jemanden wie mich?«

»Ja. Jemanden, der keine Angst hat, sich die Hände schmutzig zu machen. Jemanden, der ihn an erste Stelle setzt. Wir haben unsere ganze Karriere damit verbracht, das Leben anderer über unser eigenes zu stellen. Er dachte, er würde in dem Fluss sterben. Ich habe es in seinen Augen gesehen, als er den Kopf hob, um zu atmen. Du hättest den Baumstamm einfach loslassen und flussabwärts treiben können. Aber das hast du nicht getan. Du hast dich sehr bemüht, um ihm den Arsch zu retten. Ich weiß, dass er dankbar ist, aber noch mehr als das bin *ich* dir dankbar. Das werden die anderen Jungs auch sein, wenn sie hören, was passiert ist. Es kommt nicht oft vor, dass wir jemanden treffen, der genauso bereit ist, sein Leben für uns aufs Spiel zu setzen, wie wir für ihn.«

»Ich bin Krankenschwester«, erinnerte Avery ihn. »Das ist mein Job.«

»Wie gesagt, du bist perfekt für ihn«, wiederholte Phantom.

»Ich habe das Gefühl, unsere Unterhaltung dreht sich im Kreis«, stichelte Avery ihn.

»Dann solltest du vielleicht einfach aufhören zu reden.«

Avery war überhaupt nicht beleidigt. Sie verpasste ihm einen leichten Klaps auf den Arm. »Halt die Klappe.«

»Halt *du* die Klappe.«

»Ich habe es zuerst gesagt«, informierte Avery ihn, als wäre sie sechs Jahre alt.

Als Cole gesagt hatte, dass er die Gegend erkunden würde, war sie nervös gewesen, allein mit Phantom zurückzubleiben. Aber jetzt war sie froh, die Chance gehabt zu haben, mit ihm zu reden. *Wirklich* mit ihm zu reden. Sie wurde wieder einmal daran erinnert, dass jeder Mensch eine Geschichte hatte. Man konnte nicht einfach jemanden anschauen und einen Arzt, einen Soldaten, einen Tänzer, einen Obdachlosen oder einen Supermarktverkäufer sehen. Es steckte so viel mehr dahinter als das, was die Welt nach außen hin zu sehen bekam.

Sie mochte ihn. Er war echt. Er hatte Schwächen und Sorgen, genau wie sie. »Was meinst du, wie lange Cole noch brauchen wird?«

Phantom zuckte mit den Schultern. »Wahrscheinlich nicht allzu lange. Willst du alles über seine Schwächen hören, während wir warten? Wir können sie genauso gut gleich offen ansprechen, damit es später keine Überraschungen gibt, wenn ihr zusammen seid.«

Avery verdrehte die Augen. »Nein.«

»Ach, komm schon, nur ein paar? Zum Beispiel, dass seine Füße den widerlichsten Geruch haben, der dir jemals in deinem ganzen Leben begegnen wird?«

»Halt die Klappe, Phantom«, sagte Avery lachend. »Außerdem habe ich als Krankenschwester schon ziemlich eklige Sachen gerochen.«

»Ja? Was zum Beispiel?«

»Es gab einen obdachlosen Veteranen, der an einem der Strände gefunden und ins Krankenhaus gebracht wurde. Er hatte Maden in einer eiternden Wunde an seinem Bein. Als wir den völlig verdreckten Verband abnahmen, fielen Hunderte dieser Dinger auf den Boden der Notaufnahme. Und der Geruch ... großer Gott, den werde ich so schnell nicht vergessen.«

Avery konnte Phantoms Gesichtsausdruck nicht deuten, aber sie wusste, dass er sich an etwas äußerst Unangenehmes erinnerte. Sie öffnete den Mund, um ihn zu fragen, was los war, wurde aber von Coles Stimme hinter ihr unterbrochen.

»Sieht so aus, als wäre dein schändlicher Plan, alle meine Geheimnisse auszuplaudern, schiefgegangen, Phantom«, sagte er lachend.

Als Avery sich wieder umdrehte, um Phantom anzusehen, war der gequälte Gesichtsausdruck verschwunden und durch eine leere Maske ersetzt worden.

»Verdammt, ich wollte ihr gerade sagen, wie laut du schnarchst.«

»Ich schnarche nicht, Arschloch«, erwiderte Cole, dann richtete er den Blick auf Avery. »Geht es dir gut?«

»Ja, warum sollte es mir nicht gut gehen?«, fragte sie.

»Kein Grund«, sagte er lächelnd. »Du und Phantom kamt also miteinander klar?«

»Ja«, bestätigte Avery, ohne weiter darauf einzugehen.

Coles Lächeln wurde für einen Moment breiter, dann wurde er ernst und wandte sich an Phantom. »Das wird knifflig.«

Der andere SEAL nickte. »Ja, das habe ich mir schon gedacht.«

»Warum?«, fragte Avery. »Was ist los?«

»An sich ist alles in Ordnung«, erklärte Cole ihr. »Die eigentliche Landezone für den Hubschrauber ist eng, aber —«

»Was heißt das?«, unterbrach Avery ihn, da sie die Terminologie nicht verstand.

»Das heißt, es gibt für unsere Jungs kaum Platz zum Landen, aber das macht nichts. Auf dem *Weg* zum Gipfel des Berges gibt es viel Deckung, aber sobald wir dort sind, wird sie dünner und wir sind leichte Beute, wenn wir zum Hubschrauber laufen. Und die Felsen geben uns vielleicht Deckung, bevor wir unser Ziel erreichen – aber sie geben auch den *Aufständischen* Deckung. Das ist unser größtes Problem. Auf der anderen Seite unseres aktuellen Standpunkts gibt es ein kleines Lager. Das muss der Ort sein, von dem die Typen vorhin gekommen sind. Wenn sie ihren Anteil an Waffen aus dem Konvoi bekommen haben, wird das nicht so einfach werden, wie wir gehofft hatten.«

»Sollen wir die Aktion abbrechen und in die andere Richtung zurückgehen?«, fragte Avery nervös.

Phantom schüttelte den Kopf. »Nein. Wir müssen dich hier rausbringen. Du musst einen Arzt aufsuchen und dann daran arbeiten, den Verräter zu finden, der dich überhaupt erst in diese Lage gebracht hat. Rocco hat mir erzählt, dass gerade ein Team der Delta Force eingetroffen ist, um die Arschlöcher aufzuspüren, die ihre Armeekollegen getötet haben, und ich bin sicher, dass sie auch daran interessiert sind zu erfahren, was du gesehen hast. Wir waren schon in schwierigeren Situationen als dieser. Keine Sorge, Avery.«

Keine Sorge. Ja, klar. Avery gefiel der Gedanke nicht, dass sich ein »Lager« von Aufständischen auf der anderen Seite des Berges befand, den sie erklommen, um einen Hubschrauber zurück zum amerikanischen Militärstützpunkt zu nehmen. »Mir geht es gut«, sagte sie stur. »Ich kann zu Fuß zu einem anderen Evakuierungspunkt gehen.«

Daraufhin setzte Cole sich in Bewegung, kam näher und ging vor ihr in die Hocke. Sie tat ihr Bestes, den Blick nicht zwischen seinen Beinen ruhen zu lassen, aber im Ernst, das machte er praktisch unmöglich. Bevor sie aufsah, bemerkte sie, dass er extrem gut gebaut war. Am ganzen Körper.

Grinsend, als wüsste er genau, wo ihr Blick gewesen war, strich er mit einer Fingerspitze über ihre Wange. »Gott, du bist hübsch, wenn du rot wirst.«

Woraufhin ihr natürlich umso mehr die Röte ins Gesicht stieg.

»Ein Team von Night Stalkern wird uns abholen. Weißt du, wer sie sind?«

Avery schüttelte den Kopf.

»Das ist eine Spezialeinheit von Hubschrauberpiloten, die mit Spezialkräften zusammenarbeiten. Sie sind es gewohnt, in Krisengebiete hinein- und wieder hinauszufliegen, und sie sind die Besten der Besten. Sie brauchen höchstens zwei Minuten, um anzukommen, eine Leiter runterzulassen, die wir greifen können, und abzuheben, während sie uns in den Hubschrauber ziehen. Das Vorbereiten und Abfeuern einer Panzerfaust dauert länger als das.«

Avery war nicht wirklich überzeugt, aber sie hatte das Gefühl, dass sie undankbar wäre, wenn sie weiter diskutieren würde. »Okay.«

Cole stieß einen Atemzug aus, als wüsste er, dass sie ihm nur zustimmte, weil sie keine andere Wahl hatte.

»Wenn wir den Plan jetzt ändern, sind wir noch mindestens zwei Tage lang auf uns allein gestellt. Wir haben nicht genügend Wasserreinigungstabletten oder Nahrung für uns drei. Phantom und ich könnten problemlos ohne auskommen, aber du nicht. Nicht, nachdem du zwei Wochen lang nichts zu essen hattest. Aber am meisten Sorgen machen uns die Aufständischen. Wir sind das Risiko eingegangen, in dieses Gebiet zurückzukehren, um die Männer abzuhängen, die uns verfolgen. Es hat funktioniert, aber in den letzten zwölf Stunden sah es so aus, als wollten die Terroristen sich rächen. Wir wollen auf keinen Fall riskieren, dass du wieder gefangen genommen wirst.

Du bist im Moment das Wichtigste, Avery. Du bist die Einzige, die den Verräter identifizieren und die beiden Gefreiten rächen kann, die getötet wurden, und möglicherweise Hunderte weiterer Männer und Frauen, die ermordet werden, weil die Waffen in die Hände der Aufständischen gelangt sind.«

»Meine Güte«, beschwerte Avery sich, »wenn du das so sagst, komme ich mir wie ein Arschloch vor, gezögert zu haben.«

»Es tut mir leid«, sagte Cole. »Ich will dir kein schlechtes Gewissen machen. Ich versuche nur, dir klarzumachen, dass dies im Moment die beste Option ist. Phantom und ich werden alles in unserer Macht Stehende tun, damit du heil aus der Sache herauskommst.«

»Ich weiß. Solange du keine Dummheiten machst«, entgegnete Avery.

»Niemals«, sagte Cole mit einem Lächeln und einem Zwinkern. »Wenn ihr beide dann mit eurem gemütlichen Plausch fertig seid, sollten wir uns auf den Weg zum Treffpunkt machen.«

Avery nickte und stand mit Coles Hilfe auf. Kaum war sie aufrecht, zog er sie in eine Umarmung. Avery klammerte sich an ihn und spürte, wie sein Bart an ihrer Wange rieb, während er sie hielt. Es fühlte sich gut an.

»Vertrau mir«, sagte Cole leise. »Ich werde nichts tun, was die Verabredung vermasseln könnte, die du mir versprochen hast. Ich habe zu lange gewartet, um es jetzt zu versauen.«

Avery kicherte, dann murmelte sie leise: »Würdest du weniger von mir halten, wenn ich zugebe, dass ich eine Heidenangst habe?«

»Nein. Ich würde mir mehr Sorgen machen, wenn du das hier als ein großes Abenteuer betrachten würdest«, antwortete Cole.

Dann schockierte er sie, indem er sie erst auf die Schläfe küsste, dann auf die Wange und schließlich ihre Lippen mit den seinen streifte. Sein Bart kitzelte ihr Gesicht, und das gefiel ihr. Ohne darüber nachzudenken, hob sie eine Hand, um die Seite seines Gesichts und seines Bartes zu streicheln.

»Er ist weich«, flüsterte sie.

Er lächelte, und als sie ihre Hand wegnehmen wollte, hob er seine eigene und drückte ihre Handfläche an seine Wange. »Ich muss ihn trimmen lassen«, sagte er.

»Vielleicht ein bisschen, aber ich mag es irgendwie.«

Coles betrachtete sie mit einem intensiven Blick aus seinen dunklen Augen. »Das freut mich. Es hilft mir, bei der Arbeit in Ländern wie diesem nicht aufzufallen, aber ehrlich gesagt habe ich mich daran gewöhnt. Ich glaube, ohne würde ich mich nackt fühlen.«

»Ich bitte dich nicht darum, ihn abzurasieren«, versicherte Avery ihm.

»Ich würde es tun«, gab Cole zurück. »Wenn du sagen würdest, dass du ihn hasst, würde ich ihn sofort abrasieren.«

Avery wusste, dass ihr Herz zu schnell schlug. Sie wusste, dass sie gehen mussten. Sie wusste, dass sie nicht sicher waren und Phantom wahrscheinlich jedes ihrer Worte hören konnte, aber sie konnte den Blick nicht von Coles Augen abwenden. »Ich hasse ihn nicht«, erklärte sie.

»Gut.«

Sie standen da, während Cole einen langen Moment ihre Hand an sein Gesicht drückte. Dann ließ er schließlich los und trat zurück, nachdem er sie noch einmal auf die Stirn geküsst hatte. »Geht es dir gut? Brauchst du noch ein Energiegel, bevor wir zur Evakuierungszone aufbrechen?«

Avery schüttelte den Kopf und versuchte zu verstehen, was gerade zwischen ihnen passiert war. Sie waren sich auf einer Ebene nähergekommen, die sie noch nie mit einem Mann erlebt hatte. Die Chemie zwischen ihnen stimmte und obwohl sie Angst hatte, was die nächsten Stunden bringen würden, war sie gespannt darauf, was zwischen ihnen passieren würde, wenn sie wieder in Riverton waren.

Sie beobachtete, wie Phantom und Cole ihre Rucksäcke hochnahmen und aufsetzten. Sie wollte erneut anbieten, etwas zu tragen, wusste jedoch, dass sie ablehnen würden, also konzentrierte sie sich darauf, einen Fuß vor den anderen zu setzen und so leise wie möglich zu sein.

Die Wanderung bergauf war nicht einfach, aber nach dem, was sie durchgemacht hatte, hatte sich ihre Definition des Wortes »einfach« geändert. Sie war am Leben und wurde von zwei Navy SEALs beschützt. In ein paar Stunden würde sie auf dem Stützpunkt sein, ihre Sachen packen und zurück in die Staaten fliegen. In der Zwischenzeit musste sie lediglich genau das tun, was Phantom und Cole ihr sagten, dann würde alles gut werden.

Egal wie oft sie sich das einredete, ein Teil von ihr machte sich immer noch Sorgen, dass bald etwas schieflaufen würde.

KAPITEL NEUN

Rex war in höchster Alarmbereitschaft. Sie hatten es ohne Probleme in die Evakuierungszone geschafft. Avery hielt sich erstaunlich gut und sie waren keinem der Rebellen begegnet, die sich in der Gegend herumtrieben.

Aber er und Phantom wussten beide, dass das Lager der Aufständischen wachgerüttelt werden würde, sobald der Hubschrauber nahe genug war, um gehört zu werden. Ihr einziges Ziel wäre es, den Hubschrauber abzuschießen, koste es, was es wolle.

Und jetzt, da sie die Feuerkraft dazu hatten, wusste Rex, dass die Möglichkeit hundertmal größer war als vor dem Angriff auf den Konvoi. Verflucht sei derjenige, der den Terroristen die Informationen zugespielt hatte.

Rex spürte eine Hand auf seinem Arm und drehte sich zu Avery um. Sie hatte ohne ein einziges Wort seinerseits gewusst, dass er angespannt war. Sie konnte ihn genauso gut durchschauen wie seine SEAL-Kameraden, und das war ziemlich erstaunlich, wenn man bedachte, wie kurz sie einander erst kannten.

Ihre positive Einstellung war willkommen und wurde

geschätzt. Seit er sie in der Höhle gefunden und erkannt hatte, dass sie nicht einfach dagesessen und auf ihre Rettung gewartet, sondern stattdessen alles in ihrer Macht Stehende getan hatte, um sich aus der Situation zu befreien, war er hin und weg gewesen.

Von dem wenigen, das er in Riverton über sie erfahren hatte, wusste er, dass sie gut in ihrem Job war, viele Freundinnen und die süßesten Sommersprossen hatte, die ihm je untergekommen waren. Er wollte sehen, wie weit diese Sommersprossen über ihre Brust reichten. Hatte sie überall welche oder waren sie nur im Gesicht und auf ihrem Dekolleté?

Aber nachdem er den letzten Tag mit ihr verbracht hatte, stellte er fest, dass er so ziemlich alles an ihr mochte. Er war immer noch neugierig auf die Sommersprossen, aber aus der körperlichen Anziehung war mehr geworden. Er wollte wissen, wie sie tickte. Er wollte alles über ihre Kindheit und ihr Leben in Riverton wissen. Er wollte neben ihr sitzen, ihre Hand halten und einfach nur ihre Nähe genießen, ohne Angst haben zu müssen, beschossen zu werden.

Er würde alles tun, um das zu ermöglichen. Ja, es war wichtig, dass sie in Sicherheit kam, denn sie war buchstäblich der einzige Mensch, der den Verräter identifizieren konnte, der allen Soldaten und Matrosen, die in diesem Teil der Welt stationiert waren, das Leben schwerer gemacht hatte, aber für Rex *persönlich* war es noch wichtiger.

Der Gedanke, dass ihr Leben durch eine Kugel oder, Gott bewahre, eine Panzerfaust ausgelöscht werden könnte, war in vielerlei Hinsicht abscheulich.

»Höchstens noch zehn Minuten«, sagte Phantom leise neben ihnen.

Plötzlich hatte Rex das Gefühl, als hätte er nicht genügend Zeit mit ihr, als hätte er ihr noch so viel zu sagen, und er geriet innerlich in Panik.

Doch dann drückte Avery seinen Arm.

Sie lagen alle auf dem Bauch, um sich bis zur letzten Sekunde bedeckt zu halten, wenn sie zu der Leiter laufen mussten, die vom Hubschrauber heruntergelassen wurde. Alle drei würden gleichzeitig hochgezogen werden. Rex würde als Erster gehen und sich an einer höheren Sprosse festhalten, Avery wäre ihm dicht auf den Fersen und Phantom würde das Schlusslicht bilden. Bevor sie ins Innere des Hubschraubers gezogen wurden, würde der Pilot wie der Teufel aus der Gegend herausfliegen, während die drei unten baumelten.

Für die SEALs war das nichts Ungewöhnliches, aber Rex wusste, dass Avery nicht gerade begeistert war. Sie war Marineoffizierin und hatte eine Ausbildung hinter sich, aber das hier war real. Es würden echte Kugeln fliegen und das Risiko war ungewöhnlich hoch.

Rex drehte sich zu Avery um und wusste, dass er diesen Moment nie vergessen würde. Sie sah ruhig und gefasst aus, während er praktisch das genaue Gegenteil war. Durch den letzten Tag in der Sonne hatte sie mehr Sommersprossen auf der Nase und auf den Wangen als zuvor, als er sie in der Höhle gefunden hatte. Ihre blauen Flecke waren immer noch sichtbar und ihre Lippen waren rissig. Aber dennoch war sie das Schönste, was er je gesehen hatte.

»Wir schaffen das«, sagte sie leise. »Ein Kinderspiel.«

Rex wollte lächeln, konnte es aber nicht.

Und da Avery eben Avery war, drängte sie ihn nicht. Sie fragte ihn nicht, was los sei, denn das war mehr als offensichtlich. Sie ließ ihre Hand auf seinem Arm liegen und drehte sich wieder nach vorn, bereit für das Zeichen von Phantom, dass sie aufstehen und wie der Teufel rennen sollten.

Nach sieben Minuten hob Phantom das Kinn, um Rex mitzuteilen, dass es bald so weit war.

Rex drehte sich und flüsterte Avery zu: »Bist du bereit?«

»So was von«, antwortete sie mit nur leicht zitternder Stimme.

Innerhalb weniger Sekunden war das Geräusch von Rotorblättern in der Ferne zu hören. Alle drei standen auf und schlichen zum Rand der großen Felsbrocken, an die Kante eines kleinen Plateaus, das gerade groß genug war, damit der Hubschrauber sicher landen konnte, wenn er es wollte.

»Ganz ruhig«, sagte Rex, dessen Unsicherheit verschwunden war, nachdem er sich nun in seinem Element befand. Er konzentrierte sich voll und ganz auf die Seite des Berges, denn er wusste, dass der Hubschrauber dort auftauchen würde. Je schneller sie die vom Hubschrauber herabgelassene Leiter erreichen und sich mit Karabinern an den Seiten befestigen konnten, desto schneller konnten sie das Gebiet verlassen.

Neben dem Geräusch der Rotorblätter hörten sie auch Rufe, die durch die Schluchten und über die Berggipfel hallten.

Dann tauchte der Hubschrauber auf, der mit hoher Geschwindigkeit auf sie zusteuerte.

Das Rennen war eröffnet.

Als Phantom den Hubschrauber sah, rief er: »Jetzt!«

Avery brauchte keine Ermunterung – sie lief los wie der Blitz, direkt hinter ihm her. Sie lief, als hinge ihr Leben davon ab, was ja auch der Fall war. Als wäre sie nicht erst vor Kurzem beinahe zu Tode gefoltert worden.

Rex hatte einen Schreckmoment, als sie die Mitte des Plateaus vor dem Hubschrauber erreichten. Sie waren leichte Beute auf freiem Feld und wenn es einer der Rebellen von der anderen Seite, wo sich ihr Lager befand, auf das Plateau schaffte, wären sie praktisch eine Zielscheibe.

Aber sie waren nur wenige Sekunden allein, als plötzlich die Leiter erschien. Die Rotorblätter wirbelten den Dreck um sie herum auf und machten es unmöglich, Feinde zu sehen, die sich nähern könnten.

Phantom hielt das untere Ende der Leiter fest, um sie zu stabilisieren. Rex stieg schnell einige Sprossen hinauf und griff dann nach unten, um Avery die Hand zu reichen. Aber das hätte er nicht tun müssen. Sie war direkt hinter ihm, genau wie sie es besprochen hatten. Rex sah zu, wie Avery die Sicherheitsleine, die sie sich um den Oberkörper gewickelt hatte, an einer der Seiten der Leiter befestigte.

Dann sprang Phantom hoch. Sein Kopf befand sich auf Augenhöhe mit Averys Hintern, genauso wie der ihre bei Rex. Sie war so gut geschützt, wie es zwischen ihnen möglich war.

Rex schaute auf und gab den Männern im Hubschrauber das Signal, dass sie gesichert waren und von dort verschwinden konnten.

Für einen Moment dachte Rex, sie wären ungeschoren davongekommen. Dass die Aufständischen zu lange gebraucht hatten. Doch gerade als sie abhoben, hörte er Schüsse über das Motorengeräusch des Hubschraubers hinweg.

»Kopf runter und festhalten!«, brüllte er und hielt sich mit einer Hand an der Leiter fest, während er mit der anderen blind in die Richtung feuerte, aus der die Schüsse kamen. Phantom tat das Gleiche, während der Hubschrauber zwei kostbare Sekunden brauchte, um abzudrehen, bevor er von der Bergkuppe wegflog.

»Panzerfaust!«, rief Phantom, nachdem sie den Bereich so weit verlassen hatten, dass sie durch den aufgewirbelten Staub und die Trümmer etwas sehen konnten.

Ein Mann kniete auf der gegenüberliegenden Seite ihres vorherigen Verstecks und zielte mit einem verdammten Granatwerfer auf sie.

Der Pilot hätte Phantoms Warnung auf keinen Fall hören können, aber offensichtlich hatte einer der anderen Männer im Hubschrauber die Gefahr erkannt. Der Hubschrauber machte eine scharfe Linkskurve, bevor er abrupt an Höhe verlor.

Rex spürte, wie sich sein Magen aufgrund des plötzlichen Höhenverlusts zusammenzog, hörte jedoch nicht auf, auf die Rebellen zu schießen, die sie alle herunterholen wollten. Es gab ein lautes Zischen, als die Panzerfaust abgefeuert wurde, aber der Night-Stalker-Pilot war vorbereitet. Er wich nach rechts aus und gewann in wenigen Sekunden mindestens einhundertfünfzig Meter an Höhe.

Es war nicht gerade eine ideale Situation für das Trio, wie ein Fisch an einer Angelschnur am Ende der Strickleiter zu baumeln, aber im Moment war es wichtiger, aus der Reichweite der Männer herauszukommen, die sie töten wollten.

Rex und Phantom feuerten weiter nach unten in Richtung der Aufständischen, während diese ihr Bestes gaben, auf sie zu schießen.

Es waren nicht mehr als dreißig Sekunden vergangen, seit sie auf die Leiter geklettert waren, aber es waren dreißig Sekunden, in denen Rex nichts von Avery gehört hatte. Er spürte sie an seinem Bein, rief jedoch trotzdem in Panik: »Avery?«

»Was?«, schrie sie ungeduldig zurück.

Rex wollte lachen, konnte seine Lippen aber nicht dazu bringen, sich auch nur einen Zentimeter nach oben zu bewegen. »Geht es dir gut?«

»Bestens!«, brüllte sie zurück.

»Phantom?«

»Gut!«, antworte sein Teamkamerad.

Mit dem Gefühl, als kämen sie vielleicht tatsächlich in einem Stück aus der Situation raus, richtete Rex seine Waffe nach unten und feuerte eine weitere Salve ab. Sie verließen schnell die Gefahrenzone und wären bald unterwegs zum Stützpunkt. Die Männer im Hubschrauber würden die Leiter mit einer Winde nach oben ziehen, während sie durch die Luft flogen.

Rex hörte die letzten Schüsse der Rebellen nicht, aber er sah die Mündungsfeuer ihrer Gewehre, als sie verzweifelt versuchten, den Hubschrauber oder einen von ihnen, der darunter hing, abzuschießen.

Sekunden später spürte Rex, wie sich die Leiter langsam nach oben bewegte. Sie wurden immer noch wie verrückt herumgeweht, drehten sich im Kreis und flatterten, als wären sie Flaggen an einem Fahnenmast.

Als Rex nach oben blickte, sah er, wie die Kufen des Hubschraubers immer näher kamen. Als er nahe genug war, griff er nach einer, um die Leiter zu stabilisieren. Dann streckte er sich höher und seine Hand wurde von einem der Männer im Inneren des Hubschraubers ergriffen.

Ohne ein Wort lösten die beiden Männer seine Sicherheitsleine und zogen ihn ins Innere. Rex steckte seine Waffe ins Holster und griff zur gleichen Zeit wie die beiden Night Stalker nach Avery. Ihr Gesicht war weiß, sodass ihre Sommersprossen und blauen Flecke fast schon obszön hervorstachen. Aber sie war sicher und kroch auf ihn zu, als täte sie das jeden Tag in ihrem Leben.

Als Phantoms Gesicht an der Seite des Hubschraubers erschien, wusste Rex sofort, dass etwas nicht stimmte. Sein Gesicht war noch blasser als das von Avery – und das lag nicht daran, dass er auf dem Weg hinauf zum Helikopter Angst gehabt hatte.

Avery hatte offensichtlich dasselbe gesehen, denn in

dem Moment, in dem Phantom in den Hubschrauber gezerrt und die Tür zugeknallt wurde, schob sie einen der Night Stalker zur Seite.

Er wollte sie zurückhalten, woraufhin sie schrie: »Ich bin Krankenschwester. Weg da, damit ich ihn untersuchen kann!«

Sie trugen keine Kopfhörer und es war extrem laut im Hubschrauber, aber Avery schien das nicht zu bemerken. Schnell schnappte Rex sich einen Kopfhörer und setzte ihn Avery auf die Ohren, wobei er das Mundstück so einstellte, dass es über ihren Lippen lag. Dann tat er dasselbe für Phantom. Wenn sie herausfinden wollten, wo er verletzt war, mussten sie in der Lage sein, miteinander zu kommunizieren.

Avery drehte sich zu Rex um, sobald er seinen eigenen Kopfhörer aufgesetzt hatte, und blaffte: »Ich brauche eine Schere. Sofort.«

Er wandte sich an einen der Night Stalker, der ihm bereits eine Schere entgegenstreckte. Rex reichte sie Avery und sah zu, wie sie geschickt Phantoms rechtes Hosenbein aufschnitt und ihn von der Wade bis zum Oberschenkel entblößte.

»Scheiße«, murmelte sie, hörte jedoch nicht auf.

»Zieh ihm die Stiefel aus«, befahl sie. »Und leg seine Beine hoch.«

Rex starrte geschockt auf seinen Teamkameraden hinunter. Unter ihm sammelte sich in alarmierender Geschwindigkeit Blut.

Phantom hob den Kopf, um seine Verletzung zu betrachten, und fluchte, als er sah, wie das Blut in rhythmischen Schüben aus seiner Kniekehle floss.

In der einen Sekunde spritzte das Blut überall hin, in der nächsten hatte Avery sein Bein mit einer Hand gepackt und das Pulsieren hörte auf.

Phantom stieß einen heiseren Schmerzensschrei aus und krümmte den Rücken.

»Halt ihn unten!«, wies Avery an.

Rex bewegte sich zu den Schultern seines Freundes und drückte mit all seiner Kraft nach unten.

Einer der Night Stalker machte den Fehler, Avery aus dem Weg schieben zu wollen, damit er übernehmen konnte. Sie warf den Kopf herum und knurrte in einem Tonfall, den Rex noch nie von ihr gehört hatte: »Wenn Sie mich noch einmal anfassen, Feldwebel, bringe ich Sie so schnell vors Militärgericht, dass Ihnen schwindelig wird. Ich bin Leutnant Nelson und Krankenschwester. Holen Sie etwas zum Aufwärmen, er wird einen Schock erleiden. Wenn Sie ein Tourniquet haben, halten Sie es bereit. Wenn meine Hand abrutscht, werden wir es brauchen.«

Dann wandte sie sich wieder Phantom zu.

Er starrte mit schmerzverzerrtem Gesicht zu ihr hoch. »Es ist schlimm, oder?«, fragte er sie.

»Ein Kinderspiel. Sieht so aus, als hätte eines dieser Arschlöcher Glück gehabt und deine Kniekehlenarterie erwischt. Es ist wie eine Kopfwunde, es blutet wie verrückt, aber mit ein paar Stichen bist du wieder so gut wie neu.«

Phantom stieß ungläubig einen Atemzug aus. »Du redest Scheiße, Leutnant.«

Rex sah, wie sie die Hand an seinem Bein anspannte. »Willst du der Person, die gerade mit einem Finger das Blut in deinem Körper hält, wirklich sagen, dass sie Scheiße redet?«

»Tut mir leid, du hast recht, mach weiter«, sagte Phantom und stöhnte dann vor Schmerz, als der Hubschrauber in Turbulenzen geriet.

»Wie lange dauert es, bis wir am Stützpunkt sind?«, fragte Avery in die Runde.

»Zehn Minuten, Ma'am«, teilte ihr der Pilot über die Kopfhörer mit.

»Machen Sie sechs daraus«, befahl Avery, bevor sie sich wieder um Phantom kümmerte.

»Woher weißt du, dass sie nur gestreift wurde und nicht durchtrennt ist?«, fragte Phantom sie.

»Ich weiß es nicht mit Sicherheit«, antwortete sie grimmig, »aber ich bin mir zu achtzig Prozent sicher. Wäre sie durchtrennt worden, wärst du wahrscheinlich nicht bei Bewusstsein, weil du viel mehr Blut verloren hättest. Ich habe deine Arterie gerade zwischen meinen Fingern eingeklemmt und es scheint zu funktionieren. Wir könnten ein Tourniquet anlegen, aber da wir so nahe am Stützpunkt und einem Operationssaal sind, möchte ich nicht riskieren, dass die Arterie noch weiter aufreißt, wenn ich loslasse.«

»Ich habe etwas Morphium«, sagte einer der Night Stalker neben ihr.

Ohne den Blick von Phantom abzuwenden, nickte Avery und sagte: »Geben Sie es ihm.«

Phantom stöhnte und sein Gesichtsausdruck verriet ihnen allen, wie stark seine Schmerzen waren.

»Denk an etwas anderes«, befahl Avery. »Irgendetwas. Dann erzähl mir davon. Jedes kleine Detail.«

Rex beobachtete, wie Avery und Phantom einander anstarrten. Ihre Hände waren blutverschmiert und er konnte nicht einmal den Großteil ihrer linken Hand sehen, da sie in der Austrittswunde seines Teamkameraden steckte. Aber sie konzentrierten sich so sehr aufeinander, dass er keine Ahnung hatte, ob sie überhaupt noch jemanden um sich herum wahrnahmen.

»Als wir in Timor-Leste waren und ich die Leichengrube fand ... konnte ich nicht wegsehen«, stieß Phantom hervor.

Obwohl Rex wusste, dass Avery keine Ahnung hatte,

wovon Phantom sprach, machte sie erstaunlich gut mit. »Wie hast du dich dabei gefühlt?«, fragte sie.

»Angepisst«, antwortete Phantom mit zusammengebissenen Zähnen. »Alles, was ich sehen konnte, waren kleine Beine und Arme. Es war nicht fair, es gab keinen Grund für die Rebellen, all diese Kinder zu töten.«

»Was ist dann passiert?«, fragte Avery, als Phantom nicht weitersprach.

»Wir hörten die Rebellen kommen. Sie lachten und schossen auf wer weiß was, als sie auf das Waisenhaus zugingen. Ich war wütend, dass sie so unbeschwert klangen, während die Kinder in der Grube nie wieder würden lachen können.«

»Hast du sie getötet?«, fragte Avery und beugte sich vor, sodass sie fast Nase an Nase mit Phantom war.

»Nein. Wir mussten weg. Piper und die Kinder wegbringen. Ich habe aber noch einmal zurückgeschaut und – heilige Scheiße!«

»Was?«, fragte Avery. »Was hast du gesehen?«

Als Phantom diesmal antwortete, ließ er den Blick von Avery zu Rex wandern, der immer noch über ihm aufragte und seine Schultern hielt. »Kalee hatte sich bewegt! Ihr Fuß war nicht mehr an der Stelle, an der ich ihn zuvor gesehen hatte.«

Rex versteifte sich. Er wollte Phantom sagen, dass er sich irrte. Dass die ehrenamtliche Mitarbeiterin des Friedenskorps, zu deren Rettung sie ursprünglich nach Timor-Leste gekommen waren, definitiv tot war. Aber die Gewissheit in den Augen seines Teamkameraden ließ ihn schweigen.

»Kalee war am Leben!«, sagte er gequält. »Das ist es, was mich an der Mission gestört hat. Es ging nicht ums Versagen, nicht nur. Unterbewusst habe ich den Beweis gesehen, dass sie noch nicht tot war – und wir haben sie trotzdem dort gelassen!«

Susan Stoker

»Ganz ruhig, Mann«, sagte Rex.

»Du glaubst mir doch, oder?«, flehte Phantom.

»Ja«, entgegnete Rex sofort. Denn das tat er. Er hatte keine Ahnung, was sie jetzt, Monate später, unternehmen konnten, aber er glaubte seinem SEAL-Kameraden.

»Scheiße. Mist. *Verdammt* noch mal!«, fluchte Phantom. »Wir müssen zurückkehren. Wir müssen sie finden!«

»Phantom, du weißt genauso gut wie ich, dass es unwahrscheinlich ist, dass sie nach all dieser Zeit noch lebt«, sagte Rex.

»Tue ich das? Wir wissen nicht einmal, ob sie verletzt war. Wir konnten ihre Vorderseite nicht sehen, nur ihren Rücken. Vielleicht war sie nur bewusstlos. Vielleicht ist sie verängstigt und allein da oben in den Bergen und fragt sich, wie zum Teufel sie nach Hause kommen soll.«

»In Ordnung, Phantom. Ich setze mich mit Kommandant North in Verbindung und wir werden sehen, was wir herausfinden können.«

»Tex. Sag es Tex! Er soll nach allem Ungewöhnlichen Ausschau halten. Vielleicht wurde eine rothaarige Amerikanerin oder so etwas gesichtet.«

»Sie hat rote Haare?«, fragte Avery. »Dann ist sie zäh.«

Phantom schaute wieder Avery an. »Ich weiß nichts über sie, aber wenn sie das überlebt hat, was auch immer in dem Waisenhaus passiert ist, ist sie extrem zäh.«

»Natürlich ist sie das«, erwiderte Avery ruhig. »Und ich habe keinen Zweifel daran, dass du, wenn sie noch lebt, alles tun wirst, um sie zu finden und nach Hause zu bringen, so wie du es bei mir getan hast. Wir werden in einer Minute und zwanzig Sekunden landen. Ich werde an dir und deiner Schlagader hängen wie ein sexuell ausgehungertes Äffchen. Es wird viel Geschrei geben, wahrscheinlich von mir, und Chaos. Ignorier es einfach. Konzentrier dich auf mich. Du machst das großartig. Die Tatsache, dass du noch bei Bewusstsein bist, lässt mich glauben, dass du zum Teil ein Superheld bist, aber wenn du das Bedürfnis hast, ein kleines Nickerchen zu machen, nur zu.«

Während Avery Phantom weiter darüber informierte, was nach der Landung passieren würde, wurde Rex klar, warum sie eine so gute Krankenschwester war. Sie nutzte eine Kombination aus Humor und Unverblümtheit, um ihren Patienten zu beruhigen.

Dann beugte sie sich dicht zu ihm und sagte mit todernster Stimme: »Du wirst nicht sterben, Phantom. Versuch also gar nicht erst, Cole oder deinen anderen Team-kameraden irgendwelche bescheuerten letzten Anweisungen zu geben oder so. Du hast nur ein kleines Wehwehchen an deiner Arterie. Der Chirurg wird höchstens drei Stiche setzen und in ein paar Wochen bist du wieder fit. Hast du mich verstanden?«

»Ja, Ma'am«, entgegnete Phantom.

Rex merkte, dass Phantom noch nicht verarbeitet hatte, woran er sich gerade erinnert hatte, aber er tat sein Bestes, sich auf das zu konzentrieren, was um ihn herum geschah.

»Ich werde dich nicht verlassen, bis wir im Operationssaal sind. Erstens, weil ich dein Bein nicht loslassen werde, bis der Arzt mit Nadel und Faden dasteht, und zweitens, weil wir nicht wissen, wer der Verräter ist. Und wenn er eine verdammte Krankenschwester oder ein Arzt ist, werde ich dich ihm nicht einfach ausgeliefert lassen, verstanden?«

»Wenn du Rex nicht heiratest, werde ich dir selbst einen Antrag machen«, murmelte Phantom.

Avery verdrehte die Augen. »Wie auch immer. Du willst mich gar nicht. Wir würden einander innerhalb einer Woche in den Wahnsinn treiben.«

Der Hubschrauber ruckte, als seine Kufen mit einem dumpfen Schlag auf dem Asphalt landeten. Avery drehte den Kopf und schleuderte den Night Stalkern Befehle entgegen, die sie eilig befolgten.

Rex sah, wie der Rest des Teams auf den Hubschrauber zueilte. Offensichtlich waren sie vom Piloten über den Vorfall informiert worden. Die Tür wurde aufgerissen und heiße Luft erfüllte die Kabine. Vorsichtig nahm er erst Avery, dann Phantom die Kopfhörer ab.

»Kann ich ihn loslassen?«, fragte Rex.

Avery nickte. »Er wird nirgendwo hingehen. Stimmt's, Phantom?«

»Richtig«, presste der andere Mann zwischen zusammengebissenen Zähnen hervor.

»Vergiss nicht, was ich gesagt habe«, warnte Avery ihn. »Keine letzten Anweisungen an dein Team. Du kannst in ein paar Stunden mit ihnen reden, wenn du aus dem OP kommst und auf dem Weg zurück in die Staaten bist, okay?«

»Du bist irgendwie gemein«, sagte Phantom.

Avery lächelte. »Ich weiß. Das sagen alle meine Patienten am Anfang.«

»Am Anfang?«, murmelte Phantom.

»Ja. Dann merken sie, dass ich immer recht habe und alles, was ich im Eifer des Gefechts gesagt habe, zu ihrem Besten war. Dann lieben sie mich und sagen, ich sei die tollste Krankenschwester, die sie je hatten.«

Diesmal grinste Phantom und verdrehte die Augen.

Rex atmete erleichtert auf. Irgendwie hatte Avery ein Wunder vollbracht. Nicht nur hatte sie Phantom dazu gebracht, sich an das zu erinnern, was ihn während der letzten Monate gequält hatte, sondern sie hatte ihn auch zum Lächeln gebracht. Und das alles, während sie sein Bein mit ihren bloßen Händen zusammenhielt.

»Was zum Teufel ist passiert?«, fragte Rocco ungeduldig, als Rex aus dem Hubschrauber kletterte.

»Lange Geschichte, aber das Wichtigste ist, dass Phantom von einer Kugel getroffen wurde, als wir mit der Leiter zum Hubschrauber hochgezogen wurden«, erklärte Rex.

»Das ganze Blut ist von *ihm*?«, fragte Ace.

»Ja.«

»Ist der Leutnant in Ordnung?«, wollte Gumby wissen.

»Ja, das ganze Blut stammt von Phantom«, beruhigte Rex die anderen.

»Wie um alles in der Welt ist er noch bei Bewusstsein?«, murmelte Bubba.

»Weil er stur ist«, sagte Rex. Aber er wusste, dass das nicht der Grund war. Es lag an Avery. Sie hatte ihn dazu gebracht, bei ihr zu bleiben. Indem sie ihn dazu brachte, an etwas anderes zu denken als an seine Verletzung und seine Schmerzen, hatte sie praktisch seinen Herzschlag verlangsamt.

Ganz zu schweigen davon, dass sie seine Arterie mit den Fingern abgeklemmt hatte.

»Trage!«, rief jemand hinter ihnen.

Die fünf Männer gingen aus dem Weg, verließen aber nicht den Bereich. Rex stützte Avery, als sie unbeholfen aus dem Hubschrauber kletterte, die Hand immer noch an Phantoms Bein.

»Vorsichtig!«, befahl sie, als er auf die Trage gelegt wurde. »Wenn Sie nicht aufhören zu versuchen, mich aus dem Weg zu schubsen, werde ich Sie erschießen«, sagte sie irgendwann zu jemandem. Natürlich meinte sie es nicht ernst, aber ihr Tonfall reichte aus, um den armen Soldaten langsam von ihr zurückweichen zu lassen.

»Steig mit ihm auf die Trage«, sagte Rex zu ihr.

Sie nickte und tat genau das. Sie setzte sich rittlings über Phantoms Knie und beugte sich über ihn, damit sie sein Bein weiter festhalten konnte. Kaum war sie stabil, begannen drei Männer, die Trage in Richtung des nahe gelegenen Gebäudes zu schieben.

»Juhu! Ich wollte schon immer mal auf so einem Ding fahren«, rief sie unbekümmert, immer noch auf Phantom konzentriert. Rex wusste, dass sie wahrscheinlich seine Atmung und seinen Herzschlag überwachte, während sie in Richtung des Lazaretts eilten.

Er lief ihnen hinterher, den Rest des Teams dicht auf den Fersen.

»Avery geht mit ihm in den OP«, erklärte Rex, während er lief. »Sie darf nicht allein gelassen werden. Nicht eine Sekunde lang. Und wir müssen alle jeweils zu zweit bleiben, bis wir uns auf den Heimweg machen.«

»Der Verräter?«, fragte Rocco.

Rex nickte und antwortete: »Ich kann hier nicht darüber sprechen, aber es reicht, wenn ich sage, dass der Angriff auf den Konvoi nicht zufällig geschah, so wie der Oberstabsfeldwebel es schon vermutet hat.«

»Scheiße«, murmelte Gumby.

»Mist«, warf Ace ein.

»Allerdings«, fügte Rocco hinzu. »Wie sieht es mit Phantom aus?«

Rex erzählte seinen Teamkameraden, was Averys Vermutung nach passiert war. Von seiner verletzten Kniekehlenarterie.

»Hoffen wir, dass sie nur gestreift wurde und nicht durchtrennt ist«, sagte Bubba.

Sie betraten das Lazarett und folgten der Trage den Flur hinunter, während sie den Anweisungen des Leutnants lauschten.

Anstatt Phantom in einen der Untersuchungsräume zu bringen, bestand Avery darauf, ihn direkt in einen der Operationssäle zu rollen, und Rex war nicht überrascht, als sie genau das taten. Er wollte ihnen hineinfolgen, wurde aber von einem Marinehauptmann aufgehalten. »Sie können da nicht reingehen«, teilte er ihnen mit.

Seufzend nickte Rex. Er war nicht glücklich darüber, auch wenn er es verstand. Aber er würde Avery nicht ungeschützt lassen. Er würde außerhalb des Operationssaals bleiben und seine Waffe für den Fall der Fälle bereithalten. Er wandte sich an das Team. »Ich bleibe hier bei ihnen.«

»Ich bleibe auch«, antwortete Rocco. »Ich gehe davon aus, dass wir mindestens vierundzwanzig Stunden hier sein werden, bevor wir nach Hause fliegen können, jetzt, da Phantom verletzt ist. Gumby, kümmerst du dich um eine Schlafmöglichkeit für uns? Im selben Zimmer, wenn das möglich ist. Wir kennen noch nicht alle Details, aber es klingt, als wäre es besser, wenn wir uns im Moment mit niemand anderem einquartieren. Ace, könnt du und Bubba Kommandant North kontaktieren und unsere Heimreise arrangieren? Ich weiß, dass es Vorschrift ist, über Deutschland zu gehen, aber in Anbetracht der Situation ...« Er verstummte.

Damit niemand im Vorbeigehen etwas hören konnte, fügte Rex leise hinzu: »Und sag North, dass der Leutnant sich die Fotos aller Matrosen und Soldaten und sogar Zivilisten ansehen muss, die zurzeit hier in Afghanistan stationiert sind.«

»Scheiße. In Ordnung, wird gemacht«, sagte Bubba.

Rex brannte darauf, sich mit dem Team zusammenzusetzen und alles durchzugehen, was er von Avery erfahren hatte, aber sie hatten alle noch etwas zu tun, wenn sie so schnell wie möglich nach Kalifornien zurückkehren wollten. Natürlich hing das von Phantom ab und davon, wie schwer er verletzt war.

Rex warf einen Blick in den Operationssaal und sah, wie Avery mit ihrer freien Hand wild gestikulierte. Ihr Haar war zerzaust und musste dringend gewaschen werden. Ihre Kleidung war schmutzig und zerrissen und irgendwann in den letzten Minuten hatte ihre aufgeplatzte Lippe wieder zu bluten angefangen, aber er konnte sich nicht erinnern, jemals in seinem Leben eine attraktivere Frau gesehen zu haben.

Es war die Art, wie sie sich verhielt. Wie sie andere über ihr eigenes Wohlergehen stellte – was etwas war, worauf er in Zukunft würde achten müssen. Er musste dafür sorgen, dass er sich um sie kümmerte, während sie sich um andere kümmerte. Der Gedanke hätte ihm eigentlich eine Heidenangst einjagen müssen, aber stattdessen war er fest entschlossen, Avery für sich zu gewinnen.

Sie hatten noch nicht einmal eine Verabredung gehabt, aber wenn sie dachte, dass ihn die Ereignisse der letzten Tage abgeschreckt hatten, lag sie völlig falsch. Er war entschlossener denn je, mit ihr auszugehen. Er wollte ihr weiterhin zeigen, dass er ein Mann war, auf den sie zählen konnte. Dass er sie so schätzte, wie sie war, und nicht eine Sache an ihr ändern wollte.

Nachdem Bubba, Ace und Gumby gegangen waren, wandte Rex sich an Rocco. »Da ist noch etwas.«

»Was?«, fragte Rocco vorsichtig.

»Phantom hat sich daran erinnert, was ihn an der Timor-Leste-Mission gestört hat.«

»Hat er das? Gott sei Dank. Was?«

»Er sagte, dass Kalee nicht tot war, als sie in der Grube lag. Dass sie ihren Fuß bewegt hat.«

»Verdammte Scheiße!«, fluchte Rocco. »Ist er sicher?«

»Absolut.«

»Noch etwas, das wir mit dem Kommandanten besprechen müssen«, sagte Rocco. »Aber zuerst müssen wir sichergehen, dass es ihm gut geht, nach Hause zurückkehren und einen verdammten Verräter finden.«

»Amen«, murmelte Rex. Aber in Gedanken fügte er

hinzu: *Und dafür sorgen, dass Avery mit allem fertig wird, was ihr in der Kriegsgefangenschaft widerfahren ist.*

Bis dahin würde er sich um sie kümmern. Er würde dafür sorgen, dass sie saubere Kleidung bekam, duschte, eine nahrhafte Mahlzeit zu sich nahm, so schnell wie möglich einen Termin bei einem Psychologen machte und ihre Schnitte und Blutergüsse versorgen ließ. Aber er hatte das Gefühl, dass sie sich gegen all das wehren würde. Sie war unabhängig und temperamentvoll. Er würde die Sache geschickt angehen müssen.

Seltsamerweise freute Rex sich darauf.

KAPITEL ZEHN

Eine Stunde später stand Rex immer noch vor dem Operationssaal und sah zu, wie sein Freund und Teamkamerad zusammengenäht wurde. Der Arzt hatte sich die Zeit genommen, eine Krankenschwester rauszuschicken, um ihnen mitzuteilen, dass Avery recht gehabt hatte – Phantoms Kniekehlenarterie war nur gestreift worden.

Jetzt sah es so aus, als würde er die Operation abschließen, worüber Rex mehr als froh war. Er hatte beobachtet, wie Avery mit jeder verstreichenden Minute schwächer wurde. Sie lehnte jetzt an einer der Wände, und er war sich ziemlich sicher, dass das das Einzige war, was sie aufrecht hielt.

Wahrscheinlich erlebte sie nicht nur einen gewaltigen Adrenalinabfall nach ihrer Rettung und Phantoms Verletzung, sondern sie war auch noch weit davon entfernt, nach der langen Zeit ohne Nahrung wieder sie selbst zu sein.

Sobald die Operation vorbei war, würde Rex sie irgendwohin bringen, damit sie etwas essen und dann schlafen konnte. Er wusste, dass sie eine Menge zu tun hatten, aber das konnte alles warten. Er hatte Rocco vorhin gebeten, das

Treffen mit dem General des Stützpunktes, um über das von Avery Gesehene zu sprechen, auf den nächsten Morgen zu verschieben. Sie brauchten alle ein paar Stunden, um sich zu erholen, und Avery musste dringend schlafen. Wann sie aufbrechen würden, hing von Phantom ab und davon, wann er stabil genug wäre, um nach Kalifornien zurückzufliegen.

Er sah zu, wie der Chirurg seinen Assistentinnen zunickte und zu Avery hinüberging. Sie unterhielten sich kurz, dann legte der Arzt eine Hand auf ihren Ellbogen, um sie zur Tür zu führen. Es war verrückt, dass Rex sich unwohl fühlte, wenn der andere Mann sie berührte, aber er konnte seine Gefühle nicht unterdrücken. Es war nicht unbedingt Eifersucht, mehr ein allgemeines Gefühl der Unruhe.

Kaum kamen die beiden durch die Tür, war Rex an Averys Seite und legte einen Arm um ihre Taille.

»Gehen Sie duschen, essen Sie etwas und *schlafen* Sie«, mahnte der Arzt. »Ihr Körper ist nach den Strapazen völlig aus dem Gleichgewicht geraten. Das Beste, was Sie für Ihren Freund tun können, ist, sich um Sie selbst zu kümmern.«

»Mir geht es gut«, beharrte Avery.

Rex konnte sich ein Schnauben nicht verkneifen. Er sah den Chirurgen an und sie tauschten einen ungläubigen sowie amüsierten Blick aus.

»Gut. Dann überlasse ich Sie jetzt den fähigen Händen dieses Matrosen. Oh, und Leutnant Nelson?«

»Ja, Sir?«, fragte sie und drehte sich zu ihm um.

»Gute Arbeit da draußen. Sie haben alles genau richtig gemacht. Lieutenant Commander First Class Dalton wird sich vollständig erholen. Wenn Sie ihm ein Tourniquet angelegt hätten, hätte das zwar die Blutung gestoppt, aber eventuell auch einige seiner anderen Arterien und Venen beschädigt.«

»Vielen Dank, Sir. Aber um ehrlich zu sein, habe ich gar nicht so viel darüber nachgedacht. Ich habe einfach reagiert, sein Bein und die Arterie gepackt und nicht mehr losgelassen. Ich wusste, dass wir nicht mehr weit vom Stützpunkt entfernt waren, vor allem bei der Geschwindigkeit, mit der der Pilot flog, und es wäre komplizierter gewesen, das Tourniquet anzulegen, als ihn einfach zu halten, bis wir ankommen«, sagte Avery, womit sie sein Lob praktisch abwies.

»Das macht es noch beeindruckender. Es ist gut, dass Sie gesund und munter zurück sind«, erwiderte der Arzt. Er nickte den beiden zu, drehte sich um und ging in den Flur, um seinen blutigen Kittel auszuziehen.

»Avery?«, fragte Rex.

»Phantom wird wieder. Der Arzt hat uns alles erklärt, was er beim Flicken der Arterie gefunden und gemacht hat. Er glaubt, dass er in etwa drei Wochen wieder so gut wie normal sein wird, was verdammt erstaunlich ist. Er wird sich schonen müssen, was ihm sicher schwerfallen wird, aber ich bin sicher, dass du und die anderen alles tun werdet, um ihn zu unterhalten, solange er nicht im Dienst ist.«

»Avery«, wiederholte Rex.

»Er glaubt nicht, dass es einen Grund gibt, warum er morgen nicht entlassen werden könnte, aber es wird wahrscheinlich später am Nachmittag sein, nicht am Morgen. Der Arzt will ihn untersuchen und sich davon überzeugen, dass die Fäden halten, bevor er ihn gehen lässt.«

»Avery, mach mal kurz Pause«, drängte Rex.

Sie ignorierte ihn. »Aber da ich mit ihm im Flugzeug sitzen werde – zumindest glaube ich, dass du das gesagt hast –, könnte ich ein Auge auf Phantom haben. Sollte irgendetwas schiefgehen, wenn zum Beispiel sein Blutdruck abfällt oder so, kann ich alles Nötige tun, bis wir landen und ihn in Deutschland in ein Krankenhaus bringen können, oder irgendwo in der Nähe des Ortes, an dem wir gerade sind.«

Rex war fertig. Er packte sie und hob sie hoch.

»Cole! Was tust du da? Lass mich runter!« Sie legte die Arme um seinen Hals und hielt sich fest, während er den schmalen Flur hinunterging.

»Was ich tue?«, fragte er. »Ich bringe dich hier raus, damit du genau das tun kannst, was der Arzt angeordnet hat. Essen, duschen und schlafen.«

»Ich kann selbst gehen!«, protestierte sie. »Und ich wollte warten, bis Phantom aufwacht, um sicherzugehen, dass es ihm gut geht.«

»Ace und Bubba bleiben heute Nacht hier bei ihm. Sie werden bei ihm sein, wenn er aufwacht. Rocco und Gumby bleiben im selben Zimmer wie wir, um dafür zu sorgen, dass du in Sicherheit bist. Es ist schon alles organisiert.«

Sie hörte auf, sich in seinen Armen zu winden, und seufzte, protestierte aber nicht weiter. Sie war nicht gerade entspannt, aber sie wehrte sich auch nicht mehr gegen ihn, was er zu schätzen wusste. Rex ignorierte die seltsamen Blicke, die sie ernteten, als Rocco die Tür zum Lazarett aufstieß, und schritt entschlossen zur Kantine.

Sie kamen zu spät zum Abendessen, aber Gumby hatte seine Beziehungen spielen lassen und dafür gesorgt, dass eine warme Mahlzeit für Avery bereitstand. In der Kantine saßen einige Gruppen von Armee- und Marineangehörigen, die Karten spielten oder einfach nur abhingen, und sie alle starrten Rex an, als er mit Avery auf dem Arm hereinkam.

»Willkommen zurück, Leutnant!«, rief jemand, woraufhin die meisten anwesenden Männer und Frauen einstimmten.

Rex sah, wie Avery errötete, und er wusste, dass er nie genug davon bekommen würde, die Farbe auf ihren

Wangen zu sehen. Er setzte sie neben einem leeren Tisch ab und sagte streng: »Setz dich, Gumby holt dein Essen.«

»Was ist mit dir?«, fragte sie.

»Mir geht's gut.«

»Oh nein«, protestierte Avery. »Glaub nicht, dass ich nicht gemerkt habe, dass du die ganze Zeit vor der Tür gestanden hast, während Phantom operiert wurde. Du musst auch etwas essen.«

Er wollte die Wärme nicht spüren, die sich angesichts ihrer Sorge in ihm ausbreitete, aber er tat es dennoch. Rex war sich bewusst, dass sie wahrscheinlich zu jedem, der ihrer Meinung nach etwas zu essen brauchte, dasselbe sagen würde, aber er ahnte, dass es um mehr als das ging.

»Ich werde eine Feldration essen, wenn wir in unserem Schlafquartier sind.«

Sie runzelte die Stirn, während ihre Miene störrisch wurde. Rex hob eine Hand, um ihre Proteste abzuwehren. »Ich bin nicht derjenige, der seit zwei Wochen keine richtige Mahlzeit mehr hatte. Mir geht's gut, wirklich. Tu es mir zuliebe, Avery. Du solltest jetzt auf keinen Fall krank werden und zusammenbrechen. Wir haben dich vielleicht aus der Wüste geholt, aber das heißt nicht, dass die Gefahr gebannt ist, in der du schwebst. Ich habe das Gefühl, dass die nächsten Tage – und sogar Wochen, wenn dieser Typ nicht zu fassen ist – härter für dich sein werden, als du denkst.«

»Meinetwegen«, sagte sie seufzend. »Aber alles, was ich nicht esse, kannst du gern haben.«

Rex antwortete nicht. Er hatte das Gefühl, wenn er zustimmte, würde sie aufhören zu essen, bevor sie satt war, nur um sicherzugehen, dass auch *er* etwas bekam.

Gumby kam mit einem Tablett voller Speisen und stellte es vor Avery auf den Tisch. Dann ließ er sich auf den Platz auf ihrer anderen Seite sinken.

Avery nahm eine Gabel in die Hand, zögerte jedoch,

bevor sie sich auf die protein- und kohlenhydratreiche Mahlzeit vor ihr stürzte. »Wollt ihr mich die ganze Zeit anstarren, während ich esse? Wenn ja, könnt ihr euch einfach woanders hinsetzen, bis ich fertig bin.«

Gumby lachte. »Tut mir leid, Rotschopf, ich kann nicht anders.«

»Rotschopf?«, murmelte sie leise. »Ernsthaft?«

»Hey, es passt«, antwortete Gumby lachend.

»Ich schätze, ich wurde schon Schlimmeres genannt«, stimmte Avery zu. »Aber ich meine es ernst, starrt mich nicht so an, sonst bekomme ich das niemals runter.«

»In Ordnung. Wie wäre es also, wenn ich dir erzähle, was passiert ist, während du, Rex und Phantom zelten wart?«

Avery verdrehte die Augen über den Witz, nickte aber.

»Also, Ace und Bubba haben Kontakt zu einem Delta-Force-Team aufgenommen, das hier auf dem Stützpunkt angekommen ist, und den Jungs mitgeteilt, was du über den Konvoi gesagt hast. Sie wurden hierhergeschickt, um die Terroristen zu finden, die die beiden Gefreiten getötet haben, und um die fehlenden Waffen aus dem Konvoi aufzuspüren. Sie sind sehr daran interessiert, mit dir über den Afghanen zu sprechen, von dem du gesagt hast, dass er Englisch sprach.«

Avery schluckte den Bissen Kartoffelbrei hinunter, den sie sich gerade in den Mund geschoben hatte, und wandte sich an Gumby. »Woher um alles in der Welt wissen sie denn schon von ihm? Ich meine, ich bin doch erst seit ein paar Stunden zurück auf dem Stützpunkt.«

»Weißt du noch, als Phantom sich gemeldet hat, um den Evakuierungspunkt festzulegen?«, fragte Rex. Nachdem sie genickt hatte, zuckte er mit den Schultern. »Er hat für Rocco zusammengefasst, was laut deiner Aussage passiert ist, und auch das, was im Fluss geschehen ist.«

»Was das angeht«, sagte Gumby, woraufhin Avery sich wieder ihm zuwandte, »wir haben alle schon mal darüber nachgedacht, Rex zu ertränken, aber wir sind dankbar, dass du ihm den Arsch gerettet hast.«

Rex sah, wie ihr erneut die Röte in die Wangen schoss, und tat sein Bestes, um sein Lächeln zu verbergen.

»Das war doch keine große Sache«, protestierte sie.

»Falsch«, erwiderte Gumby ernst. »Ich weiß, dass es dir peinlich ist und du versuchst, es herunterzuspielen, aber Phantom hat Rocco genau erzählt, was passiert ist. Wenn du nicht da gewesen wärst und nicht getan hättest, was du getan hast, würden wir jetzt eine Beerdigung planen, und das ist etwas, was wir niemals für einen von uns tun wollen. Falls du es noch nicht gemerkt hast, wir sind wie Brüder. Ich würde buchstäblich mein Leben für einen von ihnen geben, genauso wie sie es für mich tun würden. Nur weil wir Frauen gefunden haben, die wir lieben, heißt das nicht, dass wir weniger Verpflichtung füreinander haben. Du musst deine Verlegenheit überwinden, denn du hast noch mindestens drei weitere Menschen, die dir danken werden, und ich schlage vor, dass du unseren Dank einfach mit deinem schönen Lächeln annimmst, wenn du es hinter dich bringen willst.«

»Lieber Gott. Meinetwegen«, murmelte Avery. »Gern geschehen.«

»Schon besser«, sagte Gumby. »Und jetzt kommt die eigentliche Frage.«

»Ja?«, drängte Avery, als er nicht weitersprach.

»Konntest du da draußen mit Mr. Schnarcher an deiner Seite schlafen?«

Rex funkelte seinen Freund an. »Halt die Klappe, Arschloch.«

»Nein, im Ernst«, fuhr Gumby mit einem Glitzern in den Augen fort. »Rex schnarcht, als würde er einen Wald absägen. Wir ziehen Streichhölzer, um auszuknobeln, wer neben ihm schlafen muss, wenn wir auf Mission sind. Und wenn wir absolut leise sein müssen, darf er erst schlafen, wenn wir außer Reichweite der Bösen sind.«

Rex schnappte sich eine Erbse von Averys Tablett und warf sie nach seinem Freund. »Fick dich.«

Avery kicherte, und das Geräusch ließ Rex innehalten. Er starrte sie an, als hätte er sie noch nie gesehen.

Während der ganzen Zeit, die er sie kannte – einschließlich in Kalifornien –, hatte er noch nie einen so unbekümmerten Laut aus ihrem Mund kommen hören. Sie hatte schon öfter gelacht und geschmunzelt, aber dieses mädchenhafte Kichern? Niemals. Er war fasziniert.

»Ich muss zugeben, dass ich so erschöpft und geistig kaputt war, als wir letzte Nacht unser Lager aufgeschlagen haben, dass ich nichts mehr gehört habe, sobald meine Augen zu waren. Eine ganze Bande von Rebellen hätte ins Lager kommen können und ich hätte sie nicht gehört«, erklärte sie Gumby.

»Nun, heute Nacht wirst du herausfinden, dass ich nicht lüge«, sagte er grinsend.

»Tut mir leid«, gab Avery zurück. »Ich habe einen tiefen Schlaf. Das war schon immer so. Sobald ich weg bin, bin ich weg. Ihr könntet euch wahrscheinlich alle direkt über mir unterhalten und ich würde durchschlafen.«

»Scheiße, Rex, du wirst sie heiraten müssen, denn keine andere Frau würde die Geräusche ertragen, die du nachts machst.«

Als er sah, dass Avery nicht mehr amüsiert war, sondern sich leicht unwohl fühlte, warf Rex Gumby einen finsteren Blick zu. »Genug. Du bringst sie in Verlegenheit.«

Er sah sofort zerknirscht aus. »Tut mir leid, Avery. Ich habe versucht, *Rex* in Verlegenheit zu bringen, nicht dich.«

»Ist schon gut«, sagte sie.

In diesem Moment schlenderte ein Korvettenkapitän, ein Junior-Marineoffizier, zu ihrem Tisch. »Schön, dass Sie wieder da sind, Leutnant Nelson. Wir haben uns alle Sorgen um Sie gemacht.«

Avery setzte sich aufrechter hin. »Vielen Dank, Sir.«

Der andere Mann betrachtete Gumby und Rex stirnrunzelnd, dann warf er Avery einen eindringlichen Blick zu. »An unserem Tisch da drüben ist noch Platz, wenn Sie ein paar Runden Blackjack mit uns spielen möchten. Es gehört sich nicht, sich mit einfachen Matrosen zu verbrüdern.«

Es dauerte eine Sekunde, bis Rex verstand, was der Mann sagte, da er sich so sehr auf Avery konzentriert hatte. Aber als er es tat, ballte er die Hände zu Fäusten und musste sich zwingen, nicht aufzuspringen und dem jungen eingebildeten Offizier die Scheiße aus dem Leib zu prügeln.

Doch bevor er etwas sagen konnte, kam Avery ihm zuvor.

»Ist das Ihr Ernst?«, fragte sie. »Nach allem, was ich durchgemacht habe, wollen Sie eine solche Scheiße abziehen? Und Sie können sich nicht dumm stellen und behaupten, Sie wüssten nicht, wovon ich rede, nachdem Ihre ersten Worte waren, wie froh Sie darüber sind, dass ich zurück bin. Falls es Sie also *wirklich* interessiert und Sie nicht gerade wie ein Idiot versuchen, mich aufzureißen, erzähle ich Ihnen, was ich in letzter Zeit gemacht habe.« Sie beugte sich vor und funkelte den Offizier an.

»Ich wurde von einem riesigen Trümmerstück am Kopf getroffen, als das Gebäude, in dem ich mich befand, von einer Panzerfaust in die Luft gesprengt wurde. Dann wurde ich auf einen Berg geschleppt und an die Wand einer Höhle gekettet, bevor man mich verprügelt hat. Wieder und wieder. Ich bekam nichts zu essen und musste Wasser von der Seite eines Felsens lecken. Dann sprengten meine Gastgeber die Öffnung der Höhle in die Luft und begruben mich lebendig. Ich verbrachte eine weitere Woche, ohne etwas zu essen, während ich einen Felsen nach dem anderen bewegte und versuchte, mir einen Weg nach draußen zu bahnen. Diese *einfachen* Matrosen kamen und retteten mich. Dann wurden wir in einen schnell fließenden Fluss gejagt und haben es kaum lebendig herausgeschafft. *Dann* mussten wir auf eine baumelnde Leiter springen, um zu entkommen, während auf uns geschossen wurde.

Also entschuldigen Sie, wenn ich zu müde bin, um mich mit Ihrem politischen Schwachsinn zu beschäftigen. Es wäre mir scheißegal, wenn die beiden Männer neben mir arme Stammesangehörige aus der Gegend oder absolute Neulinge wären. Sie haben mir das Leben gerettet, und das allein verdient schon Respekt. Aber nur damit Sie wissen, was für ein Arsch Sie sind, diese Männer sind auch SEALs … *Sir*.«

Rex sah, wie der Mann erblasste. Er und Gumby trugen nichts, was auf ihre Zugehörigkeit zu einer Spezialeinheit hinwies, und er hatte offensichtlich nur ihren Rang an den Tarnuniformen gesehen, die sie getragen hatten, während sie darauf warteten, dass Phantom aus dem OP kam.

»Also gehen Sie zurück zu Ihren hochnäsigen Offiziersfreunden und verschwinden Sie aus meinem Blickfeld. Ich habe noch nicht zu Ende gegessen und ich lasse mir von Ihnen nicht die erste richtige Mahlzeit seit zwei Wochen verderben.«

Ohne ein weiteres Wort drehte der Mann sich um und schlich mit metaphorisch eingezogenem Schwanz zu seinem Tisch zurück.

Vor einer Minute war Rex noch wütend gewesen, aber jetzt war er nur noch amüsiert. Er lehnte sich zurück, legte einen Arm auf Averys Stuhllehne und versuchte nicht einmal, sein Grinsen zu verbergen.

Avery sah mit finsterer Miene zu ihm hinüber. »Wenn du lachst, muss ich dir wehtun, Kingston.«

Rex blinzelte. »Du kennst meinen Nachnamen.«

Jetzt wirkte Avery nur noch verwirrt, was besser war als der Rauch, der vor einer Sekunde noch aus ihren Ohren aufgestiegen war. »Natürlich kenne ich ihn. Ich habe dir gesagt, dass ich mich nach dir erkundigt habe.«

Er zuckte mit den Schultern. »Ich dachte nur nicht, dass du meinen vollen Namen kennst.«

»Ich weiß nicht, wie du zu deinem Spitznamen gekommen bist«, erwiderte sie, bevor sie sich eine weitere Gabel voller Hühnchen in den Mund schob.

»Rex bedeutet *König* auf Lateinisch. Mein Ausbilder hielt sich für clever und fing an, mich so zu nennen, sobald er mich im Trainingslager traf.«

»Das ist albern«, informierte Avery ihn.

Rex konnte sich ein Lächeln nicht verkneifen.

Sie schluckte, drehte sich zu Gumby und dann wieder zu ihm um. »Ich weiß es zu schätzen, dass ihr beide den Korvettenkapitän nicht verprügelt habt. Ich bin so daran gewöhnt, bei den Leuten, mit denen ich zusammenarbeite, keinen Rang zu sehen, dass ich gar nicht daran gedacht habe, dass es komisch aussehen könnte, wenn ich mit zwei Soldaten rumhänge.«

Rex würde nicht zulassen, dass sie mit so was anfing. Er beugte sich vor und legte eine Hand in ihren Nacken. Sie verstummte und drehte sich zu ihm um. »Zwischen uns gibt es keinen Rang. Und mit *uns* meine ich mein ganzes Team. Du bist Avery und ich bin Cole. Und das ist Gumby. Und Phantom. Wir wollen nicht, dass du uns wegen eines verdammten Streifens auf deiner Schulter auf Abstand hältst, kapiert?«

Sie nickte. »Mach mal halblang, Matrose«, scherzte sie. »Ich habe nicht gesagt, dass ich Abstand zwischen uns bringen will, ich habe nur nicht bedacht, wie das auf andere wirken könnte. In dem Fluss war es mir scheißegal, welchen Rang du hast, oder? Oder als du in der Höhle aufgetaucht bist, um mich zu retten. Und es war mir auch scheißegal, welchen Rang Phantom hat, als ich sein Bein mit meiner Hand zusammenhielt. Wenn andere Leute ein Problem damit haben, mit wem ich befreundet bin, können sie mich mal.«

»Ich mag sie«, sagte Gumby lachend. »Sie hat Mumm.«

»Na, Gott sei Dank. Ich kann heute Nacht gut schlafen, weil ich weiß, dass du mich magst.« Avery grinste.

Das entlockte Gumby schallendes Gelächter.

Rex lächelte wieder und ließ Averys Nacken mit einer leichten Liebkosung seines Daumens los. Ihm entging nicht, wie sie rot wurde.

In den nächsten zehn Minuten, während Avery ihre Mahlzeit beendete, sprachen sie über nichts Wichtiges ... welches Gemüse sie mochte und welches zu essen sie sich weigerte, worauf sie sich in Kalifornien am meisten freute, und ein wenig über die anderen Männer im Team, die sie noch nicht kennengelernt hatte.

Als sie schließlich ihr Besteck ablegte, war Rex froh, dass sie fast alles von dem gegessen hatte, was Gumby für sie besorgt hatte.

»Geht es dir besser?«, fragte er, als sie das Tablett wegschob.

»Ja, danke. Aber jetzt sind meine Augen so schwer, dass ich sie kaum noch offen halten kann. So fühle ich mich an Thanksgiving, wenn ich zu viel gegessen habe, und ich habe hier kaum etwas zu mir genommen.«

Als Gumby aufstand und ihr Tablett nahm, um es zurück in die Küche zu bringen, sagte er: »Kein Wunder. Es wird eine Weile dauern, bis dein Magen die gleiche Menge an Nahrung vertragen kann, die du vorher gegessen hast.«

»Bist du bereit zu gehen?«, fragte Rex, als er aufstand.

Avery nickte und schob ihren Stuhl zurück. Rex legte eine Hand auf ihren Rücken und führte sie zum Ausgang. Bevor er dort ankam, drehte er sich noch einmal zum Tisch des Korvettenkapitäns um und grinste ihn an. Es war mehr als offensichtlich, dass der Mann sein Bestes getan hatte, um sie aufzureißen, was ziemlicher Blödsinn war, wenn man bedachte, dass sie sich keine achtundvierzig Stunden zuvor noch in Gefangenschaft befunden hatte. Aber Avery war bei *ihm* – und er würde sie so lange bei sich behalten, wie sie ihn haben wollte.

Sie gingen zurück in die heiße Wüstenluft, wo sie sich mit Rocco und einem Mann trafen, den Rex noch nicht kannte.

»Avery, Rex, das ist Trigger. Sein Delta-Team ist hier, um die Waffen aufzuspüren, die gestohlen wurden, und um die Männer zu finden, die die Gefreiten getötet haben.«

Rex schüttelte ihm die Hand und Avery tat es ihm gleich.

»Es ist schön, Sie beide kennenzulernen, wenn auch leider unter diesen Umständen«, sagte Trigger. »Ich bin sehr froh, Sie lebend und gesund zu sehen, Leutnant Nelson.«

»Danke.«

»Es tut mir leid, dass wir Sie nicht vor Ihren Kameraden erreicht haben.«

Avery zuckte mit den Schultern. »Ich weiß es zu schätzen, dass Sie überhaupt gekommen sind.«

»Wie ich höre, werden Sie wahrscheinlich morgen abreisen. Wenn Sie etwas Zeit fänden, um mit mir und meinem Team zu sprechen, würden wir das sehr zu schätzen wissen. Jede Information, die Sie uns geben können, wird uns hoffentlich helfen, die Hintermänner des Anschlags auf den Konvoi zu fassen und den Anführer zu finden.«

»Ich weiß nicht, ob ich eine Hilfe sein kann. Ich war

während meiner gesamten Gefangenschaft in einer Höhle und ich könnte Ihnen nicht einmal sagen, wo sich diese befand. Cole und die anderen haben wahrscheinlich mehr Informationen als ich.«

»Wir haben uns bereits mit Ace und Bubba unterhalten und haben die Koordinaten. Ich bin mehr an dem Mann interessiert, von dem Sie sagten, dass er Englisch spricht. Wenn er jemand ist, mit dem die Armee und die Marine zusammengearbeitet haben und der vorgibt, auf unserer Seite zu sein, müssen wir ihn finden und Antworten bekommen.«

»Dieser Meinung bin ich auch. Morgen werde ich gern mit Ihnen sprechen, Trigger.«

»Gut, vielen Dank. Und ich entschuldige mich dafür, Sie von Ihrer Dusche abgehalten zu haben. Es gibt nichts Besseres als eine lange, heiße Dusche, nachdem man ein paar Tage oder Wochen im Einsatz war.«

Rex mochte den Delta. Er war eindeutig ein anständiger Kerl und ihm gefiel besonders, wie einfühlsam er Avery gegenüber war. Rex vermutete, dass Trigger zu Hause eine Frau hatte, die ihm beigebracht hatte, im Umgang mit dem anderen Geschlecht feinfühliger zu sein.

»Wir sehen uns morgen«, sagte Rex, als er Trigger erneut die Hand schüttelte.

Sobald er gegangen war, murmelte Rex leise: »Kann ich dich jetzt endlich unter die Dusche und ins Bett bringen?«

»Dafür ist es in unserer Beziehung noch etwas zu früh, oder?«, scherzte Avery. »Ich meine, du hast mich noch nicht einmal ausgeführt.«

Gumby und Rocco brachen in Gelächter aus und auch Rex konnte sich ein Lachen nicht verkneifen. »So habe ich es nicht gemeint, und das weißt du auch, aber ich bin froh, dass du zugibst, dass wir eine Beziehung haben.«

»Nun, ich meine, du bist um die halbe Welt gereist, um

mit mir Wildwasser-Rafting zu machen und mir den adrenalingeladenen Nervenkitzel eines Hubschrauberfluges zu bieten. Es wäre unhöflich von mir, dich jetzt abblitzen zu lassen, oder?«

Rex konnte sich nicht davon abhalten, einen Arm um Averys Taille zu legen und sie an seine Seite zu ziehen. Es gefiel ihm, dass sie sofort ihren eigenen Arm um ihn legte und sich an ihn lehnte, während sie gingen.

»Im Ernst, bei einem Dreibein-Rennen wären wir die Größten«, sagte sie lächelnd, als sie ihren Schritt dem seinen anpasste.

»Ihr würdet Caite und mich fertigmachen, so viel ist sicher«, erklärte Rocco. »Sie ist fast dreißig Zentimeter kleiner als ich. Wenn wir ein Rennen machen würden, bei dem die Männer die Frauen tragen müssten, würde ich natürlich haushoch gewinnen.«

»Sei nicht so eingebildet, Mr. SEAL«, stichelte Avery. »Cole musste mich einen Teil unserer Flucht tragen, und das schien ihn nicht im Geringsten zu bremsen.«

Sie erreichten ein großes, stabiles Zelt in der Nähe des Ortes, an dem Avery mit etwa fünfundzwanzig anderen Soldatinnen und Matrosinnen untergekommen war, bevor man sie gefangen genommen hatte. Gumby öffnete die Tür und bedeutete ihr einzutreten. »Nach dir, Leutnant.«

»Ich heiße Avery«, korrigierte sie beim Hineingehen. »Wo sind denn die anderen?«, fragte sie überrascht, als sie sich umsah und niemanden sonst entdeckte.

»Heute Nacht sind es nur wir«, antwortete Rocco. »Ich habe darum gebeten, dass wir einen Raum für uns allein haben. Angesichts dessen, was du durchgemacht hast, war die oberste Führungsebene bereit, dir entgegenzukommen.«

»Ich möchte nicht, dass das, was ich durchgemacht habe, als Grund für eine Sonderbehandlung herhalten muss«, argumentierte Avery.

Rex hob ihr Kinn mit einem Finger an und zwang sie, ihn anzuschauen. »Du solltest heute Abend selbst im Krankenhaus sein«, sagte er zu ihr. »Du hast wahrscheinlich viel mehr Schmerzen, als du zugegeben hast. Ganz zu schweigen davon, dass ein großes Blutbild keine schlechte Idee wäre, um herauszufinden, welche Vitamine dir fehlen. Aber da wir nicht wissen, wer der Verräter ist und ob er allein arbeitet, um das zu beenden, was die Aufständischen hätten tun sollen, ist das zu gefährlich. Also hast du ein paar SEAL-Leibwächter, die sich um deine Bedürfnisse kümmern. Und Rocco dachte, du könntest etwas Privatsphäre gebrauchen. Du bist jetzt so etwas wie eine Berühmtheit hier und wir wollten nicht, dass jemand dich anstarrt oder Fotos von dir beim Schlafen macht, um sie an ein Klatschmagazin zu Hause zu verkaufen. Ist das in Ordnung?«

Sie nickte sofort. »Mehr als das. Danke.« Sie drehte sich zu Rocco um. »Auch dir vielen Dank. Ich weiß es zu schätzen, wie sehr du und dein Team euch bemüht habt, mir zu helfen.«

»Du bist eine von uns«, entgegnete Rocco schlicht. »Ein Matrose durch und durch.«

»Ich bin mir nicht sicher, ob ich wirklich eine von euch bin«, sagte Avery lachend. »Ich kann nicht behaupten, dass es mir Spaß macht, durch die Wüste zu stapfen und Kugeln auszuweichen.«

»Komm schon«, sagte Rex. »Dieses Zelt ist normalerweise für Würdenträger auf Besuch reserviert. Es gibt eine private Dusche, die du benutzen kannst, und dann kannst du dich in die Koje dort drüben legen. Gumby hat deine Sachen aus dem Lager geholt, damit du nach dem Duschen etwas Sauberes zum Anziehen hast.«

Avery bedankte sich noch einmal bei allen und schnappte sich ein paar Klamotten aus ihrer Tasche, bevor sie in dem winzigen Badezimmer verschwand.

Sobald sie hörten, wie das Wasser aufgedreht wurde, warf Rocco einen wissenden Blick auf Rex. »Sie kommt nicht damit klar, was passiert ist.«

»Ich weiß. Aber sie hatte wirklich noch keine Zeit«, erwiderte Rex.

»Sie wird zusammenbrechen«, warnte Gumby.

»Ich *weiß*«, wiederholte Rex.

»Wirst du da sein, um ihr da durchzuhelfen?«, fragte er.

»Ja.« Seine Freunde wussten genauso gut wie er, dass sie ihm wichtig war.

»Ich bin froh, dass wir sie gefunden haben«, sagte Gumby leise.

»Ich auch«, stimmte Rex zu. »Ich auch.«

Fähnrich Scott Wheatland lag auf seiner Koje in dem überfüllten Zelt, in dem er die letzten vier Monate gelebt hatte. Er hatte seine Ohrhörer drin, aber sie waren nicht eingeschaltet. Er sammelte regelmäßig viele gute Informationen, indem er seine Mitbewohner beim Reden belauschte, wenn sie dachten, er könnte sie nicht hören. Aber im Moment war er allein und starrte finster auf das Segeltuch über seinem Kopf.

Sein Leben wurde immer schlimmer.

Er war vor seinem Einsatz degradiert worden, und das war Mist. Die anderen Marinepolizisten – auch bekannt als Feldjäger –, die bei dem illegalen Hundekampf anwesend waren, waren bei der Razzia entkommen, aber er war erwischt worden, als er versucht hatte, über den Maschendrahtzaun des Geländes zu klettern.

Der ihm zugewiesene Anwalt der Marine konnte den Ausschuss davon überzeugen, dass er zum ersten Mal an einer solchen Veranstaltung teilgenommen hatte, und anstatt ihn vor das Militärgericht zu stellen, war er lediglich auf den Rang eines Fähnrichs zurückgestuft worden. Es war demütigend und entwürdigend.

Und Scott hatte jeden Cent seines zuvor höheren Gehalts gebraucht, um sich die verschreibungspflichtigen Medikamente zu leisten, nach denen er süchtig war.

Vor über einem Jahr hatte er sich bei der Arbeit das Knie verletzt. Ihm war Codein verschrieben worden ... und sobald er anfing, die Tabletten zu nehmen, war es losgegangen. Alles andere spielte keine Rolle mehr. Die Dröhnung, die er davon bekam, das Gefühl, dass nichts in seinem Leben schiefgehen konnte, war so berauschend, dass er bald anfing zu lügen und den Ärzten erzählte, er hätte immer noch heftige Schmerzen.

Als die Marineärzte ihm schließlich keine Pillen mehr gaben, hatte er einen anderen Lieferanten gefunden.

Er war vorübergehend nach Afghanistan versetzt worden, aber Scott wusste, dass sein befehlshabender Offizier das nur getan hatte, weil es ihm peinlich war, ihn bei sich zu haben, und er ihn weiter bestrafen wollte. Sobald er in die Staaten zurückkehrte, würde er höchstwahrscheinlich nach Norfolk oder sonst wohin versetzt werden. Das war für Scott in Ordnung ... das fehlende Geld war es jedoch nicht.

Also hatte er die Sache selbst in die Hand genommen.

Gleich an seinem ersten Tag an diesem gottverlassenen Ort war er in der nahe gelegenen Stadt patrouilliert und hatte dabei einen Mann getroffen, der sehr gut Englisch sprach. Während des Gesprächs erwähnte der Mann das Fehlen eines Krankenhauses in der Gegend und die Tatsache, dass es für die Einheimischen keine Anlaufstelle gab, wenn sie krank oder verletzt waren. Das Gespräch hatte Scott die Gelegenheit gegeben zu fragen, ob die Leute bei Verletzungen Zugang zu Schmerzmitteln hatten.

Sein neuer Freund hatte sich als Goldgrube entpuppt.

Seitdem versorgte er Scott mit seinen dringend benötigten Tabletten.

Einmal, als er verzweifelt und ohne Geld gewesen war, hatte er dem Mann eine der alten kugelsicheren Westen gegeben, die die Feldjäger während des Dienstes trugen. Das hatte den Mann offensichtlich zum Nachdenken gebracht ... und ehe Scott sichs versah, gab er Informationen über die Aktivitäten auf dem Stützpunkt weiter.

Bald hatte er nicht mehr nur Feldrationen, alte Kleidung und Ausrüstung getauscht, sondern gab dem Mann immer mehr Details über den Betrieb des Stützpunktes, einschließlich der Frage, wann und wo Nachschub eintreffen würde.

Als der Mann ihm eine Million US-Dollar für Informationen über die genaue Route, den Zeitplan und die Anzahl der Mitarbeiter angeboten hatte, die einen bevorstehenden Munitionskonvoi begleiten würden, hatte Scott nicht lange überlegt.

Er hatte sich den Arsch für sein Land aufgerissen, und was hatte ihm das gebracht? Eine Degradierung und eine Reise in dieses Höllenloch als Bestrafung wegen ein paar *Hunden*.

Nun, sie alle konnten ihn mal gernhaben.

Das Problem war nur, dass die dämliche Krankenschwester ihn mit seinem Kontaktmann im Dorf hatte reden sehen.

Scott hatte alles richtig gemacht und dafür gesorgt, dass niemand Verdacht schöpfte – und er wollte verdammt sein, wenn sie ihm seinen Zahltag versaute.

Er hatte sich eine blödsinnige Geschichte ausgedacht und ein Lieferant auf dem Stützpunkt hatte ihm geholfen, ein Konto in Abu Dhabi einzurichten. Nachdem er die Details über den Waffenkonvoi verraten hatte, wurde das Geld auf dieses Konto überwiesen, wo es sicher vor den

EIN BESCHÜTZER FÜR AVERY

Behörden versteckt war, falls Scott jemals wegen des Angriffs auf den Konvoi verdächtigt werden sollte.

Die Marinekrankenschwester hätte schnell getötet werden und seine Tat hätte nie auffliegen sollen. Es war der perfekte Plan, da die Praxis, in der sie arbeitete, auf der Route des Konvois lag.

Aber sein Kontaktmann hatte den Plan geändert. Das Arschloch hatte sie stattdessen entführt.

Ein Team von Navy SEALs war aufgetaucht, um die Krankenschwester zu retten, und jetzt war sie hier, auf dem Stützpunkt. Bewacht von denselben SEALs.

Wenn es irgendjemanden gab, den er mehr hasste als seine befehlshabenden Offiziere und das Arschloch von Richter, das ihn degradiert hatte, dann waren es die SEALs. Sie alle hielten sich für Gottes Geschenk an die Frauen und unzerstörbar.

Und als wäre das noch nicht genug, hatte er in Kalifornien das Gerücht gehört, dass es ein Team von SEALs war, das die örtliche Polizei bei der Razzia während des Hundekampfes unterstützt hatte, bei dem Scott verhaftet worden war.

Er wusste, dass er nie an die Krankenschwester herankäme, bevor sie das Land verließ. Nicht jetzt. Der einzige Trost war, dass er nicht bereits im Gefängnis saß. Das musste bedeuten, dass sie ihn nicht identifiziert hatte ... noch nicht.

Er musste ihr lediglich aus dem Weg gehen, solange sie auf dem Stützpunkt war.

In drei Wochen sollte er nach Hause zurückkehren. Sobald er wieder in Kalifornien war, würde er sie finden und dafür sorgen, dass sie den Mund hielt ... so oder so.

Scott wusste außerdem, dass er das Geld jetzt nicht auf sein Konto in den Staaten überweisen konnte. Nicht, solange die Möglichkeit bestand, dass die Strafverfolgungsbehörde der Navy alle ungewöhnlichen Transaktionen der auf dem Stützpunkt stationierten Personen überprüfte.

Er konnte nur hoffen und beten, dass sie nicht herausfand, wer er war, bevor er nach Hause kam und den Job erledigen konnte, den sein afghanischer Dealer nicht fertiggebracht hatte. Auf die ein oder andere Art würde er sein Geld bekommen.

Scott lehnte sich über die Seite seiner Pritsche und griff nach der Aspirinflasche, die er in seinem Seesack aufbewahrte und in der sich sein illegaler Tablettenvorrat befand. Er schüttelte zwei Codein-Tabletten heraus, verzog jedoch das Gesicht darüber, wie schnell sich seine neueste Anschaffung dem Ende zuneigte. Er schluckte sie mit einem großen Mundvoll Wasser hinunter; er konnte es kaum erwarten, bis er wieder zu Hause war und sie zerkleinern und rauchen oder spritzen konnte. Der Rausch war schneller und schien so länger anzuhalten, aber hier hatte er nicht die Privatsphäre, die er brauchte. Er war immer von anderen umgeben. Es ging ihm auf die Nerven.

Drei Wochen. Dann wäre er zu Hause ... und könnte die verdammte Krankenschwester ein für alle Mal zum Schweigen bringen und mit seinem Leben weitermachen.

KAPITEL ELF

Das heiße Wasser brannte, als es auf Averys verletzten, gequälten Körper niederprasselte. Im Badezimmer gab es keinen Ganzkörperspiegel, aber auch ohne ihn wusste sie, dass sie an Stellen blaue Flecke hatte, von denen sie nicht einmal wusste, dass es sie gab.

In der Wüste war sie immer auf der Hut gewesen, da sie stets Angst hatte, ein Aufständischer könnte hinter einem Felsen hervorspringen und schießen.

Sie hatte eine Achterbahnfahrt voller Adrenalinschübe hinter sich, und zum ersten Mal hatte sie das Gefühl, sich einfach entspannen zu können. Oh, Avery wusste, dass sie nicht außer Gefahr war. Derjenige, der sie tot sehen wollte, war immer noch da draußen. Und solange seine Identität nicht feststand, war ihr Leben noch in Gefahr.

Aber jetzt, hinter der zweifelhaften Sicherheit der Zelt- wände, der Badezimmertür und des dünnen Duschvor- hangs, konnte sie über all das nachdenken, was in den letzten zwei Wochen passiert war.

Sie war buchstäblich lebendig begraben worden. Wäre nicht das Wasser in die Höhle getropft und hätten die

Männer, die sie gefangen hielten, sie nicht lieber gefoltert, anstatt ihr umgehend das Leben zu nehmen, wäre sie jetzt tot. Cole und sein Team hätten nur ihre Leiche gefunden. Es war ein ernüchternder Gedanke.

Zum ersten Mal seit einer Ewigkeit wollte sie wirklich ihre Mutter. Sie wollte ihre Arme um sich spüren und hören, wie sie sagte, dass alles in Ordnung kommen würde.

Avery hielt ein Schluchzen zurück, bevor es entweichen konnte. Nein, sie hatte keine Zeit, um zusammenzubrechen. Gumby, Rocco und Cole waren im anderen Zimmer und warteten darauf, dass sie fertig wurde. Dann musste sie etwas schlafen, bevor sie nach Phantom sehen, sich mit dem Delta-Force-Team und dem Rest von Coles Team treffen und versuchen konnte, den Verräter zu identifizieren.

Als sie ihr Gesicht unter das Wasser hielt, schloss sie die Augen und ignorierte das Brennen der Dusche auf ihren Verletzungen. Schmerz bedeutete, dass sie am Leben war.

Ohne Zusammenbruch beendete sie die Dusche und stellte das Wasser ab. Sie war noch nie ein besonders mädchenhaftes Mädchen gewesen. Sie trug nicht viel Make-up. Lipgloss, damit ihre Lippen nicht rissig wurden, Feuchtigkeitscreme mit Sonnenschutz, um die Anzahl der Sommersprossen in ihrem Gesicht auf ein Minimum zu beschränken, und etwas Wimperntusche zu besonderen Anlässen. Sie duschte schnell und kümmerte sich nicht allzu sehr darum, was gerade in Mode war und was nicht. Die meiste Zeit trug sie sowieso ihre Schwesternuniform und wenn sie nicht arbeitete, waren es entweder Jeans oder Shorts.

Sie fühlte sich wie betäubt, als sie eine Jogginghose der Marine und ein graues T-Shirt mit der Aufschrift NAVY auf der Vorderseite anzog. Sie war sauber, aber irgendwie spürte sie immer noch einen Film von Schmutz und Staub auf ihrer Haut. Avery wusste, dass sie sich das nur einbildete, aber es war dennoch ein wenig beunruhigend.

Sie verließ den kleinen Raum. Rocco und Gumby standen in der Nähe und unterhielten sich mit dem Rücken zum Bad. Sie schätzte den Versuch, ihre Privatsphäre zu wahren, aber ehrlich gesagt war es unnötig. Aus irgendeinem Grund fühlte sie sich in ihrer Nähe nicht im Geringsten unwohl.

»Ist alles in Ordnung?«, fragte Cole, der auf sie zukam.

Avery nickte. »Natürlich, warum auch nicht?«, entgegnete sie.

Er warf ihr einen Blick zu, den sie nicht deuten konnte, und wies dann mit einer Geste auf ein Feldbett. »Ich habe mir erlaubt, deine Koje vorzubereiten. Ich hoffe, das ist in Ordnung.«

Das Bett, das Cole für sie vorbereitet hatte, war nichts Besonderes. Nur eine Pritsche mit einem Baumwolllaken und einer zurückgezogenen Decke, damit sie hineinkriechen konnte.

»Ich bin nicht davon ausgegangen, dass du einen Schlafsack willst. Ich meine, ich dachte nur, er wäre vielleicht zu eng. Ganz zu schweigen davon, dass es heiß wäre. Also habe ich das Laken und die Decke aus dem Lazarett gestohlen. Wir können sie morgen zurückbringen, wenn wir zu Phantom gehen.«

Erneut traten ihr Tränen in die Augen, aber Avery blinzelte sie zurück. Es waren ein Laken und eine Decke, um Himmels willen, kein romantisches Picknick für zwei. Aber sie musste an die letzten vierzehn Nächte denken, die sie auf dem harten Boden verbracht und sich gefragt hatte, ob sie jemals wieder den Stützpunkt sehen würde, geschweige denn ein Bett.

»Es ist perfekt. Danke«, brachte sie heraus.

Avery konnte sehen, dass sie Cole nichts vormachte,

aber er sagte nichts, als sie sich auf die Liege setzte, ihre Beine unter die Decke schob und sich hinlegte.

»Wenn du etwas brauchst, zögere nicht zu fragen«, sagte Cole zu ihr. »Ich bin da drüben an der Tür.«

Avery schaute zu ihm hinüber und sah, dass er sein Feldbett *direkt* vor die Tür gestellt hatte, sodass jeder, der das Zelt betrat, mit ihm zusammenstoßen würde. Das Wissen, dass er sich buchstäblich zwischen sie und jeden stellte, der mitten in der Nacht versuchen könnte, zu ihr vorzudringen, ließ Avery von Neuem emotional werden.

Dann warf sie einen Blick auf die beiden anderen Feldbetten. Gumby und Rocco hatten ihre Pritschen an gegenüberliegende Wände des Zeltes gestellt, wodurch jeder, der es wagte, sich einzuschleichen, Gefahr liefe, sie aufzuwecken.

Sie hatte sich schon lange nicht mehr so sicher gefühlt.

Avery schloss die Augen, legte sich auf den Rücken und tat ihr Bestes, ihre Gefühle zu kontrollieren. Sie konnte hören, wie sich Menschen in der Nähe unterhielten, und gelegentlich vernahm sie, wie Fahrzeuge angelassen wurden. In der Höhle war es so still gewesen, dass sie nur das Rauschen in ihren Ohren hatte hören können. Die Gewissheit, dass andere in der Nähe waren und sie nicht wieder in der Höhle war, beruhigte sie.

Sie hörte ein Klicken und öffnete die Augen, um zu sehen, dass Cole eine kleine Taschenlampe eingeschaltet und den Lichtstrahl direkt auf das Dach des Zeltes gerichtet hatte. Das Licht reichte aus, um den kleinen Bereich, in dem sie schlief, zu beleuchten.

»Falls du mitten in der Nacht aufwachst und nicht mehr weißt, wo du bist«, erklärte Cole leise, während er zu seinem Feldbett zurückkehrte.

Damit war es vorbei.

Die Tränen, die sie zurückgehalten hatte, wurden zu viel und liefen ihr über die Wangen ins Haar.

Avery dachte, sie wäre leise gewesen, aber offensichtlich hatte Cole mitbekommen, dass sie weinte. Sein Bett knarrte, als er aufstand und zu ihr hinüberkam. Ohne ein Wort zu sagen, setzte er sich neben sie. Bevor sie wusste, was er vorhatte, hatte er sich hingelegt und sie an seine Seite gezogen. Von der Hüfte bis zur Brust waren sie aneinandergepresst. Es war eng auf der Pritsche, aber Avery konnte nicht die Kraft aufbringen, sich darum zu scheren.

Sie vergrub ihr Gesicht an seiner Brust und weinte. Sie weinte, weil sie solche Angst gehabt hatte. Sie weinte, weil sie gerettet worden war. Sie weinte, weil sie sich daran erinnerte, wie gut es sich anfühlte, etwas anderes als Wasser im Magen zu haben. Sie weinte, weil sie sich daran erinnerte, wie und warum Phantom verletzt worden war. Und sie weinte, weil es möglich war, dass ihre Tortur noch nicht vorbei war. Dass jemand immer noch entschlossen war, sie wegen dem, was sie gesehen hatte, zu töten.

Und die ganze Zeit über kam Cole nicht ins Wanken. Er sagte ihr nicht, sie solle still sein oder dass alles gut werden würde. Er hielt sie einfach nur fest und streichelte ihr sanft über den Rücken, während sie sein Hemd mit ihren Tränen durchnässte. Eigentlich hätte es ihr peinlich oder unangenehm sein müssen, wie eng sie beieinanderlagen, aber stattdessen spürte sie nur noch Erschöpfung.

Nachdem sie ihr Gesicht an seinem Hemd abgewischt und ihr Bestes getan hatte, ihre Gefühle unter Kontrolle zu bringen, versuchte sie, sich zu entschuldigen.

»Schhhh. Es ist besser, alles rauszulassen, als deine Gefühle in dich hineinzufressen«, sagte Cole.

»Ich ... ich bin jetzt okay.«

»Ich weiß.«

Avery wollte sich nicht bewegen, war sich jedoch nicht

sicher, ob es angemessen war, Cole als menschliches Kissen zu benutzen. »Du kannst zurück zu deinem Bett gehen ... Ich werde nicht wieder zusammenbrechen.«

»Wenn es dir nicht unangenehm ist, würde ich gern bleiben«, entgegnete er etwas zögerlich.

»Es ist mir nicht unangenehm«, versicherte sie ihm.

»Gut. Und, Avery?«

»Ja?«

»Gumby hat nicht gelogen. Ich schnarche wirklich«, sagte er ernst.

Avery kicherte. »Weißt du, Phantom hat mich auch davor gewarnt. Erinnerst du dich?«

Er zögerte einen Moment, dann nickte er. »Ja, das stimmt.«

»Ist schon gut, Cole«, erklärte sie. »*Ich* habe auch nicht gelogen, als ich sagte, dass ich einen tiefen Schlaf habe. Außerdem ... nachdem ich die ganze Zeit in der Höhle ganz allein und in absoluter Stille verbracht habe, denke ich, dass es ein Trost sein wird, etwas anderes als meinen eigenen Atem zu hören ... selbst unbewusst.«

Er drückte sie leicht. »Wir werden den Mistkerl finden, der dafür verantwortlich ist«, schwor Cole.

Seine Zusicherung tröstete sie, auch wenn sie wusste, dass es an *ihr* läge, den Amerikaner zu identifizieren, den sie im Dorf gesehen hatte. »Ich weiß«, murmelte sie.

»Und wenn ich zu laut werde, stupst du mich einfach an. Dann höre ich auf.«

Avery lächelte und nickte.

»Avery?«

Sie wollte ihm sagen, dass sie nicht einschlafen würde, wenn er nicht aufhörte zu reden. Stattdessen sagte sie nur: »Ja?«

»Du bist unglaublich. Ich wollte nur, dass du das weißt.«

Sie hatte nicht das Gefühl, unglaublich zu sein. Jeder

Muskel tat ihr weh, sie war wesentlich schwächer, als sie es sein wollte, und wusste, dass es eine ganze Weile dauern würde, bis sie ihre Kraft und ihren Muskeltonus zurückgewonnen hätte. Aber das von Cole zu hören war wie Balsam für ihre Seele.

»Danke«, flüsterte sie.

»Gute Nacht«, sagte Cole.

»Gute Nacht.«

Rex konnte sich nicht erinnern, wann er jemals besser geschlafen hatte. Er wachte ein- oder zweimal in der Nacht auf, nur um festzustellen, dass er und Avery sich nicht bewegt hatten. Sie lag immer noch an seine Seite gekuschelt, tief und fest schlafend. Der Strahl der kleinen Taschenlampe beleuchtete das Zelt und er konnte sehen, dass alles in Ordnung war. Gumby und Rocco schliefen beide und nichts schien zu stören.

Es war lange her, dass er mit einer Frau geschlafen hatte, aber er konnte sich nicht erinnern, sich jemals so zufrieden gefühlt zu haben wie in der Nacht zuvor.

Vor dreißig Minuten war er aus dem Feldbett geschlüpft, hatte schnell geduscht und sich angezogen. Er packte das wenige zusammen, das er für die Mission mitgebracht hatte, und war bereit, Afghanistan zu verlassen, sobald der Arzt sagte, dass Phantom entlassen werden könne.

Rocco und Gumby waren gegangen, um Ace und Bubba an Phantoms Bett abzulösen, und sie würden sich alle treffen, sobald Avery wach und bereit war.

Widerwillig hockte Rex sich an die Seite des Bettes und schüttelte sie sanft. Soweit er es beurteilen konnte hatte sie letzte Nacht keine Albträume gehabt, aber er wusste, dass dennoch die Möglichkeit bestand, dass sie sie in Zukunft heimsuchen würden.

»Wach auf, Avery«, sagte er sanft.

Im einen Moment schlief sie noch tief und fest, im nächsten saß sie aufrecht im Feldbett und sah sich erschrocken um.

»Ganz ruhig. Es ist alles in Ordnung. Du bist in Sicherheit«, beruhigte Rex sie.

Er sah, wie sie einen tiefen Atemzug nahm. Dann sah sie ihn an. »Wenigstens habe ich diesmal nicht versucht, mich zu wehren, nachdem du mich geweckt hast. Wo sind die anderen?«

»Sie sind im Lazarett bei Phantom. Wir gehen rüber, wenn du bereit bist.«

Avery warf die Decke zurück, schwang die Beine über die Bettkante und stand auf. »Ich bin bereit«, erklärte sie, schwankte jedoch ein wenig.

»Hoppla! Langsam«, mahnte Rex sanft. »Es wird eine Weile dauern, bis du wieder ganz du selbst bist.«

Sie schaute kurz frustriert, bevor sie sich wieder fing. »Mir geht's gut«, wiederholte sie. »Warum hast du mich nicht früher geweckt?«

»Du hast so fest geschlafen, dass du nicht einmal gezuckt hast, als ich unter dir rausgerutscht bin, also dachte ich, ich lasse dich so lange wie möglich schlafen. Es wird ein anstrengender Tag werden.«

Sie seufzte.

»Wie auch immer, es gibt keinen Grund zur Eile. Lass dir Zeit, dich fertig zu machen. Wir gehen zum Lazarett, um Phantom zu besuchen, und sprechen dann mit dem General des Stützpunktes und Triggers Delta-Force-Team. Die Jungs bleiben noch eine Weile hier, um zu sehen, ob sie das Arschloch finden können, das mit dir auf Englisch gesprochen hat.«

»Ich brauche nicht lange«, versicherte sie ihm, während sie ins Bad eilte.

Fünf Minuten später betrat Avery wieder den Hauptbereich des Zeltes.

»Fertig?«, fragte er mit einer hochgezogenen Augenbraue.

Sie lächelte. »Ja, ich sagte doch, dass ich nicht lange brauche.«

Avery hatte die Jogginghose und das T-Shirt gegen die hellbraune Tarnuniform ausgetauscht, die sowohl die Armee als auch die Marine in diesem Teil des Landes trugen. Er wusste, dass sie in Kalifornien normalerweise einen Kittel trug, wenn sie im Dienst war.

»Wie geht es deinen Füßen?«

»Gut.«

»Und deinen Rippen?«

»Die sind in Ordnung.«

Rex runzelte die Stirn. Er nahm an, dass sie auch mit einer Axt im Kopf behaupten würde, dass es ihr gut ginge.

Als könnte sie seine Gedanken lesen, sagte Avery: »Im Ernst, mir geht es gut, Cole. Ich habe Kopfschmerzen, aber das liegt wahrscheinlich daran, dass ich mich wieder ans Essen gewöhne und so. Meine Rippen tun weh, aber das ist nichts, womit ich nicht umgehen könnte. Ich habe ungefähr hundert blaue Flecke und Schnittwunden, aber ich lebe und stehe hier, nachdem ich gut geschlafen habe, und bin nicht unter einem riesigen Berg begraben oder werde ohne jeden Grund gefoltert. Mir. Geht. Es. *Gut.*«

»Wenn du dich aus irgendeinem Grund kotzerisch fühlst, musst du es mir sagen.«

»Kotzerisch?«, fragte Avery grinsend.

»Ja, schlecht. Seltsam. Krank. Unbehaglich. Kotzerisch.«

»Verstanden. Mach ich«, versprach sie.

Rex sah sie viel lieber lächelnd als stirnrunzelnd oder

gestresst. Leider wusste er, dass die Treffen, die sie heute hatten, bedeuteten, dass er sie eine Weile nicht mehr grinsen sehen würde.

»Soll ich meine Tasche mitnehmen oder hierlassen?«, fragte sie.

»Lass sie hier«, antwortete Rex. »Jemand wird vorbeikommen und all unsere Sachen holen, bevor wir gehen.«

Sie hielten an der Kantine an, um ein schnelles Frühstück einzunehmen. So sehr Avery Phantom auch sehen wollte, wusste Rex, dass sie etwas essen musste. Es würde noch eine Weile dauern, bis er nicht mehr das Gefühl hatte, sie jedes Mal füttern zu müssen, wenn sie sich umdrehte.

Nachdem sie gegessen hatten, verließen sie die Kantine und Rex trat instinktiv näher an Avery heran, als sie zum Lazarett gingen. Er hasste es, nicht zu wissen, wer der Verräter war. Es könnte der Armee-Gefreite sein, der sie beobachtete, während er vor dem Wohnzelt rechts von ihnen rauchte. Oder es könnte einer der Köche aus dem Essenszelt sein. Oder der Marineoffizier, der ihnen die Tür zum Lazarett aufhielt. Es war kein gutes Gefühl, nicht zu wissen, wer der Feind war.

Sie gingen den Flur entlang zu Phantoms Zimmer und zu Rex' Überraschung und Freude war sein Teamkamerad wach und aufmerksam, als sie eintraten.

»Hey!«, sagte Avery fröhlich.

»Komm her«, knurrte Phantom.

Rex blinzelte über den aggressiven Tonfall seines Freundes und folgte Avery dicht auf den Fersen.

Kaum hatte sie die Seite des Bettes erreicht, ergriff Phantom ihre Hand und zog sie zu sich hinunter. Er legte die Arme um Avery und umarmte sie fest.

»Danke«, murmelte Phantom barsch in ihr Ohr.

Avery zog sich ein Stück zurück und stützte sich mit den Händen auf seinen Schultern ab. »Gern geschehen«, sagte sie. »Hast du schon gefrühstückt? Wie fühlst du dich? Haben sie dich aus dem Bett geholt? Wie ist deine Urinausscheidung?«

Er lachte. »Ja, gut, ja, und den Scheiß erzähle ich dir nicht.«

Sie grinsten einander an.

»Der Arzt sagt, dass alles gut aussieht und er am späten Nachmittag entlassen werden kann«, sagte Ace und warf Phantom einen verwirrten Blick zu.

Avery drehte sich zu ihm um. »Ich bin Avery. Und du bist Ace?«

Er nickte. »Das bin ich. Schön, Sie zu sehen, Leutnant.«

»Avery«, beharrte sie. »Ich weiß, dass wir auf dem Stützpunkt sind, aber nach allem, was passiert ist, scheint es falsch, mich mit meinem Rang anzusprechen.«

»Avery«, stimmte Ace nickend zu.

Bubba streckte eine Hand aus. »Und ich bin Bubba.«

»Hi«, sagte Avery, während sie die ihr angebotene Hand schüttelte. Dann wandte sie sich wieder an Phantom. »Hat der Arzt etwas Neues über deine Arterie und deine Genesung gesagt?«

»Dass sie nur gestreift wurde, genau wie du dachtest. Und dass du mir buchstäblich das Leben gerettet hast, indem du sie mit deinen bloßen Fingern zusammengehalten hast.«

Avery zuckte mit den Schultern. »Ja, ja, aber was ist mit deiner Genesungszeit?«

»Er sagte, es waren nur ein paar Stiche nötig, und solange ich nicht beschließe, in der nächsten Woche einen Marathon zu laufen, bin ich in ein paar Wochen so gut wie neu.« Phantom sah zu Rocco auf. »Ich muss mit dem Kommandanten sprechen. Sofort.«

»Über Timor-Leste?«, fragte Rocco.

»Ja.«

»Was ist mit Timor-Leste?«, fragte Bubba.

»Kalee war nicht tot, als wir das Waisenhaus verließen«, antwortete Phantom schlicht.

»Was?«, rief Bubba schockiert.

»Heilige Scheiße, ernsthaft?«, fragte Ace.

Phantom nickte. »Ich will auch mit Tex sprechen. Ich habe ihn gebeten, nach allem Ungewöhnlichen Ausschau zu halten, aber jetzt, da ich weiß, dass Kalee noch lebt, kann ich ihm genauer sagen, wonach er die Augen offen halten soll. Vor allem ob eine rothaarige Amerikanerin gesehen wurde.«

Rex tauschte einen Blick mit seinen Teamkameraden aus. Sie alle wussten, die Chancen waren gering, dass Kalee nach all den Monaten noch am Leben war, aber selbst wenn die Wahrscheinlichkeit nur bei einem Prozent lag, würde Phantom nicht locker lassen. Genauso wenig wie sie.

»Wir müssen zum Büro des Generals gehen«, sagte Rocco zu Phantom. »Er muss von Avery hören, was sie gesehen hat, und wir können ihm klarmachen, dass er in höchster Alarmbereitschaft sein soll. Dann sprechen wir mit dem Delta-Team, das hier nach den Terroristen sucht, die den Konvoi angegriffen haben.«

Phantom nickte. »Verstanden.«

»Gumby bleibt hier bei dir«, erklärte Rocco ihm.

»Ich brauche keinen Babysitter«, knurrte Phantom.

»Das weiß er«, mischte Avery sich ein. »Jeder, der dich ansieht, weiß das. Hast du schon mal eines der Büros oder Besprechungszimmer hier gesehen? Sie sind winzig. Ihr alle, das Delta-Force-Team *und* der General passen da unmöglich gleichzeitig rein. Außerdem musst du dich ausruhen. Wenn du nicht fliegen kannst, tut das keiner von uns. Und ich weiß nicht, wie es dir geht, aber ich wäre nicht traurig, die Wüste zu verlassen. Also wird Gumby hierbleiben und aufpassen, dass du nicht aufstehst und

Hampelmänner machst oder so etwas und uns die Chance auf eine Heimreise versaust.«

Erstaunlicherweise grinste Phantom *erneut*. »Meinetwegen, Frau. Geht zu eurem Treffen. Aber lasst euch nicht den ganzen Tag Zeit. Je früher ich hier rauskomme, desto besser fühle ich mich.«

»Das gilt für uns beide«, murmelte Avery.

Rex legte ihr eine Hand auf den Rücken und ermutigte sie, sich umzudrehen und den Raum zu verlassen. Rocco und Ace gingen voran, er und Avery folgten, und Bubba bildete das Schlusslicht. Sie alle wussten, wie wichtig es war, den Leutnant zu schützen. Sie war buchstäblich der einzige Mensch, der den Mann identifizieren konnte, der für den Angriff auf den Waffenkonvoi und direkt für den Tod von zwei Armeeangehörigen verantwortlich war. Sie hatten keine Ahnung von seinen Motiven, aber irgendwann würde alles ans Licht kommen.

»Du und Phantom scheint euch gut zu verstehen«, bemerkte Bubba, als sie über das Gelände zum Büro des Generals gingen.

»Du klingst überrascht«, erwiderte Avery.

»Es ist nur so, dass ... Phantom nicht gerade ein sympathischer Mann ist«, erklärte Bubba ihr.

»Ich mag ihn«, gestand Avery. »Er sagt, was er meint, und redet nicht um den heißen Brei herum. Er hatte eine schlimme Kindheit und es fällt ihm schwer zu vertrauen.«

»Er hat dir von seiner Kindheit erzählt?«, fragte Rocco erstaunt.

»Ja. Ein bisschen.«

»Wow. Du solltest besser aufpassen, Rex«, scherzte Ace. »Er könnte sich an dein Mädchen ranmachen.«

Rex spürte, wie Avery sich neben ihm versteifte – dann blieb sie stehen.

»Das ist nicht witzig«, sagte Avery zu Ace. »Phantom und

ich sind Freunde. Genauso wie ich hoffe, dass ich mit dir und den anderen befreundet sein werde. Phantom würde sich genauso wenig an die Freundinnen seiner Freunde *ranmachen*, wie du es tun würdest. Ich kenne dich nicht sehr gut, also gehe ich davon aus, dass du mehr Ehre hast als das. Außerdem sind Rex und ich nicht zusammen, und ich bin nicht *sein Mädchen*.«

»Doch, das bist du«, konterte Rex.

Sie drehte sich herum, um ihn anzufunkeln. »Ach ja? Seit wann?«

»Seit wir beide den anderen in Kalifornien um eine Verabredung bitten wollten, bevor du zum Einsatz musstest. Seit du mich in dieser Höhle gefragt hast. Seit du mich in dem Fluss gerettet und seit du nicht nur eine, sondern gleich zwei Nächte in meinen Armen geschlafen hast«, erwiderte Rex, der ihren Blick erwiderte.

Sie standen regungslos in der Mitte des Stützpunktes und funkelten einander an, bis Averys Lippen zuckten. Dann lachte sie so laut, dass sie sich mit einer Hand an seinem Arm festhalten musste, um sich aufrecht zu halten. Tränen liefen ihr übers Gesicht und mit der freien Hand hielt sie sich die Rippen.

Als sie sich schließlich wieder unter Kontrolle hatte, schwor Rex sich, sie mindestens einmal am Tag so zum Lachen zu bringen. Für ihn war sie immer hübsch, aber wenn sie lachte, als hätte sie keine einzige Sorge auf der Welt, war sie wunderschön.

»Gut«, sagte sie schließlich. »Dann bin ich wohl dein Mädchen.«

»Auf jeden Fall«, entgegnete Rex nickend.

Seine Kumpel grinsten von einem Ohr zum anderen, als sie ihren Weg über den Stützpunkt fortsetzten.

Je näher sie dem Büro des Generals kamen, desto ernster wurde Avery, bis sie sich schließlich auf die Lippe biss, als sie ankamen. Rex wollte ihr sagen, dass sie sich keine Sorgen machen solle und sie alle für sie da sein würden, aber dafür hatte er keine Zeit. Sie waren bereits drin und wurden in ein Büro im hinteren Teil des Gebäudes gebracht, ohne dass sie sich hinsetzen und warten mussten.

Avery hatte vorhin recht gehabt. Das Büro des Generals war klein. Nachdem sie alle hineingegangen waren und sich zu den sieben Männern des Delta-Force-Teams gesellt hatten, gab es kaum noch Platz, um etwas anderes zu tun, als stillzustehen.

Der General erhob sich von dem Stuhl, auf dem er hinter seinem Schreibtisch saß, und schüttelte Avery die Hand. »Es ist schön, Sie zu sehen, Leutnant. Es tut mir sehr leid, dass Sie in diese schlimme Sache verwickelt wurden.«

»Ich danke Ihnen, Sir«, antwortete Avery. »Und es ist nicht Ihre Schuld.«

»Ich nehme an, deshalb sind wir heute hier, oder?«, sagte er und setzte sich wieder.

Rex zog Avery einen Stuhl vor dem Schreibtisch heraus und sie setzte sich, während die anderen Männer im Raum stehen blieben und gespannt darauf warteten, was sie über das, was ihr zugestoßen war, zu erzählen hatte.

So sehr Rex es auch hasste, dass sie ihre Erfahrungen noch einmal durchleben musste, war er dennoch voller Stolz, als sie noch einmal erzählte, was geschehen war. Es dauerte etwa eine Viertelstunde und im Raum war es so still, dass sie die Sekretärin den Flur hinunter husten hören konnten.

»Sie machen der Marine alle Ehre«, sagte der General zu ihr.

Avery schüttelte den Kopf. »Ich will nicht respektlos sein, Sir, aber ich habe nicht versucht, mein Land stolz zu machen, und ich habe nicht einmal an meinen Job gedacht. Ich habe nur versucht, am Leben zu bleiben. Als ich jünger war, war ich ein furchtbar launischer Teenager. Meine Mutter war eine Heilige. Ich habe keine Ahnung, wie sie diese Jahre mit klarem Verstand überstanden hat. Aber sie sagte mir immer, ich solle die Dinge einen Tag nach dem anderen angehen. Nicht auf das große Ganze schauen, sondern mich auf die Dinge konzentrieren, die ich kontrollieren kann, und dass morgen ein neuer Tag ist. Das war alles, woran ich dachte. Einen Stein nach dem anderen zu bewegen. Eine Stunde nach der anderen zu überstehen. Eine Minute nach der anderen. In meinem Leben kann ich nur kontrollieren, wie ich denke und wie ich auf die Situationen um mich herum reagiere. Und das habe ich getan.«

»Sie denken vielleicht nicht, dass Sie etwas Besonderes getan haben, aber ich kann mit Sicherheit sagen, dass das sehr wohl der Fall ist«, erklärte Trigger hinter ihr. »Ich bin mir sicher, dass Rocco und sein Team mir zustimmen würden, wenn ich sage, dass nicht jeder die Kraft oder die innere Stärke hat, so etwas zu überleben. Wir haben schon viele Männer und Frauen gerettet, und Sie können mir glauben, dass das, was Sie getan haben, außergewöhnlich war.«

Rex sah, wie Avery errötete, und war entschlossen, ihr zu zeigen, wie fantastisch sie war. Wenn sie es oft genug hörte, wäre es ihr vielleicht nicht mehr peinlich, wenn man ihr Komplimente machte.

»Können wir zum Tag vor dem Angriff zurückgehen?«, fragte der General. »Wenn es stimmt, was Sie sagen, haben wir einen Verräter in unserer Mitte.«

»Es ist wahr«, erwiderte Avery nachdrücklich. »Darüber würde ich nicht lügen, Sir. Oder übertreiben, damit ich besser dastehe.«

»Es ist nicht so, dass ich Ihnen nicht glaube, aber eine solche Anschuldigung ist sehr ernst zu nehmen. Und ich möchte nur sichergehen, dass ich solide Fakten habe, bevor eine Untersuchung eingeleitet wird.«

Avery nickte. »Ich verstehe. Ich schaute aus dem Fenster und sah zwei Männer im Schatten zwischen zweien der Gebäude gegenüber der Klinik. Auf den ersten Blick dachte ich, es seien zwei Männer aus der Gegend, aber dann fiel mir auf, dass einer keinen Bart trug und seine Haare sehr kurz geschnitten waren. Ich sah erneut hin und erkannte, dass er Amerikaner war. Seine Haut war nicht so dunkel wie die der Einheimischen und er schaute sich immer wieder verstohlen um.«

»Wie sah er aus?«, fragte der General.

»Dunkles Haar. Durchschnittliche Größe und Statur.« Avery verzog das Gesicht. »Ich weiß, die Beschreibung ist nicht sehr aussagekräftig. Aber ich würde ihn wiedererkennen, wenn ich ihn sehe.«

Der General wirkte skeptisch. »Wie lange haben Sie ihn gesehen? Ein paar Sekunden? Wie können Sie sich so sicher sein, dass Sie ihn wiedererkennen würden, wenn Sie nichts weiter als seine Haarfarbe beschreiben können?«

Rex musste zugeben, dass er das Gleiche dachte.

»Ich weiß nicht, ob ich es auf eine Weise erklären kann, dass Sie es verstehen. Ich achte auf die kleinen Dinge.« Sie wandte den Blick nicht von dem General ab, als sie fortfuhr: »Phantoms Herzschlag lag bei über einhundertzwanzig, als er sich im Hubschrauber hinlegte, aber als er da lag und merkte, dass ich alles unter Kontrolle hatte, fiel er auf neunzig. Sie haben vor unserer Ankunft eine Tasse Kaffee mit Vanillegeschmack getrunken. Ich kann es an Ihrem Atem riechen. Ihr Verwaltungsassistent hat es gut versteckt, aber seine blutunterlaufenen Augen und die Art und Weise, wie er zusammengezuckt ist, als wir ankamen, lassen darauf schließen, dass er einen höllischen Kater hat. Und der Mann hinter mir, der neben Trigger steht, hört mir gelangweilt zu, während ich erzähle, was passiert ist, und ich vermute, er wünscht sich, wir würden uns beeilen und endlich über den Afghanen reden, damit er ihn jagen und Gerechtigkeit für die beiden getöteten Gefreiten erlangen kann.«

Rex hörte, wie Brain, einer der Delta-Force-Soldaten, angesichts ihrer offensichtlich goldrichtigen Beobachtung nach Luft schnappte, aber sie fuhr fort.

»Ich kann Ihnen den Amerikaner vielleicht nicht so beschreiben, dass Sie ihn aufspüren können oder dass ein Zeichner eine Zeichnung von ihm anfertigen kann, aber ich kann mir Gesichter gut merken, und ich bin mir ziemlich sicher, dass ich ihn *erkennen* werde, wenn ich ihn wiedersehe. Er ist völlig durchschnittlich und ich wette, er denkt, das hilft ihm, nicht aufzufallen, aber ich glaube nicht, dass ich jemals den Mann vergessen werde, der sein Bestes getan hat, um mich zu töten. Der meine Ermordung angeordnet und nicht gezögert hat, Informationen an Terroristen zu verkaufen, von denen er wusste, dass sie den Konflikt in diesem Teil des Landes verlängern und vielen Menschen, Amerikanern wie Afghanen, den Tod bringen würden. Und ich verspreche, dass ich mein Bestes tun werde, um ihn zu identifizieren, Sir.«

Der General nickte. »Ich nehme an, Sie wollen nicht hierbleiben und versuchen, den Verräter zu finden?«, fragte er mit hochgezogener Augenbraue.

»Sir, wenn ich kurz unterbrechen darf?«, sagte Rex, der näher an Avery herantrat.

Der General nickte.

»Es ist nicht sicher für Leutnant Nelson hierzubleiben. Der Verräter ist höchstwahrscheinlich immer noch auf dem Stützpunkt und könnte beschließen, die Sache selbst in die Hand zu nehmen, um sie zum Schweigen zu bringen. Ganz zu schweigen davon, dass die Aufständischen ihre Flucht persönlich nehmen und alles tun könnten, um das von ihnen Angefangene zu Ende zu bringen – vielleicht sogar, indem sie einige der Panzerfäuste, die sie erhalten haben, gegen uns einsetzen. Es ist für alle sicherer, wenn sie nach Kalifornien zurückkehrt.«

»Dem stimme ich zu«, entgegnete der General.

»Wenn Sie einverstanden sind«, warf Rocco ein, »könnte der Leutnant die offiziellen Fotos aller Soldaten und Matrosen einsehen, die vor zwei Wochen hier stationiert waren, als sie den Verräter bei seinem Treffen mit dem Afghanen gesehen hat.«

Der General lehnte sich zurück und trommelte mit den Fingern auf die Armlehne seines Stuhls. Nach ein paar Sekunden des Nachdenkens nickte er. »Es ist einen Versuch wert.«

»Ich danke Ihnen, Sir«, sagte Avery. »Ich werde Sie nicht enttäuschen.«

»Es wird nicht einfach sein«, warnte der General sie. »Viele der Männer haben sich verändert, seit die offiziellen Fotos des Verteidigungsministeriums gemacht wurden. Sie haben zugenommen, abgenommen, ihre Gesichtsbehaarung verändert ... und so weiter.«

Avery nickte. »Ich weiß. Ich würde es trotzdem gern versuchen.«

»Wenn Sie zu Ihrem Stützpunkt zurückkehren, werde ich eine Datei angelegt haben, die Sie sich ansehen können«, erklärte der General. »Aber Sie dürfen sie nur auf einem sicheren Gerät in der Polizeistation des Stützpunktes einsehen.«

»Das ist kein Problem. Danke«, sagte Avery und lehnte sich in ihrem Stuhl zurück.

»Können wir jetzt über den anderen Mann sprechen?«, fragte einer der Deltas.

Es war der Mann, den Avery als ungeduldig eingeschätzt hatte.

»Ich entschuldige mich für Brain«, sagte Trigger.

»Sie müssen sich nicht entschuldigen«, erwiderte der General. »Sie sind seit einer Woche hier und soweit ich weiß hatten Sie bisher kein Glück dabei, ihn aufzuspüren. Das ist ein großer Durchbruch.«

Avery drehte sich in ihrem Stuhl und wandte sich an das Delta-Force-Team. »Ich hatte mehr mit ihm zu tun als mit dem Verräter, aber ehrlich gesagt sah er den anderen Einheimischen in der Gegend sehr ähnlich. Er hatte einen Bart, der den größten Teil seiner unteren Gesichtshälfte bedeckte. Er war ungefähr so groß wie ich und von normaler Statur. Er hatte dunkles Haar, aber sein Bart wies auf beiden Seiten des Mundes deutliche graue Strähnen auf. Sein Englisch war sehr gut. Fast zu gut, als hätte er Unterricht bekommen oder so. Die meisten anderen Einheimischen, die Englisch sprechen, beherrschen nur die Grundlagen und ihre Sprechweise ist voller grammatikalischer Fehler. Bei ihm war das nicht so.«

Sie erzählte weiter, was er zu ihr gesagt hatte, sowohl an dem Tag, an dem sie ihn zum ersten Mal mit dem Amerikaner gesehen hatte, als auch an dem Tag, an dem der Konvoi angegriffen worden war. Als sie mit ihren Ausführungen fertig war, knirschte jeder einzelne Mann im Raum mit den Zähnen und sah so aus, als wollte er jemandem den Kopf abreißen.

»Wir werden ihn finden«, versprach Trigger Avery. »Ich verspreche Ihnen, wir werden ihn finden und dafür bezahlen lassen.«

»Danke«, sagte Avery. »Aber tun Sie das nicht in *meinem* Namen. Ich bin am Leben. Ich habe es überstanden. Finden Sie ihn für die beiden Gefreiten, die ihr Leben verloren haben, nur weil sie das Pech hatten, die Lastwagen mit den Waffen zu fahren, die er haben wollte. Tun Sie es für die Männer und Frauen, die in Zukunft durch die von ihm gestohlenen Waffen getötet werden.«

»Betrachten Sie es als erledigt«, schwor Trigger.

»Wenn Sie sich noch an etwas anderes erinnern oder Informationen haben, die Ihrer Meinung nach nützlich sein könnten, zögern Sie bitte nicht, mich zu kontaktieren«, sagte der General.

Avery verbarg ein Grinsen. »Ähm ... soll ich Sie einfach anrufen?«, fragte sie.

Der General schmunzelte. »Nun, das wäre ein wenig schwierig, oder?« Er sah die SEALs an. »Ich nehme an, Sie werden den Leutnant im Auge behalten?«

»Ja, Sir«, antwortete Rex, bevor seine Teamkameraden es tun konnten.

»Gut.« Er schaute wieder zu Avery. »Sagen Sie einem der SEALs Bescheid, damit er mich oder die Deltas über seine Befehlskette erreichen kann, okay?«

»Ja, Sir«, sagte Avery.

Der General stand auf, ebenso wie Avery. Alle salutierten und der General sagte: »Ich bin sehr froh, dass es Ihnen nach Ihrer Tortur wieder gut geht. Es tut mir leid, dass Sie in all das hineingezogen wurden.«

»Mir auch, Sir, aber ich werde alles tun, was ich kann, um Ihnen zu helfen, die Mistkerle zu finden, die das getan haben.«

Der General nickte und entließ sie. Die Gruppe verließ das Büro, vorbei an dem verkatert wirkenden Assistenten, und trat zurück in die Hitze der Wüste.

Trigger hielt Avery mit einer Hand auf ihrem Arm zurück. Sie drehte sich zu ihm um.

»Wir werden ihn kriegen, Leutnant«, sagte er ernst.

Avery nickte. »Gut.«

»Aber ... wenn Sie nach Kalifornien zurückkehren ... haben Sie uns nie getroffen. Soweit es alle anderen betrifft war die einzige Spezialeinheit, die Sie gesehen haben, das Team von SEALs, die Sie gerettet haben. Verstanden?«

»Natürlich. Ich bin doch keine Idiotin«, entgegnete sie ein wenig hitzig. »Ich mag nur eine Krankenschwester der Marine sein, aber ich weiß, wie die Sicherheit solcher Operationen funktioniert. Ich schulde Ihnen und Männern wie Ihnen mehr Dank, als Sie je wissen werden. Aber das heißt nicht, dass ich nach Hause gehe und der Lokalzeitung Interviews über das Team heißer Deltas gebe, die die Männer, die mich entführt haben, bereuen lassen werden, überhaupt geboren worden zu sein.«

Das brachte ihr leises Lachen ein.

Selbst Trigger lächelte. »Ich hätte nicht gedacht, dass Sie das tun, aber ich musste es sagen. Sie verstehen das natürlich.«

»Das tue ich, auch wenn es unnötig ist.« Avery streckte eine Hand aus. »Es war schön, Sie kennenzulernen, mysteriöser und gefährlicher Fremder. Seien Sie vorsichtig. Ich weiß aus zuverlässiger Quelle, dass es da draußen heute viel mehr Dinge gibt, die *bumm* machen, als noch vor ein paar Wochen.«

»Mache ich«, versprach Trigger.

»Ich war nicht gelangweilt«, platzte Brain zu ihrer Rechten heraus.

Avery verzog das Gesicht. »Das kam vorhin nicht so richtig rüber. Es tut mir leid, wenn ich Sie in Verlegenheit gebracht habe.«

Brain grinste. »Ich war nicht verlegen. Ich war auch nicht gelangweilt, aber ich war vielleicht – wie Sie gesagt haben – ein wenig ungeduldig, zu den Informationen über den Mann zu gelangen, den wir suchen. Und ich habe das Gefühl, dass Sie diesen Verräter identifizieren werden, Leutnant.«

»Das werde ich«, entgegnete Avery mit Überzeugung. »Es wird vielleicht länger dauern, als mir lieb ist, aber irgendwann werde ich herausfinden, wer er ist.«

»Viel Glück«, sagte Brain.

Die anderen Deltas schlossen sich ihm an, dann machten sie sich alle auf den Weg in einen anderen Bereich des Stützpunktes.

Rex legte eine Hand auf ihren Rücken, als sie sich in Richtung des Lazaretts begaben. »Geht es dir gut?«, fragte er leise.

»Ja. Das war nicht gerade lustig, aber je mehr ich darüber spreche, desto leichter fällt es mir.«

Rex war nicht überrascht. Das Schlimmste für sie wäre, alles in sich hineinzufressen. Plötzlich hatte er die Hoffnung, dass er derjenige sein würde, mit dem sie jeden Abend reden könnte, um ihr bei der Verarbeitung zu helfen, aber er wusste, dass das nicht logisch war. Sie waren noch nicht einmal miteinander ausgegangen.

»Je schneller wir hier rauskommen, desto glücklicher werde ich sein«, murmelte Ace.

Rex konnte dieser Aussage nur zustimmen. Sie alle wussten, dass derjenige, der Avery tot sehen wollte, höchstwahrscheinlich mit ihnen auf dem Stützpunkt war. Er könnte sie sogar jetzt beobachten. Es war beunruhigend und er würde sich in Bezug auf Averys Sicherheit besser fühlen, sobald sie von hier weg waren.

»Es gibt eine Armeeeinheit, die vor einer Woche nach Hause zurückgekehrt ist«, sagte Bubba, als könnte er Rex' Gedanken lesen. »Es ist möglich, dass unser Mann schon wieder in den Staaten ist. Es gibt sowohl Marine- als auch Armeeeinheiten, die in ein paar Wochen nach Hause fliegen.«

»Wir haben also noch etwas Zeit, damit Avery sich die Bilder ansehen kann, bevor wir uns zu viele Sorgen um ihre Sicherheit machen müssen«, sagte Rocco. »Denn die Armeeeinheit, die schon weg ist, kommt aus Texas.«

»Das heißt aber nicht, dass der Verräter nicht nach Kalifornien kommen wird, um Avery zum Schweigen zu bringen«, warf Rex ein.

Avery hob eine Hand, um das Gespräch zu unterbrechen. »Stopp«, sagte sie mit ein wenig Nachdruck. »Bevor es jemand von euch vorschlägt, ich werde mich nicht hinter meiner Wohnungstür verbarrikadieren und verstecken. Ich brauche auch keinen Leibwächter. Ich bin mir bewusst, dass ich immer noch in Gefahr sein könnte, aber ich kann mich nicht verstecken. Ich werde zurück nach Kalifornien fliegen, schauen, was ich tun kann, um den Mann zu identifizieren, den ich gesehen habe, und sehr, sehr vorsichtig sein, wenn ich wieder meine Schichten im Krankenhaus antrete. Ich werde nicht zulassen, dass er mir Angst macht.«

Rex gefiel das nicht. Er wollte nicht, dass sie verletzlich war, wenn sie nach Riverton zurückkehrten. Er stimmte zu, dass sie sich nicht verkriechen sollte, aber er war sich auch nicht sicher, ob es eine gute Idee war, ihr Leben so fortzusetzen wie zuvor. Solange sie nicht herausfanden, wer der Verräter sein könnte, war sie in Gefahr.

Aber es war Bubba, der sein Bestes tat, ihr klarzumachen, wie sehr ihr Leben sich verändert hatte. »Das ist ja alles schön und gut, aber du kannst nicht einfach nach Hause fliegen und so tun, als wäre nichts passiert. Als wärst du wegen dem, was du gesehen hast, nicht zur Zielscheibe geworden. Du bist nicht naiv und kannst nicht den Kopf in den Sand stecken. Die Dinge *werden* sich für dich ändern, entweder bis der Typ einen Fehler macht oder du ihn identifizierst. Niemand hat gesagt, dass du einen Leibwächter brauchst, und niemand hat gesagt, dass du nicht zurück zur Arbeit gehen kannst. Aber du musst klug sein. Du solltest dir eine Alarmanlage zulegen, wenn du nicht schon eine hast. Du solltest nicht allein im Krankenhaus sein. Du musst mit deinem befehlshabenden Offizier sprechen und ihn oder sie wissen lassen, was los ist. Mit anderen Worten, geh kein Risiko ein. Ich weiß aus eigener Erfahrung, dass manchmal der letzte Mensch, von dem man es erwartet, genau der Mensch ist, wegen dem du dir am meisten Sorgen machen musst.«

Avery öffnete den Mund, um etwas zu erwidern, aber Bubba sprach einfach weiter.

»Es geht mich nichts an, was zwischen dir und Rex läuft. Aber es ist mehr als offensichtlich, dass es da eine Verbindung gibt. Stoß ihn nicht weg, weil du denkst, dass du auf dich selbst aufpassen kannst oder weil du versuchst, deinen Standpunkt zu beweisen. Verwechsle das, was er für dich empfindet, nicht mit Mitleid, und glaube nicht, dass er dich nur beschützen will, weil er dazu verpflichtet ist.«

»Bubba, es reicht«, sagte Rex leise.

»Nein, ist schon gut«, erwiderte Avery, hielt eine Hand hoch und starrte Bubba an. »Ich vermute, dass deine Geschichte faszinierend ist, und ich hätte nichts dagegen, sie irgendwann einmal zu hören, aber im Moment kenne ich dich nicht und du kennst mich nicht. Aber ich werde es klarstellen, nur um deutlich zu sein.

Als ich sagte, dass ich mich von diesem Kerl nicht einschüchtern lassen werde, meinte ich damit nicht, dass ich eine dieser idiotischen Horrorfilm-Heldinnen sein werde. Ich werde nicht in Riverton herumhüpfen, als hätte ich überhaupt keine Sorgen auf der Welt. Ich werde meine Tür nicht unverschlossen lassen und nicht jeden Tag denselben Weg zur Arbeit nehmen, damit ein Drittklässler mich verfolgen und entführen könnte. Ich will keinen Leibwächter, das war nicht gelogen, aber ich habe auch nichts dagegen, dass ein knallharter Navy SEAL mit mir abhängt. *Falls* Cole und ich nach unserer Rückkehr miteinander ausgehen, dann nur, weil ich an ihm als Mensch interessiert bin und nicht wegen dem, was er für mich tun kann, kapiert?«

Bubba grinste, ebenso wie Rocco und Ace.

»Ja, Ma'am«, sagte Bubba und salutierte.

Avery verdrehte die Augen. »Ihr seid alle Nervensägen, wisst ihr das?«, murmelte sie kopfschüttelnd.

Sie standen im Freien, wo jeder sie sehen konnte, also konnte Rex nicht das tun, was er wollte – seinen Arm um ihre Schultern legen und sie an seine Seite ziehen. Aber er trat ein wenig näher und vergewisserte sich, dass er in ihrem persönlichen Bereich war, bevor er sagte: »Wir *werden* in Riverton miteinander ausgehen. Du hast mich bereits um eine Verabredung gebeten und ich werde nicht zulassen, dass du dein Wort zurücknimmst. Und ich freue mich darauf, mit dir abzuhängen. Ich werde nicht dein Leibwächter sein, aber ich hätte nichts dagegen, dein fester Freund zu sein.«

Ihm gefiel die Farbe, die ihr in die Wangen stieg. Aber sie wich nicht von ihm zurück. »Fester Freund klingt so ... kindisch.«

»Wie würdest du mich dann nennen?«, fragte Rex.

»Ich weiß es nicht. Mein Freund? Mein Mann-Freund?«

Darüber lachten alle. »Ich bin mir auch nicht sicher, ob das funktioniert«, erwiderte Rex, der den Druck seiner Hand auf ihrem Rücken nutzte, um sie wieder in Richtung des Lazaretts zu drehen. »Wie wäre es, wenn wir es erst mal offenlassen?«

»Ich denke, wir müssen auf jeden Fall ein Auge auf Avery werfen, aber ich glaube, das dringendere Problem ist Phantom. Wir müssen darauf achten, dass er es nicht übertreibt und auf die Idee kommt, selbst nach Timor-Leste zu fliegen«, sagte Ace.

»Wenn wir zurückkommen, müssen wir als Erstes ein Teamgespräch mit Kommandant North führen«, stimmte Rocco zu.

»Ihr wisst, dass Phantom sich aus dem Staub machen

wird, wenn er auch nur einen einzigen Hinweis darauf bekommt, dass Kalee noch lebt, oder?«, warf Rex ein.

»Deshalb werde ich auch mit Tex reden«, antwortete Rocco. »Ich weiß, dass Phantom ihm schon gesagt hat, er solle die Augen offen halten. Ich werde ihn bitten, alles, was er herausfindet, zuerst mit mir oder dem Kommandanten zu besprechen, damit wir den Schaden begrenzen und einen Plan ausarbeiten können, wie wir Phantom kontrollieren können.«

»Du glaubst, ihr könnt ihn kontrollieren?«, fragte Avery mit einer hochgezogenen Augenbraue. »Mir scheint, ihr alle unterschätzt euren Teamkameraden. Außerdem, wenn ich diese Kalee wäre, würde ich wollen, dass Phantom mich so schnell wie möglich findet. Wenn sie wirklich noch am Leben ist und schon so lange mitten im Bürgerkrieg steckt, könnte jede Sekunde zählen, wenn es um ihre geistige und körperliche Verfassung geht.«

Für einen langen Moment waren alle still. Sie erreichten die Tür zum Lazarett und Rocco hielt sie mit der Hand am Griff kurz geschlossen. Er schaute zu Avery hinunter und sagte: »Du hast recht. Ich weiß, dass du recht hast. Aber es liegt nicht in unserer Natur, allein zu handeln. Wir sind ein Team.«

»Ihr seid vielleicht ein Team, aber das hört sich nach etwas an, das Phantom tun muss. Er fühlt sich verantwortlich dafür, nicht erkannt zu haben, was er an dem Tag gesehen hat, als ihr dort wart. Ich schlage nicht vor, dass ihr ihn allein losziehen lasst und dann herumsitzt und auf seine Rückkehr wartet, aber ihr müsst ihm etwas Zeit geben, um alles zu verarbeiten. Ich vermute, er muss sich selbst beweisen, dass er nicht der Mann ist, den seine Mutter und seine Tante ihm einzureden versuchten. Ein Verlierer. Eine Verschwendung von Luft.«

Rex atmete scharf ein. Sie alle liebten Phantom wie

einen Bruder. Er hatte nie angedeutet, dass er etwas anderes als Stolz dafür empfand, Teil des SEAL-Teams zu sein, aber vielleicht hatte Avery nicht unrecht.

»Es ist nicht sicher, wenn er sich in einen Bürgerkrieg einmischt«, argumentierte Bubba.

»Das habe ich auch nie behauptet. Aber es war auch nicht sicher, dass ihr euch bei meiner Rettung getrennt habt, oder? Aber ihr habt es trotzdem getan. Ich glaube nur nicht, dass ihr die Sache von Phantoms Seite aus seht. Er hat das Gefühl, es sei seine Schuld, dass Kalee nicht gerettet wurde. Und er hat das Gefühl, dass er das wiedergutmachen muss.« Sie wandte sich an Rex. »Wie hättest du dich gefühlt, wenn du, kurz bevor du zu mir durchkamst, mit dem Wegräumen der Steine aufgehört hättest, weil die Aufständischen Minuten vorher den Berg hochgekommen waren? Und dann später herausgefunden hättest, dass ich drinnen war, du aber den letzten Stein nicht weggeräumt hast?«

Sie hatte recht. Absolut. Er hätte Himmel und Hölle in Bewegung gesetzt, um zurückzukommen und sie zu retten. »Das stimmt.«

»Wir wissen nicht einmal, ob sie wirklich noch am Leben ist«, sagte Rocco. »Im Moment ist es also ein strittiger Punkt. Aber du hast ein gutes Argument vorgebracht und ich werde es im Hinterkopf behalten, wenn es so weit ist.« Dann riss er die Tür auf und bedeutete Avery und den anderen, das Gebäude zu betreten.

Den Rest des Nachmittags verbrachten sie mit Phantom in seinem kleinen Zimmer. Gumby machte sich auf den Weg, um das Mittagessen für alle zu besorgen, und sie veranstalteten eine Art Picknick im Zimmer, während sie darauf warteten, dass Phantoms Arzt ihn entließ.

Es war schon spät, als sie zur Startbahn fuhren, um das Flugzeug zu besteigen, das sie aus dem Land bringen sollte. Auf dem Weg zurück nach Kalifornien mussten sie noch ein paar Zwischenstopps einlegen, aber in dem Moment, in dem die Räder vom harten Boden der Startbahn abhoben, atmete Rex erleichtert auf.

Er schaute zu Avery hinüber und sah, dass sie aus dem Fenster auf die Berge in der Ferne starrte.

»Geht es dir gut?«, fragte er leise.

Avery zuckte mit den Schultern. »Ich war begeistert, hierherzukommen und den Einheimischen zu helfen. Die Gesundheit der Frauen ist ein ernstes Thema und ich war ganz wild darauf, ihnen zu helfen, auf sich selbst aufzupassen. Aber ich schäme mich ein wenig zuzugeben, dass ich nicht mehr an die Frauen gedacht habe, die ich vor meiner Gefangennahme getroffen habe. Ich bin auch sehr froh, dass ich jetzt abreise, und will nie wieder zurückkommen. Und damit komme ich mir vor wie ein schlechter Marineoffizier.«

Rex berührte ihre Hand und freute sich, als sie seine sofort packte. Er drückte ihre Hand und sagte: »Das macht dich menschlich, Avery. Und vor allem musst du vor deiner Pflicht gegenüber deinem Land das tun, was das Beste für dich ist.«

Sie wandte ihr Gesicht nicht vom Fenster ab und sie sahen zu, wie die Landschaft immer kleiner wurde, während sie an Höhe gewannen, aber sie hielt seine Hand fest umklammert. Er wusste, dass sie ihn gehört hatte.

Fähnrich Scott Wheatland sah zu, wie das Flugzeug mit dem SEAL-Team und der Schlampe, die ihn gesehen hatte, abhob. Er war froh, dass sie abflogen, und die Tatsache, dass weder die Militärpolizei noch ein Marineoffizier gekommen waren, um ihn in den Knast zu bringen, war ein gutes Zeichen.

Aber er würde nicht unachtsam werden. Da er im Sicherheitsbereich arbeitete, hatte er Zugang zu vielen Informationen, die er sonst nicht bekommen hätte. Er durfte in die Stadt gehen und mit den Einheimischen sprechen, um an Informationen zu gelangen. So hatte er seine Verbindung hergestellt, um an seinen Tablettenvorrat zu kommen, wenn er ihn brauchte.

Er musste sich nur die nächsten drei Wochen bedeckt halten, bis er wieder auf dem Stützpunkt in Kalifornien war. Dann würde er nachforschen und herausfinden, was mit der Schlampe los war. Er wusste, dass sie im Krankenhaus arbeitete, und er konnte nach ihr sehen. Es war ein Wunder, dass er ihr in der Vergangenheit noch nicht begegnet war. Vor allem wenn man bedachte, wie viel Zeit er im Krankenhaus verbracht hatte. Zuerst mit seiner eigenen Verletzung, dann die unzähligen Male, die er potenziell alkoholisierte Autofahrer zur Blutuntersuchung gebracht hatte.

Und natürlich hatte er immer wieder vorgetäuscht, krank zu sein, um Rezepte für weitere Schmerzmittel zu bekommen.

Er hatte das Gefühl, dass sie ihn *jetzt* erkennen würde. Und alles würde zusammenbrechen, wenn der Leutnant ihn verriet.

Genau deshalb hatte er seinen Kontaktmann angewiesen, die Schlampe so schnell wie möglich zu töten! Aber stattdessen ... sah die Situation so aus. Sie war gerettet worden und jetzt musste Scott jede Sekunde befürchten, wegen seiner Rolle bei dem Angriff auf den Konvoi und dem Tod der beiden Gefreiten in den Knast zu wandern. Und nicht nur das, er hatte eine Million Dollar, an die er nicht herankam.

»Genieß die nächsten drei Wochen«, murmelte er vor sich hin, als das Flugzeug hoch über dem Stützpunkt in den Wolken verschwand. »Denn es werden deine letzten sein.«

KAPITEL ZWÖLF

Avery seufzte erleichtert, als die Räder des Flugzeugs in Südkalifornien aufsetzten. Die letzte Etappe war ein langer Flug gewesen und sie war wach geblieben, um sich zu vergewissern, dass es Phantom gut ging und er keinen Rückschlag durch die Höhe erlitt.

Sie hatte ein schlechtes Gewissen, weil Cole mit ihr wach geblieben war. Sie wusste, dass er wahrscheinlich sehr müde war, aber er ließ es sich nicht anmerken. Er brachte ihr Snacks, um ihre Energie aufrechtzuerhalten, zwang sie, viel Wasser zu trinken, und sie redeten stundenlang.

Sie unterhielten sich über alles Mögliche. Was sie gern lasen, was sie in ihrer Freizeit machten und interessanterweise auch darüber, was sie von einem Partner erwarteten.

Avery wollte jemanden, der keine Angst davor hatte, ihr ab und zu die Führung zu überlassen, der aber auch nicht zögerte, die Kontrolle zu übernehmen, wenn die Situation es erforderte. Cole hatte erzählt, dass er Todesangst vor der Ehe hatte. Er wollte nicht wie seine Eltern am Ende geschieden sein. Er hatte schon so viele SEAL-Ehen scheitern sehen und befürchtete, dass seine auch so enden würde.

Avery konnte das verstehen, obwohl sie darauf hinwies, dass es seinen Freunden in ihren eigenen Beziehungen sehr gut zu gehen schien und beide Seiten Kompromisse eingehen mussten, wenn eine Ehe funktionieren sollte.

Dann gab er zu, dass er im Fluss die Vision eines kleinen Jungen mit roten Haaren und grünen Augen gehabt hatte ... was zu einer ganzen Diskussion darüber geführt hatte, ob sie Kinder haben wollten (das wollten sie beide), über ihre religiösen Überzeugungen und ob sie an Vorahnungen glaubten.

Es war ein intimes Gespräch so früh in ihrer Beziehung, aber Avery fühlte sich nicht im Geringsten komisch dabei. Mit Cole konnte man gut reden und je mehr Zeit sie mit ihm verbrachte, desto schwerer fiel es ihr, daran zu denken, dass sich ihre Wege in Kalifornien trennen würden.

Aber jetzt waren sie hier und Avery war sich nicht sicher, wie es weitergehen sollte.

Roccos Worte beendeten einige ihrer Spekulationen in dieser Hinsicht.

»Diese Heimkehr ist sehr unauffällig«, sagte er zur Gruppe. »Unsere Frauen wissen noch nicht, dass wir zurück sind, ihr könnt sie also gern anrufen und ihnen mitteilen, dass ihr bald nach Hause kommt. Avery, deine Eltern sind hier. Das Rote Kreuz hat sie über deine Rettung informiert und dafür gesorgt, dass sie hier sein können.«

Sie schnappte überrascht und erfreut nach Luft. »Wirklich?«

»Wirklich«, erwiderte Rocco mit einem kleinen Lächeln.

»Ich nehme an, du bist nicht verärgert«, sagte Cole neben ihr.

»Nein!«, rief Avery mit einem energischen Kopfschütteln. »Ich habe sie schon ewig nicht mehr gesehen! Ich habe mir solche Sorgen gemacht, wie sie auf meine Gefangennahme reagieren würden. Ist alles in Ordnung mit ihnen? Wurde meine Schwester benachrichtigt?«, fragte sie Rocco.

Der andere Mann zuckte mit den Schultern. »Ich weiß nichts außer dem, was ich dir gerade gesagt habe. Aber das wirst du in ein paar Minuten selbst herausfinden.«

Avery beugte sich vor und schaute aus dem kleinen Fenster des Flugzeugs, sah aber nichts weiter als das Gebäude, neben dem sie zum Stehen kamen.

»Phantom, tut mir leid, Kumpel, aber du wirst direkt ins Krankenhaus gebracht, um untersucht zu werden«, verkündete Rocco.

Die Miene des SEALs verfinsterte sich.

»Ich weiß, aber es ist notwendig«, beharrte Rocco.

»Das ist es wirklich«, mischte Avery sich ein.

»Wann kann ich den Kommandanten sehen?«, fragte Phantom.

»Morgen früh«, sagte Rocco. »Es wurden bereits Vorkehrungen getroffen. Wir müssen reingehen und unseren offiziellen Bericht über die Mission abgeben und danach haben wir ein privates Treffen mit Kommandant North. Ich glaube, Konteradmiral Creasy wird auch dabei sein.«

Phantom seufzte, nickte aber.

»Und ich?«, fragte Avery.

»Du fährst heute Abend mit deinen Eltern nach Hause und schläfst dich richtig aus. Rex holt dich morgen früh nach unserem Treffen ab und bringt dich zur Polizeistation. Dort wirst du in einem Raum untergebracht, in dem du die Akten aller Männer durchgehen kannst, die vor zwei Wochen in Afghanistan stationiert waren oder dort gearbeitet haben«, erklärte Rocco ihr.

Avery spürte Coles Hand auf ihrem Arm, aber ihr Blick blieb auf Rocco gerichtet. »Wie lange habe ich Zeit, ihn zu identifizieren?«

»So lange, wie es dauert.«

Avery runzelte die Stirn. »Aber ich nehme an, je schneller ich ihn identifiziere, desto besser?«

»Natürlich«, warf Gumby ein. »Aber das ist nichts, was man überstürzen kann. Du musst dir bei der Person, die du beschuldigst, hundertprozentig sicher sein. Es ist besser, sich Zeit zu lassen, als den Prozess übereilt durchzugehen.«

»Deine Vorgesetzte wurde über deine Rückkehr informiert, und du kannst wieder an die Arbeit gehen, sobald du glaubst, dass du bereit bist«, sagte Cole von seinem Platz neben ihr.

Avery seufzte erleichtert auf. Darüber hatte sie sich schon Sorgen gemacht. »Gut. Ich bin jetzt bereit.«

»Du solltest dir etwas Zeit nehmen«, entgegnete Cole.

Avery schüttelte den Kopf. »Nein, im Ernst, ich muss zurück zur Arbeit gehen. Beschäftigt sein. Sonst sitze ich den ganzen Tag nur herum und langweile mich zu Tode.« Bei ihrer Antwort ließ sie aus, dass sie wahrscheinlich den ganzen Tag rumsitzen und über das nachdenken würde, was ihr passiert war, und sich Sorgen machen würde, wer der Verräter sein könnte.

Als wüsste er genau, was ihr durch den Kopf ging, sagte Cole: »Es ist keine Schande, sich psychologische Hilfe zu holen.«

»Ich weiß«, murmelte Avery, und das tat sie auch. Sie kannte einige Psychologen, die mit ihr im Krankenhaus arbeiteten, und wusste, wie wichtig es für Soldaten und Matrosen war, mit jemandem zu reden, um die Auswirkungen der posttraumatischen Belastungsstörung zu lindern, aber es ging ihr wirklich gut. Wenn sie mit jemandem reden musste, würde sie das tun. Aber jetzt musste sie erst einmal beschäftigt sein und die Bilder der in Afghanistan stationierten Männer durchgehen.

»Bevor die Tür geöffnet wird, möchte ich mich bei

Leutnant Nelson bedanken«, verkündete Bubba. »Wir wissen nie, was passiert, wenn wir zu einer Mission aufbrechen, und wir hätten sicher niemals gedacht, dass die Person, die wir befreien sollten, am Ende nicht nur einen, sondern gleich zwei aus unserem Team retten würde. Ich kenne diese Jungs fast seit dem ersten Tag unserer Zeit in der Marine und ich kann mir nicht vorstellen, ohne sie an meiner Seite ein SEAL zu sein. Also danke.«

Die anderen stimmten in seinen Dank ein und Avery wusste, dass sie knallrot geworden war. »Ich habe nichts getan, was nicht auch jeder andere getan hätte«, protestierte sie. »Ich war einfach nur zur richtigen Zeit am richtigen Ort.«

Alle sechs Männer schüttelten den Kopf und rollten mit den Augen.

»Rex, würdest du uns die Ehre erweisen?«, sagte Ace mit einem Nicken zu seinem Freund.

Avery drehte sich um und sah, wie Cole ihr etwas in der Handfläche hinhielt.

Sie schaute nach unten und entdeckte eine Anstecknadel. Eine Anstecknadel, die sie sofort erkannte.

Es war ein Qualifikationsabzeichen, auch bekannt als der SEAL-Trident oder der Budweiser. Sie wusste, dass es Mitgliedern der US Navy verliehen wurde, die die harte Ausbildung sowie das SEAL-Qualifikationstraining absolviert hatten und zum US Navy SEAL ernannt worden waren.

Sie wusste jedoch nicht, warum er es *ihr* hinhielt.

Sie schaute in Coles Augen und sah Respekt. Und noch etwas anderes. Etwas viel Intensiveres, das ihr ehrlich gesagt riesige Angst machte.

Sie war erschöpft, machte sich Sorgen um Phantom und darum, den Verräter zu identifizieren, und freute sich darauf, ihre Eltern zu sehen. Ihr fehlte die geistige Kraft, um auch nur ansatzweise zu verstehen, was gerade passierte.

»Nimm es«, drängte Cole sie leise.

Langsam streckte Avery die Hand aus und hob die kleine Anstecknadel auf. Die Flügel des Adlers bohrten sich in ihre Handfläche, als sie die Finger darum schloss.

»Wie du wahrscheinlich weißt, ist der Budweiser eine der am meisten geschätzten und geehrten Traditionen der SEALs«, erklärte Gumby ihr. »Wir haben darüber gesprochen und beschlossen, dass du es, nachdem du alles verkörperst, was einem SEAL heilig ist – Ehre, Tapferkeit, Stärke, Sturheit und die Fähigkeit, auch unter extremem Druck ruhig zu bleiben –, genauso verdient hast wie jeder von uns.«

»Ich ... ich kann das nicht annehmen«, stotterte Avery, die über alle Maßen geschockt war.

Cole nahm ihre Hand in seine. »Du kannst es und du wirst es tun«, sagte er nachdrücklich. »Du kannst es zwar nicht auf deiner Uniform tragen«, scherzte er, »aber zu wissen, dass du es hast, bedeutet meinen Teamkameraden und mir sehr viel. Es ist wichtig für uns.«

Sie konnte den Blick nicht von ihm abwenden. Coles Haare fielen ihm in die Augen und sein Bart schien noch buschiger zu sein als noch vor einem Tag, aber für sie war er absolut umwerfend. Und wenn er wollte, dass sie diese Anstecknadel bekam, dann wäre sie eine Närrin, sie abzulehnen.

»Danke«, murmelte sie, ohne wegzusehen.

Dann schockierte er sie, indem er sich vorbeugte und sie auf die Stirn küsste.

Avery schloss die Augen und atmete tief ein, woraufhin Coles Duft ihre Nasenlöcher sowie ihre Seele erfüllte. Er roch so gut. Selbst nach ihrer langen Reise konnte sie noch die Seife riechen, die er beim letzten Mal benutzt hatte, als er auf dem Stützpunkt geduscht hatte. An ihm roch sie so viel besser als an ihr.

Dann löste Cole ihre Finger von der Anstecknadel und nahm sie von ihrer Handfläche. »Der Verschluss ist ein wenig knifflig. Pass auf, dass du dich nicht stichst, wenn du sie anfasst.« Avery kam ein Gedanke, als er ein paar Knöpfe an ihrem Uniformhemd öffnete und den Budweiser sanft an ihr T-Shirt darunter steckte, ohne sie dabei unangemessen zu berühren. Sie konnte die Frage nicht zurückhalten. »Ist das deiner?«

Es war, als wären sie in diesem Moment die einzigen beiden Menschen im Flugzeug. Er befestigte die Anstecknadel an ihrem Hemd, richtete ihr Uniformoberteil und knöpfte es vorn wieder zu.

»Das war er. Jetzt gehört er dir«, sagte er zu ihr. »Phantom und ich haben Schere, Stein, Papier gespielt, um zu sehen, wer dir seine Ansteckadel geben darf. Ich habe gewonnen.«

»Er hat geschummelt«, brummte Phantom neben ihnen, aber Avery hörte ihn kaum.

»Ich kann deine Ansteckadel nicht nehmen«, protestierte sie. »Ich weiß, wie viel euch diese Dinge bedeuten. Sie sind heilig.« Unbewusst hob sie eine Hand und bedeckte die Stelle auf ihrer Uniform, unter der der Budweiser lag.

Cole legte eine Hand auf ihre und sagte: »Ich bin deinetwegen hier. Phantom ist deinetwegen hier. Nichts ist heiliger als das.«

Avery wollte nicht weinen, aber sie wusste, dass sie diesen Kampf verlieren würde, wenn er noch ein Wort sagte. Sie kniff die Augen zusammen und zwang sich, ihre Gefühle unter Kontrolle zu bringen. »Danke«, flüsterte sie.

»Nein, ich danke *dir*«, erwiderte Cole leise.

»Es ist alles bereit«, verkündete der Pilot laut, womit er den intensiven Moment zerstörte.

SUSAN STOKER

Ehe sie sichs versah, wurde Avery aus dem Flugzeug gedrängt und ging über das Rollfeld in Richtung des Gebäudes. Auf dem Weg sagte Cole: »Wenn es okay ist, komme ich morgen gegen elf Uhr bei deiner Wohnung vorbei, um dich abzuholen und zur Polizeiwache zu bringen. Dann hast du etwas Zeit, um auszuschlafen und mit deinen Eltern zu reden, in Ordnung?«

»Weißt du, wo ich wohne?«, fragte sie mit Blick zu ihm.

Er zuckte mit den Schultern. »Nein, aber ich werde es bis morgen um elf Uhr herausfinden.«

Sie grinste und schüttelte den Kopf.

Als sie an der Tür zum Hangar ankamen, wusste Avery, dass sie in einer Sekunde keine Zeit mehr haben würde, mit Cole zu reden. Es war ein komisches Gefühl zu wissen, dass sie später nicht mit ihm zusammen sein würde. Seit er den letzten Stein entfernt hatte, waren sie jede Minute zusammen gewesen. Er war der erste Mensch, den sie gesehen hatte, nachdem sie lebendig begraben worden war, und aus irgendeinem Grund fühlte sie sich sehr unwohl bei dem Gedanken, sich von ihm zu trennen.

Sie legte eine Hand auf die Budweiser-Anstecknadel an ihrer Brust und die andere auf seinen Arm, wo sie sich mit ihren Fingernägeln festkrallte. »Cole?«

»Was ist los?«, fragte Cole, der sich sofort nach dem umsah, was sie erschreckt hatte.

»Ich ... ich weiß nicht, wie ich dich erreichen kann«, sagte Avery lahm.

Sein Blick wurde sanfter und er holte sein Handy aus seiner Tasche. »Gib mir deine Nummer. Ich schicke dir eine SMS, damit du meine hast. Egal wie spät es ist, wenn du mich brauchst, musst du mich nur anrufen oder mir schreiben, okay?«

Es war albern, aber mit dem Wissen, dass sie diese kleine Verbindung zu ihm haben würde, fühlte sie sich sofort besser. Sie gab ihm ihre Nummer und sah zu, wie er sie anwählte. Dann steckte er das Telefon wieder ein und griff nach ihr.

Avery trat bereitwillig in seine Arme. Sie drehte ihr Gesicht zu seinem Hals und spürte die Wärme seiner Haut an ihren Lippen. Seine Umarmung fühlte sich gut an, vertraut. Sie hielten einander einen Moment lang, dann zog er sich zurück. »Bist du bereit?«

Avery atmete tief ein und nickte. »Bereit.«

»Ich bin immer nur einen Anruf entfernt«, erinnerte er sie.

»Ich weiß. Und wir sehen uns in«, Avery schaute auf ihre Uhr, »fünfzehn Stunden oder so.«

»Richtig. Und es sind vierzehn Stunden und einund-fünfzig Minuten«, korrigierte er sie.

Avery entspannte sich ein wenig. Sie war erleichtert, dass sie nicht die Einzige war, die mit den seltsamen Umständen zu kämpfen hatte, in denen sie sich befanden. Wie um alles in der Welt konnte sie sich nach so kurzer Zeit so schnell und so tief mit Cole verbunden haben?

Aber es war eine dumme Frage. Sie wusste wie. Die Chemie zwischen ihnen hatte bereits gestimmt, bevor sie im Einsatz gewesen war. Sie waren monatelang umeinander herumgetänzelt. Und nachdem er *sie* und wenig später sie *ihn* gerettet hatte und sie gemeinsam vor der Gefahr direkt hinter ihnen geflohen waren, war diese Verbindung nur noch stärker geworden. Es fiel ihr schwer, sich von ihm zu verabschieden, auch wenn es nur für diese Nacht war.

»Kommt ihr?«, fragte Ace, der ihnen die Tür aufhielt.

»Ja«, sagte Cole, ohne den Blick von Avery abzuwenden. Dann hob er eine Hand und fuhr mit seinem Zeigefinger eine leichte Linie von einer Wange über ihre Nase zu ihrer anderen Wange nach. »Ich kann von deinen Sommer-sprossen nicht genug bekommen«, murmelte er leise.

Da sie die Situation auflockern musste, erwiderte Avery: »Das ist gut, denn mein ganzer Körper ist mit ihnen bedeckt.«

Seine Augen leuchteten vor Interesse. »Ach ja? Überall?«

Avery wusste, dass sie wieder rot wurde, und nickte. »Ja.«

»Verdammt, Süße. Du bringst mich um.«

Sie kicherte. »Jetzt weißt du, wie ich mich fühle, wenn ich über die Tattoos auf deinem Arm nachdenke ... und ob du noch mehr unter deiner Uniform versteckst.«

Er lächelte. »Ich schätze, wir beide wollen Dinge an dem anderen entdecken, oder?«

»Ich denke schon«, stimmte sie zu, dann zog sie sich zurück und ging durch die Tür.

Kaum hatte sie den großen Hangar betreten, hörte sie, wie ihre Mutter vor Freude und Erleichterung ihren Namen rief.

Der Klang der Stimme ihrer Mutter war wie Balsam für Averys Seele. Sie eilte auf ihre Mutter zu und als sie sie in die Arme schloss, konnten beide Frauen ihre Tränen nicht zurückhalten.

Rex hasste es, Avery weinen zu sehen, aber er wusste, dass sie dieses emotionale Ventil brauchte. Sie und ihre Mutter zusammen zu sehen machte alles, was sie in den letzten Tagen durchgemacht hatten, mehr als wett. Die beiden Frauen sahen sich sehr ähnlich. Avery war ein paar Zentimeter größer als ihre Mutter, aber sie hatten beide die gleichen roten Haare und grünen Augen. Ihr Vater stand in der Nähe, eine Hand auf dem Rücken seiner Frau, die andere auf der Schulter seiner Tochter. Er hatte blondes Haar und war einige Zentimeter größer als Avery.

Ihre Eltern sahen beide wie Ende fünfzig aus, aber er wusste aus dem Gespräch mit Rocco, dass sie in Wirklichkeit Mitte sechzig waren. Es war offensichtlich, dass sie aufgrund des Schicksals ihrer Tochter gelitten hatten, und er freute sich, Zeuge ihrer freudigen Wiedervereinigung sein zu können.

Aber er konnte nicht umhin, sich an Averys panischen Gesichtsausdruck zu erinnern, als ihr klar geworden war, dass ihre gemeinsame Zeit zu Ende ging. Er hasste es. *Hasste* es. Er wünschte sich nichts sehnlicher, als sie zurück in ihre Wohnung zu bringen und dort sein Lager aufzuschlagen, um dafür zu sorgen, dass sie in Sicherheit war, dass sie aß, was sie brauchte, und damit er auf sie aufpassen konnte, während sie etwas schlief. Aber dazu hatte er kein Recht. Noch nicht.

Rocco übernahm die Kontrolle über die Szene und brachte Phantom auf den Weg ins Krankenhaus, wobei Gumby und Ace ihn begleiteten. Der Plan war, dass Phantom in Gumbys Strandhaus unterkommen sollte, bis er wieder vollständig genesen war. Sie hofften, dass der Strand ihn beruhigen und ihm zu einer schnelleren Genesung verhelfen würde.

Sie alle vermuteten, dass Phantom eine tickende Zeitbombe war – ein einziger Hinweis darauf, dass Kalee Solberg in Timor-Leste noch am Leben war, würde genügen, um ihn hochgehen zu lassen.

Dann machten Rocco und Bubba sich auf den Weg zu ihren Frauen, und Avery wollte mit ihren Eltern in ihrem Mietwagen losfahren. Aber sie drehte sich zu Rex um, anstatt zur Tür zu gehen. »Cole?«

Er schritt sofort auf sie zu. Er hatte versucht, ihr etwas Freiraum zu geben, damit sie beim Wiedersehen mit ihren Eltern ungestört war. »Ja, Avery?«

»Ich habe dich gar nicht meinen Eltern vorgestellt. Tut

mir leid. Mom, Dad, das ist Cole Kingston. Er ist einer der SEALs, die mich gerettet haben, aber das dürft ihr nicht ausplaudern, wenn ihr wieder in Texas seid, okay?«

»Natürlich nicht, Schatz«, sagte Averys Mutter, ohne den Blick von Cole abzuwenden. »Schön, Sie kennenzulernen«, erklärte sie mit ausgestreckter Hand. »Ich bin Amy. Und das ist Bob.«

»Die Freude ist ganz meinerseits«, versicherte Rex ihr.

»Danke«, sagte Bob Nelson leise. »Einfacher kann ich es nicht ausdrücken.«

»Das ist auch gar nicht nötig. Tatsächlich hatte Ihre Tochter sich fast schon selbst gerettet, als wir auftauchten.«

»Glaubt ihm kein Wort«, warf Avery kopfschüttelnd ein.

Rex und Avery sahen einander in die Augen, und er konnte den Blick nicht von ihr abwenden. Er konnte alle möglichen Emotionen in ihren Augen sehen – Erleichterung darüber, wieder in Kalifornien zu sein, Sehnsucht, Angst – und wieder einmal wollte er nichts anderes, als sie in die Arme zu schließen und sie beide hinter seiner oder ihrer Wohnungstür einzusperren, weg von allem und jedem.

»Wir werden es Ihnen nie zurückzahlen können«, fuhr Bob fort, woraufhin Rex sich zwang, ihn anzusehen. »Als wir hörten, dass Avery gefangen genommen wurde, gingen uns alle möglichen schrecklichen Dinge durch den Kopf, aber wir haben versucht, positiv zu bleiben.«

»Und als wir den Anruf erhielten, dass sie in Sicherheit war, war das der beste Tag unseres Lebens«, fügte Amy hinzu.

»Wie lange wollen Sie bleiben?«, fragte Rex.

Amy schaute von ihm zu Avery und dann wieder zu ihm. »Wir sind uns nicht sicher. Wahrscheinlich mindestens eine Woche, aber so lange, wie Avery uns braucht«, antwortete sie vage.

»Ihr könnt so lange bleiben, wie ihr wollt«, beruhigte Avery sie schnell. »Ich habe ein Gästezimmer in meiner Wohnung.«

»Danke, Liebes«, sagte Amy. »Ich nehme an, wir sehen uns später wieder?«, fragte sie Rex.

»Ja, Ma'am. Ich hoffe, das werden wir. Ich freue mich schon darauf, Sie beide besser kennenzulernen.« Rex wusste, dass er sein Glück vermutlich herausforderte, aber nach dem zu urteilen, was er gesehen hatte, mochte er Averys Eltern, und wenn er mit ihr ausgehen wollte – und das wollte er wirklich –, dann wollte er auch die Menschen kennenlernen, die sie zu der großartigen Frau gemacht hatten, die sie heute war.

Avery wurde rot, aber sie schaffte es, ihm ein kleines Lächeln zu schenken. »Sehen wir uns morgen früh?«, fragte sie, obwohl sie die Antwort auf diese Frage bereits kannte.

»Auf jeden Fall. Um elf Uhr.«

»Was steht morgen an?«, fragte Bob.

»Ich werde mit dem Kommandanten darüber sprechen, was in Afghanistan passiert ist«, sagte Avery schnell.

Rex war wieder einmal beeindruckt. Er hätte es ihr nicht übel genommen, wenn sie ihren Eltern erzählt hätte, was passiert war und dass sie die Einzige war, die den Verräter identifizieren konnte, aber sie war Marineoffizierin durch und durch, und zweifellos würde sie sich genau an die Sicherheitsvorschriften halten und ihren Eltern nur das mitteilen, was sie wissen mussten.

»Nun, dann sehen wir uns«, sagte Amy und schenkte Rex ein Lächeln.

Bob nickte ihm kurz zu, dann drehten die drei sich um und gingen zum Parkplatz.

Rex stand in der Tür und sah ihnen beim Weggehen zu, den Blick auf Avery geheftet. Als spürte sie, dass er sie anstarrte, blickte sie einmal zurück, und der sehnsüchtige und unsichere Ausdruck in ihren Augen brachte ihn fast dazu, ihr hinterherzulaufen. Fast.

Er blieb stehen, bis der Mietwagen den Parkplatz verließ, dann zwang er sich, seine Füße in Bewegung zu setzen. Er war erschöpft und brauchte ein paar Stunden Schlaf. Avery ging es gut. Er würde sie morgen wiedersehen. Er hatte die ersten vierunddreißig Jahre seines Lebens ohne sie überlebt, da konnte er noch eine weitere Nacht durchhalten.

KAPITEL DREIZEHN

Es war acht Uhr morgens und Rex saß mit dem Rest seines Teams und Kommandant North an einem großen Tisch in einem Konferenzraum. Konteradmiral Creasy war ebenfalls anwesend. Sie hatten bereits eine Nachbesprechung über die Mission abgehalten und wollten nun über die vermisste Kalee Solberg reden. Sie hatten das Treffen vorverlegt in dem Wissen, wie sehr Phantom darauf brannte, das Thema zu besprechen.

Rocco beugte sich vor und wählte eine Nummer, um Tex anzurufen, damit er auch an diesem Teil des Treffens teilnehmen konnte. Sobald der ehemalige Navy SEAL verbunden war, drehten sich alle zu Phantom und ihrem Kommandanten um.

Phantom saß neben ihm, das Bein auf einem zusätzlichen Stuhl hochgelegt. Er sah unbehaglich aus und Rex wusste, dass er wahrscheinlich Schmerzen hatte, aber nichts und niemand hätte ihn heute von diesem Treffen abhalten können. Danach würde Gumby ihn direkt zu seinem Strandhaus zurückbringen, damit Sidney und ihre

Hündin Hannah ein Auge auf ihn haben und dafür sorgen konnten, dass er es nicht übertrieb.

Kommandant North lehnte sich zurück und verschränkte die Finger unter dem Kinn. »Phantom, ich habe gehört, dass Sie sich an mehr über die Mission in Timor-Leste erinnern können, ist das richtig?«

»Ja, Sir«, antwortete Phantom.

»Sagen Sie mir genau, woran Sie sich erinnern und warum Sie glauben, dass Miss Solberg nach all diesen Monaten noch am Leben sein könnte.«

Rex sah, wie in Phantoms Kiefer aufgrund des zweifelnden Tonfalls ihres Kommandanten ein Muskel zuckte, aber er begann sofort zu erzählen, woran er sich erinnert hatte, nachdem er angeschossen worden war.

Als er fertig war, war es eine ganze Weile still im Raum. Dann ergriff Konteradmiral Creasy das Wort. »Sie haben uns gesagt, warum Sie glauben, dass Kalee während Ihrer Mission vor einigen Monaten noch am Leben war, aber nicht, warum Sie glauben, dass sie jetzt noch am Leben sein könnte. Das ist schon sehr lange her.« Im Tonfall des Mannes war keine Kritik zu hören und alle SEALs wussten, dass die Frage nicht zu vermeiden war.

Phantom setzte sich aufrechter hin und beugte sich vor, um seinen befehlshabenden Offizier sowie den Konteradmiral mit einem Blick zu fixieren. »Ich habe keine Beweise«, sagte er. »Es wäre sogar ein verdammtes Wunder, wenn sie noch am Leben ist. Aber mein Bauchgefühl sagt mir, dass sie überlebt hat. Sie haben das Waisenhaus nicht gesehen, Sir. Es war ein Gemetzel. Die Kinder wurden ohne Gnade getötet. Ich stelle mir vor, dass die Soldaten im Zweiten Weltkrieg bei der Befreiung der Konzentrationslager in Europa Ähnliches gesehen haben, nur dass da keine Überlebenden herumliefen.

Um zu überstehen, was dort passiert ist, musste Kalee

stark sein. Sie hätte alles getan, um diese Kinder zu beschützen, das weiß ich bis ins Mark, vor allem nachdem ich von Sinta und Kemala gehört habe, was für ein Mensch sie war. Wenn sie das überlebt hat, was auch immer passiert ist, bevor sie in die Grube geworfen wurde – und ich bin mir sicher, dass sie das getan hat –, dann ist die Wahrscheinlichkeit groß, dass sie alles überlebt hat, was seitdem passiert ist. Sie ist klug, das wissen wir aus den Gesprächen mit Piper und ihrem Vater. Sie wird alles tun, was sie tun muss, um zu überleben.«

»Es ist schon Monate her, Phantom«, sagte der Konteradmiral leise.

»Das ist es. Und Sie wissen so gut wie ich, dass ein Mensch mit starker Willenskraft auch die härtesten Misshandlungen über Monate und Jahre aushalten kann«, argumentierte Phantom.

»Was sollen wir also tun?«, fragte ihr Kommandant. »Auch wenn sich die Lage auf der Insel beruhigt zu haben scheint, gibt es immer noch einige Rebellen, die für Unruhe sorgen. Sie wissen, dass ich Ihnen nicht erlauben kann, nach Timor-Leste zu reisen, nur um dort herumzufragen und zu sehen, was Sie über sie herausfinden können.«

Rex hasste es für seinen Freund. Er hasste es, dass sie nicht alle auf die asiatische Insel zurückkehren konnten, um nach der Frau zu suchen, die Phantom nicht aus dem Kopf bekam.

»Das weiß ich, Sir«, antwortete Phantom, und Rex wusste, dass er das nicht einfach nur so sagte. Es war auch klar, dass er lange und gründlich darüber nachgedacht hatte.

»Ich möchte vorschlagen, dass Tex sich die Sache ansieht. Er hat mehr Verbindungen, als wir uns je vorstellen können. Er hat bereits nachgehakt, war sich aber nicht sicher, worauf er achten sollte. Jetzt, da wir wissen, dass

Kalee möglicherweise noch lebt, kann er seine Nachforschungen eingrenzen. Er weiß, welche Fragen er stellen muss.«

»Du hast sehr viel Vertrauen in mich«, warf Tex amüsiert am anderen Ende der Telefonleitung ein, aber dann wurde er nüchtern. »Phantom, du weißt, dass es weit hergeholt ist, oder? Ich möchte genauso wie du glauben, dass sie noch lebt, aber es ist tatsächlich schon lange her. Wir können nicht sagen, was mit ihr passiert ist. Du weißt genauso gut wie ich, dass die Rebellen nicht für ihre Menschenfreundlichkeit bekannt sind. Sie haben nicht gezögert, ganze Familien zu töten. Ich habe Geschichten gehört, dass sie Babys als Geiseln halten, um sicherzustellen, dass die Frauen, die sie gefangen genommen haben, alles tun, was von ihnen verlangt wird ... und du weißt, was das ist, ohne dass ich es erklären muss. Wenn Kalee die ganze Zeit überlebt hat, was glaubst du, in welchem Zustand sie sich befindet?«

»Du glaubst also, das ist ein Grund, sie dort zu lassen?«, fragte Phantom hitzig.

»Nein«, erwiderte Tex sofort. »Ich will nur sichergehen, dass du weißt, dass sie – *falls* sie noch lebt und ihr sie finden könnt – nicht mehr die Kalee sein wird, die jeder kennt. Alles, was ihr Vater uns über sie erzählt hat, wird Vergangenheit sein. Die Bilder ihres Lächelns, die du gesehen hast, werden dir vorkommen, als stammten sie von einem anderen Menschen. Du kannst sie vielleicht retten ... aber sie wird dir wahrscheinlich nicht dafür danken.«

»Ich bin bereit, dieses Risiko einzugehen«, beharrte Phantom stur.

»Warum?«, fragte Kommandant North. »Um die Schuldgefühle zu lindern, die Sie haben, weil die Mission nicht beendet wurde?«

Rex sah, wie Phantom tief einatmete, bevor er sagte:

»Weil ich mich in ihrer Situation befunden habe. Nicht genau, aber im übertragenen Sinne. Ich musste gerettet werden, und niemand hat mir geholfen, obwohl alle wussten, dass etwas nicht stimmt. Ich kann das nicht so stehen lassen, Sir«, sagte Phantom zu seinem befehlshabenden Offizier. »Sie ist da draußen. Ich weiß es. Und sie muss gefunden werden.«

Erneut herrschte Stille im Raum. Rex hielt den Atem an. Wenn es nach ihm ginge, würde er sofort aufbrechen und mit Phantom nach Timor-Leste reisen. Er hatte seinen Freund noch *nie* so leidenschaftlich über etwas sprechen hören. Das war wichtig für ihn, also war es auch wichtig für jeden einzelnen Mann in seinem SEAL-Team.

»Wenn Tex zu mir kommt und sagt, dass er konkrete Beweise dafür gefunden hat, dass Kalee noch am Leben ist, werde ich sehen, ob ich es arrangieren kann, dass Sie zurückfliegen und sie suchen«, verkündete Konteradmiral Creasy. »Bis dahin werden Sie hierbleiben und mit Ihrem Team arbeiten. Sie werden weder ihrem Vater noch sonst jemandem ein Wort über das sagen, was Sie glauben, dort gesehen zu haben, und Sie werden auch nicht auf eigene Faust eine Reise nach Timor-Leste unternehmen. Ich werde Ihnen so lange keinen Urlaub gewähren, bis ich mir sicher bin, dass Sie erstens genesen sind und zweitens nicht um die halbe Welt fliegen, um auf eine wilde Jagd zu gehen, verstanden?«

»Ja, Sir«, sagte Phantom mit einer Spur von Erleichterung in der Stimme.

»Tex?«

»Sir?«

»Ich brauche etwas Konkretes. Am besten Fotos, aber wenn das nicht möglich ist, dann Berichte aus erster Hand von einer oder mehreren Personen, die sie gesehen haben, verstanden?«

»Natürlich.«

Tex klang nicht einmal verärgert. Rex wusste, dass das Computergenie gut war, aber er war sich nicht sicher, ob dies etwas war, das er würde vollbringen können. In der Gegend, in der Kalee zuletzt gesehen worden war, oben in den Bergen nahe der Hauptstadt, gab es nicht unbedingt Überwachungskameras, und sie konnte buchstäblich überall sein, falls sie noch am Leben war. Rex gab es nur ungern zu, aber er hatte seine Zweifel.

Aber nach dem zu urteilen, was Avery durchgemacht hatte, ganz zu schweigen von Caite, Sidney, Piper und Zoey, wusste er auch, dass alles möglich war.

Der Kommandant schaute sich im Raum um, begegnete den Blicken der Anwesenden und nickte dann. »Wegtreten.«

Das Team stand auf, als die ranghöheren Offiziere den Raum verließen. Als sie weg waren und Rocco das Telefonat mit Tex beendet hatte, setzten die sechs Männer sich wieder hin und sahen einander an.

»Wie geht es dir, Phantom? Und lüg nicht«, befahl Rocco.

»Ich habe Schmerzen«, gab der andere Mann bereitwillig zu. »Es tut weh, mein Bein zu belasten, aber es ist besser als vorher.«

»Gut. Und wie geht es Sidney, Piper und Zoey?«, fragte Rocco die anderen.

»Sie ist froh, dass ich zu Hause bin«, sagte Ace. »Sie liebt es, Mutter zu sein, aber manchmal ist es auch überwältigend. Vor allem weil sie so kurz vor der Geburt unseres Babys steht.«

»Aber es geht ihr gut?«, fragte Rocco besorgt.

»Es geht ihr gut«, beruhigte Ace seinen Freund.

»Sidney war bei einer neuen Therapeutin, während ich weg war, und sie sagt, dass sie sie wirklich mag. Es macht ihr Spaß, in der Adoptions- und Rehabilitationsabteilung des

Tierschutzverein für Pitbulls zu arbeiten«, erzählte Gumby seinen Freunden.

»Und Zoey geht es mehr als gut«, fügte Bubba hinzu. »Ich versuche, sie zu einer kleinen Zeremonie zu überreden, aber sie hält an der Hochzeit fest, von der sie glaubt, sie zu wollen.«

»Von der sie *glaubt*, sie zu wollen?«, fragte Ace grinsend.

»Ja. Wenn es nach mir ginge, würde ich das ganze Geld sparen, aber wenn sie eine riesige Party will, dann werde ich ihr die geben.«

»Und Caite? Geht es ihr gut?«, fragte Rex Rocco.

»Ja, es geht ihr gut. Sie liebt ihren Job bei der Strafverfolgungsbehörde der Navy immer noch, obwohl ich glaube, dass sie zu viel Zeit mit Übersetzungen verbringt, denn neulich abends, als wir im Bett lagen, fing sie an, Dinge auf Französisch zu schreien. Aber da sie sich zufrieden und glücklich anhörte, habe ich sie nicht darauf angesprochen.«

Die Jungs lachten alle.

»Siehst du Avery heute?«, fragte Rocco Rex.

Er nickte und schaute auf die Uhr. »Ja, ich soll in einer Stunde oder so da sein. Ich bringe sie zum Polizeirevier, damit sie sich Fotos ansehen kann.«

»Du musst sie genau beobachten«, sagte Phantom aus heiterem Himmel.

Rex sah ihn stirnrunzelnd an. »Das hatte ich auch vor. Vor allem in ein paar Wochen, wenn die Einheit dieses Stützpunktes aus Afghanistan zurückkommt.«

»Das meine ich nicht. Ich meine natürlich, dass du auch für ihre Sicherheit sorgen sollst. Aber es geht um mehr als das.«

»Erkläre das«, befahl Rex seinem Freund.

»Ich glaube, die anderen werden mir zustimmen, aber es scheint, je besser jemand mit der Scheiße umzugehen scheint, die ihm das Leben beschert hat, desto mehr ist derjenige innerlich zerrüttet. Avery ist ein zähes Mädchen, das muss ich ihr lassen. Sie hat einen kühlen Kopf bewahrt und ist auch unter den schlimmsten Umständen nicht ausgeflippt. Aber ich habe das Gefühl, wenn sie zusammenbricht, dann so richtig. Darauf musst du einfach achten. Sie arbeitet in einem Bereich, in dem sie ständig von Männern, von Adrenalinjunkies wie uns, umgeben ist. Sie muss wahrscheinlich doppelt so hart arbeiten, um den Respekt zu bekommen, der ihr in ihrem Bereich zusteht. Krankenschwestern reißen sich den Arsch auf, aber die Ärzte sind normalerweise diejenigen, die die ganze Anerkennung bekommen. Sie ist es gewohnt, hart zu sein. Sie ist es gewohnt, ihre wahren Emotionen und Gefühle nicht durchscheinen zu lassen.«

Rex starrte seinen Freund an. Phantom war unglaublich scharfsinnig. Er wäre eifersüchtig gewesen, wenn er nicht gewusst hätte, dass Phantom absolut kein romantisches Interesse an Avery hatte. Er respektierte sie, und ehrlich gesagt verdankte er ihr verdammt viel. Und seine Einsicht war goldrichtig.

»Ich werde ein Auge auf sie haben«, versprach Rex.

Phantom nickte.

»Wir haben die nächsten Tage frei ... wenn du uns brauchst, ruf uns einfach«, sagte Rocco zu Rex.

»Mache ich. Und danke.«

Sie standen alle auf, und Rex wollte Phantom aufhelfen. Der andere Mann winkte ab. »Gumby macht das schon. Na los, geh zu Avery. Ich bin sicher, dass sie sich wegen heute Sorgen macht.«

Rex nickte dankend und drehte sich um. Er war begierig darauf, Avery wiederzusehen, und hatte sich gefragt, wie um alles in der Welt er bis elf Uhr durchhalten sollte. Es war verrückt, vor allem nachdem er in der Zeit vor Afghanistan klargekommen war, ohne sie zu sehen. Aber jetzt war alles anders. Er wusste es, war sich aber nicht sicher, was Avery dachte. Er hatte sie als seine feste Freundin bezeichnet und sie hatte zugestimmt, aber vielleicht würde sie mit ein wenig Abstand anfangen, die Geschwindigkeit zu hinterfragen, mit der sie sich bewegten.

Rex wollte immer noch mit ihr ausgehen. Er wollte jede Kleinigkeit über sie erfahren und dabei so oft wie möglich an ihrer Seite sein.

Wenn er vorher gedacht hatte, ein wenig von ihr besessen zu sein, war das nichts im Vergleich zu dem, was er jetzt fühlte.

Draußen angekommen joggte er zu seinem dunkelblauen Chevy Malibu und machte sich auf den Weg zu Averys Wohnung. Die Adresse hatte er am Morgen von seinem Kommandanten erhalten. Als er vorfuhr, war er beeindruckt. Die Wohnung lag in einem schönen Stadtteil und die Gärten waren tadellos gepflegt. Auch die vielen Lichter auf den Parkplätzen gefielen Rex. Nicht dass er gedacht hätte, sie würde in einem heruntergekommenen, gefährlichen Gebäude wohnen, aber er war froh, dass der Ort relativ sicher zu sein schien.

Aus irgendeinem Grund war Rex nervös, als er sich auf den Weg zu ihrer Wohnung machte. Sie befand sich im zweiten Stock des Gebäudes, was er gut fand. Auf jeder Etage gab es mehrere Wohnungen, und als er die Freitreppe hinaufging, bemerkte er, dass bei den meisten eine Art Willkommensmatte und andere heimelige Details zu finden waren, die ihm wiederum versicherten, dass Avery in einer gemeinschaftlichen Anlage lebte und nicht in einer, in der die Bewohner ständig wechselten.

Er hatte eine neugierige Nachbarin, die schon seit Jahren neben ihm wohnte, und obwohl manche Leute sich darüber beschweren würden, war er froh darüber. Sie nahm immer seine Pakete an, wenn er nicht zu Hause war, und hatte kein Problem damit, jeden zu melden, der herumschlich und den sie nicht kannte. Eine neugierige Nachbarin war ihm allemal lieber als eine, die sich nicht kümmerte. Er fragte sich, ob in diesem Moment jemand aus seinem Türspion schaute, um einen Blick auf ihn zu werfen.

Rex trug seine Arbeitsuniform der Marine mit dem vierfarbigen Tarnmuster – schiefergrau, hellgrau, schwarz und marineblau – und vermutete, dass die Bewohner des Gebäudes schon viele Matrosen kommen und gehen gesehen hatten.

Er klopfte an die Tür, die nach einem kurzen Moment des Wartens geöffnet wurde. Amy Nelson stand da und lächelte ihn an. »Hallo! Schön, Sie wiederzusehen. Kommen Sie rein.«

Rex nickte und betrat zum ersten Mal Averys Wohnung.

Es gab einen kurzen Flur, der in ein geräumiges Wohnzimmer führte. Auf der linken Seite befand sich die Küche und eine Glasschiebetür führte zu einem kleinen Balkon an der gegenüberliegenden Wand, von dem aus man in der Ferne das Meer sehen konnte. Rechts vom Wohnbereich befand sich ein weiterer Flur, von dem Rex annahm, dass er zu den Schlafzimmern führte.

Avery war von der Ledercouch aufgestanden, auf der sie gesessen hatte, als er eintrat – und Rex wusste auf den ersten Blick, dass etwas nicht stimmte. Er öffnete den Mund, um zu fragen, aber ihre Mutter unterbrach ihn.

»Möchten Sie etwas essen oder trinken? Ich habe heute Morgen Averys Lieblingsfrühstück gemacht, Zimt-Apfel-Pfannkuchen, aber sie hat nicht so viel gegessen, wie ich erwartet hatte, also ist noch Teig übrig. Ich kann Ihnen schnell welche machen.«

»Mom, er will nichts essen. Er ist sicher sehr beschäftigt«, sagte Avery mit einem leichten Kopfschütteln.

»Sind Sie sicher?«, fragte die andere Frau. »Es ist kein Problem.«

»Nein, aber danke für das Angebot. Haben alle gut geschlafen?«, fragte Rex in der Hoffnung herauszufinden, warum Avery dunkle Ringe unter den Augen hatte und es so aussah, als wäre sie die ganze Nacht wach gewesen.

»Wie ein Stein«, antwortete Bob, der im Sessel neben der Couch saß. Er war ebenfalls aufgestanden, als Rex eintrat, hatte sich aber mit einer Zeitung auf dem Schoß wieder hingesetzt. »Ich schwöre, das war der erste gute Schlaf, den Amy und ich hatten, seit wir von Averys Gefangennahme erfahren haben.«

Averys Mutter stimmte ihm zu, aber Rex blendete sie aus, als sie darüber zu sprechen begann, dass sie und Bob heute Touristen spielen würden, während Avery ihr Ding machte.

Er starrte Avery an, in der Hoffnung, sie würde ihn ansehen, aber sie ließ den Blick überall hin wandern, nur nicht zu seinem Gesicht. Seine Vermutung, dass etwas nicht stimmte, erhärtete sich, als Avery eine Hand hob, um ihr Haar hinter ein Ohr zu streichen, und er sah, dass sie zitterte.

»Ich flechte mir noch kurz die Haare. Ich bin gleich wieder da.« Ohne auf seine Zustimmung zu warten, drehte sie sich um und verschwand im Flur.

Rex sah, wie Amy ihrer Tochter stirnrunzelnd hinterherblickte.

»Geht es ihr gut?«, fragte Rex leise.

Amy sah ihm in die Augen und ihre Miene änderte sich sofort von heiter zu ernst, als sie antwortete: »Nein. Aber sie ist stur und weigert sich, uns zu sagen, was los ist. Als sie gestern Abend ihre Schwester anrief, hatte ich gehofft, dass sie mit *ihr* reden und ihr sagen würde, was in ihrem Kopf vorgeht, aber als sie nach dem Gespräch aus ihrem Zimmer kam, sah sie genauso gestresst aus wie vor dem Telefonat. Ich vermisse die Zeit, als sie sechs Jahre alt war und ich sie nur auf meinen Schoß kuscheln musste, damit sie uns alles erzählte.«

Diese Szene konnte Rex sich gut vorstellen. Er wies auf den Flur. »Ich werde mal nach ihr sehen ... wenn das in Ordnung ist.«

»Natürlich ist es das«, sagte Bob. »Sie ist mein kleines Mädchen, aber ich weiß auch, dass sie erwachsen ist. Sie leidet, und wir können nichts tun, um ihr zu helfen. Aber Sie waren bei ihr. Sie hatte gestern Abend nur lobende Worte für Sie übrig. Bitte, wir würden in Ihrer Schuld stehen, wenn Sie sie dazu bringen könnten, mit Ihnen zu reden.«

»Ich verspreche nichts, aber Sie können sicher sein, dass ich nur das Beste für Avery im Sinn habe. Dies ist wahrscheinlich nicht der richtige Zeitpunkt, aber ich mag Ihre Tochter sehr. Sie ist fantastisch. Sie ist eine der interessantesten und faszinierendsten Frauen, die ich je kennengelernt habe. Ganz zu schweigen von ihrer Stärke, ihrem Mut und ihrer Fähigkeit, mit jeder Situation umzugehen, die sich ihr in den Weg stellen könnte.«

»Sie hat uns erzählt, dass ihr beide zusammen seid«, erklärte Amy, lehnte sich mit der Hüfte gegen den Tresen und beobachtete ihn aufmerksam.

»Hat sie das?«, fragte Rex.

»Ja. Aber auch, dass es noch neu ist.«

»Das ist es. Aber das heißt nicht, dass ich sie oder die Menschen, die sie großgezogen haben, nicht bereits respektiere«, erklärte Rex ehrlich.

»Das wissen wir zu schätzen«, sagte Bob. »Wenn Sie meine Tochter kennen, wissen Sie, dass sie nicht lange braucht, um sich fertig zu machen. Wenn Sie also mit ihr reden wollen, bevor ihr aufbrecht, sollten Sie sich beeilen.«

Rex schmunzelte. »Ja, Sir.« Dann schob er Averys Eltern gedanklich beiseite und ging den Flur entlang zu ihrem Schlafzimmer. Er wusste sofort, welches ihres war, allein schon aufgrund des köstlichen Geruchs, der aus einem der Zimmer kam. Er stieß die Tür auf und sah ein ungemachtes Bett, das aussah, als hätte dort kürzlich ein Ringkampf stattgefunden. Die Bettdecke hing auf einer Seite herunter, eine andere Decke lag schief und das Laken war zur Seite geschoben und lag halb auf dem Teppich.

Auch sonst sah das Zimmer bewohnt aus. Es war nicht perfekt aufgeräumt, aber auch nicht zu überfüllt. Es gab ein paar Bilder an den Wänden, Fotos auf einer Kommode und einen Wäschekorb für schmutzige Kleidung an einer Wand. Ein normalgroßer Kleiderschrank stand offen und Rex konnte einige Kleidungsstücke darin hängen sehen, sowohl zivile als auch ihre Marineuniformen.

Aber es war der Geruch, der ihn wieder innehalten und tief einatmen ließ. Lavendel und Baumwolle.

Er folgte dem Duft, stand einen Moment lang in der Tür zu dem kleinen Bad, das an ihr Schlafzimmer angeschlossen war, und beobachtete Avery, ohne dass sie es bemerkte. Sie hatte die Hände auf den Waschtisch gestützt und den Kopf gesenkt. Ihre Augen waren geschlossen und sie stand völlig still. Rex konnte eine Flasche Lavendel-Lotion auf dem Tresen sehen und entdeckte einen dieser Lufterfrischer, der in einer Steckdose auf der anderen Seite eingesteckt war, woher wahrscheinlich der Duft frisch gewaschener Kleidung kam.

So gut es in diesem Raum auch riechen mochte, er hatte nur Augen für Avery. Sie sah erschöpft aus. Müde und niedergeschlagen, obwohl sie nach einer erholsamen Nacht eigentlich ausgeruht sein sollte.

»Hast du überhaupt geschlafen?«, fragte er leise.

Avery zuckte nicht einmal zusammen. Es war offensichtlich, dass sie wusste, dass er die ganze Zeit dort gestanden hatte. »Nicht wirklich.«

Sie führte es nicht näher aus.

»Warum nicht?«, hakte Rex nach.

»Ich konnte es einfach nicht«, wich sie aus.

Rex betrat den Raum und stellte sich hinter sie. Da sie ungefähr gleich groß waren, konnte er ihre Augen nicht sehen, also lehnte er sich ein wenig nach rechts, um ihrem Blick im Spiegel zu begegnen. Er sah dort Schmerz und Frustration, aber er wollte sie nicht drängen. Er griff nach der Bürste, die auf dem Tresen lag, und deutete auf ihr Haar. »Darf ich?«

Avery nickte.

Rex begann langsam, mit der Bürste über ihr ohnehin schon seidenweiches Haar zu fahren. »Es ist weich«, sagte er nach einem Moment.

Avery lachte leise. »Ganz anders als zu dem Zeitpunkt, als du mich zum ersten Mal in der Höhle gesehen hast, was?«

»Ja«, stimmte Rex zu. »Hast du ein Haargummi?«

Sie runzelte die Stirn, beugte sich aber vor, nahm eines vom Waschtisch und hielt es ihm über die Schulter hin. Er nahm es und begann ohne ein Wort, ihr Haar fachmännisch zu flechten.

»Wenn mich jemand gefragt hätte, wie dieser Morgen verlaufen würde, hätte ich nicht gedacht, dass du meine Haare flichtst«, sagte sie mit einem müden Lachen.

»Du hast vielleicht bemerkt, dass ich meine Haare gern etwas länger trage«, erwiderte Rex, um auf die Frage zu antworten, die er in ihrem Tonfall gehört hatte. »Ich hatte eine Phase, in der sie viel länger waren als jetzt, und ich habe gemerkt, wie viel einfacher es ist, sie bei der Arbeit zu einem Zopf zu flechten. Also habe ich es mir selbst beigebracht, indem ich mir Videos im Internet angesehen habe.«

Er lächelte. »Und bekam jede Menge Mist von den Jungs zu hören. Mittlerweile trage ich meine Haare einfach nur oben länger.«

»Deinen Bart flichtst du nicht?«, fragte Avery grinsend.

Rex band ihr die Haare zusammen, beugte sich vor und legte seine Hände neben ihre auf den Waschtisch. Ihre Blicke trafen sich erneut im Spiegel und Rex rieb seinen Bart an der Seite ihres Halses, ohne den Blickkontakt zu unterbrechen. »Nein. Ich stehe nicht auf den Wikinger-Look, aber wenn du es ausprobieren wolltest, würde ich dich nicht daran hindern. Ich glaube, ich würde dich so ziemlich alles mit mir machen lassen, was du willst.«

Sie antwortete nicht, sondern blinzelte nur.

»Bist du nervös wegen heute?«, fragte er in dem Versuch herauszufinden, warum sie nicht gut geschlafen hatte.

Avery zuckte mit den Schultern. »Nicht wirklich. Ich meine, ich schaue mir nur Bilder an. Wenn ich mir die Leute persönlich ansehen müsste, wäre ich vielleicht ein bisschen gestresster.«

Rex war frustriert, dass sie ihm nicht sagte, was sie bedrückte. »Ist das Gespräch mit deiner Schwester gut gelaufen?«

»Ja, natürlich. Sie hat ein wenig geweint, war aber sehr froh, dass ich wohlbehalten wieder zu Hause bin.«

»Bist du verärgert, dass deine Eltern hier sind?«

»Nein«, antwortete Avery sofort. »Ich liebe sie und weiß, dass meine Gefangenschaft sehr schwer für sie war. Ich glaube, wir mussten uns alle sehen und berühren können, um sicher zu sein, dass es echt ist.«

Das konnte Rex verstehen.

»Wie ist das Treffen heute Morgen gelaufen?«, fragte sie, bevor er weiter nachforschen konnte, was sie beunruhigte. »Ist Phantom auf dem Weg nach Timor-Leste?« Sie lächelte, um ihn wissen zu lassen, dass sie einen Scherz machte.

Rex lachte. »Nein. Aber ich denke, es ist nur eine Frage der Zeit.« Er erzählte ihr, was ihr Kommandant gesagt hatte und dass Tex nach genaueren Informationen über mögliche Sichtungen einer rothaarigen Amerikanerin suchen würde, die in der Gegend unterwegs war.

»Was ich durchgemacht habe, war schlimm«, sagte Avery, »aber ich kann nicht umhin zu denken, dass das, was Kalee durchmacht, falls sie noch lebt, schlimmer ist. Ich kann mir nicht vorstellen, wie es gewesen wäre, wenn niemand gewusst hätte, dass ich noch am Leben war und Hilfe brauchte. Für mich war es eine Sache, einen Tag nach dem anderen anzugehen, weil ich *wusste*, dass jemand von der Armee oder der Marine nach mir suchte. Die Vereinigten Staaten verhandeln vielleicht nicht mit Terroristen, aber ich hatte keinen Zweifel daran, dass ich nicht für immer da draußen bleiben würde. Ich schätze, Kalee denkt wahrscheinlich, dass sie auf sich allein gestellt ist und niemand nach ihr suchen wird.«

Rex liebte Averys großes Herz. Er hasste den Gedanken, dass Kalee nicht wusste, dass es jemanden interessierte, ob sie am Leben oder tot war. Wenn sie nur wüsste, wie sehr Phantom sich *wirklich* um sie sorgte. Es mochte damit angefangen haben, dass eine Mission gescheitert war, aber jetzt war klar, dass es um mehr als das ging.

Avery holte tief Luft und drehte sich zu ihm um. Rex trat jedoch nicht zurück, sodass sie einander praktisch berührten, als sie sich mit dem Hintern an das Waschbecken lehnte.

»Cole?«

»Ja?«

»Darf ich dich küssen?«

Und schon waren Rex' gute Absichten zunichtegemacht.

Er hatte geplant, die Sache mit Avery ganz langsam anzugehen. Ein paarmal mit ihr ausgehen, sie kennenlernen und sich dann langsam an die Intimität zwischen ihnen herantasten. Doch jedes Mal, wenn er in ihrer Nähe war, fiel es ihm schwerer und schwerer, sich gegen die Chemie zwischen ihnen zu wehren.

Wenn Avery sich nicht zurückhalten wollte, hatte er wenig Hoffnung, es langsam anzugehen. Er fühlte sich zu sehr zu ihr hingezogen. Er bewunderte sie zu sehr. Er würde es dennoch versuchen ... aber das konnte er ihr geben.

»Du kannst mit mir machen, was du willst«, antwortete er ehrlich.

Da sie ungefähr so groß war wie er, musste Avery sich nicht auf die Zehenspitzen stellen, um seinen Mund zu erreichen. Sie beugte sich einfach vor und presste ihre Lippen auf seine. Einmal. Zweimal. Dann zog sie sich zurück und biss sich unsicher auf die Lippe.

Rex hielt sich nur mit größter Anstrengung zurück. Er wollte sie nicht überrumpeln oder etwas tun, was sie erschrecken könnte. Aber als er die Unsicherheit in ihren Augen sah, bewegte er sich, ohne nachzudenken. Er ließ eine Hand in ihren Nacken wandern, um sie ruhig zu halten, die andere legte er an ihre Wange. Mit seinem Mund berührte er ihren ... und er begann den Kuss nicht langsam. Er ließ seine Zunge herausschnellen und leckte über ihren Mund, und als sie sich ihm sofort öffnete, neigte Rex den Kopf und tauchte in sie ein.

Erstaunlicherweise spürte er, wie sich eine Gänsehaut auf seinen Armen bildete, als sie seinen Kuss erwiderte. Sie war nicht gefügig und unterwürfig in seinen Armen, sondern bot ihm Paroli. Ihre Zunge duellierte sich mit seiner und drängte sie zurück in seinen Mund. Er stöhnte und trat näher an sie heran.

Sie waren von den Hüften bis zur Brust aneinandergepresst und er wusste, dass seine Erektion gegen ihren Unterbauch drückte. Es wäre ihm peinlich gewesen, aber sie drückte dagegen, als wollte sie ihn ermutigen.

Rex nahm einen Atemzug, wobei er den Kopf ein paar Zentimeter hob. Er ließ seine Hände, wo sie waren, und fühlte, wie sie ihre Fingernägel in seinen Rücken grub, was in ihm den Wunsch auslöste, er hätte seine Uniform nicht an, um sie auf seiner nackten Haut zu spüren.

Sie atmeten beide schwer, und als Avery sich über die Lippen leckte, konnte Rex nicht anders, als ihr mit den Augen zu folgen.

»Du musst mich nie wieder um Erlaubnis fragen, das zu machen«, sagte Rex leise.

Sie grinste ihn an. »Ich weiß nicht, was es mit dir auf sich hat, aber ich habe noch nie so für jemanden empfunden.«

»Wenn das daran liegt, dass ich dich gerettet habe –«

Avery unterbrach ihn, bevor er seinen Satz beenden konnte. »Das ist es nicht«, erwiderte sie mit Nachdruck. »Ich weiß, dass das immer wieder vorkommt, aber das ist hier nicht der Fall, und wenn du das denkst, sollten wir das vielleicht beenden, bevor wir noch weiter gehen.«

Sie versuchte, sich von ihm zu entfernen, aber Rex hielt sie fest und drückte sie gegen den Waschtisch. »Ich musste sicher sein, dass du dieselbe Verbindung spürst wie ich«, sagte er. »Abgesehen von dieser Sache habe ich schon viele Frauen getroffen, denen es egal war, wer ich als Mensch bin, und die nur einen Navy SEAL vögeln wollten.«

Avery hob eine Hand und strich ihm sanft über den Bart. »Ich würde mich eher von dir *fernhalten*, weil du ein SEAL bist, als mit dir ausgehen zu wollen«, gab sie zu.

»So ein Typ bin ich nicht«, versicherte Rex ihr. »Ich hatte zwei ernsthafte Freundinnen in meinem Leben, und das ist beides schon Jahre her. Ich war schon lange nicht mehr mit einer Frau zusammen, definitiv nicht, seit ich dich im Krankenhaus kennengelernt habe.«

»Aber das ist Monate her«, sagte Avery mit großen Augen.

»Und?«, fragte Rex.

»Dein Bart ist so weich«, murmelte Avery, nachdem ein paar Sekunden vergangen waren. »Ich habe noch nie jemanden mit einem geküsst.«

Rex grinste. »Und wie lautet das Urteil?«

»Ich bin mir nicht sicher«, sagte sie mit funkelnden Augen. »Ich glaube, ich muss noch mehr Daten sammeln.«

Rex beugte sich gerade herunter, um sie erneut zu küssen, als die Stimme von Averys Mutter aus der Nähe erklang.

»Alles in Ordnung da drin?«

Rex trat zurück und ließ zögernd die Hände sinken. Er mochte es, Avery zu berühren. Sie zu küssen. Er mochte so ziemlich alles an ihr.

»Uns geht es gut, Mom. Bin gleich da!«, rief Avery. Sie schaute zu Rex auf. »Immer diese Mütter«, witzelte sie.

»Ich mag deine Eltern, Avery«, sagte Rex.

»Es sind gute Menschen«, entgegnete sie.

»Deine Mutter hat gesagt, dass du ihnen erzählt hast, wir seien zusammen.«

Sie wirkte verlegen. »War das nicht in Ordnung? Ich meine, du hast mich ja schon irgendwie deine Freundin genannt.«

»Natürlich ist das in Ordnung. Ich wollte nur sichergehen, dass *du* mit allem einverstanden bist. Wir haben unsere Beziehung nicht gerade auf normale Weise begonnen«, sagte Rex aufrichtig.

»Ich weiß, aber für mich ist es in Ordnung, wenn es das für dich auch ist.«

»Für mich ist es mehr als in Ordnung. Würdest du oder

deine Eltern ausflippen, wenn ich dich vor ihnen küsse? Wenn ich deine Hand halte oder einen Arm um dich lege?«

»Natürlich nicht, warum fragst du?«

»Ich wollte nur sichergehen«, sagte Rex grinsend. »Früher war ich nicht gerade der körperbetonte Typ, aber bei dir kann ich meine Hände einfach nicht mehr bei mir behalten.«

Avery lächelte. »Wenn du meine Eltern kennenlernst, wirst du feststellen, dass sie genauso sind.«

»Ich wusste, dass ich sie mag«, erwiderte Rex. »Wenn du bereit bist, sollten wir wirklich losfahren.«

»Ich bin bereit«, erklärte sie sofort. »Cole?«

»Ja, Süße?«

»Danke.«

Rex fragte nicht, wofür sie dankbar war. Er sagte nur: »Gern geschehen.«

KAPITEL VIERZEHN

Avery schloss die Augen und rieb sie einen Moment lang mit Daumen und Zeigefinger, bevor sie sie wieder öffnete und auf das Tablet in ihrer Hand starrte. Sie saß allein in einem Verhörraum der Polizeistation auf dem Stützpunkt und sah sich Fotos von Hunderten von Männern an, die zur gleichen Zeit wie sie in Afghanistan stationiert gewesen waren.

Sie hatte nicht erwartet, dass es so schwierig werden würde.

Erstens war sie erschöpft. Sie hatte letzte Nacht kaum geschlafen und litt unter einem starken Jetlag.

Zweitens sah jedes verdammte Foto genau gleich aus.

Jeder Soldat stand in der gleichen Position, sie alle trugen dieselbe Uniform und im Hintergrund war eine amerikanische Flagge zu sehen.

Drittens waren einige der Fotos ein oder zwei Jahre alt, und sie wusste, dass ein stressiger Auslandseinsatz in einem gefährlichen Kriegsgebiet das Aussehen eines Menschen in kurzer Zeit drastisch verändern konnte.

Sie hatte keine Ahnung, ob sie nach jemandem von der

Armee oder der Marine suchte. Nach einem einfachen Soldaten, einem Offizier oder vielleicht sogar einem zivilen Dienstleister. Sie glaubte immer noch, dass sie den Mann erkennen würde, wenn sie ihn sah, aber sie merkte auch, dass sie in Bezug auf diese Sache ein wenig naiv gewesen war. Sie hatte gedacht, sie würde hier reinkommen, ein paar Fotos durchblättern und den Verräter sofort identifizieren können.

Avery war sich darüber im Klaren, dass sie eine militärische Karriere und das Leben eines Menschen ruinieren konnte, falls sie den falschen Mann identifizierte. Und auf keinen Fall wollte sie jemanden eines abscheulichen Verbrechens beschuldigen, wenn sie nicht mit voller Überzeugung wusste, dass er dafür verantwortlich war. Deshalb sah sie sich jedes einzelne Foto genau an und studierte jedes Merkmal.

Avery starrte ins Leere, ohne wirklich in den Spionspiegel zu blicken, der sie zu Beginn, als sie in den Raum geführt wurde, fürchterlich eingeschüchtert hatte. Sie war bereit für eine Pause und ließ abwesend ihre Gedanken zurück zu diesem Morgen wandern.

Cole hatte fantastisch ausgesehen. Die Nachtruhe hatte ihm sehr gutgetan. Sein Bart war gekämmt und sah sogar gepflegt aus, obwohl sie sich nicht vorstellen konnte, dass Cole sich die Mühe machte, Produkte in seinen Bart einzuarbeiten.

Sie mochte es sehr, wie sein Bart sich auf ihrem Gesicht anfühlte, obwohl sie sich nicht sicher war warum. Und mein Gott, konnte der Mann küssen! Sie hatte erwartet, dass er etwas zögerlich sein würde, besonders nachdem er sich von seiner besten Seite gezeigt hatte. Aber er war nicht im Geringsten zurückhaltend gewesen. Sobald er wusste, dass sie voll dabei war, war er es auch.

Avery erinnerte sich daran, wie sie die Gänsehaut in

seinem Nacken gespürt hatte, was sie wiederum noch mehr angetrieben hatte. Sie wollte, dass er dasselbe Erstaunen und die gleiche Erregung verspürte wie sie. Als sie seinen Schwanz an ihrem Bauch fühlte, hatte ihr Körper sich sofort auf ihn vorbereitet. Jede Bewegung seiner Zunge in ihrem Mund hatte dafür gesorgt, dass sich ihr Bauch sowie ihre inneren Muskeln anspannten.

Das war nicht ihre Art. Sie war die Königin der Langsamkeit in Beziehungen, aber verdammt, sie wollte Cole. Sie hatte das Gefühl, dass sie diejenige sein würde, die bestimmte, wie weit und wie schnell sie es angingen, denn Cole war ein zu großer Gentleman, als dass er sie zu irgendetwas drängen würde. Wie erfrischend war das denn?

»Leutnant Nelson, geht es Ihnen gut?«

Avery zuckte auf ihrem Stuhl zusammen und drehte sich zur Tür. Ein Oberstabsgefreiter, der auf der Polizeiwache arbeitete, stand mit besorgter Miene da.

Seufzend nickte Avery. So sehr sie sich die Bilder weiter ansehen wollte, wusste sie, dass sie für den Moment fertig war. Sie konnte sich nicht konzentrieren und musste sowieso zum Krankenhaus.

»Ja, ich bin fertig. Danke.« Sie stand auf und reichte dem Matrosen das Tablet.

»Vielen Dank. Mir wurde mitgeteilt, dass Sie jederzeit vorbeikommen können, um die Dateien weiter durchzusehen«, erklärte der junge Matrose.

»Ja, das hat mir der Bootsmann gesagt, mit dem ich bei meiner Ankunft gesprochen habe«, sagte Avery.

Sie folgte dem Matrosen aus dem Verhörraum und trat auf den Ausgang zu. Er salutierte vor ihr und drehte sich, um einen Flur entlangzugehen, der zu einer Reihe von Büros führte.

Cole hatte sie gebeten, ihn anzurufen, sobald sie fertig war, aber Avery beschloss, stattdessen einfach zu Fuß zum

Krankenhaus zu gehen. Sie wollte ihre Freundinnen sehen und mit ihrer Vorgesetzten sprechen. Sie hatte die Woche freibekommen, aber in dem Wissen, dass sie verrückt werden würde, wenn sie nichts unternahm, wollte sie beantragen, so bald wie möglich wieder in den Dienstplan aufgenommen zu werden.

Ein Spaziergang über den Stützpunkt half ihr, ihre Gedanken ein wenig zu beruhigen. Sie erwiderte den Salut der Matrosen, an denen sie vorbeiging, und dachte darüber nach, wie verrückt es war, dass sie noch vor wenigen Tagen tief in einem afghanischen Berghang begraben gewesen war.

Als sie das Krankenhaus betrat, wurde sie von allen Seiten von ihren Kolleginnen und Kollegen gegrüßt. Alle waren schockiert, sie so schnell wiederzusehen, aber auch froh, dass es ihr gut ging. Sie hatte immer noch einige verblassende blaue Flecke im Gesicht, aber der Rest ihrer Schnitte und Schrammen wurde von ihrer Uniform verdeckt. Sie war sich der Budweiser-Anstecknadel, die Cole ihr gegeben hatte und die an ihrem T-Shirt befestigt war, sehr bewusst. Aus irgendeinem Grund hatte sie sie an diesem Morgen beim Anziehen gesehen und nicht widerstehen können, sie anzulegen. Es war albern. Sie war kein SEAL. Nicht im Entferntesten. Aber sie hatte sie trotzdem an ihr Hemd geheftet.

Sie wusste, wie viel diese Anstecknadeln den SEALs bedeuteten. Und Cole hatte ihr seine gegeben. Es fühlte sich fast so an, als wäre sie wieder in der Highschool und ein Junge hätte ihr seinen Absolventenring geschenkt, damit sie ihn trug.

»Du siehst großartig aus!«, rief Rita Lipson, eine der Krankenschwestern, mit denen Avery oft zusammenarbeitete. Sie wurde in eine Umarmung gezogen.

Avery tat ihr Bestes, um die Schmerzen zu verbergen, die der feste Griff der Frau verursachte.

»Ich kann nicht glauben, dass du schon hier bist!«, sagte Beverly Moses etwas ruhiger, als auch sie Avery fest umarmte.

»Um ehrlich zu sein ... mir war langweilig. Meine Eltern sind losgezogen, um Touristen zu spielen, während ich mich heute Morgen um einige offizielle Marine-Angelegenheiten gekümmert habe. Ich wollte nicht zurück in meine Wohnung fahren und auf meinem Hintern sitzen. Ist der Captain da?«

»Ja, soweit ich weiß, ist sie in ihrem Büro«, antwortete Rita.

»Rita und ich haben in zehn Minuten Pause, setzt du dich dann zu uns?«, fragte Beverly.

Avery hasste es, gemein zu sein, aber sie konnte sich auf keinen Fall hinsetzen und über alles reden, was ihr passiert war. Es war noch zu früh. Und ihr gefiel das aufgeregte Glitzern in den Augen ihrer Kolleginnen nicht. Sie mochte sie, aber sie wollte weder ihr Tratsch-Thema noch ihre Unterhaltungsquelle des Tages sein.

»Es tut mir leid, aber ich kann nicht. Ich hoffe, ich bin bald wieder im Dienst, und dann können wir reden«, sagte sie, während sie sich umdrehte, um den Flur hinunterzugehen.

»Ich bin froh, dass diese Mistkerle dich nicht gebrochen haben«, rief Rita ihr nach.

Avery nahm die Treppe, da sie die Aufzüge hasste. Sie waren alt und irgendwie hinterhältig. Außerdem konnte sie es im Moment nicht ertragen, in einem kleinen Metallkasten zu stecken. Bei ihrem Glück würde der Aufzug nicht mehr funktionieren und sie säße mit einem Nervenzusammenbruch oder Ähnlichem darin fest.

Das Büro ihrer Vorgesetzten befand sich im zweiten

Stock des fünfstöckigen Krankenhauses, und als sie dort ankam, hatte sie bereits ungefähr sechzigmal Hallo gesagt und die Worte »Schön, dass es dir gut geht« ertragen. Avery wusste, dass die Krankenschwestern und Ärzte nur ihre Freude darüber zum Ausdruck bringen wollten, dass sie gesund und munter zurück war, aber im Moment wollte sie einfach nur das Geschehene vergessen und nicht jedes Mal daran erinnert werden, wenn sie jemanden sah.

Eines der Dinge, die sie an Captain Cora Rosner am meisten mochte, war ihre Bodenständigkeit. Sie hatte kein Verwaltungspersonal, das ihre Bürotür mit Adleraugen bewachte. Sie hatte ein offenes Ohr für alle, die sich mit ihr unterhalten wollten, und ließ sich weder von Ärzten noch von höheren Offizieren, die ihre Autorität spielen lassen wollten, etwas gefallen.

Avery klopfte an die Tür und lächelte, als sie Captain Rosner rufen hörte: »Herein!«

Sie lugte um die Tür herum und sobald ihre vorgesetzte Offizierin sie sah, war sie schon auf den Beinen und kam auf sie zu. »Avery! Was in aller Welt machen Sie denn heute hier? Es ist schön, Sie zu sehen!«

Sie umarmte sie, achtete jedoch darauf, sie nicht zu lange oder zu fest zu halten. Als sie sich zurückzog, behielt sie ihre Hände auf Averys Schultern, starrte auf ihr lädiertes Gesicht und zuckte zusammen.

»Ich habe vom General des Stützpunktes in Afghanistan einen Bericht bekommen, aber meine Güte, es ist immer einfacher, die Worte auf dem Papier zu lesen, als selbst zu sehen, was mit dem Menschen passiert ist. Geht es Ihnen gut?«

Aus irgendeinem Grund wurde Avery hart von der Frage der älteren Frau getroffen. Sie versuchte, die Tränen zurückzuhalten, scheiterte jedoch.

Captain Rosner zögerte nicht. Sie zog sie zu einem Stuhl

vor dem Schreibtisch und setzte Avery hin. Dann ging sie hinüber, schloss die Bürotür und verriegelte sie, bevor sie einen zweiten Stuhl heranzog, sich Avery zuwandte und ihr die Hände auf die Knie legte, während sie schluchzte. Cora blieb stumm und unterstützte sie so, ohne sie zu erdrücken.

Als Avery sich weitgehend unter Kontrolle hatte, fragte der Captain: »Wollen Sie darüber reden?«

Und seltsamerweise wollte Avery das. Also erzählte sie ihrer befehlshabenden Offizierin alles, was passiert war, wobei sie die streng geheimen Details über den Verräter ausließ. Als sie fertig war, atmete Avery tief durch und stellte fest, dass sie sich besser fühlte. Nicht großartig, aber besser.

»Das klingt, als wäre es die Hölle gewesen«, sagte Cora.

Avery nickte. »Das war es auch.«

»Aber das Gute daran ist ...« Der Captain verstummte.

»Das Gute daran ist, dass ich jetzt einen knallharten Navy SEAL zum Freund habe«, sagte Avery mit einem kleinen Lächeln. »Und ich habe überlebt. Und vielleicht hören jetzt einige der Ärzte, die im Kampfeinsatz waren, auf, mir gegenüber so scheinheilig zu sein.«

»Das ist die richtige Einstellung«, entgegnete Cora. Dann griff sie nach Averys Hand. »Lassen Sie mich raten. Sie sind hier, weil Sie wieder auf den Dienstplan gesetzt werden wollen.«

Avery nickte.

»Ich habe zwar nicht erlebt, was Ihnen widerfahren ist, aber ich verstehe, dass Sie sich beschäftigen wollen. Ich werde Sie unter einer Bedingung wieder einsetzen.«

»Und die wäre?«

»Sie sprechen mit Dr. Halterman.«

Avery verkrampfte sich. Sie wusste, dass sie das tun musste, aber es machte sie nervös.

»Ich weiß, dass Sie das nicht wollen«, fuhr Cora fort, als

könnte sie Averys Gedanken lesen. »Aber auch wenn ich hier sitzen und mit ihnen mitfühlen kann – und ich bin sicher, dass Ihr SEAL das auch könnte –, haben wir nicht durchgemacht, was *Sie* ertragen haben. Dr. Halterman kann Ihnen helfen, Ihre Emotionen zu verarbeiten, damit Sie später keine unangenehmen Überraschungen erleben.«

Als Avery nicht sofort zustimmte, fuhr Captain Rosner fort: »Lassen Sie es mich so sagen: Wenn jemand ins Krankenhaus käme und Ihnen erzählen würde, wie er gefangen gehalten, lebendig begraben und fast ertränkt wurde und dann auf der Flucht in einem Hubschrauber beschossen wurde, würden Sie dann auf ihn herabsehen, wenn er sagt, dass er mit jemandem darüber reden muss?«

»Sie wissen, dass ich das nicht tun würde«, murmelte Avery leise.

»Seien Sie nicht so hart mit sich«, mahnte Cora. »Und das ist ein Befehl. Ich sage nicht, dass Sie endlose Wochen lang zu Dr. Halterman gehen sollen, aber probieren Sie es aus. Hören Sie, was er zu sagen hat. Man weiß nie, vielleicht hat er ein paar Erkenntnisse für Sie, an die Sie noch gar nicht gedacht haben. Es ist einen Versuch wert, oder?«

»Ja«, stimmte Avery zu. Die letzte Nacht hatte ihr bereits gezeigt, dass ihr Verstand mehr Schaden genommen hatte als gedacht, und die Vorstellung, sich hinlegen und schlafen zu können, war ein größerer Anreiz als alles, was ihre Vorgesetzte hätte sagen können.

»Gut. In drei Tagen beginnt ein neuer Dienstplan. Dort werde ich Sie berücksichtigen. In der Zwischenzeit können Sie einen Termin mit Dr. Halterman vereinbaren. Ich rufe in seinem Büro an und teile ihm mit, dass er Sie erwarten kann.«

»Danke für alles. Ich wollte es nicht an Ihnen auslassen.«

Cora tätschelte Averys Hand. »Ich weiß. Fahren Sie jetzt

nach Hause, verbringen Sie Zeit mit Ihren Eltern und versuchen Sie, Ihren Körper wieder in einen regelmäßigen Rhythmus zu bringen, okay?«

Avery nickte und stand auf. Nach ihrem Gefühlsausbruch ging es ihr besser, aber innerlich fühlte sie sich immer noch ein wenig seltsam. Auf dem Weg aus dem Krankenhaus holte sie ihr Handy heraus. Sie setzte sich draußen auf eine Bank im Schatten und schickte Cole eine SMS.

Avery: Hey. Es ist jetzt etwa fünfzehn Uhr und ich bin auf dem Weg zurück in meine Wohnung. Ich weiß, du hast gesagt, ich soll dich anrufen, wenn ich fertig bin, aber ich will dich nicht stören. Ich werde ein Taxi nehmen. Aber ... möchtest du heute Abend zum Essen kommen? Meine Eltern sind heute in den Zoo von San Diego gefahren, aber meine Mutter hat versprochen, rechtzeitig zu Hause zu sein, um ihre fantastische selbst gemachte Lasagne zuzubereiten. Es ist nicht gerade eine *Verabredung*, wie ich es versprochen habe, aber ich möchte meine Eltern wirklich nicht sitzen lassen, wenn sie schon mal hier sind. Kein Druck. Ich weiß, du bist wahrscheinlich beschäftigt.

Es war eine lange SMS und Avery wusste, dass sie ihn vermutlich hätte anrufen sollen, aber sie hatte keine Ahnung, was Cole heute vorhatte, und wollte ihn auf keinen Fall stören.

Sie drückte auf Senden und wollte gerade die Nummer eines örtlichen Taxiunternehmens heraussuchen, als ihr Handy klingelte. Als sie nach unten schaute, sah sie, dass es Cole war.

»Hallo?«

»Wenn du schon ein Taxi bestellt hast, musst du es absagen.«

Avery grinste über die Art, wie er sie begrüßte. »Das habe ich nicht.«

»Gut. Ich hole dich ab.«

»Im Ernst, Cole, das musst du nicht tun.«

»Süße, ich bin schon auf dem Weg. Ich habe die nächsten Tage frei und langweile mich zu Tode. Die anderen Jungs sind mit ihren Frauen beschäftigt, und da Phantom ans Bett gefesselt ist, kann ich ihn nicht einmal anrufen, um mit mir im Meer zu schwimmen. Du würdest mir einen Gefallen tun.«

Avery kicherte. »Na ja, wenn das so ist, sicher.«

»Du bist immer noch auf dem Polizeirevier, richtig? Wie ist es gelaufen?«

»Oh, ähm ... nein. Ich bin beim Krankenhaus.«

Cole schwieg einen Moment, dann sagte er: »Du konntest nicht wegbleiben, was?«

Erleichtert, dass er ihr keine Moralpredigt hielt, weil sie wieder arbeiten wollte, antwortete Avery: »Nein. Ich habe mir auf dem Revier Bilder angeschaut, bis ich merkte, dass es nichts bringt, acht Stunden am Tag da zu sitzen und meine Augen zu strapazieren, wenn ich hundertprozentig sicher sein will, den richtigen Mann zu identifizieren. Ich wollte nicht nach Hause fahren und die Wände anstarren, und ich bin kein großer Fan vom Meer. Also bin ich zu meiner Vorgesetzten gegangen.«

»Und?«, fragte Cole.

»Und sie setzt mich in ein paar Tagen wieder auf den Dienstplan.«

»Dann können wir also Zeit miteinander verbringen, bis du wieder zur Arbeit gehst«, entgegnete Cole.

Avery gefiel dieser Gedanke. Sie erzählte ihm nicht von dem Psychologen. Nicht weil sie dachte, er würde es missbilligen – sie wusste, dass er es nicht tun würde, da er sie ermutigt hatte, dorthin zu gehen –, sondern weil es ein Gespräch war, das sie lieber von Angesicht zu Angesicht führte. »Das würde mir gefallen«, sagte sie.

»Mir auch. Wo genau bist du jetzt, damit ich dich nicht suchen muss?«

»Ich bin auf der Westseite des Krankenhauses. Dort gibt es eine Tür und ein paar Bänke.«

»Ich bin in etwa zehn Minuten da. Geh nicht weg.«

»Das werde ich nicht. Cole?«

»Ja?«

»Danke.«

»Du brauchst mir nicht zu danken, Süße. Ich tue genau das, was ich tun will, und wenn ich ehrlich bin, habe ich mich selbst bemitleidet, weil ich träge in meiner Wohnung herumgesessen habe. Du tust mir wirklich einen Gefallen.«

Avery wusste, dass er übertrieb, aber sie wusste es dennoch zu schätzen.

»Bis gleich«, sagte Cole.

»Tschüss.«

Avery legte auf und schloss die Augen. Der einzige Lichtblick in ihrem Leben war in den letzten Tagen eindeutig Cole. Als sie in Afghanistan gearbeitet hatte, hatte sie sich gewünscht, seine E-Mail-Adresse zu haben, um mit ihm über das Internet flirten zu können. Aber mit ihm persönlich zu flirten war so viel besser.

Neun Minuten später fuhr er mit seinem Wagen vor. Er stieg aus und Avery sah, dass er sich eine Jeans und ein T-Shirt angezogen hatte. Es war das erste Mal, dass sie ihn so leger gekleidet sah, was weder der Aufregung noch der Begierde, die sie in seiner Nähe verspürte, einen Abbruch tat. Sie konnte die bunten Tattoos auf seinem rechten Arm sehen, jetzt, da sie nicht mehr von der Uniform verdeckt wurden, und fragte sich wieder einmal, wie weit sie seinen

Arm hinaufreichten. Schlängelten sie sich auch über Brust und Rücken oder waren sie nur auf seinem Arm?

Zu Averys Überraschung öffnete Cole ihr die Beifahrertür. »Warum starrst du mich so an?«, fragte er.

Avery platzte mit ihren Gedanken heraus und sagte: »Ich habe mich nur gefragt, wo du sonst noch Tattoos hast.«

Er grinste, wobei seine weißen Zähne zwischen den dunklen Haaren seines Bartes strahlten. »Das haben wir doch schon besprochen und ich schätze, du wirst einfach abwarten müssen, um es selbst zu sehen, oder?«

In dem Bewusstsein ihrer aktuellen Umgebung und ihres Ranges als Marineoffizier nickte Avery nur. Am liebsten hätte sie sich nach vorn gebeugt, ihn geküsst und dann ihre Hände unter sein Hemd geschoben, um selbst herauszufinden, was darunter war.

Als wüsste er, was sie dachte, grinste Cole. »Rein mit dir, Frau. Bevor die Hitze in deinen Augen mich bei lebendigem Leib verbrennt.«

Sobald sie Platz genommen hatte, schloss Cole die Tür und joggte auf die andere Seite. Er schlüpfte auf den Fahrersitz und fuhr zu ihrer Wohnung.

Sie sprachen nicht miteinander, aber er streckte eine Hand aus und verschränkte seine Finger mit ihren, sodass ihre Hände auf der Konsole zwischen ihnen ruhten.

Es fühlte sich so ... normal an. Und richtig. Avery hätte nicht zufriedener sein können. Alles, was in letzter Zeit passiert war, schien so dringend gewesen zu sein. So emotional. Mit Cole in seinem Wagen zu sitzen, während er sie zurück zu ihrer Wohnung fuhr, um mit ihren Eltern zu Abend zu essen, schien im Vergleich dazu verdammt banal zu sein. Und es war genau das, was ihre Psyche brauchte.

Es war spät. Einundzwanzig Uhr.

Cole war mit in ihre Wohnung gegangen und hatte sie nicht mehr verlassen.

Ihre Eltern waren nach Hause gekommen und ihre Mutter hatte sofort mit dem Kochen begonnen. Cole hatte sich mit ihrem Vater auf die Couch gesetzt, wo sie sich ein Footballspiel angesehen und geplaudert hatten.

Es war, als hätte Cole sie schon immer gekannt, und er passte perfekt in ihre Familie.

Beim Abendessen wurde viel gelacht und Averys Mutter gab ihr Bestes, jede peinliche Geschichte aus Averys Schulzeit zu erzählen.

Ihr Vater hatte sich wenig subtil über Coles Vergangenheit erkundigt, und Cole hatte ihm freundlicherweise einige der harmloseren Geschichten über einige seiner Einsätze erzählt. Er verriet zwar keine Details darüber, wo oder wann sie stattgefunden hatten, aber Avery merkte, dass ihr Vater es trotzdem genossen hatte.

Alles in allem war es ein fantastischer Abend gewesen. Avery war sich nicht sicher, ob das als ihre erste Verabredung zählte, da ihre Mutter und ihr Vater als Anstandswauwaus dabei gewesen waren, aber sie konnte nicht leugnen, dass sie sich Hals über Kopf in Cole verliebte.

»Ich sollte gehen«, sagte Cole, als das Gespräch abflaute.

Avery wollte nicht, dass er ging, aber sie widersprach ihm nicht.

Er stand auf und reichte ihr eine Hand. »Bringst du mich zu meinem Wagen?«, fragte er.

Sie hob eine Augenbraue und stellte sich neben ihn. »Wirklich?«

»Ja.«

»Aber du magst es nicht, wenn ich allein irgendwo hingehe. Wenn ich dich also rausbringe, musst du mich gleich wieder hierher begleiten. Dann laufen wir die ganze

Nacht nur hin und her.« Sie hörte ihre Eltern hinter sich lachen, aber Cole lächelte nur.

»Er will etwas Zeit mit dir verbringen, ohne dass deine Eltern zusehen und zuhören«, sagte ihr Vater hinter ihr. »Mach einfach mit.«

Avery drehte sich zu ihrem Vater um, aber ihre Mutter machte eine scheuchende Bewegung mit einer Hand.

»Na gut«, murmelte Avery, die sich dumm vorkam, weil sie Coles Absichten nicht durchschaut hatte. »Ich bin gleich wieder da«, sagte sie zu ihren Eltern.

»Lass dir Zeit, Liebes«, erwiderte ihre Mutter.

»Es war schön, Sie kennenzulernen, Cole«, sagte ihr Vater, stand auf und streckte eine Hand aus.

Cole schüttelte sie. »Gleichfalls.«

»Passen Sie gut auf unser kleines Mädchen auf, ja?«

»Dad«, beschwerte Avery sich.

Aber Cole drückte nur ihre Hand, als er antwortete: »Natürlich. Ich werde mein Bestes tun, damit ihr nichts zustößt.«

Sie nickten einander zu, dann zog Cole sie zur Tür. Sie gingen die Treppe zum Parkplatz hinunter. Es wurde dunkel und Avery fröstelte ein wenig, als sie versuchte, sich umzuschauen, um zu sehen, ob jemand in der Nähe lauerte.

Cole zog sie zu seinem Wagen und drehte sie so, dass sie mit dem Rücken zur Fahrertür stand. Ohne ein Wort zu sagen, lehnte er sich zu ihr und senkte den Kopf.

Avery kam ihm begierig entgegen und seufzte erleichtert, als er ihren Mund liebkoste. Den ganzen Abend über hatte er sie berührt. Seine Fingerspitzen in ihrem Nacken. Ihre Hand in seiner. Ihre Beine auf seinem Schoß, als sie auf der Couch saßen. Es hatte sie verrückt gemacht, und die Berührung seiner Lippen auf ihren war, als würde ein angezündetes Streichholz in eine Pfütze Benzin fallen.

Ihre Brustwarzen zeichneten sich unter ihrem Hemd ab

und sie drückte sich so nahe an Cole, wie sie nur konnte. Sie zog sein T-Shirt hoch und presste ihre Handflächen auf die warme Haut seiner Taille, während sie sich küssten.

Sie hatte keine Ahnung, wie viel Zeit vergangen war, aber als Cole sich schließlich zurückzog, merkte sie, dass sie ihre Finger in seine Haut grub und leise stöhnte.

Avery war es peinlich, wie begierig sie gewesen war, und sie wusste, dass sie rot wurde. Hoffentlich würde die Abenddämmerung es vor ihm verbergen.

Natürlich blieb ihr dieses Glück verwehrt.

Er strich ihr mit einer Fingerspitze über die Wange und lächelte. »Ich liebe es, wie du so begierig und leidenschaftlich sein kannst und gleichzeitig so schüchtern.«

»Das liegt an dir«, sagte Avery. »Normalerweise bin ich nicht so. Ich bin das unbeholfene Mädchen, das einen Typen mindestens bis zur vierten Verabredung warten lässt, bevor es mehr als ein paar leichte Küsse erlaubt.«

»Ich habe keine Einwände«, erwiderte Cole, beugte sich zu ihr hinunter und küsste die Haut unter ihrem Ohr.

Sein Bart strich über die empfindliche Haut ihres Halses und sie erschauderte.

Natürlich entging es ihm nicht. »Gefällt dir, wie mein Bart sich anfühlt?«, fragte er.

Avery nickte.

»Du wirst ihn an anderen, empfindlicheren Stellen deines Körpers lieben«, murmelte er.

Avery erschauderte erneut bei dem Gedanken. Sie hatte lediglich darüber nachgedacht, dass es sich seltsam anfühlte, einen Mann mit Vollbart zu *küssen*. Aber jetzt konnte sie an nichts anderes denken als daran, wie sich die weichen, seidigen Haare auf ihren Brüsten anfühlen würden. Zwischen ihren Beinen. Sie wand sich an ihm und war so erregt wie schon lange nicht mehr.

»Scheiße, tut mir leid, das hätte ich nicht tun sollen«,

sagte Cole. »Jetzt werde ich an nichts anderes mehr denken können. Vor allem nachdem ich *deine* Reaktion darauf gesehen habe.«

Avery drehte den Kopf und vergrub ihr Gesicht an seinem Hals. Einen Moment lang sagte keiner von beiden etwas. Cole strich rhythmisch über ihren Rücken, was sie beruhigte und half, ihre Lust zu zügeln.

»Ich hatte einen schönen Abend. Danke, dass du mich eingeladen hast und ich mit dir und deinen Eltern abhängen durfte.«

»Natürlich«, sagte Avery, als sie sich zurückzog. »Ich bin froh, dass du gekommen bist.«

»Deine Eltern sind klasse. Wirklich cool.«

»Außer als sie versucht haben, mich zu blamieren.«

»Nein, sie sind stolz auf dich. Ihr seid alle süß zusammen. Ich kann es kaum erwarten, deine Schwester kennenzulernen. Ich wette, sie ist genauso fantastisch wie du.«

»Das ist sie. Was machst du morgen?«, fragte Avery, um das Thema zu wechseln.

»Morgen früh trainiere ich mit den Jungs am Strand vor Gumbys Haus. Phantom wird zuschauen und uns tyrannisieren, damit wir schneller laufen und mehr Sit-ups machen. Danach werde ich wahrscheinlich zu mir nach Hause fahren und lesen.«

»Du liest?«, fragte sie mit hochgezogener Augenbraue.

»Ja. Ich liebe es sogar.«

»Lass mich raten. Geschichte, richtig?«, vermutete Avery.

»Ein bisschen. Aber im Moment stehe ich mehr auf Militärromane«, erwiderte Cole.

Avery schüttelte den Kopf. »Könntest du noch heißer sein?«

Er lachte. »Was ist mit dir?«

Sie spannte sich an. »Ich muss telefonisch einen Termin vereinbaren, wenn ich aufstehe. Meine Eltern werden etwas

Touristisches unternehmen, also dachte ich, ich fahre zur Polizeiwache und schaue mir die Fotos an, während sie das tun. Wenn ich den Termin bekomme, den ich brauche, werde ich das am Nachmittag machen und dann nach Hause kommen und wieder mit meinen Eltern abhängen.«

»Was für einen Termin?«

Natürlich hakte er nach. Sie beschloss, dass sie nichts zu verbergen hatte, und da sie sich weigerte, sich zu schämen, wie so viele andere Soldaten und Matrosen es zu tun schienen, sagte sie: »Bei einem Psychologen. Nur um über alles zu reden, was passiert ist.«

Cole beugte sich vor und küsste sie auf die Stirn. »Ich glaube, das ist eine gute Idee. Du hast innerhalb kurzer Zeit eine Menge Scheiße erlebt.«

»Ich weiß, dass du mich dazu ermutigt hast, aber denkst du wirklich nicht schlecht von mir?«

»Auf keinen Fall«, versicherte Cole ihr sofort. »Glaubst du, ich habe mich nicht mit einem Profi zusammengesetzt und über die Scheiße gesprochen, die ich gesehen und getan habe?«

Avery nahm an, dass es eine rhetorische Frage war, denn er fuhr fort, ohne sie antworten zu lassen.

»Das habe ich. Viele Male. Manchmal kommen die Jungs und ich nach einem besonders krassen Einsatz zusammen und reden darüber, aber ich war auch schon mehrmals bei einem Psychologen. Das hilft. Jedes Mal.«

Avery nickte.

»Ich bin zwar kein Arzt, aber wenn du mal reden musst und dein Psychologe nicht da ist, bin ich für dich da. Ich werde zuhören, ohne zu urteilen, okay?«

»Okay.«

»Ich meine es ernst, Avery. Jederzeit. Tag oder Nacht. Du musst nur zum Telefon greifen, verstanden?«

»Danke. Cole?«

»Ja, Süße?«

»Danke, dass du mich heute abgeholt hast, ohne es seltsam zu machen.«

»Inwiefern seltsam?«

»Es ist nur so, dass ... du bist Soldat und ich bin Offizier, und obwohl es okay ist, dass wir miteinander ausgehen, da wir nicht zusammen arbeiten oder in der Marine in den gleichen Kreisen verkehren, wäre es trotzdem seltsam, wenn wir uns auf dem Stützpunkt küssen oder sonst wie kuscheln würden. Besonders an meinem Arbeitsplatz.«

Cole trat einen Schritt zurück und legte die Hände auf ihre Schultern. Sie blickte in seine aufrichtigen Augen. »Ich würde nie etwas tun, das dich in Verlegenheit bringt oder deine Karriere als Marineoffizier gefährdet. Ich würde dich vielleicht gern umarmen und küssen, wenn ich dich abhole, aber ich respektiere dich zu sehr, um das vor deinen Kollegen zu tun, verstanden?«

Sie nickte. »Ja, danke. Und du solltest wissen ... ich wollte dich wirklich umarmen, als ich dich heute gesehen habe.«

»Ich weiß.«

»Du weißt es?«, fragte sie mit einem Schnauben. »Überhaupt nicht eingebildet«, murmelte sie.

»Ich weiß es, weil ich dasselbe wollte«, erklärte er schnell.

»Gut gekontert«, sagte sie grinsend.

»Ich liebe es, dich zu berühren, Avery. Wenn wir auf dem Stützpunkt sind, respektiere ich die notwendigen Grenzen, aber wenn wir allein oder in Zivil auf einem Rendezvous sind, kannst du nicht erwarten, dass ich meine Hände oder Lippen bei mir behalte«, sagte er.

»Dito«, erwiderte sie mit einem Grinsen.

»Scheiße, in diesem Sinne sollte ich wirklich gehen«, murmelte er kopfschüttelnd. »Küss mich, Frau, und damit meine ich nicht einen deiner intensiven Küsse, die mir eine Gänsehaut bescheren. Nur einen kurzen Kuss, bitte, sonst muss ich mit einem Ständer nach Hause fahren, und das könnte gefährlich sein.«

Avery lachte laut auf, beugte sich vor und gab ihm einen schnellen, trockenen Kuss auf die Lippen, dann zog sie sich zurück.

»Nun, das war nicht sehr befriedigend«, beschwerte er sich mit einem kleinen Lächeln.

»Du hast es so gewollt.«

»Ich weiß«, stöhnte Cole. Dann lächelte er sie an. »Darf ich dich morgen anrufen?«

»Willst du noch einmal vorbeikommen?«, fragte sie zögerlich.

»Ja«, antwortete er sofort. »Aber ich möchte nicht die Zeit zwischen dir und deinen Eltern stören.«

»Sie würden sich freuen, dich wiederzusehen«, erklärte Avery. Und sie wusste, dass sie das tun würden. Ihre Mutter hatte sie vorhin zur Seite genommen und ihr gesagt, wie sehr sie Cole mochte und wie froh sie war, dass die beiden zusammen waren. Avery wusste, dass sie keine Probleme damit haben würde, wenn er noch einmal zum Essen käme.

»Okay, aber scheu dich nicht, mir zu sagen, dass die Pläne sich geändert haben. Das wird meine Gefühle nicht verletzen. Solange ich mit dir reden kann, stellst du mich zufrieden.«

Avery grinste über seine Wortwahl.

»Du bist schlimmer als ein Kerl, aus allem machst du eine sexuelle Anspielung«, sagte Cole mit einem Kopfschütteln.

»Ich kann nichts dafür«, gab Avery zurück. »Wenn ich in der Nähe von jemandem bin, der so sexy ist wie du, denke ich natürlich daran.«

»Komm schon«, sagte er und führte sie die Treppe zu

ihrer Wohnung hinauf. »Ich rufe dich morgen an«, versprach Cole mit einem intensiven Ausdruck in den Augen, als sie vor ihrer Tür standen. »Und wenn alles gut geht, sehen wir uns auch.«

»Fahr vorsichtig«, bat Avery ihn, während sie nach dem Türknauf griff.

»Das werde ich.«

»Schickst du mir eine SMS, wenn du zu Hause bist?«, fragte sie ihn.

»Das mache ich. Bis dann, Süße.«

Avery nickte und winkte, nachdem er die Treppe wieder hinuntergegangen und in seinen Wagen gestiegen war. Er erwiderte die Verabschiedung, indem er zwei Finger vom Lenkrad hob, startete seinen Wagen und fuhr vom Parkplatz.

Gerade als seine Rücklichter verschwanden, wurde ihr klar, wo sie war und dass es draußen fast stockdunkel war. Die Lichter des Parkplatzes beleuchteten die Umgebung, aber sie konnte nicht über sie hinaus in die Schatten sehen.

Avery drehte sich um, riss die Tür auf und versuchte, Atem zu schöpfen, bevor sie wieder in ihr Wohnzimmer ging. Sie wollte nicht, dass ihre Eltern fragten, was los war.

Als sie noch einmal in die Dunkelheit hinausschaute, fröstelte Avery.

Sie atmete tief durch, schloss die Tür und vergewisserte sich, dass der Riegel vorgeschoben und die Kette angelegt war.

Aber irgendwie schien selbst das ihre Dämonen nicht zu vertreiben.

KAPITEL FÜNFZEHN

Anderthalb Wochen später schritt Rex unglücklich in seiner Wohnung umher.

Irgendetwas stimmte nicht mit Avery, und er hatte keine Ahnung, was es war. Seit sie aus Afghanistan zurückgekehrt waren, hatte er sie jeden Tag gesehen, und obwohl sie die richtigen Dinge sagte ... stimmte etwas nicht. Und er hatte das Gefühl, dass sie mit dem, was ihr passiert war, nicht so gut zurechtkam, wie sie behauptete.

Ihre Eltern waren vor vier Tagen nach Texas zurückgekehrt und obwohl Avery sagte, dass sie mit ihrer Entscheidung einverstanden war, wirkte sie seitdem nervös und unruhig. Zweimal war sie zum Abendessen in seiner Wohnung gewesen, wo sie entspannt gewirkt hatte. Aber jedes Mal, wenn er sie an ihrer Wohnung absetzte, schienen ihre Augen glasig zu werden.

Eines Abends war sie auf seiner Couch eingeschlafen, und als er versehentlich ein Glas in die Spüle fallen ließ, war sie ruckartig und völlig verängstigt aufgewacht. Er war darauf aufmerksam gemacht worden, auf ihren Zusammenbruch zu achten, und es war offensichtlich, dass genau das geschah.

Es half nicht, dass Avery jeden Tag die Fotos des Verteidigungsministeriums betrachtete, um den Verräter zu finden, aber bisher hatte sie kein Glück gehabt. Außerdem war sie zu ihren Schichten im Krankenhaus zurückgekehrt, was bedeutete, dass er sie nicht mehr so oft und so lange sehen konnte wie während ihrer gemeinsamen freien Zeit.

Rex war frustriert und besorgt um sie. Heute Abend hatte sie bis neunzehn Uhr im Krankenhaus gearbeitet und dann gesagt, dass sie sich auf dem Polizeirevier noch ein paar Fotos ansehen wolle, bevor sie nach Hause fuhr. Rex hatte sie heute nicht zu Gesicht bekommen, was ihn beunruhigte. Er wusste, dass sie in Sicherheit war. Er hatte vor einer Stunde mit ihr gesprochen. Aber er konnte trotzdem nicht still sitzen.

Selbst der Besuch beim Psychologen schien die Dämonen, mit denen sie kämpfte, nicht zu beschwichtigen und Rex wollte sie am liebsten dazu zwingen, über das zu reden, was ihr auf der Seele lag, aber er wusste, dass das nicht funktionieren würde. Sie musste sich aus freien Stücken entscheiden, mit ihm zu reden. Er wusste, dass er ihrer aufkeimenden Beziehung schaden könnte, wenn er sie zwang.

Das hieß jedoch nicht, dass er nicht weiterhin versuchen würde, sie zum Reden zu bringen. Darauf zu vertrauen, dass sie ihre Schutzwälle runterlassen würde.

Was ihre Beziehung anging, schien es gut zu laufen. Sie knutschten, wann immer sie miteinander allein waren, und es fiel ihnen immer schwerer, die Hände voneinander zu lassen. Am Abend zuvor hatte Rex ihr endlich erlaubt, sein Hemd auszuziehen, und sie hatte mindestens zehn Minuten damit verbracht, ihm mit ihren Händen und Lippen zu zeigen, wie sehr sie seine Tattoos mochte, vor allem den riesigen Anker auf seiner rechten Seite, den er sich hatte stechen lassen, als er ein SEAL geworden war.

Im Gegenzug hatte er ihr das Trägerhemd ausgezogen und ihr einen Vorgeschmack darauf gegeben, wie sich seine Gesichtsbehaarung an den empfindlicheren Stellen ihres Körpers anfühlen würde. Er hatte sich spielerisch über die Sommersprossen lustig gemacht, die sie überall zu bedecken schienen, und hatte so viele von ihnen geküsst, wie er konnte, bevor er kurz davor gewesen war, zu weit zu gehen. Nackte Frauen hatten ihn nicht halb so sehr erregt wie ihr Anblick auf der Couch, nur mit BH und Hose bekleidet. Die beiden waren eine explosive Mischung, und Rex wusste, dass die Funken fliegen würden, wenn sie ihre Beziehung schließlich körperlich besiegelten.

Aber er konnte ihre Beziehung nicht guten Gewissens auf die nächste Stufe heben, wenn er wusste, dass sie ihre posttraumatische Belastungsstörung nicht in den Griff bekam.

Es beunruhigte ihn mehr, als er sagen konnte. Er wollte sie einladen, bei ihm zu übernachten, damit er sie wieder in die Arme schließen konnte, während sie schliefen. Er hatte nicht vergessen, wie großartig es sich angefühlt hatte, in Afghanistan mit ihr zu schlafen. Zu dem Zeitpunkt waren sie beide müde und auf der Hut vor dem kleinsten Geräusch des Feindes gewesen. Mit ihr hinter einer verschlossenen Tür zu schlafen, in seinem oder ihrem Bett, wäre noch überwältigender.

Aber jeden Abend begleitete sie ihn zu ihrer Tür und sagte ihm Gute Nacht, bevor sie die Tür schloss und dreifach verriegelte.

Fühlte sie sich unsicher? Hatte sie Angst, der Verräter könnte an sie herankommen? Rex wusste es einfach nicht.

Während er auf und ab ging und darüber nachdachte, wie er Avery dazu bringen könnte, sich ihm zu öffnen, klingelte sein Telefon. Als er sah, dass es eine Nummer vom Stützpunkt war, wurde Rex nervös. Er wollte auf keinen Fall zu einem Einsatz gerufen werden. Nicht jetzt, da er in seinen Knochen spürte, dass Avery verletzlich war. Nicht, wenn sie einander noch kennenlernten und ihre Beziehung aufbauten.

»Hallo?«, sagte er, nachdem er das Gespräch angenommen hatte.

»Cole Kingston?«, fragte eine tiefe Männerstimme.

»Am Apparat. Wer ist dran?«

»Leutnant Zhang von der Polizeiwache. Ich rufe wegen Leutnant Nelson an.«

Rex' Herz hörte auf zu schlagen. »Ja? Was ist mit ihr?«

»Es ist nur … Ich weiß, dass Sie sie ein paarmal begleitet haben und dass Sie an ihrer Rettung beteiligt waren, als sie in Kriegsgefangenschaft war. Sie ist im Augenblick hier. Meinen Sie, Sie könnten herkommen?«

»Ja«, antwortete Rex, ohne zu überlegen. Wenn etwas mit Avery nicht in Ordnung war, würde er definitiv kommen. »Geht es ihr gut?«

»Ja, natürlich. Es tut mir leid, das hätte ich gleich sagen sollen.«

Rex wusste nicht, was los war, aber er erwiderte: »Ich bin in fünfzehn Minuten da. Ist das okay?«

»Ja. Und Sie müssen keine Uniform tragen. Sie braucht nur eine Mitfahrgelegenheit nach Hause. Und es ist schon so spät, dass wir keine zusätzlichen Beamten mehr haben, die sie fahren könnten.«

»Ich werde sie gern abholen. Ich bin gleich da.«

Rex legte auf und machte sich auf den Weg zur Tür. Die Versicherung des Leutnants, dass es ihr gut ginge, beruhigte ihn nicht gerade. Avery war selbst zum Revier gefahren, warum brauchte sie jetzt eine Mitfahrgelegenheit? Er hatte keine Ahnung, was vor sich ging, aber er musste herausfinden, was mit Avery los war, und jetzt schien der perfekte Zeitpunkt dafür zu sein. Er würde sie zu seiner Wohnung bringen und dann würden sie reden.

Rex fuhr schnell, aber sicher, und erreichte das Polizeirevier in weniger als der veranschlagten Viertelstunde. Er betrat den Empfangsbereich, wo er von dem Leutnant empfangen wurde, mit dem er am Telefon gesprochen hatte.

»Danke, dass Sie gekommen sind. Wenn Sie mir bitte folgen würden.«

Rex hörte keine Dringlichkeit im Ton des Mannes, also versuchte er, sich zu entspannen. Er folgte dem Leutnant in den Flur, von dem die Vernehmungsräume abgingen, in denen Avery ihre Zeit verbrachte, wenn sie sich Fotos ansah. Der Leutnant hielt eine Tür auf und Rex trat ein. Er sah sofort, dass es sich um einen Beobachtungsraum auf der anderen Seite eines Spionspiegels handelte, der den Blick in einen Vernehmungsraum freigab.

Und dort war Avery. Sie saß am Tisch, aber ihr Kopf ruhte auf ihrem Arm. Sie schlief tief und fest. Sie trug einen Kittel und ihre Haare waren zu einem unordentlichen Zopf zusammengebunden. Während er sie anstarrte, ergriff Leutnant Zhang das Wort. »Sie ist zehn Minuten nach ihrer Ankunft eingeschlafen. Wir wollten sie eigentlich wecken und ihr sagen, dass sie nach Hause fahren soll, aber ehrlich gesagt sieht es nicht so aus, als hätte sie in der letzten Woche überhaupt viel Schlaf bekommen. Wir haben es nicht übers Herz gebracht, es zu tun.«

»Also haben Sie mich angerufen?«, fragte Rex.

Der Leutnant zuckte mit den Schultern. »Nichts für

ungut, aber ich habe mitbekommen, wie Sie beide sich ansehen. Ich denke, es ist besser, Sie wecken sie auf und bringen sie nach Hause, als einer von uns. Sie wird mir nur sagen, dass es ihr gut geht, und dann versuchen, sich wieder die Bilder anzusehen, und in zehn Minuten ist sie wieder weg. Es ist kein Geheimnis, was sie hier tut, und glauben Sie mir, wir drücken ihr alle die Daumen, dass sie findet, wen sie sucht.«

Rex zog die Augenbrauen zusammen. »Es ist kein Geheimnis?«

Der Leutnant wirkte verlegen. »Sie hat nichts gesagt, falls Sie sich deswegen Sorgen machen. Aber ihre Geschichte ist allgemein bekannt. Wir alle wissen, dass sie eine Kriegsgefangene war und wahrscheinlich versucht, die Männer zu identifizieren, die sie als Geisel gehalten haben. Wir bewundern sie und wollen, dass sie Erfolg hat. Das ist alles.«

Rex atmete erleichtert aus. Die Bootsmänner waren eine eingeschworene Gruppe von Männern und Frauen. Es war schwer, ein Geheimnis zu bewahren, aber im Moment schien niemand zu wissen, dass es auf dem Stützpunkt in Afghanistan einen Verräter gab. Einen Mann, der kein Problem damit hatte, Geheimnisse an Terroristen zu verkaufen und Hunderte, wenn nicht sogar Tausende unschuldiger Menschen in Gefahr zu bringen.

»Sicher. Okay, ich weiß den Anruf zu schätzen. Ich werde sie aufwecken und nach Hause bringen. Danke.«

Der Leutnant nickte und führte ihn aus dem Beobachtungsraum. Rex ging nach nebenan und öffnete die Tür des Vernehmungsraums. Avery bewegte sich nicht.

Er ging hinüber, kniete sich neben sie und legte seine Hand auf ihr Bein. »Avery, wach auf, es ist Zeit zu gehen.«

Auf den ersten Blick dachte er, dass sie fest schlief, aber jetzt, da er sie aus der Nähe betrachtete, konnte er sehen, dass das nicht der Fall war. Ihre Augen bewegten sich schnell unter ihren geschlossenen Lidern und ihr ganzer Körper war angespannt.

Panik erfüllte Rex.

»Avery? Wach auf«, sagte er lauter und nachdrücklicher.

In der einen Sekunde schlief sie noch, in der nächsten schnellte sie in eine aufrechte Position und holte mit einem Arm aus. Sie traf ihn an der Brust und sowohl die Wucht des Schlags als auch die Tatsache, dass er nicht damit gerechnet hatte, warfen Rex auf den Hintern. Gleichzeitig wurde der Stuhl, auf dem sie saß, durch den Schwung zur Seite geschleudert, bis er umkippte und sie auf dem Boden landete.

»Scheiße! Avery, bist du in Ordnung?«, fragte Rex, als er aufsprang und zu Avery ging. Sie hatte sich bereits umgedreht und ihre Füße von den Stuhlbeinen befreit.

»Mir geht's gut«, sagte sie in leisem Tonfall, der Rex gar nicht gefiel.

»Sieh mich an«, befahl er.

»Mir geht's gut«, wiederholte sie, während sie auf die Hände und Knie rutschte.

Rex half ihr aufzustehen und wollte sie umarmen, aber sie zog sich zurück und bückte sich, um den Stuhl hinzustellen. Sie griff nach dem Tablet, auf dem sie eingeschlafen war, und vergewisserte sich, dass die von ihr durchgesehenen Dateien geschlossen und in den streng geheimen Ordner zurückgelegt worden waren. Dann hielt sie das Tablet abwehrend an ihre Brust und sagte: »Bist du hier, um mich nach Hause zu bringen?«

»Ja«, sagte Rex leise, frustriert darüber, dass sie ihn so offensichtlich ausschloss.

»Toll. Können wir gehen? Es war ein langer Tag.«

»Wir müssen reden«, erwiderte Rex und griff nach ihrem

Arm. Doch sie wandte sich ab und ging zur Tür des kleinen Zimmers.

Seufzend folgte Rex ihr, als sie den Flur hinunterging, Leutnant Zhang das Tablet übergab, sich bei ihm bedankte und ihm mitteilte, dass sie am nächsten Tag wiederkommen würde.

»Wo hast du geparkt?«, fragte sie.

Rex deutete auf den Vordereingang, also verließen sie schweigend das Gebäude und gingen zu seinem Wagen. Als sie drinnen saßen und losfuhren, versuchte Rex es erneut. »Ich dachte, wir könnten zu mir nach Hause fahren, etwas essen und uns unterhalten.«

»Ich bin wirklich müde«, sagte Avery, während sie ein Gähnen hinter einer Hand verbarg.

Rex knirschte frustriert mit den Zähnen. »Irgendetwas stimmt nicht«, stellte er offen fest. »Und ich möchte, dass du mit mir darüber redest.«

»Es ist alles in Ordnung«, beharrte sie. »Es war nur ein langer Tag. Auf der Arbeit ging es Schlag auf Schlag und ich bin spät rausgekommen. Ich wollte mir noch ein paar Fotos ansehen und bin offensichtlich eingeschlafen. Es ist mir peinlich, dass der Leutnant dich angerufen hat. Das ist alles.«

»Es ist dir peinlich, mit mir gesehen zu werden?«, fragte Rex.

»Nein, so habe ich es nicht gemeint«, sagte Avery.

»So hat es sich aber angehört«, gab Rex zurück.

Da ihm klar war, dass nichts, was er jetzt sagte, gut sein würde, lenkte Rex den Wagen in Richtung von Averys Wohngebäude. Sie hatte nicht gelogen, als sie behauptete, sie sei müde. Er konnte dunkle Ringe unter ihren Augen sehen, und die stammten nicht von den Schlägen, die sie während ihrer Gefangenschaft bekommen hatte. Die waren verblasst. Aber sie sah immer noch niedergeschlagen aus.

Er hasste es, aber wenn sie nicht mit ihm reden wollte, konnte er ihr nicht helfen.

Zum ersten Mal fragte er sich, ob er sich wirklich mit ihr einlassen sollte. Ja, zwischen ihnen herrschte eine explosive Chemie, aber was für eine Beziehung sollten sie führen, wenn sie sich nicht öffnete und ihn reinließ? Er wollte eine Partnerin, wie seine Freunde sie hatten. Er wollte jemanden, mit dem er über alles reden konnte. Nach einer beschissenen Mission wollte er nach Hause kommen und sich bei ihr entspannen können.

Aber vielleicht war Avery nicht diese Frau.

Ohne ein weiteres Wort zu sagen, fuhr Rex so nahe wie möglich an die Treppe zu ihrem Wohngebäude heran und hielt das Lenkrad fest umklammert.

»Danke fürs Mitnehmen«, sagte Avery leise.

»Gern geschehen.« Rex hielt den Atem an und betete, dass sie ihn hereinbitten würde, damit sie reden konnten.

Aber das tat sie nicht. Sie öffnete die Autotür, schlüpfte hinaus und schloss sie fest hinter sich. Dann lief sie praktisch vom Wagen davon und die Treppe hinauf. Rex beobachtete sie, bis er sah, wie das Licht in ihrer Wohnung anging, dann legte er den Gang ein und fuhr schweren Herzens zurück zu sich nach Hause.

———

Avery saß mit klopfendem Herzen in einer Ecke ihres Schlafzimmers, die Knie an die Brust gepresst. Jedes einzelne Licht, das sie hatte, war eingeschaltet, und trotzdem war es noch zu dunkel. Es gab immer noch Schatten in den Ecken und vor den Fenstern, die auf sie warteten. Jedes Mal wenn sie die Augen schloss, hatte sie Angst, dass sie beim Öffnen nur Schwärze sehen würde. Wie damals in der Höhle.

Sie hatte mit Dr. Halterman gesprochen, konnte sich aber nicht dazu durchringen, sich einzugestehen, welch riesige Angst sie vor der Dunkelheit hatte. Es war dumm. Gleich nach ihrer Rettung war sie in der Dunkelheit gewesen. Sie hatte draußen geschlafen. Sogar im Flugzeug auf dem Weg nach Hause war es dunkel gewesen.

Aber wenn sie darüber nachdachte, war sie jedes Mal, wenn sie im Dunkeln gewesen war, mit Cole zusammen gewesen. Er war an ihrer Seite gewesen und hatte ihre Dämonen in Schach gehalten. Sie hatte während der letzten Woche, vor allem seit der Abreise ihrer Eltern, ihr Bestes getan, diese ... Schwäche ... zu überwinden, aber es wurde immer schlimmer statt besser.

Eine ganze Woche lang hatte sie nur hier und da ein paar Stunden geschlafen, und jeder Aspekt ihres Lebens litt darunter. Sie sah beschissen aus. Sie konnte sich bei der Arbeit nicht konzentrieren. Und heute Abend war sie auf dem verdammten Polizeirevier eingeschlafen, während sie herausfinden sollte, wer dem afghanischen Aufständischen den Auftrag erteilt hatte, sie, ohne zu zögern, zu töten.

Zu allem Überfluss war es dann auch noch *Cole* gewesen, der sie so vorgefunden hatte. Bei der Arbeit eingeschlafen. Sie war eine Marineoffizierin. Sie hatte ihn geschlagen und war praktisch auf den Kopf gefallen. Nicht ihr bester Moment.

Sie hatte Cole nicht verärgern wollen, aber anscheinend hatte sie es dennoch getan. Sie wollte nicht reden. Sie wollte schlafen, wusste jedoch, dass sie es nicht tun würde. Sie hatte ihn bitten wollen zu bleiben. Ihn *anflehen* wollen, bei ihr zu bleiben. Aber er war offensichtlich verärgert gewesen und sie konnte es nicht gebrauchen, sich mit seiner Kritik auseinanderzusetzen.

Avery wollte weinen, hatte aber nicht die Kraft dazu und saß stundenlang in der Ecke. Sie versuchte, nicht zu blinzeln. Sie versuchte, die Dunkelheit zu verdrängen. Sie sollte um acht Uhr morgens auf der Arbeit sein, aber sie wusste, dass sie das auf keinen Fall schaffen würde. Am Ende würde sie jemandem die falschen Medikamente geben oder nicht in der Lage sein, einen Patienten richtig zu diagnostizieren. Auf keinen Fall wollte sie jemand anderem aufgrund ihrer Probleme Schaden zufügen.

Als sie auf die Uhr sah und feststellte, dass es schon fast halb drei Uhr morgens war, ohne dass sie den dringend benötigten Schlaf bekommen hatte, konnte Avery sich nicht davon abhalten, nach dem kleinen Tisch neben ihrem Bett zu greifen, um ihr Handy zu holen. Sie tippte auf Coles Namen und hielt sich das Telefon ans Ohr.

»'lo?«

Coles Stimme war heiser, und es war offensichtlich, dass sie ihn geweckt hatte. Ein weiterer Grund für Gewissensbisse.

»Cole?«

»Avery?« Er klang jetzt viel wacher. »Was ist los?«

»Kannst du rüberkommen?«, fragte sie in dem Wissen, dass sie wesentlich erbärmlicher klang als beabsichtigt.

»Ich bin auf dem Weg. Rede mit mir, Süße. Sag mir, was los ist.«

Avery konnte nicht sprechen. Ihre Kehle war wie zugeschnürt. Sie wusste, dass sie am Rande eines Nervenzusammenbruchs stand, und wenn sie noch ein Wort sagte, würde sie zusammenbrechen.

»Sag mir wenigstens, ob du verletzt bist. Bist du in Gefahr? Ist jemand da?«

»Nein«, stieß sie hervor und beantwortete mit diesem einen Wort seine beiden Fragen.

»Okay, ich komme, Avery. Sofort. Kannst du mir die Tür öffnen, wenn ich da bin?«

Avery nickte.

»Avery?«

Als ihr bewusst wurde, dass er sie nicht sehen konnte, schaffte sie es, »Ja« zu flüstern.

»Okay. Gib mir zehn Minuten, dann bin ich da. Ich komme, Avery. Halte durch.«

KAPITEL SECHZEHN

Rex trat das Gaspedal voll durch.

Er war verärgert gewesen, als sein Telefon geklingelt hatte, aber er konnte nicht länger leugnen, dass der Gedanke, auf eine Mission zu gehen, gar nicht so schlecht war.

Stattdessen Avery zu hören hatte ihn zu Tode erschreckt. Er hatte nicht einmal daran gedacht, Nein zu sagen, als sie ihn gefragt hatte, ob er vorbeikommen könne.

Ihm gingen alle möglichen Szenarien durch den Kopf, was alles falsch sein könnte. Sie hatte gesagt, dass niemand da sei, aber was, wenn sie das sagen *musste*, weil doch jemand da war und sie bedrohte? Was, wenn der Verräter Afghanistan bereits verlassen hatte und versuchte, bei ihr einzubrechen?

Scheiße, er hatte überreagiert, und er wusste es. Avery war mit ihren Kräften am Ende. Sie war erschöpft, verängstigt und litt unter einer posttraumatischen Belastungsstörung. Er war ein Idiot, nicht darauf bestanden zu haben, bei ihr zu bleiben.

Rex ärgerte sich über sich selbst und fuhr noch schneller. Er parkte direkt vor ihrem Haus und raste die zwei Stockwerke zu ihrer Wohnung hinauf. Ihre Wohnung fiel auf, da sie die einzige war, in der um diese Zeit noch Licht brannte.

Und nicht nur eine Lampe – soweit er sehen konnte, brannte jedes einzelne Licht in ihrer Wohnung.

Er klopfte an ihre Tür, dann versuchte er es sofort am Knauf. Er ließ sich in seiner Hand drehen und trotz seiner Überraschung stieß er einen Seufzer der Erleichterung aus. Wenn es nötig gewesen wäre, hätte er die Tür aufgebrochen, aber so früh am Morgen wollte er lieber keinen Aufruhr verursachen.

»Avery?«, rief er, als er ihre Wohnung betrat. Rex schloss die Tür hinter sich ab und sah sich dann nach ihr um.

Der Raum war nicht sehr groß, also brauchte er nicht lange, um sie zu finden. Er wollte gerade den Flur entlang zu ihrem Schlafzimmer gehen, als er nach links schaute.

Da war sie, zusammengekauert in einer Ecke ihres kleinen Esszimmers neben der Küche, die Knie an die Brust gezogen und die Arme darum geschlungen. Ihre Augen waren offen, aber sie schien geradeaus ins Leere zu starren. Ihre Knöchel waren vor Anstrengung ganz weiß und die dunklen Ringe unter ihren Augen stachen durch ihren blassen Teint noch mehr hervor. Sie trug Shorts und ein Trägerhemd statt ihres üblichen Kittels oder ihrer Uniform.

Ihm war nicht entgangen, dass es mit ihr bergab ging, aber er hatte ihre Fähigkeit, die Anzeichen selbst zu erkennen und damit umzugehen, weit überschätzt.

Rex beschloss, dass seine Fragen warten konnten, und schritt sofort zum Tisch hinüber. Er ging in die Hocke, hatte jedoch ein wenig Angst, sie zu berühren. Er wollte sie nicht erschrecken oder in irgendeiner Weise aus der Fassung bringen.

»Avery? Ich bin's, Cole. Ich bin hier.«

Sie ließ den Blick zu ihm hochschnellen und blinzelte. »Cole?«

»Ja, Baby, ich bin's. Was ist los?«

»Die Dunkelheit«, flüsterte sie. »Ich kann die Dunkelheit nicht vertreiben.«

Rex brach das Herz. »Darf ich dich berühren, Süße?«

»Bitte«, flehte sie.

Ohne eine Sekunde zu zögern, beugte Rex sich vor und hob sie hoch. Sie klammerte sich an seinen Hals, als würde sie ihn nie wieder loslassen, und vergrub das Gesicht an seiner Brust. Er ging in ihr Schlafzimmer, wo er sich mit ihr auf seinem Schoß hinsetzte. Er zog seine Schuhe aus und rutschte nach hinten, bis er am Kopfende des Bettes war. Die Bettdecke war ein einziges Durcheinander, und es war nicht schwer, eine Pobacke anzuheben, nach der Bettdecke zu greifen und sie über sich zu ziehen.

Avery klammerte sich noch fester an ihn, wenn das überhaupt möglich war. Sie hielt sich an ihm fest, als wäre er das Einzige, was zwischen ihr und dem sicheren Tod stand.

Rex sagte mehrere Minuten lang nichts, sondern strich ihr nur mit der Hand über das Haar. Sie weinte nicht, aber sie war auch nicht gerade entspannt in seinen Armen.

»Kannst du jetzt reden?«, wagte er zu fragen. »Mir sagen, was los ist? Muss ich einen Arzt anrufen? Deine Mutter? Was brauchst du?«

Sie schüttelte den Kopf. »Es ist nur ... es ist die Dunkelheit«, murmelte sie. »Jedes Mal wenn ich die Augen schließe, habe ich Angst, dass ich wieder dort bin, wenn ich sie öffne. Allein in der Dunkelheit und ohne Ausweg.«

Rex wurde ganz flau im Magen. »Hast du geschlafen?«

Sie schüttelte den Kopf.

»Oh, Süße. Es tut mir so leid.«

»Es ist nicht deine Schuld«, murmelte sie an seinem Hals.

»Ich weiß, aber wenn du früher etwas gesagt hättest, hätte ich dir vielleicht helfen können.«

»Du hilfst mir jetzt.«

Es waren nur vier Worte, aber sie gaben ihm das Gefühl, drei Meter groß zu sein. Rex wusste, dass er alle von Averys Dämonen für sie bekämpfen würde, wenn er es könnte. Sie war eine starke Frau, die keinen Mann brauchte, aber er wollte sie trotzdem beschützen. Er wollte ihr helfen, sich im Leben zurechtzufinden. Er wollte sie anfeuern, wenn sie es brauchte, und sich zurücklehnen und sie bewundern, wenn sie es nicht brauchte. Aber im Moment war er sich nicht sicher, was er sagen sollte, um ihr durch das psychologische Trauma zu helfen, das sie in der Kriegsgefangenschaft erlebt hatte.

Er atmete tief durch, dachte an eine der schlimmsten Zeiten seines Lebens und hoffte, dass es ihr helfen würde, von seinen Erfahrungen zu erzählen.

»Ich war selbst einmal Kriegsgefangener.«

Sie zuckte in seinen Armen zusammen und hob den Kopf, um ihn anzusehen. Angesichts der Menge an Licht im Raum konnte er sich nicht vor ihr verstecken. Er sah ihr in die Augen, und selbst inmitten ihres eigenen Dramas erkannte er die Bestürzung und Sorge um ihn.

In diesem Moment schwor er sich, bei ihr zu bleiben, Berge zu versetzen und alles zu tun, was nötig war, damit sie ihm gehörte.

»Wirklich?«, fragte sie leise.

Rex nickte, legte eine Hand auf ihren Kopf und führte ihn zurück an seine Schulter. Sie wehrte sich kurz, bevor sie sich unter ihm entspannte. Er rutschte auf dem Bett nach unten und schob Avery so, dass sie neben ihm lag, anstatt auf seinem Schoß zu sitzen – auch wenn weiterhin die

Hälfte ihres Körpers auf ihm war. Sie schlang einen Arm um seinen Bauch und klammerte sich an ihn, als wollte sie ihn nie wieder loslassen, was ihm recht war.

Rex starrte an ihre Raufaserdecke und bereitete sich darauf vor, ihr etwas zu sagen, was er sonst noch niemandem erzählt hatte, auch nicht dem Psychologen und seinen Teamkameraden.

»Ace und ich waren bei einem Feuergefecht verletzt worden. Ich bekam eine Kugel in den Oberschenkel und Ace hatte eine in der Seite. Keine lebenswichtigen Organe wurden getroffen, nicht wie bei Phantom im Hubschrauber. Wir verbluteten zwar nicht, aber wir kamen auch nicht schnell voran. Und anstatt sich aus dem Staub zu machen, blieb das Team bei uns, was dazu führte, dass wir alle gefangen genommen wurden.«

Avery atmete scharf ein, und Rex drückte sie beruhigend, bevor er fortfuhr. »Wir wurden in eine Reihe von Höhlen gebracht, aber unsere war nicht so klein wie deine, sie war riesig. Und die Taliban hatten so etwas wie Pferdeboxen eingerichtet. Jeder von uns wurde in einer von ihnen festgebunden. Wir konnten uns nicht sehen, aber wir konnten alles hören, was um uns herum geschah.«

»Ihr wart also nicht allein, das ist doch gut ... oder?«, fragte Avery leise.

»Ja und nein«, antwortete Rex ehrlich. »Versteh mich nicht falsch, ich war froh, meine Teamkameraden zu haben, denn ich wusste, dass wir gemeinsam einen Weg finden würden, um zu fliehen und von dort wegzukommen. Zusammen waren wir viel stärker, als wenn wir allein gewesen wären. Das bedeutete auch, dass die Aufmerksamkeit unserer ... Gastgeber ... geteilt war. Aber ich wusste, dass wir nur wegen Ace und mir dort waren.«

»Was meinst du?«

»Wären wir nicht angeschossen worden, wäre keiner von

uns dort gewesen. Wir wären nicht von diesen Mistkerlen verprügelt worden. Es hat ihnen großen Spaß gemacht, uns zu schlagen.«

Avery nickte, als wüsste sie genau, was er meinte, und er wusste, dass sie es tat.

»Ich konnte nur daran denken, dass meine Freunde meinetwegen verletzt wurden. Als Bubba an der Reihe war, brüllte er Worte, die uns alle an die Hölle erinnerten, die wir während unserer SEAL-Ausbildung durchgemacht hatten. Im Grunde sagte er uns, dass wir stark bleiben sollten, ohne unsere Entführer wissen zu lassen, was er tat.«

Rex spürte, wie Avery sich bewegte. »Was hat er gesagt?«

»Dinge wie *Kälte*, *Schlaf* und *Essen*. Willkürliche Wörter. Nichts, was die Taliban verstanden hätten, aber der Rest von uns wusste genau, was er meinte.«

Avery nickte. »Das war clever.«

»Das war es. Aber mit jedem Wort fühlte ich mich schuldiger.«

Sie schüttelte den Kopf. »Nein, Cole. Das ist nicht der Grund, warum er es getan hat.«

»Ich weiß. Aber es hat nichts an meinen Gefühlen geändert.«

»Wie seid ihr alle entkommen?«

»Bubba hat die Angewohnheit, alles Mögliche in seinen zahlreichen Taschen mit sich herumzutragen. Als er von den Taliban durchsucht wurde, haben sie ein kleines Messer übersehen. Nachts, als sie es leid waren, uns zu verprügeln, ließen sie uns in Ruhe, gefesselt in unseren Boxen. Er bekam eine Hand frei und benutzte sein Messer, um sich selbst freizuschneiden, dann den Rest von uns. Sie taten ihr Bestes, um Ace und mich zu stabilisieren, und dann sind wir abgehauen. Die Schmerzen, die ich bei der Flucht aus diesem Höllenloch empfand, werde ich nie vergessen. Aber ich weigerte mich, aufzugeben oder irgendjemandem mitzuteilen, dass jeder hinkende Schritt sich anfühlte, als hätten die Taliban einen heißen Schürhaken in mein Bein gesteckt. Ich litt im Stillen. Selbst als wir gerettet und ich in ein Krankenhaus gebracht wurde, habe ich nicht gesagt, wie sehr ich wirklich litt.«

»Du hast dich selbst bestraft«, sagte Avery leise.

Rex nickte. »Wir wussten alle, dass wir nicht gefangen genommen worden wären, wenn Ace und ich nicht angeschossen worden wären. Ich bin sogar ohnmächtig geworden, nur weil Rocco sich im Krankenhaus neben meiner Hüfte aufs Bett gesetzt hat. Die Bewegung hat mein Bein ein wenig erschüttert, aber mein Körper hatte genug. Er hat abgeschaltet. Rocco ist ausgeflippt und ich bin erst nach der Operation wieder aufgewacht, die durchgeführt worden war, um die Infektion loszuwerden, die meinen Körper angegriffen hatte.

Ich will damit sagen, dass ich nicht so viel hätte leiden müssen, wenn ich früher etwas gesagt hätte. Man hätte mir Antibiotika und Schmerzmittel geben können. Ich habe nie jemandem erzählt, wie schuldig ich mich wegen dieser Mission fühlte und immer noch fühle. Ich hasste es, dass die anderen meinetwegen verletzt wurden. Ich wollte sie nicht in diese Lage bringen.«

»Es war nicht deine Schuld. Jeder hätte von einer verirrten Kugel getroffen werden können«, sagte Avery, deren Stimme jetzt stärker war, da sie ihn verteidigte und nicht mehr an die Dunkelheit oder das, was ihr passiert war, dachte. »Wenn Rocco oder Phantom oder einer der anderen getroffen worden wäre, hättest du ihnen dann die Schuld dafür gegeben, dass du in diese Lage geraten bist?« Sie wartete nicht auf eine Antwort von ihm. »Nein, das hättest du nicht. Also solltest du dir auch keine Vorwürfe machen.«

»Ich weiß«, sagte Rex mit einem kleinen Lächeln. »Jetzt verstehe ich es, aber damals tat ich das nicht. Und ich weiß, wenn ich den Mund aufgemacht und Rocco oder den anderen gesagt hätte, was ich fühle, hätte er mir das Gleiche gesagt und ich hätte mir die ganze Scheißangst und die Schuldgefühle ersparen können, die ich deswegen hatte. Ich weiß, dass du einen Psychologen aufgesucht hast. Was hat er über deine Angst vor der Dunkelheit gesagt?«

Rex wusste, was Avery sagen wollte, bevor sie es aussprach.

»Ich habe nicht darüber geredet«, gestand sie. »Aber das ist etwas anderes«, fügte sie schnell hinzu. »Es ist nicht dasselbe wie das, was du durchgemacht hast.«

»Warum nicht? Du hast nichts falsch gemacht, Süße. Du hast nicht darum gebeten, entführt zu werden. Du hast nicht darum gebeten, geschlagen und lebendig begraben zu werden. Aber du wurdest es. Und jetzt musst du mit den Nachwirkungen fertigwerden. Ich weiß, dass es dir nicht so vorkommt, aber du bist unglaublich. Ich kenne nicht viele Menschen, die die mentale Stärke gehabt hätten, das zu tun, was du getan hast. Du hast nicht aufgegeben. Du hast einen Weg gefunden, um zu überleben, und hast dich nicht zurückgelehnt, um auf Rettung zu warten. Du hättest dich selbst ausgegraben, wenn wir nicht aufgetaucht wären. Es ist keine Schwäche, Angst vor der Dunkelheit zu haben, Avery. Das ist nichts, wofür du dich schämen müsstest. Ganz und gar nicht.«

»Es ist dumm«, protestierte sie. »Ich weiß, dass ich nicht in Afghanistan bin. Ich bin hier in meiner eigenen Wohnung.«

»Das Gehirn funktioniert auf seltsame Weise«, erklärte Rex. »Es lässt uns in Situationen funktionieren, in denen wir nicht funktionieren sollten, aber dann hat es die unangenehme Angewohnheit, diese Situationen nicht loslassen zu wollen.«

Einen Moment lang blieb sie stumm, dann sagte sie: »Ich bin so sauer, Cole.«

»Worauf?«

»Auf alles. Auf denjenigen, der entschieden hat, dass Geld wichtiger ist als Menschenleben, und den Aufständischen von dem Waffenkonvoi erzählt hat. Wütend darüber, dass der Afghane dachte, es sei okay, mich zu entführen und zu foltern. Wütend, dass die Aufständischen es für lustig hielten, mich zu schlagen und dann lebendig zu begraben. Wütend auf mich selbst, dass ich diese Schwäche nicht abschütteln und zur Normalität zurückkehren kann.«

»Das ist keine Schwäche«, wiederholte Rex.

»Doch, das ist es!«, beharrte Avery. »Ich kann nicht schlafen. Ich kann nicht normal funktionieren. Ich werde noch verrückt!«

»Du hast im Dunkeln geschlafen, nachdem wir dich gerettet hatten. Was hat sich geändert?«, fragte Rex. Er spürte, wie sie sich an ihm versteifte, und merkte, dass er genau die richtige Frage gestellt hatte. »Rede mit mir«, bat er. »Ist etwas passiert, als du nach Hause gekommen bist? Hast du Albträume, die dich an alles erinnern? Warum kannst du jetzt nicht schlafen, obwohl du es konntest, bevor du hierherkamst?«

Er glaubte nicht, dass sie ihm antworten würde. Es dauerte mindestens drei volle Minuten, bis er spürte, wie sie tief durchatmete.

»Weil du vorher bei mir warst ... und ich mich sicher gefühlt habe.«

Bei ihrer Antwort bildete sich eine Gänsehaut auf seinen Armen. Dieses Problem hatte er noch nie zuvor gehabt. Noch nie hatte seine Haut bei jemand anderem so gekribbelt. Aber Avery hatte eine Art, ihn direkt ins Herz zu treffen und dafür zu sorgen, dass er sich verletzlich fühlte.

Er spannte seine Arme an und drehte den Kopf, um ihre

Stirn zu küssen. Er wusste, dass sie das nicht gern zugab, aber es änderte alles zwischen ihnen. *Alles.*

»Ich hätte dich nicht anrufen sollen«, murmelte Avery, als er nicht sofort auf ihr Geständnis reagierte.

Rex drückte sie fester an sich. »Doch, du hättest es unbedingt tun sollen«, sagte er nachdrücklich. »Eigentlich hättest du schon viel früher etwas sagen müssen.«

»Ich ... ich mag es nicht, schwach zu sein«, gab Avery zu.

Rex konnte nicht anders. Er lachte. »Schwach?«, fragte er erstaunt. »Avery, du bist der stärkste Mensch, den ich kenne. Um das zu bitten, was du brauchst, ist keine Schwäche. Manchmal ist es sogar viel schwieriger, als zu schweigen. Ich fühle mich geehrt, dass ich das für dich tun kann. Ich bin verärgert, dass du es mir nicht früher gesagt hast. Aber jetzt bin ich hier. Wir werden eine Lösung finden, und ich verspreche dir, dass es besser wird. Tag für Tag, oder besser gesagt Nacht für Nacht. Es ist egal, ob wir für den Rest unseres Lebens mit Licht schlafen müssen, wir werden alles tun, was du brauchst, um dich sicher zu fühlen, okay?«

»Wir?«

»Ja, Baby. *Wir.* Jetzt mach die Augen zu und schlaf.«

»Bleibst du hier?«, fragte sie und hob den Kopf, um ihm in die Augen zu sehen.

»Natürlich bleibe ich«, erwiderte er. »So lange wie du mich brauchst. Und jetzt halt die Klappe und schlaf, ja?«, neckte er sie.

Sie stieß einen Atemzug aus, legte sich aber wieder auf ihn. Sie schwieg ein oder zwei Augenblicke, dann sagte sie: »Danke, Cole. Ich weiß, du hast gesagt, dass mich das nicht schwach macht, aber die Worte lassen das Gefühl nicht verschwinden.«

»Ich weiß, und das ist okay. Ich kann für uns beide stark sein.«

»Du kannst nicht für immer bei mir schlafen«, gab sie zu bedenken.

Rex wollte sofort protestieren. Ihr sagen, dass er das sehr wohl könne und auch würde, aber jetzt war nicht der richtige Zeitpunkt. »Für den Moment kann ich das. Irgendwann kommst du an den Punkt, an dem du mich nicht mehr brauchst, um zu schlafen, aber im Moment und für die nächste Zeit bleibe ich hier.«

»Danke«, flüsterte sie.

Rex spürte zum ersten Mal, wie ihre Muskeln sich völlig entspannten, und er wusste ohne Zweifel, dass er genau da war, wo er sein sollte. An ihrer Seite. Um sie zu unterstützen und zu ermutigen. Sie würde darüber hinwegkommen, das wusste er. Alles war noch zu frisch in ihrem Kopf, als dass ihr Gehirn komplett abschalten und sie sich entspannen konnte. Sobald der Verräter gefasst war und die Dinge wieder normal liefen, würde auch *sie* wieder normal sein. Im Moment hatte sie nur wenig Schlaf, den Stress, wieder zur Arbeit zu gehen, und die zusätzliche Belastung, den Mann zu identifizieren, den sie im Dorf gesehen hatte.

Innerhalb von fünf Minuten war Avery auf ihm eingeschlafen. Sie lag schlaff auf seinem Körper und er konnte ihre warmen Atemzüge an seinem Hals spüren. In mancher Hinsicht fühlte es sich an, als würde er schon seit Jahren so mit ihr schlafen, aber in anderer Hinsicht war es genauso neu und aufregend.

Und sie an sich zu spüren ließ ihn auch an andere Dinge denken. Daran, wie sie sich in seinen Armen anfühlen würde, wenn sie beide nackt wären. Wie es sich anfühlen würde, *mit* ihr zu schlafen.

Der Gedanke daran, Avery zu lieben, erweckte seinen Schwanz in seiner Jeans zum Leben. Er war immer noch vollständig bekleidet und in diesem Moment froh darüber. Es gab keinen Zweifel daran, dass Rex sie wollte, aber es sollte ihre Entscheidung sein. Er wollte, dass sie ihn so sehr brauchte wie er sie. So weit waren sie noch nicht, aber sie hatten Zeit. Er konnte auf diese Weise für sie da sein, platonisch, solange sie ihn brauchte. Es wäre ihm eine Ehre und ein Privileg.

Rex küsste sie noch einmal auf die Stirn und schloss die Augen. Er konnte das helle Licht im Zimmer sogar durch seine Augenlider sehen, aber das störte ihn nicht. Er machte sich eine geistige Notiz, dafür zu sorgen, dass sie einen ausreichenden Vorrat an Glühbirnen hatte, falls eine der Lampen in ihrer Wohnung durchbrennen sollte.

Wenn Avery das Licht zum Schlafen brauchte, dann würde sie das auch bekommen.

Das ... und ihn an ihrer Seite.

Mit einem Gefühl der Zufriedenheit, das er in seinen vierunddreißig Jahren noch nie erlebt hatte, schlief Rex mit Avery in den Armen ein.

Avery wachte ruckartig auf und war einen Moment lang verwirrt darüber, wo sie war und was vor sich ging. Sie hatte geträumt, dass sie auf dem Grund eines Loches stand und ein amerikanischer Mann in traditioneller afghanischer Kleidung lachte, während er eine Holzplatte über den Rand schob und sie in völliger Dunkelheit zurückließ.

Es war eine Abwandlung all der Träume, die sie seit ihrer Ankunft in Kalifornien hatte. In jedem dieser Träume wurde sie auf irgendeine Weise lebendig begraben. Und in jedem Traum konnte sie nichts dagegen tun.

Der Unterschied war, dass sie dieses Mal nicht ausflippte. Sie hatte sich mit einem Ruck wachgerüttelt, und anstatt zu schwitzen und zu hyperventilieren, war sie fast ruhig.

»Schhhh«, flüsterte eine schläfrige Männerstimme direkt neben ihrem Ohr. »Dir geht es gut, Baby. Es war nur ein Traum.«

Cole.

Avery war sofort peinlich berührt.

Sie hatte ihn in einem Moment der Panik angerufen und er hatte nicht gezögert, zu ihr zu kommen. Sie hatte es bis zur Wohnungstür geschafft, um sie aufzuschließen, jedoch weder die Kraft noch die Energie gehabt, den ganzen Weg zurück in ihr Schlafzimmer zu gehen. Also hatte sie sich an den sichersten Ort geflüchtet, den sie finden konnte ... in die Ecke ihres Esszimmers.

Cole war nicht von ihr angewidert gewesen. Er hatte sie nicht voller Mitleid angeschaut. Wenn sie sich nicht irrte, hatte sie Stolz in seinem Blick gesehen.

Es war verrückt. Selbst als sie zugegeben hatte, dass er derjenige war, der die Dunkelheit in Schach hielt, hatte er sie nicht ausgelacht und ihr gesagt, sie würde durchdrehen.

Avery schloss die Augen und entspannte sich an seinem warmen Körper. Normalerweise konnte sie nach dem Aufwachen aus einem ihrer Albträume nicht wieder einschlafen, aber erstaunlicherweise wusste sie, dass sie kurz davor war, genau das zu tun.

Und das lag an dem Mann an ihrer Seite. Er machte den ganzen Unterschied aus. Bei ihm war sie sicher. Er würde nicht zulassen, dass der mysteriöse Verräter sie wieder in der Dunkelheit einsperrte.

Sie hasste es, sich darauf zu verlassen, dass jemand anderes – ein Mann – für ihre Sicherheit sorgte. Aber sie wusste, dass er recht hatte. Irgendwann würde sie wieder auf eigenen Füßen stehen können – oder auch allein schlafen. Aber im Moment war sie froh, dass er da war, um die Dämonen und Dinge, die in der Nacht herumschwirrten, zu vertreiben.

Als Cole sich ihr öffnete, ihr von seiner eigenen Gefangenschaft erzählte und wie verletzlich er sich dabei gefühlt hatte, fühlte *sie* sich weniger allein. Irgendwie stärker.

Avery bewegte eine Hand und spürte, dass sie statt seiner weichen Haut Baumwolle berührte. Ohne nachzudenken, schob sie ihre Hand unter sein Hemd und legte ihre Handfläche auf seinen Waschbrettbauch. Sie spürte und hörte, wie er tief einatmete, aber dann verschränkte er seine Finger mit ihren auf seinem Bauch unter dem Hemd.

Seine Hand zu halten, sein Herz an ihrer Wange schlagen zu hören und das Kitzeln seines Bartes an ihrer Stirn zu spüren gaben ihr ein Gefühl von Geborgenheit und Sicherheit.

»Schlaf weiter, Süße. Ich habe dich.«

Das waren die letzten Worte, die sie hörte, als ihr Körper den Verlockungen des Schlafes erlag, der ihm lange verwehrt geblieben war.

KAPITEL SIEBZEHN

Eine Woche später stand Avery in dem Flur, der zum Wohnbereich führte, und beobachtete, wie Cole in ihrer Küche herumwuselte. Er nippte an seiner Tasse Kaffee, während er vor ihrem Herd stand und Speck zubereitete. Sie wusste, dass er umgehend ein paar Eier in die Pfanne schlagen und ein einfaches Omelett mit Eiern, Käse und Tomaten für sie zubereiten würde, sobald er merkte, dass sie wach war.

Sie hatte gedacht, dass es ihr unangenehm sein würde, mit Cole aufzuwachen, aber er hatte sich Mühe gegeben, es so aussehen zu lassen, als würde er immer mitten in der Nacht angerufen, um seine ausgeflippte Freundin zu beruhigen.

Seitdem hatte er jede Nacht mit ihr verbracht. Sie schlief wie ein Stein und wachte erfrischt und bereit für den nächsten Tag auf. Ohne es vorher zu besprechen, hatte er ein paar seiner Sachen mitgebracht, wie Seife, seine Zahnbürste und einige Klamotten zum Wechseln.

Und Avery war noch nie so glücklich gewesen.

Das allein machte sie irgendwie verrückt. So funktionierten Beziehungen nicht. Sie machten alles falsch herum. Sie wohnten zusammen, bevor sie sich wirklich kennengelernt hatten. Sie schliefen miteinander, bevor sie miteinander *schliefen*.

Obwohl das mit dem Nicht-Kennen eine Lüge war. Sie hatte so viel Zeit mit Cole verbracht, mit ihm geredet und gelacht, dass sie ihn wirklich besser kannte als alle anderen Männer, mit denen sie bisher ausgegangen war. Er war bodenständig, konnte albern sein und war seinen Freunden gegenüber äußerst loyal. Er war rücksichtsvoll. Er bediente sich aus ihrem Kühlschrank, aber er war auch großzügig, kaufte für sie ein, ohne sich darum zu scheren, wie viel Lebensmittel kosteten, und hatte sogar ihren Wagen vollgetankt.

Avery wartete darauf, dass er etwas tat, das sie abtörnte. Das ihn weniger wie das Paradebeispiel aller Männer und mehr wie einen nervigen ... Kerl wirken ließ. Aber bis jetzt war das noch nicht passiert.

Sie wusste, dass sie sich selbst gegenüber unfair war, aber im Moment hatte sie das Gefühl, dass *sie* diejenige war, die alle Fehler in der Beziehung hatte.

»Morgen«, sagte Cole, womit er Avery erschreckte.

Er lächelte sie von seinem Platz vor dem Herd aus an und sie sah, dass er bereits mit ihrem Omelett begonnen hatte. »Guten Morgen«, erwiderte sie und ging auf die Küche zu.

»Hast du gut geschlafen?«, fragte er wie jeden Morgen.

»Du weißt, dass ich das getan habe«, antwortete sie ein wenig schnippisch. Sie hätte es nie für möglich gehalten, aber jeden Abend, wenn sie in ihr Schlafzimmer gingen und kuschelten, war sie in dem Moment weg, in dem sie die Augen schloss. Und selbst wenn sie mit einem Albtraum aufwachte, konnte sie dank der Gewissheit, dass sie in seinen Armen sicher war, sofort wieder einschlafen – etwas, das unmöglich gewesen war, bevor er angefangen hatte, bei ihr zu übernachten.

Als sie in seine Nähe kam, streckte er einen Arm aus und zog sie an seine Seite. Er beugte sich zu ihr und küsste sie, als wäre es keine große Sache. Und Avery nahm an, dass es das auch nicht war. Das machte er schon seit einer Woche so. Er küsste sie bei jeder Gelegenheit, die sich ihm bot.

Wenn er sie am Krankenhaus absetzte, lehnte er sich zu ihr und küsste sie, bevor sie aus dem Wagen stieg.

Wenn er sie abholte, küsste er sie erneut.

Nachdem sie auf dem Polizeirevier die Fotos durchgesehen hatte, küsste er sie.

Vor dem Abendessen.

Nach dem Abendessen.

Während sie fernsahen.

Wenn sie neben ihm in ihrem Bett lag.

Avery konnte nicht behaupten, dass es ihr nicht gefiel, aber sie war doch frustriert, dass er seine Küsse nie vertiefte. Nicht so, wie sie es getan hatten, bevor sie ausgeflippt war. Es war immer nur ein kurzer Kuss auf die Lippen. Sein Bart kitzelte sie leicht, bevor er sich zurückzog.

Sie vermisste seine Hand in ihrem Nacken, mit der er sie an sich drückte, während er ihren Kopf genau dorthin neigte, wo er ihn haben wollte, und sie küsste, als könnte er nie genug bekommen.

»Du arbeitest heute nur eine halbe Schicht, richtig?«, fragte er.

Avery nickte und nippte an der Tasse Kaffee, die er für sie zubereitet hatte.

»Und dann willst du eine Stunde oder so auf der Polizeiwache verbringen?«

»Ja«, sagte sie. »Ich bin bei den letzten Bildern angekommen. Ich würde gern fertig werden.«

Er runzelte die Stirn. »Und niemand kommt dir bekannt vor?«

Avery seufzte. »Nein. Und das ist beschissen. Ich war mir sicher, dass ich den Typen sofort erkennen würde, wenn ich ihn sehe. Aber ich bin alle Fotos der Marine durchgegangen und bin mir ziemlich sicher, dass der Typ, den ich gesehen habe, nicht dabei war. Jetzt habe ich nur noch ein paar Fotos von der Armee und von Zivilisten, die ich durchsehen muss.« Sie stellte ihre Tasse Kaffee ab. »Was soll ich tun, wenn ich ihn nicht finden kann, Cole? Die erste Einheit wird Afghanistan bald verlassen. Mal ehrlich, glaubst du *wirklich*, dass ich dann in Gefahr bin?«

Sie sah zu, wie Cole den Herd ausschaltete und ein perfekt zubereitetes Omelett auf einen Teller schob. Er drehte sich zu ihr um und legte seine Hände auf ihre Schultern. Er trug ein hellbraunes T-Shirt und seine blaue Tarnhose. Er hatte es geschafft zu duschen, ohne dass sie ihn hörte, und sie konnte seinen frischen, sauberen Duft riechen. Am liebsten hätte sie ihr Gesicht an seinem Hals vergraben und den Rest des Tages dort verbracht, um ihn zu riechen.

»Es gibt eine Chance, ja«, sagte er feierlich. »Ich wünschte, ich könnte dir sagen, dass alles in Ordnung sein wird, aber Avery, du hast uns erzählt, was der Afghane zu dir gesagt hat. Dass er den Auftrag hatte, dafür zu sorgen, dass du es nicht lebend aus dem Land schaffst. Der Verräter weiß offensichtlich, wer du bist, und wenn du ihn nicht identifizieren kannst, bringt dich das in Gefahr.«

»Ich kann ihn identifizieren«, beharrte Avery. »Wenn ich ihn wiedersehe. Wie mir gesagt wurde, sind die offiziellen Fotos des Verteidigungsministeriums sehr inszeniert und zeigen wahrscheinlich gar nicht, wie die Person im wirklichen Leben aussieht. Ich wette, ich würde dich kaum erkennen, wenn ich deines sehen würde.«

Cole grinste.

»Siehst du? Ich habe recht«, schnaubte sie.

»Ich weiß, dass du das hast. Ich habe auf meinem keinen Bart«, erklärte Cole ihr.

Averys Augen weiteten sich. »Ernsthaft? Jetzt will ich es *wirklich* sehen.«

Er lachte, trat einen Schritt näher an sie heran und ließ eine seiner Hände von ihrer Schulter zu ihrem Nacken wandern, die andere legte er auf ihre Taille.

Avery erschauderte. Gott, sie liebte es, wenn er sie so hielt. Sein Blick war intensiv, als er sie ansah. »Ich werde nicht zulassen, dass dir etwas zustößt.«

So sehr sie die Gefühle hinter seinen Worten auch mochte, wusste sie, dass die Dinge so nicht funktionierten. »Das weiß ich zu schätzen, aber ich habe das Gefühl, wenn dieser Typ mich erwischen will, wird er es tun.«

Cole runzelte die Stirn.

»Du kannst nicht vierundzwanzig Stunden am Tag bei mir sein, Cole«, sagte Avery. »So gern ich dich auch als meinen persönlichen Adonis-Schatten hätte, ist das für uns beide nicht machbar. Ich muss nur wissen, wie groß die Gefahr ist, in der du mich *wirklich* siehst. Wenn es eine Zehn auf einer Skala von eins bis zehn ist, dann werde ich ganz anders vorgehen als bei einer Fünf. Ich will nicht sterben, ich habe zu viel, wofür es sich zu leben lohnt, aber ich kann auch nicht mein Leben eingesperrt hinter Türen verbringen und mich fragen, ob da draußen eine Scharfschützenkugel mit meinem Namen drauf ist. Ergibt das alles einen Sinn?«

Cole seufzte, dann nickte er. »Ja, Baby, das tut es. Ich hasse es, aber ich verstehe es. Ich würde sagen, im Moment liegt die Gefahrenstufe wahrscheinlich bei zwei. Es ist möglich, dass der Typ Leute kennt und jemanden anheuert, um an dich heranzukommen, aber da es seit über zwei Wochen ruhig ist, denke ich, dass du relativ sicher bist.«

»Und wenn diese Armee- und Marineeinheiten Afghanistan verlassen?«, fragte sie.

Cole presste kurz die Lippen aufeinander, bevor er antwortete: »Sieben.«

Avery drehte sich der Magen um, als sie das hörte. »Danke, dass du ehrlich zu mir bist.«

»Im Idealfall erkennst du den Verräter auf den letzten Bildern, die du durchgehst«, sagte Cole. »Dann kann er festgenommen und verhört werden und du bist sicher.«

»Und wenn ich ihn nicht erkenne?«

»Dann musst du besonders wachsam sein. Du musst ständig darauf achten, wer um dich herum ist, und du darfst auf keinen Fall allein sein. Weder auf einem Parkplatz, in einem Stockwerk des Krankenhauses oder während des Einkaufens. Ich will nicht lügen, es wird hart, aber ich werde alles tun, um dir zu helfen. Ich werde bei dir sein, damit du dich entspannen und einfach du selbst sein kannst, während du unterwegs bist.«

»Für wie lange?«, fragte sie.

»Was meinst du?«

»Genau das. Wie lange? In den kommenden Monaten werden weitere Einheiten Afghanistan verlassen. Wann werde ich wissen, dass die Bedrohung vorbei ist? Ich meine, wenn der Typ in die USA zurückkehrt und merkt, dass ich ihn nicht identifiziert habe, war's das dann? Wird er denken, dass er gewonnen hat, und mich in Ruhe lassen? Oder werde ich immer auf der Hut sein müssen? Wie lange werde ich in Gefahr sein?«

»Ich weiß es nicht«, gab Cole zu. Er zog sie an sich, bis sie von der Hüfte bis zur Brust aneinandergepresst waren. Avery packte ihn an der Seite seiner Hose und sah ihm in die Augen. »Ich weiß allerdings, dass du mich hast, egal wie lange es dauert. Ebenso wie meine Teamkameraden. Du bist nicht allein, Avery.«

»Ich kann mir einfach nicht vorstellen, monate- oder jahrelang in Angst leben zu müssen.«

»Das wirst du auch nicht.«

»Das kannst du nicht wissen«, beharrte Avery.

»Doch, das kann ich, und willst du auch den Grund wissen? Weil ich *dich* kenne«, sagte Cole. »Du bist hartnäckig. Du wirst das nicht auf sich beruhen lassen. Wenn du die letzten Bilder durchgehst und ihn nicht erkannt hast, wirst du sie noch einmal durchgehen. Du wirst jeden Mann, der dir begegnet, unter die Lupe nehmen, und irgendwann wirst du ihn erkennen.«

»Und wenn er nicht in der Marine ist? Nicht auf diesem Stützpunkt?«, fragte sie. Mit seinen Worten fühlte sie sich besser.

»Ich habe das Gefühl, dass derjenige, um den es sich handelt, sicherstellen will, dass du ihn nicht identifizieren kannst. Wenn er nicht in der Marine ist, wird er trotzdem auftauchen. Er könnte sich im Hintergrund halten, aber er wird wollen, dass du ihn siehst. Wenn du ihn auch nur im Geringsten erkennst, weiß er, dass er etwas tun muss. Wenn du *jemals* jemanden siehst, den du für ihn hältst, musst du dein Bestes tun, dir nicht anmerken zu lassen, dass du ihn erkennst. Ich meine es ernst, Avery, dein Leben könnte auf dem Spiel stehen.«

Sie nickte. »Ich weiß. Und das macht Sinn. Vielleicht könnte ich nächste Woche zur Willkommensfeier gehen und sehen, ob ich ihn dort identifizieren kann.«

»Keine schlechte Idee«, räumte Cole ein. »Wenn du ihn auf den letzten Bildern nicht erkennst, spreche ich mit meinem Kommandanten und schaue, ob wir etwas arrangieren können.«

Er streichelte mit dem Daumen leicht über ihren Nacken, woraufhin Averys Brustwarzen hart wurden.

Und einfach so verschwanden die Gedanken an den Verräter und daran, dass ihr Leben vielleicht in Gefahr war. Avery konnte nur noch an den Mann denken, der vor ihr stand, und daran, wie sehr sie ihn wollte.

»Warum hast du mich nicht wieder geküsst?«, fragte sie leise.

»Ich habe dich geküsst«, erwiderte Cole.

Avery schüttelte den Kopf. »Du weißt, was ich meine. Ein kurzer Kuss auf die Lippen zählt nicht.«

Er wirkte gequält. »Die Wahrheit?«

»Immer.«

»Weil ich weiß, dass ich nicht werde aufhören können, wenn ich dich so küsse, wie ich es wirklich will. Ich werde dich ins Schlafzimmer bringen und dich so lieben, wie ich es mir jede Nacht erträume. Du wirst nackt sein und dich unter mir winden, bevor du überhaupt merkst, was los ist. Und ich werde nicht damit aufhören, deine Lippen zu küssen. Ich werde jeden Zentimeter deines Körpers kosten, bevor ich dich so hart ficke, dass keiner von uns an irgendetwas anderes denken kann als daran, wie gut wir uns zusammen fühlen. Und ich will dich auf keinen Fall drängen. Oder etwas tun, das dich in deiner Genesung zurückwirft. Du hast dich in der letzten Woche so gut entwickelt, das will ich nicht kaputt machen.«

Seine Erklärung brachte Avery dazu, sich in seinem Griff zu winden. Ihr Slip war feucht und sie wollte unbedingt das, was seine lebhaften Worte versprochen hatten. »Ja«, flüsterte sie.

Aber Cole schüttelte den Kopf. »So sehr mich das auch anmacht, ich bin noch nicht so weit.«

Sie runzelte die Stirn. »Was? Ich dachte, Männer sind

immer bereit für Sex? Und du warst vor einer Woche bereit. Was hat sich geändert?«

»Ich mag dich, Avery. Sehr sogar. Und wir könnten in dieser Sekunde ficken und es würde uns beiden großen Spaß machen. Aber ... ich will mehr. Ich will alles. Und ich bin bereit zu warten, bis du das auch willst. Ich weiß, du denkst, dass alle Männer, vor allem SEALs, geile Böcke sind, die schon mit Hunderten von Frauen geschlafen haben und keine Lust haben, sesshaft zu werden, aber ich bin nicht so. Ich will das, was meine Freunde haben. Ich will eine Partnerin. Jemanden, mit dem ich den Rest meines Lebens verbringen kann. Für den ich kämpfen kann. Um am Ende einer Mission nach Hause zu kommen und mich geborgen zu fühlen, weil sie wieder in meinen Armen liegt. Ich will jemanden, mit dem ich lachen und weinen kann und mit dem ich einfach in einem Raum sitzen und zufrieden sein kann. Was ich *nicht* will, ist ein Fickkumpel. Jemanden, der nur mit mir zusammen sein will, weil ich ihm die Albträume vom Leib halte.«

Avery öffnete den Mund, um zu protestieren und ihm zu sagen, dass das nicht der Grund war, warum sie ihn an diesem Abend angerufen und warum sie ihm in der letzten Woche erlaubt hatte, jeden Tag in ihrer Wohnung zu übernachten. Aber er legte seine Hand fester in ihren Nacken und sprach weiter.

»Nein, ich glaube nicht, dass du deshalb mit mir zusammen bist, aber ehrlich gesagt machst du mir eine Scheißangst, Avery. Ich denke ständig an dich. Ich mache mir Sorgen um dich, wenn du auf der Arbeit bist, und ich muss mich davon abhalten, dir hundertmal am Tag eine SMS zu schicken, um zu fragen, wie es dir geht. Oder um dir etwas Lustiges zu erzählen, das mir passiert ist. Ich bin noch nicht so weit, weil ich sicher sein muss, dass du das auch willst. Dass du ganz dabei bist. Denn wenn du zustimmst, mit mir zusammen zu sein, und später deine Meinung änderst, wäre ich am Boden zerstört.

Ich kann dich also nicht so küssen, wie ich es wirklich möchte, weil das zu mehr führen würde. Und ich will dich nicht unter Druck setzen, wenn du dich nicht hundertprozentig auf eine Beziehung mit mir einlässt. Ich weiß, dass ich wie ein Weichei klinge, aber ich kann nicht anders.«

Avery führte eine Hand zu seinem Mund, um ihm diesen zuzuhalten. »Du bist kein Weichei«, erwiderte sie streng. »Ich kann nicht glauben, dass du das überhaupt sagst. Die meisten Männer hätten nicht den Mut zuzugeben, was du gerade zugegeben hast. Aber ... du hast recht. Ich zögere, mich auf das einzulassen, was auch immer das zwischen uns ist, weil es so verwirrend ist. Ich habe noch nie mit jemandem so eine gute Chemie gespürt wie mit dir, und das macht mir auch eine Scheißangst. Ich kann nicht anders, als mich zu fragen, ob es sich nach dem Ficken wieder auflöst, und das war's dann.«

Cole schüttelte den Kopf, aber Avery nahm ihre Hand nicht weg.

»Ich will nicht sagen, dass ich denke, du würdest absichtlich etwas tun, um mich zu verletzen, so ein Kerl bist du nicht, aber ich will nicht, dass du dich irgendwann fragst, was zum Teufel du da tust, wenn das Verlangen mit der Zeit schwindet und du dann mit jemandem festsitzt, der nicht ohne das verdammte Licht schlafen kann. Wenn du dich zurückziehst, stehe ich wieder allein da und frage mich, was zur Hölle passiert ist.«

Cole griff nach oben und nahm die Hand über seinem Mund in seine eigene, dann zog er sie hinter ihren Rücken und hielt sie so zwischen sich und dem Tresen fest. »Das wird nicht passieren, Süße. Ich pfeife auf das Licht. Wir können den Rest unseres Lebens mit eingeschaltetem Licht schlafen und es wird mich nicht stören. Aber genau das ist der Grund, warum ich mich zurückgehalten habe. Wir werden heißer brennen, als ich es mir vorstellen kann, wenn wir uns endlich lieben, aber ich will sichergehen, dass du bis ins Mark deiner Knochen weißt, dass ich hier bin, weil ich es will. Nicht wegen des Sex. Nicht wegen dem, was ich deiner Meinung nach von dir will. Ich will nur *dich*, Avery. Genau so, wie du bist. Für immer. Und ich gebe zu, es ist altmodisch, aber ich brauche die Gewissheit, dass es für dich nicht nur eine Affäre ist, bevor wir unsere körperliche Beziehung weiterführen.«

»Du willst also, dass wir erst heiraten, bevor du mich küsst? Mit mir schläfst?«

Cole schüttelte den Kopf. »Nein. Ich weiß, das klingt verrückt und ich kann es nicht gut erklären. Ich muss nur wissen, dass du genauso wie ich daran interessiert bist, dass es mit uns funktioniert, bevor wir diesen körperlichen Weg einschlagen. Denn du hast es vielleicht nicht mitbekommen, Baby, aber wenn du erst einmal mir gehörst, lasse ich dich nicht mehr los. Und das meine ich nicht auf eine unheimliche Art, dass dich niemand außer mir haben kann. Aber tief in mir weiß ich, dass du mich zerstören kannst. Wenn du mein bist und dann entscheidest, dass es nicht das ist, was du willst, werde ich mich nie davon erholen. Das macht mir eine Höllenangst. Wenn du bereit bist, mein zu sein, *wirklich* mein zu sein, dann lass es mich wissen und ich werde dich küssen ... und mehr.«

Averys Herz klopfte heftig in ihrer Brust und sie hatte das Gefühl, nicht genügend Luft zu bekommen.

Meinte Cole das ernst? Seine Worte waren ein wenig chauvinistisch ... Sie war kein Eigentum, das irgendjemandem gehören würde, aber sie konnte nicht leugnen, dass sie die Vorstellung trotzdem liebte. »Wenn ich dein bin, wärst du dann auch mein? Ich werde kein Fremdgehen dulden«, sagte sie. »Wenn du jemals hinter meinem Rücken mit einer anderen Frau schläfst, jemandem sexuelle Nachrichten schreibst oder eine andere küsst, so wie wir uns geküsst haben, bevor ich dich mitten in der Nacht angerufen habe, dann bin ich fertig mit dir. Weg. Egal wie sehr du bettelst oder dich entschuldigst, es wird vorbei sein.«

»Das werde ich nicht.«

Seine Worte waren einfach und aufrichtig.

Avery wollte auf der Stelle zustimmen, dass sie sein war. Dass sie bereit war. Aber tief im Inneren wusste sie, dass sie es nicht war. Ihr Leben war in der Schwebe und sie konnte nicht noch Cole mit in die Sache hineinziehen.

Natürlich war er bereits involviert. Sie wohnten praktisch zusammen und waren nur ein paarmal wirklich miteinander ausgegangen. Aber sie hatte ihn angerufen, und er hatte nicht gezögert, zu ihr zu kommen. Und seine Anwesenheit ermöglichte es ihr, nachts zu schlafen.

Sie wollte keine echte Beziehung mit ihm eingehen, bevor sie wusste, dass sie ihn nicht in irgendeiner Weise ausnutzte. Sie wollte nicht, dass er eine Krücke war. Sie wollte ganz für ihn da sein. Avery hatte keine Ahnung, wann das passieren würde, aber es war mehr als offensichtlich, dass er ein ehrenwerter Mann war, und das wollte sie respektieren.

»Ich werde es dich wissen lassen«, sagte sie leise.

Das Aufflackern der Hitze in seinen Augen reichte fast aus, um sie dazu zu bringen, sich auf der Stelle bereit zu erklären.

»Du bist es wert«, erwiderte Cole zärtlich.

»Was?«

»Du bist es wert, auf dich zu warten«, stellte er klar. »Egal wie lange es dauert, du bist jede Minute wert.« Dann holte er tief Luft und trat von ihr zurück. »Dein Frühstück wird kalt, du musst etwas essen.«

»Du sorgst immer dafür, dass ich etwas zu essen bekomme«, beschwerte Avery sich gespielt. Sie vermisste seinen Körper an ihrem bereits mehr, als sie zugeben konnte.

»Und das werde ich wahrscheinlich auch immer tun«, gestand er. »Der Gedanke, dass du zwei Wochen lang nichts gegessen hast, verfolgt mich immer noch. Das wirst du mir nachsehen müssen.«

Avery wusste, dass es in einer Beziehung schlimmere Dinge zu ertragen gab. Also nahm sie ihre Kaffeetasse und ging zu dem kleinen Küchentisch hinüber. Sie aß, während sie Cole dabei zusah, wie er sich ein paar Eier machte.

Sie frühstückten gemeinsam und besprachen, was sie für den Tag geplant hatten.

»Oh, bevor wir abschweifen, wollte ich dich fragen, ob du heute Nachmittag zu Gumby gehen willst, nachdem du dir die Bilder angesehen hast. Phantom zieht morgen zurück in seine eigene Wohnung und wir dachten, wir schmeißen eine kleine Party für ihn.«

Avery war sich nicht sicher, ob sie nach der Arbeit und dem Anschauen von Bildern Lust auf ein geselliges Beisammensein hätte, aber sie wusste, dass Cole zuletzt mehr Zeit mit ihr als mit seinen Freunden verbracht hatte, weshalb sie ein schlechtes Gewissen hatte.

Als könnte er ihre Gedanken lesen, sagte Cole: »Es ist okay, Nein zu sagen. Und natürlich hängt es davon ab, ob du den Verräter identifizierst oder nicht. Wenn du ihn identifizierst, haben wir noch andere Dinge zu tun.«

Avery schüttelte den Kopf und traf eine Entscheidung. »Nein, ich will es. Ich habe Caite, Sidney, Piper und Zoey noch nicht kennengelernt und von dir schon so viel über sie gehört. Es ist bequemer für mich, hierher zurückzukommen und abzuhängen, aber ich möchte sie wirklich kennenlernen und die Jungs wiedersehen. Besonders Phantom. Hast du schon etwas über diese Kalee gehört?«

»Noch nicht, aber unser Computergenie Tex tut sein

Bestes, um zu sehen, was er finden kann. Wie wär's damit, wir bleiben eine Weile dort, aber ich verspreche, dich vor Sonnenuntergang wieder hierherzubringen. Ich weiß, dass du nach Einbruch der Dunkelheit nicht mehr gern unterwegs bist.«

Avery war gerührt von seiner Rücksichtnahme und gleichzeitig sauer auf sich selbst, so ein Angsthase zu sein. »Klingt gut.«

Cole griff nach ihrer Hand und hinderte sie daran aufzustehen, um ihren Teller zur Spüle zu bringen. »Es ist erst ein paar Wochen her, sei nicht so streng mit dir.«

Avery atmete tief durch und nickte. »Ich … ich hasse das einfach. Ich war stark genug, um zu überleben, was sie mir angetan haben, und jetzt habe ich das Gefühl, dass ich mich von etwas Dummem wie der Dunkelheit unterkriegen lasse.«

»Es ist nicht dumm«, erwiderte Cole. Er strich ihr mit dem Daumen über den Handrücken, bevor er losließ.

Avery räumte das schmutzige Geschirr in den Geschirrspüler und machte sich für die Arbeit fertig. Zwanzig Minuten später waren sie und Cole auf dem Weg zum Krankenhaus. Sie hatte einen Wagen und hätte selbst fahren können, aber er hatte darauf bestanden, dass es ihm nichts ausmachte, sie hinzubringen und abzuholen. Und da Avery es liebte, so viel Zeit wie möglich mit Cole zu verbringen, hatte sie zugestimmt.

Er hielt vor dem Krankenhaus an, beugte sich vor, griff ihr in den Nacken und zog ihre Lippen auf seine. Sein Kuss war so unschuldig wie immer, aber jetzt, da sie verstand, warum er sich zurückhielt, störte sie das nicht mehr.

»Sei vorsichtig«, sagte er, so wie er es jedes Mal tat, wenn er sie absetzte.

»Das werde ich.«

»Ruf an oder schreib eine SMS, wenn du auf dem Polizeirevier bist.«

»Natürlich.«

Er ließ sie los und Avery stieg aus seinem Wagen. Er rief ihren Namen, bevor sie die Tür schließen konnte.

»Ja?«, fragte sie und beugte sich hinunter, um seinem Blick zu begegnen.

»Ich bin stolz auf dich. Deine Entschlossenheit, den Verräter an unserem Land zu identifizieren, ist so verdammt ehrenhaft, dass mir die Worte fehlen. Im Namen aller Amerikaner, die von Aufständischen und Terroristen getötet oder verletzt wurden, danke ich dir.«

Avery spürte, wie ihr die Tränen kamen. Sie schaffte es, ihm zuzunicken.

Cole lächelte, und sie schloss die Tür und ging zum Eingang des Krankenhauses. Seine Worte waren genau das, was sie hatte hören müssen. Ja, es war schlimm, was mit ihr passiert war, aber es ging nicht nur um sie. Zwei Männer hatten in Afghanistan ihr Leben verloren. Und Tausende andere waren im Kampf für ihr Land gestorben. Der Verräter, wer auch immer und wo auch immer er war, hatte direkt zur Gefahr für noch mehr amerikanische Männer und Frauen beigetragen. Seine Taten hatten die Spannungen zwischen den Einheimischen und den Soldaten und Matrosen in der Region um das Zehnfache erhöht.

Ganz zu schweigen davon, dass Missionen wie die, an der sie teilgenommen hatte, um den einheimischen Frauen bei der medizinischen Versorgung zu helfen, auf absehbare Zeit auf Eis gelegt waren.

Avery hatte keine Ahnung, was passieren würde, wenn sie den Verräter an diesem Nachmittag nicht auf den letzten Bildern, die sie durchsehen musste, identifizieren konnte, aber sie würde nicht aufhören, bis sie herausgefunden hatte, wer er war.

»Ich werde dich finden, Arschloch«, murmelte sie, als die automatischen Türen sich für sie öffneten. Sie fuhr sich mit der Hand über die Brust, um sich zu vergewissern, dass Coles Budweiser-Anstecker noch an ihrem T-Shirt unter dem Kittel befestigt war. Die Anstecknadel bei sich zu haben gab ihr Selbstvertrauen und das Gefühl, dass Cole immer bei ihr war.

Scott Wheatland hörte zu, wie der General des Stützpunktes eine Rede vor den Einheiten hielt, die nächste Woche Afghanistan verlassen sollten. Bis jetzt war er noch nicht in den Knast geworfen worden, was ein gutes Zeichen dafür war, dass der Leutnant ihn noch nicht identifiziert hatte.

Aber er wusste, dass es nur eine Frage der Zeit war.

Er konnte es kaum erwarten, nach Kalifornien zu kommen und herauszufinden, was sie seit ihrer Rückkehr in die USA gemacht hatte. Er glaubte nicht, dass sie es einfach auf sich beruhen lassen würde. Sie hatte ihm direkt in die Augen geschaut und gesehen, wie er sich mit seinem Kontaktmann im Dorf traf.

Scott war schockiert, aber auch erfreut gewesen, als er erfuhr, dass sein afghanischer Kontaktmann sich selbst in den Kopf geschossen hatte, als er von dem Delta-Force-Team umzingelt wurde, das geschickt worden war, um den Vorfall mit dem Waffenkonvoi zu untersuchen. Offensichtlich hatte er es für besser gehalten, sich selbst zu töten, als den Amerikanern die Chance zu geben, ihn zu verhören. Er war lieber gestorben, anstatt Informationen über die Aufständischen und den Verbleib der Waffen preiszugeben.

Für Scott bedeutete das, dass der Mann auch seinen

Namen und seine Rolle bei dem Angriff nicht verraten konnte.

Es war ein Glücksfall. Jetzt beunruhigte ihn jedoch, dass ihm aufgrund dieses Handelns die Tabletten ausgingen. Scott war sich nicht sicher, ob sie bis zu seiner Rückkehr nach Kalifornien reichen würden. Er müsste sie vorsichtig strecken. Sobald er gelandet war, konnte er sich wieder mit seinem üblichen Dealer treffen, aber bis dahin würde er unter einigen Entzugserscheinungen leiden müssen.

Während der General immer weiterredete, erlahmte Scotts Aufmerksamkeit. Er stellte sich vor, wie er den Leutnant wiedersehen und sie zum Schweigen bringen würde. Er wusste, dass sie als Krankenschwester im Krankenhaus des Stützpunktes leicht zu erreichen wäre, aber er musste alles zeitlich genau abstimmen. Wenn sie ihn auf dem Stützpunkt auch nur flüchtig sah, bevor er bereit war, wäre alles ruiniert. Sie würde ihn, ohne zu zögern, verraten.

Er musste herausfinden, wie er es anstellen konnte, damit sie genau im richtigen Moment aufeinandertrafen. Dann konnte er beenden, was die unfähigen Afghanen nicht geschafft hatten – dafür zu sorgen, dass der Leutnant ihn niemals für die Behörden identifizieren konnte.

Während seine Miene ausdruckslos blieb, schmiedete Scott innerlich grinsend seinen Plan.

KAPITEL ACHTZEHN

Rex sah Avery an und musste sich mit aller Kraft zurückhalten, sie nicht in seine Arme zu ziehen und zu küssen.

Alles, was er ihr an diesem Morgen gesagt hatte, war die Wahrheit gewesen. Er träumte davon, sie wieder zu küssen. Davon, jeden Zentimeter ihres Körpers zu kosten und sie dann zu ficken, bis sie beide verschwitzt und kraftlos waren. Aber das konnte er nicht. Erst musste er sicher sein, dass sie nicht entscheiden würde, dass er nicht das war, was sie wollte. Wenn sie es doch tat, war er sich nicht sicher, ob er sich davon erholen könnte.

Sie waren in Gumbys Strandhaus und sie saß mit Phantom und Caite auf der hinteren Veranda. Sie schauten den Kindern von Piper und Ace zu, die mit den anderen Frauen sowie Gumby und Rocco im Sand spielten.

Rex war mit Ace und Bubba drinnen, um nach dem Essen aufzuräumen.

»Du hast einen seltsamen Gesichtsausdruck, Bruder«, stichelte Bubba.

Rex wandte die Aufmerksamkeit wieder dem Teller zu, den er gerade abtrocknete.

Ace klopfte ihm auf den Rücken und lachte. »Der nächste ist dran, was?«

Rex grinste zurück, gab aber keinen Kommentar ab.

»Wurde auch Zeit«, warf Bubba ein. »Ich meine, wir wissen alle, dass du schon seit Ewigkeiten ein Auge auf sie geworfen hast. Schade, dass sie erst entführt werden musste, damit ihr zusammenkommt, aber wir freuen uns für dich.«

»Danke«, sagte Rex zu seinen Freunden. Er stellte den inzwischen getrockneten Teller in den Schrank und warf das Handtuch zur Seite. »Kann ich euch etwas fragen?«

»Natürlich.«

»Alles.«

»Wie habt ihr ... wann habt ihr ...« Rex verstummte.

»Spuck's aus«, sagte Ace grinsend.

»Wie hast du herausgefunden, dass Piper mit dir zusammen war, weil sie mit dir zusammen sein *wollte*, und nicht wegen der Kinder?«, fragte Rex Ace.

Rex' ernste Frage löschte jeden Humor aus dem Gesicht seines Freundes.

»Ganz ehrlich? Mit dieser Frage habe ich früher immer gehadert. Nicht dass ich nicht glaube, dass sie mich liebt«, erklärte Ace schnell, »aber hin und wieder schaue ich mir unsere Kinder an und das Baby, das in ihrem Bauch wächst, und frage mich, wie zum Teufel ich dahin gekommen bin, wo ich heute bin. Ich wollte schon immer Kinder haben, aber ich hätte nie gedacht, dass ich so kurz nach dem Kennenlernen mit Piper schon drei oder sogar vier haben würde. Aber zu wissen, dass sie mich um meiner selbst willen liebt und nicht wegen der Kinder, ist etwas, das ich nicht erklären kann. Es ist einfach ein Gefühl.« Ace drückte eine Faust auf sein Herz.

»Ich würde alles für meine Kinder tun«, fuhr Ace fort, »aber ich weiß tief in meinem Inneren, dass wir trotzdem zusammen wären, selbst wenn die Mädchen nicht hier wären und Piper nicht schwanger wäre. Wir haben vielleicht wegen der Kinder geheiratet, aber es war viel mehr als das, schon bevor wir uns das Jawort gaben. Ich bin kein Idiot, es gab viele Möglichkeiten, wie Tex die Mädchen aus Timor-Leste hätte herausholen können, aber die Heirat band mich an Piper und sie an mich, und zwar auf eine Art und Weise, aus der sich keiner von uns so leicht befreien konnte. Wir waren uns beide unsicher, aber letzten Endes haben wir es einfach gewusst.«

»Zoey und ich haben in der Woche, die wir in der Wildnis Alaskas verbracht haben, eine Menge Scheiße durchgemacht«, warf Bubba ein. »Wir haben uns in kurzer Zeit sehr gut kennengelernt. Es hat geholfen, dass wir uns schon aus der Highschool kannten, aber trotzdem. Wenn du daran zweifelst, warum Avery mit dir zusammen ist, hör damit auf.«

Rex zuckte mit den Schultern. »Ich kann nicht anders. Es fällt ihr schwer, darüber hinwegzukommen, in der Dunkelheit des Berges begraben gewesen zu sein.«

»Und du hilfst ihr und denkst jetzt, das ist der einzige Grund, warum sie deine hässliche Visage duldet?«, fragte Ace mit einem Grinsen.

Rex war nicht in der Stimmung, darüber zu scherzen. »Fick dich«, murmelte er.

Ace wurde ernst und legte Rex eine Hand auf die Schulter. »Frauen sind manchmal schwer zu verstehen, aber wenn sie keine Gefühle für dich hätte, würdest du sicher nicht jede Nacht in ihrem Bett schlafen.«

»Sie hat Angst vor der Dunkelheit«, gab Rex zu. »Sie hat mich mitten in der Nacht angerufen und war völlig verängstigt, obwohl in ihrer Wohnung alle Lichter an waren. Sie hatte seit einer Woche nicht mehr geschlafen und war am Ende ihrer Kräfte.«

»Gut, vielleicht hat sie dich in dieser Nacht benutzt, aber in den Nächten danach? Nein«, erwiderte Ace entschieden. »Ich sage nicht, dass du ihr nicht hilfst, denn ich bin sicher, dass du das tust, aber sie ist eine erwachsene Frau. Und eine Krankenschwester noch dazu. Sie weiß, dass es andere Wege gibt, ihre Ängste zu überwinden. Psychotherapie, Medikamente ... was auch immer. Wenn sie keine Gefühle für dich hätte, wärst du nicht mehr in ihrem Bett, Rex.«

Rex war nicht ganz überzeugt.

»Sie kann dich nicht länger als ein paar Minuten am Stück aus den Augen lassen«, sagte Bubba. »Sie sitzt da draußen mit Phantom und Caite, aber sie dreht ständig den Kopf, um zu sehen, wo du bist ... genau wie du es bei ihr tust.«

»Ich habe Angst«, gestand Rex seinen Freunden gegenüber. So etwas würde er nie zu jemandem sagen, dem er nicht hundertprozentig vertraute, aber die Männer vor ihm waren mit ihm zusammen durch die Hölle gegangen.

»Ich habe jeden Tag Angst, dass Zoey zur Vernunft kommt und beschließt, dass sie mit meinen Macken nicht mehr leben kann«, gab Bubba zu.

»Und obwohl Piper mein Kind in sich trägt, habe ich immer Angst, dass sie eines Tages aufwacht und beschließt, dass die Ehe mit einem SEAL nichts für sie ist«, fügte Ace hinzu.

»Du weißt genauso gut wie wir, dass unsere Zukunft nicht in Stein gemeißelt ist«, sagte Bubba zu Rex. »Aber das heißt nicht, dass wir uns nicht das nehmen sollten, was wir wollen. Nimm es an, Mann. Wenn du nach Garantien suchst, dass sie dich nie verlassen wird oder dass das Leben immer ein Kinderspiel ist, wirst du sie nicht bekommen. Das Leben ist chaotisch. Es ist verdammt hart. Es wird Zeiten geben, in denen ihr euch streitet, und sie wird vielleicht denken, dass sie es bereut, ihr Leben so gewählt zu haben. Aber das bedeutet nur, dass du dich noch mehr anstrengen musst, um ihr zu zeigen, dass sie doch die richtige Entscheidung getroffen hat. Dass du es wert bist, auch wenn du dich innerlich und äußerlich kaputt fühlst. Genauso wie sie es tun wird, wenn du sauer auf sie bist, weil *sie* irgendeinen Scheiß gemacht hat.

Das Leben ist ein Risiko, Rex. Das weißt du so gut wie jeder von uns. Worauf wartest du also noch? Der Zeitpunkt wird nie der richtige sein. Du denkst vielleicht, du willst warten, bis sie außer Gefahr ist, aber was ist, wenn sie den Terroristen nie identifiziert? Wirst du dann für den Rest deines Lebens nur ein Freund für sie sein? Das ist euch beiden gegenüber nicht fair.«

»Entweder du bist dabei oder du bist raus«, fuhr Bubba fort. »Du könntest auf unserer nächsten Mission getötet werden. Oder dir wird ein Bein weggesprengt. Oder einer ihrer Patienten könnte im Krankenhaus den Verstand verlieren und sie töten. Man weiß es einfach nicht. Aber eines ist sicher – wenn du auf den perfekten Zeitpunkt wartest, um eure Beziehung zum Laufen zu bringen, wirst du ewig warten.«

Rex schaute zurück auf die Veranda und sah, wie Avery ihn mit besorgtem Gesichtsausdruck musterte. Sie flüsterte: »Ist alles in Ordnung mit dir?«

Ihm wurde klar, dass er während Bubbas Belehrung die Stirn gerunzelt hatte, also glättete er seine Miene und nickte Avery zu. Sie lächelte ihn an und er lächelte zurück, dann wandte sie sich wieder dem Gespräch zu, das sie mit den anderen auf der Veranda geführt hatte.

Als Rex sich wieder zu Ace und Bubba umdrehte, grinsten beide wie die Verrückten.

»Schon verstanden«, sagte Rex lächelnd.

»Gut. Wie wäre es, wenn wir jetzt nach draußen gehen, damit ich dafür sorgen kann, dass meine Frau es am Strand nicht übertreibt, und du deiner Frau versichern kannst, dass es dir gut geht?«, schlug Ace vor.

Rex folgte seinen Freunden zur Tür hinaus und lachte, als sie kaum etwas zu Caite, Phantom und Avery sagten und stattdessen zu ihren Frauen am Strand liefen.

»Habt ihr euch um alles gekümmert?«, fragte Avery. »Ich helfe euch gern.«

»Alles erledigt«, versicherte Rex ihr. Er stupste sie an, eine Stufe herunterzurutschen, und als sie das tat, setzte er sich hinter sie und zog sie in seine Arme. Es war schon nach dem Abendessen, aber die Sonne war noch nicht untergegangen. Sie hatten noch mindestens anderthalb Stunden Zeit, bevor es dunkel wurde. Rex nahm sich vor, nicht länger als eine Stunde zu bleiben, damit sie vor Einbruch der Dunkelheit wieder in ihrer Wohnung sein konnten. »Ist hier draußen irgendetwas Interessantes los?«, fragte er.

»Rani und Sinta spielen Neckball mit Kemala, aber Rani lässt den Ball immer wieder fallen. Kemala hätte ihn sich mehrmals schnappen können, aber sie hat so getan, als würde sie stolpern, nur um das Spiel am Laufen zu halten und wahrscheinlich, damit Rani kein schlechtes Gewissen hat, weil sie den Ball nicht von ihrer Schwester fernhalten konnte«, antwortete Caite mit einem Lächeln.

»Natürlich tut sie das«, sagte Rex mit einem Nicken, beugte sich vor und legte sein Kinn auf Averys Schulter. Er spürte, wie sie sich entspannte und ihren Kopf gegen ihn lehnte. Er fühlte sich ... zufrieden.

»Avery sagte, sie war noch nie im *Aces Bar and Grill*«, verkündete Caite.

SUSAN STOKER

Rex versteifte sich. *Aces* war eine coole Kneipe, aber sie war auch als Aufreißerlokal bekannt. Er und die anderen Jungs aus dem Team waren in der Vergangenheit oft dort gewesen, als sie noch Jagd auf Frauen gemacht hatten. Es war schon eine ganze Weile her, dass er Lust gehabt hatte, in eine Kneipe zu gehen, vor allem um Frauen aufzureißen.

Doch das *Aces* gehörte Jessyka Sawyer, der Frau eines SEALs aus Wolfs Team. Es hieß, dass es jetzt weniger ein Aufreißerlokal war ... aber das bedeutete nicht, dass er Avery dort abhängen lassen wollte.

»Also sagte ich, ich würde irgendwann mal mit ihr hingehen.«

»Ernsthaft?«, fragte Rex. Er drehte sich zu Caite um und sah, dass sie von einem Ohr zum anderen grinste. »Du willst mich verarschen, oder?«, fragte er.

Sie kicherte. »Ein bisschen. Aber ich dachte, sie hätte vielleicht Lust auf einen Mädelsabend mit mir, Sidney, Piper und Zoey.«

»Mittagessen«, korrigierte Rex, ohne nachzudenken.

Ihm wurde erst klar, was er gesagt hatte, als Avery ihm einen Blick zuwarf.

Scheiße, er hatte nicht vorgehabt, etwas zu sagen, das ihre Angst vor der Dunkelheit verriet.

Aber die liebe Caite hakte nicht nach, sondern machte einfach mit.

»Stimmt. Das wäre besser. Piper hat gesagt, dass sie wegen des Babys abends gegen sieben Uhr einschläft. Und wir sind alle gern zu Hause, wenn ihr von der Arbeit kommt. Mittagessen passt für mich. Avery?«

»Klar, das klingt gut.«

»Cool. Ich werde es arrangieren und mich melden«, entgegnete Caite.

»Lass dir ein paar Wochen Zeit«, sagte Rex zu ihr.

Caite runzelte verwirrt die Stirn, aber Phantom wusste

genau, was Rex meinte. »Kein Glück mit den Bildern heute?«, fragte er Avery.

Sie seufzte und Rex spürte, wie die Anspannung in ihre Muskeln zurückkehrte.

»Nein. Und das macht mich wütend. Ich muss ihn übersehen haben. Ich fange noch einmal von vorne an, aber ich weiß, dass ich nicht fertig werde, bevor die erste Einheit in den Staaten eintrifft«, sagte Avery zu Phantom.

Caite, die wahrscheinlich von Rocco über Averys Vorhaben informiert worden war, runzelte die Stirn. »Das ist scheiße. Es tut mir leid, Avery.«

»Ist schon okay. Es ist nur ... wahrscheinlich ist es das Beste, wenn ich eine Weile in der Nähe meiner Wohnung bleibe. Bis wir wissen, wie es weitergeht. Ich will auf keinen Fall dich oder die anderen in Gefahr bringen, nur weil ihr bei mir seid.«

»Scheiß drauf«, sagte Caite heftig. »Ich würde gern sehen, wie dieses Arschloch etwas versucht, wenn wir im *Aces* sind. Wir würden ihn in den Boden stampfen.«

Avery kicherte und Rex war froh, sie lächeln zu sehen. »Wir sind ziemlich toll, nicht wahr?«, fragte sie.

»Auf jeden Fall. Ich habe drei knallharten Navy SEALs das Leben gerettet«, sagte Caite mit einem Grinsen. »Und Sidney hat Hundeentführer zur Strecke gebracht, Piper hat sich und ihre drei Kinder drei Tage lang vor Rebellen in Sicherheit gewahrt und Zoey hat sich als Expertin im Überleben in der Wildnis erwiesen und Bubba das Leben gerettet, als er in den Gewässern Alaskas schwimmen wollte. Und du ... ich brauche dir nicht zu sagen, was für tolle Leistungen du vollbracht hast. Zu fünft sind wir nicht zu stoppen.«

Rex rollte mit den Augen, als Phantom sagte: »Wonder Women, ihr alle miteinander.«

»Wie auch immer«, gab Caite zurück, dann zwinkerte sie

Avery zu. »Im Ernst, wenn es mit *Aces* kurzfristig nicht klappt, kommen wir zu dir. Wir können dort genauso gut unseren Wein trinken wie im *Aces*. Obwohl uns die Augenweide fehlen wird.«

»Wir könnten unsere Jungs bitten, uns oben ohne zu bedienen«, schlug Avery vor.

Rex verschluckte sich fast, als Caite in Gelächter ausbrach. »Ja! Perfekt!«

»Ich bin raus«, schnaubte Phantom und lehnte sich in seinem Stuhl zurück.

Beide Frauen kicherten.

Als sie sich wieder unter Kontrolle hatten, fragte Rex: »Wie geht's dem Bein, Phantom?«

»Gut«, antwortete der andere Mann, ohne es näher auszuführen.

»Er meint damit, dass er sein Bein wieder bewegen kann, es aber immer noch ein wenig steif ist. Der Physiotherapeut meint, dass es noch ein oder zwei Wochen dauern wird, bis er wieder voll einsatzfähig ist. Er ist verdammt mürrisch, aber er weiß, dass es das Beste ist«, steuerte Avery als Erklärung bei.

»Danke, Mom«, murmelte Phantom.

»Freut mich zu hören«, sagte Rex zu seinem Teamkameraden.

Schließlich trottete die Mannschaft vom Strand zurück zur Veranda, die bald voller Gelächter und Geplauder war.

Rex beugte sich vor und sprach in Averys Ohr: »Geht es dir gut?«

Sie nickte und drehte den Kopf, um ihn anzusehen. »Ja. Das hier war gut. Danke, dass du mich eingeladen hast. Ich mag die Frauen deiner Freunde. Sie sind alle sehr nett.«

»Hast du etwas anderes erwartet?«, fragte Rex, der aufrichtig neugierig auf ihre Antwort war.

»Nicht wirklich, aber es ist schwer, der Neuankömmling zu sein. Sie kennen sich alle schon eine Weile und ich bin die Neue. Das klappt nicht immer.«

»So sind sie nicht.«

»Das weiß ich jetzt, aber ich war mir nicht sicher«, sagte sie.

»Es tut mir leid, dass du den Verräter heute nicht identifizieren konntest«, sagte er leise.

Er spürte, wie sie sich wieder anspannte, aber sie zwang sich sofort, sich an ihm zu entspannen. »Ja, mir auch. Und das macht mir wirklich zu schaffen. Ich war mir *so* sicher, dass ich ihn wiedererkennen würde, wenn ich ihn sehe, aber ... vielleicht war all das, was ich dem General in Afghanistan gesagt habe, Quatsch. Ich bin mir sicher, dass er mich für eine komplette Idiotin hält, nachdem ich immer wieder versichert habe, wie aufmerksam ich bin und dass ich den Verräter nicht beschreiben könnte, ihn aber erkennen würde, wenn ich ihn sehe.«

»Er hält dich nicht für eine Idiotin«, entgegnete Rex, der es hasste, wie entmutigt sie klang.

»Ich denke, es ist egal, was er denkt, aber ich hasse es, an mir selbst zu zweifeln. Ich habe mir jedes Bild angesehen und bin dem Mann, der mich töten wollte, nicht nähergekommen als am Anfang.«

Rex seufzte frustriert. Er wünschte, er könnte ihr helfen, aber sie war diejenige, die den Amerikaner, den sie gesehen hatte, identifizieren musste. Er konnte es nicht für sie tun.

Sie wussten beide, dass ihr Leben ernsthaft in Gefahr sein könnte, wenn der Verräter Teil der Einheit war, die in der folgenden Woche zurückkehrte. Aber ohne ihre Identifizierung konnten sie nicht viel mehr tun. Rex hasste das für sie. Für sie *beide*.

»Bist du bereit zu gehen?«, fragte er.

Sie nickte. »Und nur damit du es weißt, ich kann auch länger bleiben. Die Dunkelheit scheint mir nichts auszumachen, wenn du an meiner Seite bist ... wie du ja weißt.«

»Ich weiß, aber ich fände es besser, wenn wir beide bei Sonnenuntergang wieder bei dir zu Hause wären. Ich würde mich auch gern um eine Alarmanlage für deine Wohnung kümmern ... wenn du einverstanden bist.«

Er spürte, wie sie seufzte. »Ich weiß, ich sollte mich wahrscheinlich aufregen und dir sagen, dass ich sie nicht brauche und du übervorsichtig bist, aber ganz ehrlich? Ich würde mich mit einer Alarmanlage viel sicherer fühlen. Ich hätte mir schon früher eine zulegen sollen, aber ich war so zuversichtlich, dass ich den Kerl identifizieren kann und alles wieder normal wird. Ich weiß, dass eine Alarmanlage nicht narrensicher ist und der Verräter immer noch an mich herankommen könnte, aber dann müsste er sich wenigstens mehr anstrengen, oder?«

Rex wollte diesen Mistkerl umbringen. Ihn in Stücke reißen, weil er Avery das angetan hatte. Aber er zwang sich, ruhig zu bleiben. »Wir werden dafür sorgen, dass im Falle einer Auslösung nicht nur die örtliche Polizei benachrichtigt wird, sondern auch ich und der Rest des Teams, okay?«

»Ich will keine Last sein.«

»Du bist keine Last«, versicherte Rex ihr. »Ich habe schon mit den Jungs gesprochen und es war ihre Idee, nicht meine.«

Sie sah ihn an. »Wirklich?«

»Wirklich.«

»Du hast Glück, so gute Freunde zu haben«, sagte sie.

»Nein, *wir* haben Glück«, erwiderte er. »Sie sind auch deine Freunde. Komm schon, lass uns gehen. Es wird sowieso eine halbe Stunde dauern, sich von allen zu verabschieden.«

Er liebte das leise Lachen, das ihren Mund verließ. Er stand auf und half ihr auf die Beine.

Wie er vermutet hatte, dauerte es eine ganze Weile, bis sie sich von allen verabschiedet hatten. Rani musste Avery von den vierhundertdreiunddreißig Muscheln erzählen, die sie am Strand gefunden hatte, und Sinta wollte sie zu sich nach Hause einladen, um mit ihr zu spielen. Die anderen Frauen schlossen sich Caites Einladung an, bald einen Mädelsabend zu veranstalten, und jeder der Jungs musste sie umarmen und ihr befehlen, sie jederzeit anzurufen, wenn sie sich unbehaglich fühlte.

Bubba hielt sie besonders lange fest und flüsterte ihr etwas ins Ohr. Rex wäre wütend geworden, aber er wusste, dass die Worte seines Freundes nichts waren, dem er widersprechen würde. Seine Freunde standen hinter ihm, auch wenn es um sein Liebesleben ging.

Als sie auf dem Rückweg zu ihrer Wohnung waren, fragte er beiläufig: »Und ... was hat Bubba gesagt?«

Als Avery knallrot wurde, wusste er, dass er es nicht auf sich beruhen lassen würde. Jetzt *musste* er es wissen.

»Eigentlich nichts.«

»Avery, sag es mir.«

»Warum? Vertraust du ihm nicht?«, neckte sie ihn.

»Natürlich tue ich das. Aber wenn du so rot wirst, muss ich wissen, ob ich ihm in den Arsch treten muss, weil er meine Freundin in Verlegenheit gebracht hat.«

»Das ... so war es nicht.«

»Was hat er dann gesagt?«

»Er hat mir nur gesagt, dass ich dir vertrauen kann. Dass du ein guter Kerl bist.«

Rex musterte sie, während er fuhr und seine Aufmerksamkeit zwischen ihr und der Straße aufteilte. »Okay, das glaube ich, aber ich wette, da war noch etwas anderes.«

Sie verdrehte die Augen. »Du bist nervig«, erklärte sie.

»Ich weiß«, antwortete er. »Also, sag es mir.«

»Wirst du immer so sein?«

»Wie?«

»Stur. Aufdringlich. Ein Nein nicht als Antwort akzeptieren«, sagte sie.

»Wenn ich denke, dass du mir etwas verheimlichst, das dich später verletzen könnte? Ja«, antwortete er, ohne zu zögern.

»Meinetwegen. Er hat auch gesagt, wenn er Single wäre, würde er alles tun, um mich dir wegzunehmen.«

Rex lachte schallend. »Dieses Arschloch«, sagte er, jedoch nicht hitzig.

»Du bist nicht sauer?«, fragte Avery.

»Nein. Denn ich weiß, dass er es ernst gemeint hat, aber ich weiß auch, dass er so in Zoey verliebt ist, dass es nicht einmal lustig ist. Und er hat nichts gesagt, das nicht auch jeder andere Mann denkt, der mit dir redet.«

»Cole! Das ist nicht wahr.«

»Doch, Avery, ist es. Und es ist verdammt niedlich, dass du nicht einmal merkst, wenn jemand mit dir flirtet. Ich bin der glücklichste Kerl der Welt, dass ich jetzt neben dir sitze und derjenige bin, mit dem du jeden Abend in dein Bett gehst. Ich schwöre dir, Süße, dass ich mein Bestes tun werde, um dir zu geben, was du brauchst und willst.«

»Ich *brauche* keinen Mann«, argumentierte Avery. »Ich kann mir auch allein holen, was ich haben will.«

»Dessen bin ich mir bewusst«, gab Rex zurück. »Du bist die kompetenteste und fähigste Frau, die ich je getroffen habe. Wenn du das nicht wärst, hättest du in dieser Höhle nicht überlebt. Du hast getan, was getan werden musste, und hättest dich selbst gerettet, wenn ich nicht gekommen wäre. Das heißt aber nicht, dass ich nicht alles tun werde, um dir das Leben so leicht wie möglich zu machen. Nur weil du deinen Reifen selbst wechseln kannst, heißt das nicht, dass du das auch *musst*. Nur weil du dir dein Essen selbst kochen, deine Wäsche selbst waschen, dich selbst zur Arbeit fahren kannst und so weiter und so fort, heißt das nicht, dass du das immer tun musst. Ich bitte dich nur um die Chance, dir zu zeigen, dass du einen Mann in deinem Leben haben und trotzdem die starke Frau sein kannst, die du schon immer warst.«

»Scheiße, Cole. Warum sagst du immer Sachen, bei denen ich am liebsten weinen möchte?«

»Weil ich ich bin«, sagte er grinsend und streckte sich nach ihrer Hand aus. Er griff sie nicht, sondern hielt ihr einfach die Hand hin und überließ ihr die Entscheidung, sie zu nehmen. Als sie es tat, seufzte Rex erleichtert auf. Er führte ihre verschränkten Hände zu seinem Mund, küsste ihren Handrücken und legte sie dann auf die Konsole zwischen ihnen.

»Ich mache mir Sorgen darüber, wie es weitergeht«, gab sie zu.

»In Bezug auf was?«

»Alles. Uns. Den Verräter zu finden.«

»Eins nach dem anderen«, sagte Rex ruhig. »Was uns betrifft – was auch immer passiert, passiert. Ich werde an deiner Seite sein und dich unterstützen. Wir werden mehr übereinander erfahren und du wirst hoffentlich merken, dass du mir hundertprozentig mit deinem Körper und deinem Herzen vertrauen kannst.«

Sie drückte seine Hand. »Und der Verräter?«

In Rex' Kiefer spannte sich ein Muskel an, bevor er sagte: »Wir werden ihn finden, Avery. Das verspreche ich dir. Er wird nicht mit dem davonkommen, was er getan hat.«

»Wie?«

»Mit der Hilfe von Tex, harter Arbeit deinerseits bei der Durchsicht der Bilder und ein bisschen Glück.«

Sie nickte und akzeptierte seine Antwort.

Rex wollte fluchen. Am liebsten wäre er nach Afghanistan geflogen und hätte jeden einzelnen Mann dort verhört. Er war sich nicht sicher, was als Nächstes passieren würde, aber einer Sache *war* er sich sicher – er würde nicht zulassen, dass Avery jemals wieder verletzt wurde. Auf keinen Fall.

KAPITEL NEUNZEHN

Avery hatte geplant, hinter der Sicherheit einer Verkleidung und Coles SEAL-Team zuzusehen, wenn die Marineeinheit aus Afghanistan zurückkehrte, aber wie sich herausstellte, war genau dann ein Notfall eingetreten, als sie das Krankenhaus verlassen sollte, um an der Zeremonie teilzunehmen. Es hatte einen Autounfall gegeben und der Lastwagen war voll mit SEALs im Training gewesen. Er war von der Straße abgekommen und eine Böschung hinuntergestürzt. Gott sei Dank war niemand ums Leben gekommen, aber das Krankenhaus war mit über zwanzig Verletzten überschwemmt worden. Knochenbrüche und Kopfverletzungen, und Avery war nicht in der Lage gewesen, das Kontingent zu begrüßen, das aus Übersee zurückkam.

Jetzt war die Einheit seit einer Woche zurück – und Avery war so gestresst wie noch nie. Sie ging alle Fotos durch, schaute jede verdammte Minute des Tages über ihre Schulter und versuchte, bei der Arbeit konzentriert zu bleiben ...

Und Cole machte sie verrückt.

Sie verstand zwar seine Beweggründe, aber seine *Ich-*

werde-dich-nicht-wieder-küssen-bis-du-voll-dabei-bist-Sache machte sie langsam wütend. Warum lag es nur an *ihr*? Warum konnten sie nicht eine normale Beziehung führen wie alle anderen auch? Sie hatte keine Ahnung, was in der Zukunft passieren würde. Ja, sie mochte ihn. Ja, sie wollte mit ihm zusammen sein. Aber sie hatte keine Kristallkugel.

Inzwischen ging es ihr mit ihrer Angst vor der Dunkelheit besser. In der letzten Woche war sie sogar ein paarmal vor Cole ins Bett gegangen und eingeschlafen, was sie für einen großen Schritt in die richtige Richtung hielt. Ja, die Lichter waren noch an, aber sie hatte tatsächlich ohne ihn geschlafen, was ihr ein gutes Gefühl gab.

Das größte Problem waren jetzt noch ihre Träume. Genauer gesagt ihre Albträume. Aber sie handelten nicht davon, dass sie lebendig begraben wurde. Jetzt ging es darum, dass *Cole* ihretwegen entführt oder getötet wurde. Und das war ätzend.

Heute Morgen sollte sie vor der Arbeit aufs Polizeirevier gehen, um sich Fotos anzuschauen, dann ihre Acht-Stunden-Schicht arbeiten und anschließend mit Cole zu Ace und Piper fahren. Aber nach dem Albtraum der letzten Nacht – einem der schlimmsten bisher – wollte Avery nur noch zurück ins Bett kriechen und dort bleiben.

Seufzend stieg sie aus dem Bett und machte sich für ihren Tag fertig. Sie konnte sich den Luxus nicht leisten, zu Hause zu bleiben, so gern sie das auch getan hätte.

Nachdem sie sich umgezogen hatte, ging sie ins andere Zimmer, wo Cole wie üblich in der Küche stand. Er drehte sich um, als er spürte, dass sie den Raum betrat, und hielt ihr eine Tasse Kaffee hin.

»Du hattest eine harte Nacht. Willst du über die Albträume reden?«

Avery seufzte in dem Wissen, dass es noch zu früh war, um darüber zu sprechen, vor allem bevor das Koffein eine

Chance hatte, in ihren Blutkreislauf einzudringen, und setzte sich an den kleinen Tisch. »Eigentlich nicht«, murmelte sie in das frische Gebräu, das genau so zubereitet war, wie sie es mochte.

»Du musst darüber reden. Du kannst nicht alles in dich hineinfressen.«

Avery schloss die Augen. Das wusste sie, sie war keine Idiotin. Aber sie wollte normal sein. Sie wollte mit Cole über alltäglichen Scheiß reden. Nicht darüber, wie kaputt sie im Kopf war.

»Im Ernst, Süße. Ich will dir nur helfen. Rede mit mir.«

Sie stellte ihre Tasse mit einem dumpfen Schlag ab und sagte: »Du willst, dass ich rede? Na gut. Ich bin total gestresst. Es ist schwer, meinen Tag zu bewältigen, wenn ich mich frage, ob das Monster hinter irgendeiner Ecke hervorspringen wird. Ich träume davon, dass du von diesem Arschloch getötet oder verletzt wirst, weil du mit mir zusammen bist, und ich bin verdammt frustriert, dass es scheint, als würdest du dich körperlich von mir zurückziehen, obwohl ich genau das Gegenteil von dir brauche.«

Cole blinzelte über ihren Ausbruch, dann schaltete er den Herd aus. Er kam zum Tisch, setzte sich ihr gegenüber hin und starrte sie mit seiner intensiven Art an. »Es tut mir leid, dass du gestresst bist. Wenn es dich beruhigt, wir haben Tex auf den Fall angesetzt, und er tut, was er kann, um die Hintergründe der Männer zu untersuchen, die zur gleichen Zeit wie du in Afghanistan stationiert waren. Wenn ihm etwas auffällt, wird er es meinem Kommandanten sagen, damit wir uns die Männer genauer ansehen können. Und ich hasse es, dass du Albträume über mich hast. Du weißt, dass ich ein SEAL bin, Baby. Ich kann auf mich selbst aufpassen. Dieses Arschloch von Verräter wird mich nicht überrumpeln können.«

»Du bist nicht immun gegen Verletzungen«, argumentierte Avery. »Er könnte eine Waffe ziehen und dich erschießen, bevor du die Chance hast, einen deiner supertollen SEAL-Verteidigungstaktiken auf ihn anzuwenden.«

Cole schmunzelte. »Ich bezweifle, dass er mitten auf einem belebten Marinestützpunkt eine Waffe ziehen wird.«

»Das weißt du nicht«, konterte Avery, nicht im Geringsten amüsiert. »Hast du in letzter Zeit mal die Nachrichten gesehen? Ständig gibt es Schießereien. Und vielleicht benutzt er keine Schusswaffe. Er könnte ein Messer oder so etwas haben. Oder er hat Kumpel, die sich gegen dich zusammentun und zu Brei schlagen. Ich hasse es einfach, dass *du* durch meine Situation verletzt werden könntest.«

Cole streckte eine Hand aus und legte sie mit der Handfläche nach oben auf den Tisch vor ihr.

Avery weigerte sich, sie zu ergreifen. Sie war nicht in der Stimmung, sich von ihm beschwichtigen zu lassen. Nicht heute Morgen.

»Können wir über uns reden?«, fragte er.

»Habe ich denn eine Wahl?«, sagte sie in ihren Kaffee.

»Du weißt, warum ich nichts Körperliches zwischen uns angefangen habe. Wir haben darüber gesprochen.«

Avery schaute ihm in die Augen. Sie spürte, wie sie weich wurde und seinem Wunsch nachgab. Er sah so verdammt gut aus, dass es ihr wehtat. Seine dunkelbraunen Augen waren fast hypnotisierend. Sie könnte ihn stundenlang anstarren und sich in ihm verlieren. Seine Haare standen wild durcheinander und er hatte sich heute Morgen den Bart gestutzt. Kurzum, er sah so verdammt heiß aus, dass es ihr schwerfiel zu glauben, dass er mit *ihr* zusammen war.

Aber er hielt sich zurück, und das war frustrierend und demoralisierend zugleich. Er wollte etwas von ihr, von dem sie nicht sicher war, ob sie es ihm geben konnte ... nämlich das Versprechen einer langfristigen Beziehung. So funktionierte die Welt nicht und sie nahm es ihm übel, dass er den ganzen Druck ihrer Beziehung auf sie abwälzte. Zumindest fühlte es sich so an.

»Nein, du hast mir davon *erzählt*«, gab sie zurück. »Wir haben jedoch nicht darüber gesprochen. Du hast deine Meinung gesagt und erwartet, dass ich damit einverstanden bin. Nun, ich bin *nicht* einverstanden, Cole. Es ist nicht fair, dass du alles, was in unserer Beziehung passiert, auf meinen Schultern ablegst. Du hast mir ein Ultimatum gestellt, und das gefällt mir nicht.«

Er blinzelte überrascht. »Das habe ich nicht getan«, protestierte er.

»Doch, das hast du«, sagte sie mit Nachdruck. »Du hast gesagt, wenn ich bereit bin, dich als meinen einzigen Mann für den Rest meines Lebens zu akzeptieren, muss ich den ersten Schritt machen. Und wenn ich das tue, würde ich dir damit sagen, dass ich in unserer Beziehung voll und ganz *drin* bin. Nun, das ist nicht fair. Ich weiß nicht, was in der Zukunft passieren wird. Und du auch nicht. Du hast das vielleicht gesagt, damit du nicht verletzt wirst, aber was ist mit *mir*? Was ist, wenn ich mich entscheide, dass ich das will, und *du* es dann irgendwann nicht mehr kannst? Was denkst du, wie ich mich dann fühle? Beschissen, so werde ich mich fühlen.

Jetzt muss ich mir nicht nur um meine Patienten im Krankenhaus und den Verräter Sorgen machen und versuchen, meinen Eltern und meiner Schwester zu versichern, dass es mir wirklich gut geht, nachdem ich in Kriegsgefangenschaft war, und mich damit auseinandersetzen, dass die Leute mich überall anstarren, als würden sie denken, dass mein Kopf sich im Kreis dreht, weil mir das passiert ist, sondern *jetzt* lastet auch noch die gesamte Verantwortung für unsere Beziehung auf meinen Schultern. Ich kann meinen Freund nicht küssen, mich von ihm befummeln lassen oder mir von ihm die Orgasmen geben lassen, die ich so verzweifelt brauche und will, weil er mit nichts anderem umgehen kann als mit meiner völligen Hingabe an ihn und seine Bedürfnisse! Ich mag im Moment vielleicht diejenige mit den psychischen Problemen sein, aber dass du einen Ring und ein weißes Kleid willst, bevor du mich überhaupt küsst, ist nicht gerade hilfreich.«

Avery keuchte, als sie fertig war, aber es tat gut, ihre Gedanken und Gefühle ein für alle Mal loszuwerden.

Cole saß ihr mit verblüffter Miene gegenüber. Als er nichts sagte, hatte Avery das Gefühl, ihr würde schlecht werden. Sie schob ihren Stuhl zurück und stand auf. »Ich bin nicht hungrig. Ich muss mich fertig machen. Ich werde heute selbst zur Polizeiwache fahren, du brauchst nicht auf mich zu warten. Ich weiß, dass du heute Morgen ein Treffen mit deinem Kommandanten hast. Ich schreibe dir, sobald ich im Krankenhaus bin.« Dann drehte sie sich um und ging zurück in Richtung Schlafzimmer.

Und mit jedem Schritt, den sie machte, ohne dass Cole ihr hinterherkam, um sie zurechtzuweisen und ihr zu versichern, dass er auf jeden Fall eine Beziehung mit ihr wollte, egal was kam, wurde ihr das Herz immer schwerer.

Wahrscheinlich hatte sie mit ihrer kleinen Rede alles vermasselt ... aber so war es eben. Sie konnte das mit Cole nicht mehr machen. Sie konnte nicht jede Nacht mit ihm schlafen und ihn wollen, aber nur einen kleinen Teil von ihm bekommen. Sie wollte alles, und sie wollte nicht die Zukunft vorhersagen müssen, um es zu bekommen.

Sie schloss die Badezimmertür und beugte sich vor, wobei sie sich mit den Händen auf dem Waschtisch abstützte. Als sie in den Spiegel schaute, fragte sie leise: »Warum musste ich mich in den einen Typen verlieben, der sich weigert, etwas Körperliches mit mir zu beginnen? Das ist doch verrückt. Die meisten Männer würden die Chance auf Sex ohne Verpflichtungen nutzen.«

In dem Wissen, dass sie keine Zeit hatte, Fragen zu stellen, auf die sie keine Antworten hatte, griff Avery nach Coles Budweiser-Anstecknadel. Es war verrückt, dass sie sie immer noch unter ihrer Uniform und dem Kittel trug, aber sie war jetzt ein Talisman. Sie hatte das Gefühl, dass sie eine Katastrophe heraufbeschwören würde, wenn sie sie nicht trüge.

Aber zum ersten Mal, seit sie in der Höhle am Fußgelenk gefesselt gewesen war, wollte sie, dass der Verräter etwas unternahm. Sie *wollte* ihn konfrontieren. Alles wäre besser als dieses Herumsitzen und Warten, bis etwas passierte. Vielleicht könnte sie dann mit ihrem Leben weitermachen.

Als sie aus dem Bad kam, war Cole immer noch da. Sie hatte gedacht, er wäre schon gegangen. Irgendwie wünschte sie sich, er hätte es getan.

»Ich möchte wirklich gern weiter darüber reden«, sagte er leise und stand auf, als er sie sah.

»Ich kann nicht«, erwiderte sie ehrlich. »Nicht jetzt. Du musst mir einfach etwas Zeit geben. Und Raum.«

»Rede mit mir«, flehte Cole.

Aber sie konnte nicht. Sie war schon einmal explodiert und fühlte sich schuldig. Sie wollte ihn nicht noch mehr verletzen und wusste, wenn sie in ihrer jetzigen Stimmung mit ihm redete, würde sie etwas sagen, das ihn dazu brächte, sich endgültig von ihr abzuwenden.

Ohne ein Wort schnappte sie sich ihre Handtasche und ging auf die Tür zu.

»Avery?«, rief er, und sie konnte die Sorge in seiner Stimme hören.

»Ich fahre zur Polizeiwache und schaue mir noch einmal

Bilder an«, sagte sie zu ihm. »Bitte schließ die Tür ab, wenn du gehst.«

Dann war sie weg und eilte die Treppe hinunter zu ihrem Wagen. Als sie einstieg, schaute sie in den Rückspiegel und sah, wie Cole an ihrer Wohnungstür stand und auf den Parkplatz hinunterschaute ... wahrscheinlich um sicherzugehen, dass sie sicher zu ihrem Fahrzeug gelangt war.

Cole war der beste Freund, den sie je gehabt hatte. Aufmerksam, fürsorglich, empfänglich für ihre Stimmungen. Er hatte großartige Freunde und verstand sich mit ihren Eltern. Aber dass er sie sexuell nicht berührte, stresste sie. Es machte keinen Sinn.

Der Gedanke an ihre Eltern löste in ihr Sehnsucht danach aus, mit ihrer Mutter zu reden. Also tippte sie auf ihren Namen in ihrem Handy und innerhalb von Sekunden hörte sie das Telefon über die Bluetooth-Verbindung in ihrem Wagen klingeln.

»Hallo?«

»Hi Mom, ich bin's«, sagte Avery, die sich beim Klang der Stimme ihrer Mutter entspannte.

»Hey Schatz. Es ist noch früh bei dir. Ist alles in Ordnung?«

Typisch für ihre Mutter, dass sie gleich zur Sache kam. Avery hatte in den letzten Wochen einige Male mit ihr gesprochen, aber dieses Mal brauchte sie eher ihren Rat als nur eine kleine Plauderei. »Nein. Ich hatte heute Morgen einen Streit mit Cole. Zumindest glaube ich, dass es ein Streit war. Ich habe irgendwie das ganze Gerede übernommen.«

»Erzähl es mir«, sagte ihre Mutter leise.

Und das tat Avery. Sie erzählte ihrer Mutter, wie sie Cole mitten in der Nacht angerufen hatte, als sie einen Zusammenbruch erlitten hatte, und was Cole über das Küssen gesagt hatte und dass sie den ersten Schritt machen müsse. Und dass sie, wenn sie den ersten Schritt machte, im Grunde genommen zustimmte, in jeder Hinsicht ihm zu gehören.

Als sie fertig war, schwieg ihre Mutter einen Moment lang.

»Mom? Ich brauche deinen Rat.«

»Küss ihn«, erwiderte Amy Nelson schlicht.

»Mom, wie kannst du so etwas sagen? Er hat doch den ganzen Druck unserer Beziehung auf meine Schultern gelegt. Das ist nicht fair!«

»Avery, hör mir zu. Du und Cole, ihr seid füreinander bestimmt. Gut, ich gebe zu, dass er dich unnötig unter Druck gesetzt hat, aber nur, weil er unsicher ist. Er will nicht als kurzfristige Sache gesehen werden. Ich bin sicher, dass er schon viele Frauen getroffen hat, die mit ihm geschlafen haben, nur weil ein Navy SEAL ist. Versuche, es aus seiner Perspektive zu betrachten. Der Mann sieht extrem gut aus, und das weiß er auch. Aber er hat endlich eine Frau gefunden, von der er möchte, dass sie ihn nicht nur wegen seiner Berufsbezeichnung oder seines Aussehens mag. Er schützt sich auf die einzige Weise, die er kennt.«

»Indem er seine Zuneigung zurückhält?«, fragte Avery ungläubig.

»Tut er das?«, konterte ihre Mutter sofort. »Willst du mir sagen, dass er dir nicht auch auf andere Weise zeigt, wie sehr er dich mag? Und wenn du das tust, wirst du etwas von mir zu hören bekommen.«

Avery seufzte.

Ihre Mutter redete weiter. »Als wir bei dir waren, konnte er den Blick nicht von dir lassen. Wenn du ins Zimmer kamst, drehte er sich um und sah dich an. Er hat dich ständig angefasst. Nichts Unangemessenes, solange wir dabei waren, aber eine Hand an deinem Bein, ein Berühren deines Arms, das Halten deiner Hand. Du hast mir selbst erzählt, dass er dich nachts festhält, damit du schlafen kannst. Schatz, was glaubst du, warum dein Vater und ich so schnell wieder abgereist sind?«

Averys Gedanken drehten sich vor lauter Schuldgefühlen. Ihre Mutter hatte recht.

Cole zeigte ihr jeden Tag seine Zuneigung. Er wusste, wie sie ihren Kaffee mochte, er machte ihr jeden Morgen Frühstück, er fuhr sie zur Arbeit und holte sie ab. Er fragte sie, was sie abends machen wollte, er erzählte ihr von seinen Freunden, er wusch ihren Wagen und tankte ihn auf. Es gab noch hundert andere Arten, wie er ihr gezeigt hatte, wie sehr er sie mochte.

Dann wurde ihr die Frage ihrer Mutter bewusst. »Ich dachte, ihr hättet euch versichert, dass es mir gut geht, und wolltet wieder zu eurem Leben zurückkehren«, sagte sie.

Ihre Mutter lachte. »Schatz, du wurdest zwei Wochen lang von Terroristen gefangen gehalten. Du warst so dünn, wie ich dich seit deinem zwölften Lebensjahr nicht mehr gesehen habe. Es war offensichtlich, dass du nicht gut geschlafen und dich angetrieben hast, früher als du bereit warst in dein Leben zurückzukehren. Wenn ich denken würde, dass es in deinem besten Interesse wäre, wäre ich *immer noch* da. Du bist mein kleines Mädchen. Ich würde alles für dich tun – auch dich dazu bringen, mehr zu essen und nicht so viel zu arbeiten. Aber es war offensichtlich, dass unsere Anwesenheit nicht hilfreich war. Es fiel mir schwer zu gehen, aber dein Vater meinte zu Recht, dass Cole für uns einspringen und all die Dinge tun würde, die wir nicht tun konnten, wenn wir gingen. Dass du ihn vielleicht sogar um Hilfe bitten würdest, wenn wir nicht da wären.

Du warst schon immer schlecht darin, um Hilfe zu bitten, sogar als du noch klein warst. Es tut mir leid, dass du das nur getan hast, als du an deinem Tiefpunkt warst, aber ich denke, du hast daraus gelernt ... dass es in Ordnung ist, um Hilfe zu bitten. Dass es dich nicht schwach macht. Und wir hatten *gehofft*, dass Cole nach unserer Abreise bei dir übernachten würde, um dir beim Einschlafen zu helfen. Wir sind vielleicht deine alten Eltern, aber wir sind nicht dumm.«

Avery war fassungslos. Und ihre Mutter hatte recht, sie hätte Cole auf keinen Fall angerufen, wenn ihre Eltern noch da gewesen wären.

»Und was das Küssen und den ersten Schritt angeht, sage ich es noch einmal: Küss den Mann einfach, Avery. Tu es. Das Leben ist kurz. Das solltest du besser als jeder andere wissen. Du hast recht, niemand weiß, was die Zukunft bringt, aber du magst Cole, und es ist offensichtlich, dass er verrückt nach dir ist. Es gibt keine Garantie, dass keiner von euch beiden in Zukunft verletzt wird, aber manchmal muss man einfach ein Risiko eingehen. Spring von der Klippe. Lass es mich so sagen – willst du lieber jetzt glücklich sein oder es später bereuen?«

Avery wusste, dass ihre Mutter wieder einmal recht hatte. Und sie hatte versucht, Cole genau das klarzumachen – ohne Erfolg. Sie musste sich nur mehr anstrengen, um ihm das zu verdeutlichen ... und das nicht, indem sie die Fassung verlor. Wenn er sie davon überzeugen konnte, dass es in Ordnung war, sich auf ihn zu stützen, wenn sie Hilfe brauchte, dann musste sie ihn erkennen lassen, dass die Zukunft ungewiss war und sie das Glück jetzt festhalten sollten, solange sie es noch konnten. Es gab keine Garantien im Leben. Vielleicht war es nicht richtig von Cole gewesen, den ganzen Druck ihrer körperlichen Beziehung auf ihre Schultern zu legen, aber spielte es eine Rolle, ob sie bereit war, diesen ersten Schritt zu tun?

Sie liebte Cole. Er war wie ein Wunder gewesen, als sie ihn am meisten gebraucht hatte. Vielleicht hatten sie die

Dinge aufgrund der Umstände etwas beschleunigt, aber sie hatte das Gefühl, dass sie auch ohne ihre Gefangenschaft dorthin gekommen wären, wo sie jetzt waren.

Sie konnte sich noch gut daran erinnern, wie aufgeregt sie jedes Mal gewesen war, wenn er vor ihrem Einsatz ins Krankenhaus kam, um mit ihr zu flirten. Vielleicht würden sie jetzt nicht praktisch zusammenleben, wenn Afghanistan nicht gewesen wäre, aber die Dinge schienen so zu laufen, wie sie laufen sollten.

»Du hast recht, Mom«, sagte Avery.

»Ich weiß.«

Sie lachte. »Danke. Das habe ich gebraucht.«

»Gut. Was sind deine Pläne für heute?«

»Polizeiwache, Arbeit und dann wilder Sex mit meinem Freund.«

»Mein Gott, Avery, ich mag ja eine coole, hippe Mutter sein, aber ich bin mir nicht sicher, ob ich das hören muss«, erwiderte ihre Mutter trocken.

»Ich hab dich lieb, Mom. Danke.«

»Ich hab dich auch lieb, und gern geschehen. Ich wollte für dich immer nur, dass du glücklich bist. Und Avery, es ist offensichtlich, dass Cole dich glücklich macht. Er erdet dich, und ich glaube, du tust dasselbe für ihn. Lass es einfach zu. Vielleicht klappt es mit euch nicht ... aber vielleicht tun es das doch.«

»Ich rufe dich in ein paar Tagen an und sage dir, wie es läuft.«

»Okay, Schatz. Sei vorsichtig.«

»Das werde ich. Grüß Dad von mir.«

»Mach ich. Hab dich lieb.«

»Ich dich auch. Bis dann.«

»Tschüss.«

Avery legte auf und fühlte sich so gut wie lange nicht mehr. Ihre Mutter hatte recht. Avery hatte sich so darüber aufgeregt, dass Cole wollte, dass sie den ersten Schritt tat, dass sie den Wald vor lauter Bäumen nicht gesehen hatte. Sie liebte den Mann. Manchmal machte er sie wütend, aber das gehörte dazu, wenn man mit jemandem zusammen war. Auch sie war nicht perfekt. Die Tatsache, dass sie sich heute Morgen von ihrer Frustration hatte überwältigen lassen, bewies das.

Als sie auf den Parkplatz der Polizeiwache fuhr, fühlte Avery sich zehnmal besser als noch dreißig Minuten zuvor. Ihre Mutter hatte es geschafft, die Dinge ins rechte Licht zu rücken.

Mit leichtem Schritt und entschlossener denn je, den Mann zu finden, der immer noch eine Bedrohung sein könnte, machte Avery sich auf den Weg zur Polizeiwache.

Scott Wheatland war genervt von der Arbeit. Er hasste die Morgenschicht. Er zog die Nachtschicht vor, wo er mehr Freiheit hatte. Es waren nicht so viele Offiziere da, die auf alles aufpassten, und er hatte es immer geschafft, auf Patrouille Zeit zu finden, um sich mit seinem Dealer zu treffen und mehr verschreibungspflichtige Schmerztabletten zu besorgen.

Aber seit er aus Afghanistan zurückgekehrt war, musste er die Frühschichten beantragen – weil der *Leutnant* nach ihren Krankenhausschichten kam, um sich die Fotos der Männer anzusehen, die während des Angriffs auf den Waffenkonvoi in Afghanistan stationiert gewesen waren.

Er hatte großes Glück gehabt – *sehr* großes Glück –, dass sie ihn noch nicht identifiziert hatte. Sie hatte sich große Mühe gegeben. Aber Scott hatte herausgefunden, dass in den Dateien, die sie erhalten hatte, keine Fotos der Bootsmänner und anderer Vollzugsbeamter enthalten gewesen waren.

Er wusste nicht warum, aber das war letztendlich auch egal. Es hatte ihm den Arsch gerettet.

Nach diesem Glücksfall konnte er es wirklich nicht gebrauchen, dass der Leutnant ihn in den Gängen der Polizeiwache entdeckte. Scott würde nicht ins Bundesgefängnis gehen. Auf keinen Fall.

Außerdem war er wütend, weil es ihm noch nicht gelungen war, sein Geld von dem Konto in Abu Dhabi abzuheben. Eine einzige Untersuchung seiner Finanzen würde genügen, um ihn zu erwischen. Eine Überweisung von einer Million Dollar würde ihn verdammt schuldig aussehen lassen, und er könnte sich genauso gut eine Zielscheibe auf den Rücken malen.

Nein, er musste sicherstellen, dass der Leutnant ihn nicht identifizieren konnte, dann würde er ein paar Monate warten und das Geld überweisen. Und er musste dafür sorgen, dass der Tod der Schlampe wie ein Unfall aussah.

Er hatte einen Plan. Er war verdammt gut, wenn er das selbst behaupten durfte.

Scott schüttelte zwei Tabletten aus der Flasche und schluckte sie trocken herunter, in dem Wunsch, er hätte die Ruhe und die Zeit, sie einzuschmelzen, aber das hatte er nicht. Er war bereits fünf Minuten zu spät zum Dienst erschienen und musste sich an die Arbeit machen.

An dem Abend, an dem Scott aus Afghanistan zurückgekehrt war, hatte er seinen ehemaligen Dealer angerufen, der sich gefreut hatte, dass er wieder in der Stadt war, und ein Treffen mit ihm arrangiert. Die beiden hatten zusammen gefeiert und Scott war begeistert gewesen, die Tabletten wieder schmelzen und injizieren zu können. Der Rausch trat sofort ein anstatt mit fünfzehn- bis zwanzigminütiger Verzögerung und schien länger anzuhalten.

Sein Dealer versuchte, ihm den Wechsel zu Heroin schmackhaft zu machen, aber Scott widerstand. Er wusste, dass die andere Droge billiger war, aber es wäre viel schwieriger zu erklären, warum er Heroin in seinem Körper oder in seinem Besitz hatte, wenn er erwischt würde.

Er verstaute seine Tabletten und stieß die Tür zur Herrentoilette der Wache auf –

Und erstarrte, als er sah, wer gerade an der Toilette vorbeigegangen war.

Sie. Der Leutnant.

Scott wagte kaum zu atmen. Wenn sie sich umdrehte, würde sie ihn sehen und alles wäre vorbei. Sie würde ihn anzeigen und er würde ins verdammte Gefängnis wandern.

Als sie vor ihm um die Ecke bog, stieß Scott den Atemzug aus, den er angehalten hatte.

Was zum Teufel hatte sie dort zu suchen? Es war zu früh! Sie sah sich die Bilder immer erst am späten Nachmittag an.

Verunsichert ging Scott in die entgegengesetzte Richtung, um sich zum Dienst zu melden. Er wurde verwarnt, weil er zu spät kam, aber das war ihm egal. Das war zu knapp gewesen. Er musste *jetzt* handeln. Er konnte nicht noch einen Tag warten. Sein Glück würde ihn früher oder später verlassen. Man würde ihr die fehlenden Bilder geben, sie würde ihm in den Gängen der Polizeiwache begegnen oder vielleicht sogar in der verdammten Kantine.

Nein, er musste sofort handeln. Der Plan würde funktionieren.

Er hatte um fünfzehn Uhr Feierabend.

Um siebzehn Uhr würde der Leutnant kein Problem mehr darstellen.

Lächelnd senkte Fähnrich Scott Wheatland das Kinn und verließ das Polizeirevier, weg von der Gefahr, von der hochnäsigen Marinekrankenschwester identifiziert zu werden.

»Genieße deinen letzten Tag auf Erden«, murmelte er.

Rex war frustriert. Der Tag hatte nicht so begonnen, wie er es sich vorgestellt hatte. Zuerst war er beim Frühstück von Avery überrumpelt worden. Ehrlich gesagt hatte er gedacht, wenn er ihr sozusagen den Ball zuspielte, würde sie eine Beziehung mit ihm entspannter sehen.

Aber er hatte es offensichtlich vermasselt. Er hatte immer noch Angst, verletzt zu werden, dass Avery beschließen könnte, nicht mehr mit ihm zusammen sein zu wollen, aber er verstand jetzt, dass er unfair gewesen war. Eine Beziehung brauchte Arbeit. Und es war offensichtlich nicht richtig gewesen, ihr den ganzen Druck ihrer körperlichen Beziehung aufzuerlegen.

Das Treffen mit dem Kommandanten war wegen anderer Verpflichtungen auf den Nachmittag verschoben worden, also wurde der Vormittag damit verbracht, mit dem Team zu trainieren und die Einsatzberichte anderer SEAL-Teams durchzugehen. Das taten sie häufig, denn es war einfacher zu erkennen, was gut und was schlecht gelaufen war, wenn man nicht direkt an der Situation beteiligt war.

Das Mittagessen war angespannt gewesen, da Phantom sich darüber ärgerte, dass Tex sich nicht bei ihm oder dem Kommandanten wegen Timor-Leste gemeldet hatte. Das ganze Team wusste, dass es nur eine Frage der Zeit war, bis Phantom nicht mehr warten wollte und etwas Dummes tat, wie zum Beispiel auf eigene Faust in das kleine Land zu fliegen.

Ace war gestresst, weil Piper krank gewesen war und er sich Sorgen um das ungeborene Baby machte. Und praktisch alle waren nervös, weil sie erfahren hatten, dass fünf Soldaten in Afghanistan nach einem Panzerfaust-Angriff auf den Militärstützpunkt getötet worden waren – und dass die Panzerfaust nachweislich eine der gestohlenen aus dem Waffenkonvoi gewesen war.

Obwohl der afghanische Einheimische, der die ganze Sache scheinbar inszeniert hatte, sich selbst umgebracht hatte, nachdem er von dem Delta-Force-Team in die Enge getrieben worden war, waren die Waffen immer noch im Umlauf und wurden benutzt. Und es schien immer einen zweiten Anführer zu geben, der in den Startlöchern stand, um die Kontrolle zu übernehmen. So war es eben mit dem Terrorismus. Ein Anführer wurde getötet, aber es gab noch Dutzende andere, die darauf warteten, die Kontrolle zu übernehmen.

Rex hatte eine SMS von Avery erhalten, als sie gegen zehn Uhr zur Arbeit erschienen war.

Avery: Ich bin im Krankenhaus. Ich bin bis achtzehn Uhr hier. Es tut mir leid wegen heute Morgen. Können wir später reden?

Er hatte sofort zurückgeschrieben.

Rex: Mir tut es auch leid. Und das würde mir gefallen. Brathähnchen zum Abendessen?
Avery: Klingt gut. Wir sehen uns später.
Rex: Bis dann.

. . .

Wenigstens diese eine Sache – das Wichtigste für ihn – schien sich zu bessern. Rex konnte es kaum erwarten, mit Avery reinen Tisch zu machen. Er war ein Arsch gewesen und er war froh, dass sie bereit war, die Dinge zwischen ihnen in Ordnung zu bringen.

Der Nachmittag schien im Schneckentempo zu vergehen, und er war mehr als froh, als er und der Rest des Teams um sechzehn Uhr dreißig in den Konferenzraum kamen, um sich mit ihrem Kommandanten zu treffen.

»Die Verspätung tut mir leid«, sagte Kommandant North, als sie sich alle eingerichtet hatten. »Ich habe heute mit hundert verschiedenen Bällen jongliert. Konteradmiral Creasy war mit den Ermittlungen zu dem Unfall von letzter Woche beschäftigt und ich wurde beauftragt, ihm bei der Bearbeitung seiner Fälle zu helfen, bis die Lage sich beruhigt hat. Wahrscheinlich ist es gut, dass dieses Treffen verschoben wurde, denn ich habe nach dem Mittagessen einige beunruhigende Informationen erhalten, die Sie alle kennen sollten.«

Rex gefiel es nicht, wie sich das anhörte. Er konnte nicht anders, als sich in seinem Stuhl nach vorn zu beugen, als würde der Kommandant dadurch schneller ausspucken, was er erfahren hatte. Er hatte keine Ahnung, worum es ging, Timor-Leste, eine andere Mission, den Verräter ... es war egal. Wenn es das Team betraf, wollte er es unbedingt wissen, ebenso wie seine SEAL-Kameraden.

Doch zu Rex' Bestürzung schien der Kommandant den Blick auf ihn zu richten – und nicht auf irgendjemand anderen im Team. Das verhieß nichts Gutes.

»Mir ist aufgefallen, dass bei der Zusammenstellung der Dateien für Leutnant Nelson, die sie durchsehen sollte, einige vergessen wurden.«

Rex setzte sich aufrecht hin. »Was? *Wie?* Warum?«

»Das ist ungefähr die Reaktion, die ich auch hatte. Sie

sollte Bilder von jedem einzelnen Mann bekommen, der sich während des Angriffs auf den Konvoi auf dem Militärstützpunkt in Afghanistan aufhielt. Aber der Matrose, der für die Zusammenstellung der Aufzeichnungen verantwortlich war, hat es entweder nicht verstanden ... oder war vielleicht beleidigt, dass die Ehre der Bootsmänner infrage gestellt wurde. Wir wissen nicht, ob es ein Versehen oder Absicht war, aber er hat die Bilder der Polizisten ausgelassen.«

»Das ist doch Blödsinn!«, rief Phantom aus.

Der Kommandant hob eine Hand, um den restlichen Ausbruch des SEALs zu unterbrechen. »Ich weiß. Und der Vizeadmiral der Bootsmänner weiß es auch. Die Dateien werden Leutnant Nelson gleich morgen früh zur Verfügung stehen.«

Rex ballte die Hände zu Fäusten und tat sein Bestes, um sein Temperament zu zügeln.

Das war eine große Sache. Sie war so aufgebracht gewesen, dass sie den Verräter auf den Bildern nicht hatte erkennen können. Sie zweifelte an sich selbst. An ihrem Gedächtnis. Aber es war sehr wahrscheinlich, dass sie nach jemandem gejagt hatte, der gar nicht in den Dateien gewesen war.

»Wie viele?«, fragte er.

»Einhundertzwanzig«, sagte der Kommandant, der offensichtlich wusste, was Rex meinte. »Sie sollte nicht länger als dreißig Minuten bis eine Stunde brauchen, um sie durchzusehen.«

»Es macht Sinn, dass der Verräter bei der Polizei ist«, sagte Rocco. »Er hätte wahrscheinlich mehr Bewegungsfreiheit und mehr Informationen darüber, wer die Hauptakteure in der Stadt sind, ganz zu schweigen von den Konvois.«

»Hat Tex das schon untersucht?«, fragte Gumby. »Wenn

wir die anderen ausschließen können, wäre es für ihn einfacher, eine kleinere Gruppe von einhundertzwanzig Personen durchzusehen.«

»Wir können nicht alle anderen ausschließen –«, begann der Kommandant, aber Rex unterbrach ihn.

»Bei allem Respekt, Sir, aber das ist Blödsinn. Avery weiß, was sie gesehen hat, und sie hat mehr als einmal gesagt, dass sie sicher ist, dass sie den Mann wiedererkennen würde, wenn sie ihn noch einmal sieht.« Rex wusste, dass er sie Leutnant Nelson nennen sollte, aber er konnte sich nicht dazu durchringen. Er dachte an den Ausdruck des Scheiterns in ihren Augen, wenn sie jeden Abend nach Hause kam, nachdem sie sich die Fotos angesehen hatte und den Mann nicht identifizieren konnte. Wie frustriert sie in den letzten Wochen gewesen war. Es war inakzeptabel, dass jemand einen direkten Befehl missachtet und seine Frau darunter gelitten hatte.

Der Kommandant seufzte. »Ich weiß, Rex. Ich versuche, das Beste aus der Situation zu machen, aber ich bin genauso wütend wie Sie. Ich habe Tex bereits die Liste mit den Namen gegeben. Das ist ein weiterer Grund, warum ich das Treffen heute so lange wie möglich aufgeschoben habe. Ich wollte ihm Zeit geben, die Liste schnell durchzugehen. Er sollte«, Kommandant North schaute auf die Uhr, als das Telefon klingelte, »genau jetzt anrufen.«

Ohne auf einen weiteren Kommentar zu warten, drückte der Kommandant auf eine Taste an dem Telefon, das in der Mitte des Tisches stand.

»Kommandant North hier.«

»Kommandant, hier ist Tex. Bin ich auf Lautsprecher?«

»Ja.«

»Gut. Dann komme ich gleich zur Sache. Ich weiß nicht, ob einer der Männer in der Datei, die Sie geschickt haben, der Verräter ist oder nicht, aber bei der Polizei dort drüben scheint eine Menge Scheiße im Gange zu sein, und ich empfehle dringend eine vollständige Überprüfung jedes einzelnen Matrosen, der dort arbeitet. Ich habe fünf Verurteilungen wegen Trunkenheit am Steuer, zehn Fälle von häuslicher Gewalt, drei Fälle von Kindesgefährdung, zwei Fälle von Ladendiebstahl, drei Anklagen wegen Drogenmissbrauchs, eine Anklage wegen Hundekämpfen, zwanzig Fälle von Kreditmissbrauch und fünf Männer, die sehr fragwürdige Bankkonten in verschiedenen Ländern der Welt haben.«

»Hundekämpfe?«, fragte Gumby. »Was zum Teufel?«

»Ich wusste, dass dir das nicht gefallen würde. Ja, ein Mitglied der Marinepolizei war bei demselben Kampf dabei, bei dem deine Sidney verletzt wurde. Er wurde zum Fähnrich degradiert und kurze Zeit später nach Afghanistan geschickt.«

»Im Moment mache ich mir mehr Sorgen um die fragwürdigen Bankkonten«, sagte der Kommandant.

»Richtig. Grand Cayman, Mexiko, Kanada und zwei in Abu Dhabi. Und alle fünf sind Männer, die eine der oben genannten Anklagen haben.«

Rex wurde unruhig. Ein Blick auf die Uhr zeigte ihm, dass es schon kurz nach fünf war. Er wusste, dass Avery an diesem Morgen selbst zur Arbeit gefahren war und um achtzehn Uhr Feierabend hatte, aber er verspürte plötzlich das Bedürfnis, sich selbst davon zu überzeugen, dass es ihr gut ging. Er würde zu ihr fahren und sie abholen. Sie konnte ihren Wagen über Nacht am Krankenhaus stehen lassen. Einer der Jungs würde ihm später helfen, ihn zu ihrer Wohnung zu bringen.

»Also gut, konzentrieren Sie sich erst einmal auf diese fünf Männer«, sagte der Kommandant zu Tex, und Rex merkte, dass er einen Teil des Gesprächs verpasst hatte. »Sobald Leutnant Nelson die fehlenden Fotos durchgesehen hat, melden wir uns bei Ihnen. Wenn sie jemanden identifiziert, lassen wir es Sie wissen. Der Admiral, der für den Stützpunkt zuständig ist, wird diese Informationen auf jeden Fall haben wollen, damit er eine gründliche Untersuchung einleiten kann.«

»Seid vorsichtig da draußen«, warnte Tex. »Ich habe kein gutes Gefühl bei dieser Sache. Vielleicht hat der Seemann, der die Bilder zurückgehalten hat, wirklich einen Fehler gemacht, oder er hat mit jemand anderem zusammengearbeitet. Wie auch immer, mir gefällt das nicht. Wenn der Verräter merkt, was passiert ist, und erfährt, dass der Leutnant die fehlenden Bilder bald sehen wird, könnte er dringend dafür sorgen wollen, dass sie ihn nicht identifizieren kann.«

Rex hatte dasselbe gedacht, weshalb er unbedingt zu Avery wollte. Um sich selbst davon zu überzeugen, dass es ihr gut ging.

»Das werden wir«, sagte Rocco zu Tex.

»Tex?«, fragte Phantom, als klar war, dass das Gespräch über den Verräter beendet war.

»Es tut mir leid, es gibt noch nichts, Phantom. Aber ich gebe nicht auf.«

Rex wusste, dass sein Teamkamerad verzweifelt nach Informationen über das Schicksal von Kalee Solberg suchte, aber im Moment konnte er nur an Avery denken.

»Ich warte darauf, morgen von Ihnen zu hören, Kommandant North«, sagte Tex, dann war die Leitung tot.

Der Kommandant wollte gerade etwas sagen, als die Tür zum Konferenzraum aufgestoßen wurde und ein Oberbootsmann den Kopf hereinsteckte. »Es tut mir leid, dass ich störe, Sir, aber es ist wichtig.«

»Was ist denn?«, blaffte der Kommandant, sichtlich verärgert, dass jemand es wagte, seine Besprechung zu unterbrechen.

»Es gab einen Zwischenfall im Krankenhaus.«

Rex versteifte sich in seinem Stuhl.

»Was für einen Zwischenfall?«, fragte der Kommandant.

»Ein Feuer. Es ist vor wenigen Minuten ausgebrochen. Das Krankenhaus wird in diesem Moment evakuiert.«

»Scheiße«, sagte Rex. »Avery.«

»Ziehen Sie keine voreiligen Schlüsse«, sagte der Kommandant, als sie alle schnell aufstanden. Aber Rex konnte die Sorge in seinen Augen sehen. »Gehen Sie«, befahl Kommandant North. »Sorgen Sie dafür, dass der Leutnant in Sicherheit ist. Dann helfen Sie bei der Evakuierung.«

Aber das Team war schon unterwegs, bevor er seinen letzten Satz beendet hatte. Bei der Evakuierung zu helfen war eine Selbstverständlichkeit. Sie konnten nicht einfach herumsitzen, wenn ihre verletzten Kameraden und Familienmitglieder in Gefahr waren. Aber noch mehr als das konnte Rex die Angst nicht unterdrücken, die er fühlte.

Das hatte etwas mit Avery und dem Verräter zu tun. Er wusste es.

Sie hatten die Information über die Bilder ein paar Stunden zu spät bekommen. Der Verräter hatte seinen Zug gemacht, und jetzt war Averys Leben in Gefahr.

Rex wusste, dass der Verräter verzweifelt war. Er konnte nicht zulassen, dass Avery ihn identifizierte. Er war auf Blut aus. Averys Blut.

Halte durch, Baby. Hilfe ist auf dem Weg.

KAPITEL ZWANZIG

Avery lief so schnell sie konnte die Treppe zum dritten Stock hinauf. Im einen Moment stand sie noch herum und lachte mit den anderen Krankenschwestern, und im nächsten Moment war der Flur voller Rauch.

Der Feueralarm schrillte und tat ihr in den Ohren weh, aber sie tat ihr Bestes, ihn auszublenden, da es viel zu tun gab.

Das Schlimmste war im Moment, dass es in den Fluren immer dunkler wurde. Die Lichter waren ausgegangen und die Dunkelheit im Treppenhaus und auf den Fluren war verwirrend ... und drohte all die Dämonen zurückzubringen, an deren Verbannung aus ihrem Kopf Avery so hart gearbeitet hatte.

Sie und die anderen Krankenschwestern hatten sich in Bewegung gesetzt, die Notaufnahme geräumt und sich dann von Stockwerk zu Stockwerk vorgearbeitet. Soweit es sich beurteilen ließ, war das Feuer im ersten Stock ausgebrochen. Die Patienten, die noch gehen konnten, wurden zur Treppe geführt und hatten sich selbstständig aus dem

Gebäude gerettet. Aber es war schwieriger, mit den bettläge-
rigen Patienten zu verfahren. Diejenigen, die an Infusionen,
Sauerstoff und andere lebensrettende Maschinen angeschlossen waren. Avery hatte es geschafft, mit einigen von
ihnen in die Aufzüge zu gelangen, bevor der Rauch zu
schlimm wurde, aber jetzt waren die Aufzüge außer Betrieb
und die Leute wurden auf Tragen die Treppe hinunter
evakuiert.

Sie war schweißgebadet und erschöpft, aber sie musste
den dritten Stock noch ein letztes Mal durchsuchen, bevor
sie ihn für vollständig evakuiert erklärte. Sie hatte sich frei-
willig gemeldet, um hinaufzulaufen, nachzusehen und
dann die anderen Krankenschwestern im Erdgeschoss zu
treffen. Es waren zwar Feuerwehrleute in der Nähe, aber die
waren alle beschäftigt, und Avery wollte auf keinen Fall,
dass jemand im dritten Stock vergessen wurde.

Sie ignorierte, wie unheimlich sich das Treppenhaus
anfühlte, als das Stroboskoplicht der Feuermelder durch
den Rauch und das laute Schrillen des Alarms blitzte, und
bewegte sich so schnell sie konnte. Keuchend vor Anstrengung stützte Avery sich mit einer Hand an der Wand ab, um
sich zu orientieren. Sie ging von Zimmer zu Zimmer, wobei
sie eine Taschenlampe benutzte, um unter den Betten und
in den Badezimmern nachzusehen.

Sie hatte gerade einen Raum durchsucht, die Tür hinter
sich geschlossen und wollte zum nächsten gehen, als sie
sich umdrehte und den langen, verlassenen Flur hinunterschaute.

Ein Mann kam auf sie zu.

Sobald ihr Blick auf ihm landete, wusste sie, dass *er* es
war. Der Verräter.

Sie war überzeugt, dass sie ihn wiedererkennen würde,
wenn sie ihn wiedersah, und ein Teil von ihr war lächerli-

cher Weise erleichtert, dass sie sich in ihrem Selbstvertrauen nicht überschätzt hatte.

Aber ein anderer Teil von ihr wusste, dass sie am Arsch war.

»So sieht man sich wieder!«, rief der Mann mit einem schiefen Grinsen.

Sie hörte ihn kaum über das Klingeln des Feueralarms hinweg, aber die Waffe in seiner Hand machte seine Absichten unmissverständlich klar.

Die nächsten paar Sekunden schienen wie in Zeitlupe abzulaufen.

Sie hatte offensichtlich zu viele Romane gelesen und zu viele Dramen im Fernsehen gesehen, denn als sie sich diesen Moment ausgemalt hatte, in dem sie dem Mann gegenüberstand, der sie hatte entführen lassen, der für den Tod der beiden Armeeangehörigen verantwortlich war und der zugelassen hatte, dass Hunderte von Waffen in die Hände von Terroristen fielen, hatte sie eine dramatische Diskussion erwartet. Er würde ihr sagen, dass sie dem Untergang geweiht war, Avery würde um ihr Leben betteln und dann würde er sie mit einem langen Selbstgespräch darüber quälen, warum er getan hatte, was er getan hatte.

Aber die Realität sah ganz anders aus.

Der Mann blieb in der Mitte des Flurs stehen und hob den Arm.

Avery reagierte, ohne nachzudenken, und stürzte in den Raum, den sie gerade verlassen hatte.

Der Schuss hallte im Flur wider und war sogar lauter als der Feueralarm.

Zum ersten Mal war Avery dankbar für den Rauch und lief hektisch ins Badezimmer. Zum Glück war es eine Gemeinschaftstoilette mit dem Zimmer nebenan. Sie durfte *nicht* eingeschlossen werden. Das würde ihren sicheren Tod bedeuten. Der Verräter wollte sie umbringen, und er würde ihr keine Zeit geben, sich einen Plan auszudenken, um ihn auszutricksen.

Dankbar, dass sie nicht versuchen musste, leise zu sein, da der Alarm jedes Geräusch übertönte, schlüpfte Avery in den Raum, der neben dem lag, in den sie sich geflüchtet hatte. So konnte sie hoffentlich entkommen, wenn der Verräter in den anderen Raum ging, um nach ihr zu suchen.

Während sie angestrengt lauschte, wo ihr potenzieller Mörder war, überlegte Avery, wo sie sich verstecken konnte. Sie wusste ohne Zweifel, dass dieser Mann alles tun würde, um sie zu töten. Wahrscheinlich hatte er das Feuer als Ablenkung gelegt.

Blitzschnell fiel ihr das perfekte Versteck ein.

Vor eineinhalb Jahren hatte das Krankenhaus ein Training für den Fall eines aktiven Schützen ausgerichtet. Alle Ärzte und Krankenschwestern hatten daran teilgenommen und waren durch alle Stockwerke des Krankenhauses gelaufen, um zu überlegen, wie man jemanden aus einem Zimmer aussperren konnte und wo sich einfallsreiche Verstecke befanden.

Das einzige Problem war, dass ihr Versteck sich auf der anderen Seite der Schwesternstation befand, im Pausenraum. Bei der Übung waren sie sich alle einig gewesen, dass das Versteck ideal war, aber angesichts der jüngsten Ereignisse ... war Avery sich nicht mehr so sicher.

Aber sie hatte kaum eine andere Wahl. Um zu ihrem Versteck zu gelangen, musste sie an dem Mann vorbeikommen, der sie erschießen wollte, und in den Pausenraum schlüpfen, ohne dass er sie sah.

Am liebsten wäre sie zu einem der Treppenhäuser an beiden Enden des Flurs gegangen, aber Avery glaubte nicht, dass sie es so weit schaffen würde, ohne gesehen zu werden.

Avery versteckte sich hinter der Tür, die in den Flur führte, und hielt den Atem an. Der Rauch war zwar dicht, aber nicht dicht genug, um sie zu verstecken, wenn sie panisch durch den Flur lief. In diesem Fall würde man ihr mit Sicherheit in den Rücken schießen.

Sie musste geduldig sein und sich im Verborgenen halten, während sie das ultimative Versteckspiel mit einem Verrückten spielte.

Sie wollte ihn fragen warum. Warum er es getan hatte. Warum er den Aufständischen von dem Waffenkonvoi erzählt hatte. Warum er Verrat an seinem Land begangen hatte.

Sie fragte sich, ob er verheiratet war, ob er Kinder hatte.

Aber im Endeffekt spielte das alles keine Rolle. Ihre Welt war auf nichts anderes als diesen Moment zusammengeschrumpft. Was in der Vergangenheit mit ihr oder dem Verräter geschehen war, war unwichtig.

Einen Moment lang ließ sie Gedanken an Cole in ihr Bewusstsein eindringen, aber sie blendete sie schnell wieder aus. Sie musste sich auf das Hier und Jetzt konzentrieren. Obwohl ... sie wünschte, Cole und sein SEAL-Team wären hier. Sie würden dieses Arschloch ausschalten.

Aber sie waren nicht da. Sie würde sich selbst retten müssen.

Ihr Adrenalinspiegel schnellte in die Höhe, als sie den Mann an der Tür vorbeigehen sah, hinter der sie sich versteckt hatte, und auf den Raum zusteuerte, den sie gerade verlassen hatte. Er hatte noch nicht entdeckt, dass einige der Zimmer auf dieser Etage miteinander verbunden waren, was ihre Rettung sein würde. Sein Auftreten, als hätte er keine einzige Sorge auf der Welt, machte deutlich, dass er dachte, er hätte sie in die Enge getrieben.

Überraschung, Arschloch, dachte sie, als sie so schnell wie möglich aus dem Zimmer und in Richtung Schwesternstation lief.

Das war der gefährlichste Teil ihres Plans. Sie musste an

der offenen Tür vorbei, durch die der Verräter gerade gekommen war. Wenn er sich umdrehte und sie sah, war sie tot.

Das Glück war auf ihrer Seite.

Avery hatte schon fast damit gerechnet, eine Kugel in ihrem Rücken zu spüren, als sie lautlos die zehn Meter zum Schreibtisch der Schwesternstation lief, aber sie schaffte es, ohne dass ein Schuss fiel. Sie tat ihr Bestes, ihre Atmung unter Kontrolle zu halten, hockte sich ans Ende des Schreibtisches und spähte den Gang hinunter, den sie gekommen war.

Innerhalb weniger Sekunden sah sie den Verräter durch die Tür treten, aus der sie Sekunden zuvor gekommen war. Jetzt war er nicht mehr so lässig, sondern brüllte vor Wut, was Avery eine Gänsehaut auf den Armen bescherte.

»Sie können sich nicht vor mir verstecken, Leutnant!«, brüllte er. Seine Worte waren wegen des Alarms kaum zu hören, aber dennoch zu verstehen. »Machen Sie es sich leichter und kommen Sie jetzt raus. Wenn Sie das tun, werde ich Sie schnell töten. Wenn ich Sie finden muss, werde ich dafür sorgen, dass Sie langsam und schmerzhaft sterben.«

Avery bewegte sich keinen Zentimeter. Sie wollte überhaupt nicht sterben. Und je länger sie es hinauszögerte, desto wahrscheinlicher war es, dass jemand nach ihr suchen würde. Sie wollte nicht, dass jemand verletzt wurde, aber wenn sie nicht wieder im Erdgeschoss auftauchte, würden Beverly oder Rita hoffentlich einen der Feuerwehrmänner benachrichtigen und sie würden eine Suche starten. Und wenn dieses Arschloch so dumm war, sie in einen Hinterhalt zu locken, würde jeder wissen, dass er da war, und das würde die Kavallerie herbeirufen.

Hoffentlich Cole und sein SEAL-Team.

Sie musste nur am Leben bleiben, bis das geschah.

Sie beobachtete, wie der Verräter frustriert nach oben griff und sich in die Haare fasste, während Zorn über sein Gesicht strömte. Er war wirklich wütend ... aber das war sie auch.

Mit vorgehaltener Pistole ging der Verräter ein paar Schritte durch den Flur und betrat den Raum, der direkt gegenüber dem lag, aus dem sie geflohen war.

Avery bewegte sich, bevor sie ihren Beinen bewusst mitgeteilt hatte, dass sie laufen sollten. Sie lief durch den Flur und versteckte sich in einem der Zimmer neben der Schwesternstation. Sie bewegte sich nach Osten; wenn sie weiterhin so viel Glück hatte, würde der Verräter nach Westen gehen, entlang ihres ursprünglichen Weges, während er weiter die Räume durchsuchte, die Avery kontrolliert hatte.

Der Verräter hatte das Feuer offensichtlich als Ablenkung gelegt, aber es hatte ihr auch die Möglichkeit gegeben, sich unentdeckt zu bewegen. Sie war sich nicht sicher, was der Mann sich dabei gedacht hatte. Woher hatte er gewusst, wo sie im Krankenhaus sein oder was sie in dem Feuer tun würde? Sie nahm an, er war davon ausgegangen, dass die Krankenschwestern ihr Bestes tun würden, um das Gebäude zu räumen, aber er musste ihr gefolgt sein. Dieser Gedanke ließ Avery erschaudern. Sie war dem Tod schon so nahe gewesen und hatte es nicht einmal gemerkt.

Das Katz-und-Maus-Spiel ging weiter. Wenn der Verräter einen Raum betrat, um ihn zu durchsuchen, lief Avery in ein anderes, weiter unten im Flur gelegenes Zimmer, wobei sie dem Pausenraum, in dem sich ihr Versteck befand, immer näher kam. Avery dachte bedauernd an ihr Handy, das sie unten auf einem Tresen liegen gelassen hatte. Als das Feuer ausbrach, hatte sie ihr Handy in der Hand gehalten und es, ohne nachzudenken, auf den Tresen fallen lassen, um die Treppe hinaufzueilen.

Jetzt hätte sie sich am liebsten selbst getreten. Sie hätte es nicht riskieren können, so laut zu sprechen, dass die Notrufzentrale oder Cole sie hören konnte, aber zumindest würden sie den Verräter hören, wenn er wieder schrie, und wissen, dass sie im Krankenhaus gefangen war.

Als sie sich dem Pausenraum näherte, wusste Avery, dass der Moment gekommen war. Die Tür war mit einem »Knallschutz« ausgestattet und schloss sich sehr langsam. Wenn er sich genau im richtigen Moment umdrehte, würde er sehen, wie sie sich schloss, und wüsste, wo sie war.

Avery ging den Plan in ihrem Kopf durch und weigerte sich, darüber nachzudenken, was sie tun würde. Es würde nicht einfach werden und sie wusste, dass es in ihrem Versteck so dunkel sein würde wie in der Höhle, in der sie in Afghanistan begraben worden war. Aber entweder kletterte sie dort hinein oder sie musste sterben.

Es war eine leichte Entscheidung.

Avery holte tief Luft und lief so schnell sie konnte, als der Verräter einen anderen Raum betrat. Sie schlug hart gegen die Tür, was ihre Position leicht verraten hätte, wenn der Alarm nicht immer noch geschrillt hätte. Sie schlüpfte in den Raum und öffnete die Tür so wenig wie möglich. Sie wartete nicht darauf, ob der Mann sie entdeckt hatte. Sie lief zur Wand zu ihrer Linken und holte tief Luft.

Sie griff nach dem Riegel der Falltür an der Wand, öffnete ihn und sah nach unten. *Weit* nach unten. Die Rutsche war vor Jahren für schmutzige Kittel benutzt worden. Die Krankenschwestern und Ärzte warfen schmutzige Kleidung und Handtücher in den Wäscheschacht, der weit unten in den Keller führte. Diese Praxis war eingestellt worden, da sie als unhygienisch und gefährlich angesehen wurde. Niemand wollte, dass die mit Krankheitserregern und manchmal auch mit Blut durchtränkte Kleidung auf einem Haufen im Keller lag und das Metall der Rutsche selbst verunreinigte.

Bei dem Training hatte jemand gescherzt, dass dies ein großartiger Ausstiegspunkt für die Etage wäre. Das hatte natürlich zu einer Diskussion darüber geführt, wie gefährlich es wäre, da die Rutsche vom dritten Stock aus vier Stockwerke hinunterführte und es ein sicherer Selbstmord wäre. Aber die Krankenschwestern, darunter auch Avery, waren der Meinung gewesen, dass man sich in der Rutsche abstützen könnte, um nicht zu fallen, oder man könnte sich langsam in ein anderes Stockwerk hinunterhangeln und dort hinausklettern.

Avery wollte nicht wirklich in die Rutsche steigen, nachdem sie sich das Ding noch einmal angesehen hatte. Aber jetzt hatte sie keine andere Wahl. Sie hätte zur Treppe laufen können, aber sie glaubte wirklich nicht, dass sie es schaffen würde, ohne gesehen zu werden, und den Verräter die Treppe hinunter in ein Stockwerk mit anderen Leuten zu führen könnte diese in Gefahr bringen. *Sie* war sein Ziel, und sie wollte verdammt sein, wenn sie ein ganzes Krankenhaus in Gefahr brächte.

Avery dankte Gott, dass sie groß war, denn so konnte sie einen Fuß in die Rutsche stellen und sich dann mit Hilfe ihrer Rumpfmuskulatur hochziehen, um mit den Füßen voran einzusteigen. Auf keinen Fall wollte sie kopfüber hineingehen. Das Metall klapperte, als sie in die kleine Röhre einstieg, woraufhin Avery zusammenzuckte und betete, dass das Geräusch nicht nachhallte.

Die Rutsche war gerade breit genug, dass sie sich mit Händen und Füßen darin verkeilen konnte, um nicht sofort ganz nach unten zu gleiten. Sie schloss die Tür, hüllte sich in die tiefen Schatten und begann dann, sich langsam nach unten zu bewegen.

Sie musste weit genug unten in der Rutsche sein, damit

der Verräter, falls er sie fand und hineinschaute, nichts als Dunkelheit sehen würde. Dieselbe Dunkelheit, die sie gerade erdrückte. Irgendwann während ihrer Flucht durch die Zimmer hatte sie ihre Taschenlampe verloren, aber das war eigentlich egal. Sie würde nicht riskieren, gesehen zu werden, indem sie sie anschaltete.

Avery fühlte sich so allein und verängstigt wie vor wenigen Wochen, als sie lebendig begraben worden war, während sie sich langsam, aber sicher Zentimeter für Zentimeter die alte Wäscherutsche hinunterarbeitete.

Sie hielt inne, als sie etwas Seltsames hörte.

Stille.

Jemand hatte den Feueralarm abgestellt. Ihr Atem klang viel zu laut, als er in dem kleinen, beengten Raum um sie herum widerhallte.

»Ich komme Sie holen, Leutnant«, ertönte die Stimme des Verräters aus einer Entfernung von nur wenigen Metern.

Er war im Pausenraum. Direkt über ihr. In wenigen Sekunden würde er sie finden und all ihre Ausweichmanöver wären umsonst gewesen. Letzten Endes hatte sie sich doch eingesperrt.

Avery schloss die Augen und wagte es nicht, sich noch einen Zentimeter zu bewegen. Sie würde sicher zu viel Lärm machen, und sie zu töten wäre ein Kinderspiel. Sie hatte keine Ahnung, ob sie weit genug unten in der Rutsche war, um von der Dunkelheit umhüllt zu sein oder nicht. Sie konnte nur abwarten, hoffen und beten, dass der Verräter ihr Versteck übersah.

Doch ihre Hoffnungen waren vergebens, als die Scharniere der alten Rutsche quietschten und sich die Tür zu ihrem Versteck weit über ihrem Kopf öffnete.

»Jetzt habe ich dich, du verdammte Schlampe.«

Als Rex und der Rest des SEAL-Teams am Krankenhaus eintrafen, herrschte dort das reinste Chaos. Zumindest sah es für sie so aus. Überall auf den Parkplätzen lagen Menschen auf Tragen. Die Feuerwehrautos waren gerade eingetroffen und die Einsatzkräfte liefen überall hin, richteten Kommandoposten ein und versuchten, die Menschen aus dem rauchenden Gebäude zu treiben.

Ohne nachzudenken, führte Rex den Weg in die Notaufnahme. Er erkannte eine der Krankenschwestern, mit denen Avery arbeitete. Er packte ihren Arm und rief über den Feueralarm hinweg: »Haben Sie Leutnant Nelson gesehen?«

Die Frau schüttelte den Kopf und Rex ließ sie los. Das Team teilte sich auf und begann, das chaotische Erdgeschoss zu durchsuchen. Nach wenigen Minuten trafen sie sich wieder im Hauptempfangsbereich.

»Sie ist nicht hier!«, rief Ace.

»Sie muss irgendwo sein«, sagte Rex. »Wir werden uns aufteilen. Sie hilft wahrscheinlich bei der Evakuierung der Leute in den anderen Stockwerken.«

»Entschuldigen Sie«, sagte eine Frau neben den SEALs.

Rex drehte sich um und bemerkte, dass er auch diese Frau erkannte.

»Suchen Sie Avery?«, fragte sie.

»Ja«, erwiderte Rex etwas barsch. »Haben Sie sie gesehen?«

»Zuletzt wollte sie in den dritten Stock gehen, um sich davon zu überzeugen, dass niemand sonst dort oben ist. Aber seitdem habe ich sie nicht mehr gesehen.«

»Danke«, sagte Rex zu der jungen Frau. Er und der Rest des Teams liefen zur Treppe, wo sie von einem Feuerwehrmann in Einsatzkleidung aufgehalten wurden.

»Hier können Sie nicht lang, bitte verlassen Sie das

Gebäude in dieser Richtung«, rief der Mann und zeigte in die Richtung, aus der die SEALs gerade gekommen waren.

Rex öffnete den Mund, um dem Mann zu sagen, er solle sich verpissen, aber Rocco kam ihm zuvor.

»Aus dem Weg«, befahl er. »Dies ist eine Angelegenheit der nationalen Sicherheit.«

»Tut mir leid«, entgegnete der Feuerwehrmann kopfschüttelnd, »ich kann Sie nicht vorbeilassen. Das Gebäude brennt, falls Sie es noch nicht bemerkt haben. Niemand darf in die oberen Stockwerke, außer den Feuerwehrleuten.«

»Falsch«, sagte Phantom. »Wir gehen nach oben und Sie können nichts dagegen tun. Oben gibt es einen Landesverräter, der nicht nur das Feuer gelegt hat, sondern auch darauf aus ist, Menschen zu töten.«

Der Feuerwehrmann der Marine sah die sechs wütenden Männer vor ihm an und trat ohne ein weiteres Wort zur Seite.

Das SEAL-Team lief die Treppe so mühelos hinauf, als würden die Männer auf der Straße spazieren, und stürmten in den dritten Stock.

Der Rauch war dicht – aber nicht so dicht, dass Rex nicht einen Blick auf einen Mann erhaschen konnte, der einen Raum am anderen Ende des Flurs betrat.

Ohne sich mit seinen Teamkameraden abzusprechen, sprintete er los, so schnell er konnte. Er wagte es nicht, nach Avery zu rufen, da er die Oberhand behalten und den Mann überraschen wollte.

Es war möglich, dass der Mann nicht der Verräter war. Vielleicht war er ein Arzt oder ein Krankenpfleger, der sich nur vergewissern wollte, dass der Bereich evakuiert war.

Aber Rex glaubte das nicht. Sein Bauchgefühl sagte ihm, dass es der Mann war, den Avery gesucht hatte. Der Mann, der dem Aufständischen so gefühlskalt gesagt hatte, er solle sie ausschalten.

Innerhalb von Sekunden war das Team vor dem Raum versammelt und bereitete sich darauf vor, hineinzugehen und taktische Positionen einzunehmen. Rocco hatte eine Schusswaffe, obwohl keiner der anderen eine hatte. Aber sie alle hatten ihre Armeemesser, die fast genauso tödlich waren.

Kurz darauf ging der wahnsinnig laute Feueralarm aus. In der einen Sekunde konnte Rex sich kaum denken hören, und in der nächsten war das einzige Geräusch das Klingeln in seinen Ohren.

»Ich komme Sie holen, Leutnant!«

Rex zuckte bei den Worten des Mannes auf der anderen Seite der Tür zusammen.

Er verspottete Avery, was Rex nur noch mehr in seiner Entschlossenheit bestärkte, die Bedrohung, die dieser Mann für seine Frau darstellte, zu beenden.

»Jetzt habe ich dich, du verdammte Schlampe!«

»Eins«, flüsterte Rocco, nachdem er die Worte des Mannes gehört hatte. »Zwei ... *drei!*«

Wie die gut geölte Maschine, die das Team war, handelten die Männer im Tandem.

Rocco stieß die Tür auf und ging direkt vor dem Eingang auf ein Knie. Ace und Bubba hielten ihre Messer zum Wurf bereit und standen auf beiden Seiten von Rocco, wobei ihre Oberschenkel fast seine Schultern berührten. Gumby und Phantom platzierten sich sofort links und rechts neben ihren Teamkameraden, und Rex stand aufrecht hinter Rocco.

Sie waren ein imposanter Anblick und hatten den Mann links von der Tür, der an etwas an der Wand herumfuchtelte, offensichtlich überrascht.

Er drehte sich, um ohne ein Wort auf sie zu schießen.

Fünf Messer wurden gleichzeitig auf die Bedrohung geworfen, und das Geräusch von Roccos auslösender Pistole hallte durch den Raum.

Alle sechs Waffen trafen ihr Ziel.

»Lagebericht!«, blaffte Rocco aus seiner Hocke auf dem Boden.

»Alles klar!«, ertönten sofort fünf Stimmen.

»Jemand getroffen?«, fragte Rocco, der sich langsam aufrichtete.

»Nein, uns geht es gut«, antwortete Ace.

»Das kann man von ihm nicht behaupten«, sagte Phantom mit angewidertem Gesichtsausdruck.

Gumby ging auf den tödlich verletzten Mann zu und stieß ihm mit dem Fuß die Pistole aus der Hand. Als er von den Messern und Roccos Kugel getroffen worden war, war er gegen die Wand hinter ihm geprallt und langsam nach unten gerutscht. Nun saß er in einer wachsenden Blutlache. Ein Messer steckte in seiner Schulter, eines im rechten Oberschenkel, zwei in seinem Bauch und eines in seiner Seite. Außerdem sickerte Blut aus einem Einschussloch in seinem linken Oberschenkel.

Rex schloss sich seinen Teamkameraden an und hockte sich vor ihn. Er wollte Avery finden, aber im Moment hatte das Ausschalten der Bedrohung Vorrang. »Warum?«, fragte er den Mann.

Der Verräter hustete, wobei Blut aus seinem Mund spritzte. Rex stand auf und ging einen Schritt zurück, um nicht von dem Dreck vor ihm beschmutzt zu werden.

»Warum nicht?«, erwiderte er mit einem kleinen Lachen, gefolgt von weiterem Husten.

Alle sechs Männer wussten, dass sie versuchen sollten, dem Mann zu helfen. Sie sollten Druck auf seine Wunden ausüben, ihr Bestes tun, um ihn zu retten, damit er vor

Gericht gestellt werden konnte ... aber keiner machte einen Schritt auf ihn zu.

»Zwei Männer wurden deinetwegen ermordet. Und du hast unzählige weitere in Gefahr gebracht. *Warum?* Für Geld?«, fragte Rocco.

»Natürlich«, antwortete der Mann.

»Du bist ein Stück Scheiße«, zischte Gumby. »Du hast die Gewalt in der afghanischen Region im Alleingang verlängert.«

»Blödsinn«, lallte der Mann. »Es gibt seit Tausenden von Jahren Kriege und es wird noch Tausende weitere Jahre Kriege geben. Egal was die USA dort drüben tun, es wird immer Leute geben, die kämpfen. Jeder ist für sich selbst verantwortlich. Der Arzt ist schuld«, fuhr der Mann fort, wobei seine Worte keinen Sinn ergaben. »Ich hätte jemand sein sollen. Aber stattdessen hat er mich süchtig gemacht. Wenn er nicht gewesen wäre, wäre ich jetzt ein Held!«

»Es wird nicht mehr lange dauern«, sagte Phantom leise zu seinem Team. »Seine Haut wird blass und er lallt.«

»Wovon redest du?«, knurrte Rex und trat dem Mann gegen den Fuß, sodass dieser vor Schmerz aufschrie.

»Fick dich!«, brüllte der Verräter, der einen Energie-schub bekam und vorwärts taumelte.

Leider war sein Geist williger als sein Körper und er stürzte, wobei er sich gerade noch mit seinem guten Arm auffangen konnte. Er drehte sich um und lag mit dem Rücken auf dem Boden, während er die SEALs, die auf ihn herabstarrten, verhöhnte. »Der Leutnant ist einer von ihnen. Ein verdammter Arzt. Ich wurde von einem getötet. *Nimm die hier*, sagte er. *Nur ein paar am Tag werden deine Schmerzen lindern.* Nun, meine Schmerzen hielten an und ich nahm diese verdammten Tabletten, und egal wie viele ich schluckte, die Schmerzen gingen nicht weg.«

»Du hast deine Seele dem Teufel verkauft, um Geld für

verdammte *Drogen* zu bekommen?«, fragte Gumby ungläubig.

»Es geht nichts über das Gefühl«, lallte der Mann am Boden.

»Wo ist Avery?«, drängte Rex.

»Fick dich.«

»Wo. Ist. Sie?«, knurrte Rex, während er den Mann am Kragen seines Uniformhemdes packte.

»Fick. *Dich*«, wiederholte der Mann.

Dann bewegte er sich schneller, als es einer der SEALs bei jemandem, der kurz vor dem Tod stand, für möglich gehalten hätte. Er packte das Messer, das aus seiner Seite ragte, und riss es aus seinem Körper.

Er zog den Arm zurück, um Rex niederzustechen.

Aber Rex war schneller. Er wehrte den Angriff des Mannes mit einem Unterarm ab und lockerte gleichzeitig den Griff um sein Hemd.

Dann packte er den Griff der Klinge im Bauch des Verräters und drehte sie unbarmherzig.

Der Tod des Mannes war fast schon enttäuschend. In der einen Sekunde funkelte er Rex mit hasserfüllten Augen an und in der nächsten lag er auf dem Boden und starrte mit leerem Blick an die Decke.

Ohne ein Wort zu sagen, stand Rex auf. Er wusste genauso gut wie seine Teamkameraden, dass sie sich für das, was passiert war, verantworten und es vor einem Untersuchungsausschuss und ihrem Kommandanten erklären mussten, aber im Moment ging es ihm nur um Avery.

Wo war sie? War er zu spät gekommen? Hatte der Verräter sie bereits gefunden und erschossen?

»Averyyyyyyyy!«, rief er so laut er konnte.

Dann standen alle sechs Männer still und lauschten auf ein Zeichen der Frau, die sie alle als eine der ihren angenommen hatten.

Avery schwitzte, aber sie wagte es nicht, sich den Schweiß aus den Augen zu wischen. Sie war sich nicht sicher, ob sie nicht bis in den Keller stürzen würde, wenn sie den Rand des Wäscheschachts losließe. Schon jetzt zitterten ihre Glieder bei der Anstrengung, sich in der Rutsche fest-zuhalten.

Sie war nicht sehr breit, vielleicht einen halben Meter, gerade so viel, dass ihre Schultern hineinpassten. Sie hatte ihre Beine hochgezogen und sich so fest wie möglich einge-keilt, als ihre Beine so stark zu zittern begannen, dass sie wusste, sie konnte den Rest des Weges nicht mehr kriechen.

Sie saß fest. Sie konnte sich weder nach oben noch nach unten bewegen, zumindest nicht, ohne zu stürzen. Und die Dunkelheit machte ihr langsam zu schaffen. Es war genauso dunkel wie in der Höhle und es fiel ihr schwer, ihre Panik zu kontrollieren.

Als der Verräter die Tür hoch über ihrem Kopf geöffnet hatte, hatte Avery gedacht, es sei das Ende. Sie war tot. Aber anstatt Schüsse zu hören und zu spüren, wie die Kugeln in ihren Kopf oder ihre Schultern eindrangen, war die Tür wieder zugeschlagen worden.

Sie hatte Stimmen über sich gehört, aber ihre Ohren klingelten so laut, dass sie sie nicht verstehen konnte. Der Mann, der hinter ihr her war, führte wahrscheinlich Selbst-gespräche oder bedrohte sie noch mehr.

Dann hatte ein Schuss sie zu Tode erschreckt und sie hatte fast den Halt verloren.

Es vergingen noch einige Minuten – Avery wusste nicht, wie viele –, aber dann hörte sie, wie ihr Name gerufen wurde.

»Averyyyyyyy.«

Sie erstarrte. Das hatte sich wie Cole angehört.

Aber das war doch unmöglich, oder?

Dann hörte sie es wieder, und dieses Mal wusste sie, es war ihr Mann.

»Avery! Wo bist du? Du bist in Sicherheit, du kannst jetzt rauskommen.«

Aber seine Stimme entfernte sich immer weiter. Einen Moment lang dachte sie, dass es vielleicht eine List war. Dass der Verräter Cole dazu zwang, nach ihr zu rufen. Aber sie verwarf diesen Gedanken so schnell, wie er aufgekommen war. Cole würde sich nicht auf etwas einlassen, das sie in Gefahr bringen würde. Das wusste sie ohne Zweifel.

Aber wenn Cole im Pausenraum gewesen war, als er ihren Namen rief, klang es so, als würde er jetzt gehen. Wenn er ging, hörte er vielleicht nicht, wie sie nach ihm rief.

Avery atmete so tief ein, wie es ihr in ihrer beengten Lage möglich war, hob das Kinn und schrie: »Ich bin hiiiier! Cole! Ich bin hier!«

Stille folgte – und es kostete sie alles, um nicht völlig in Panik zu geraten.

Doch dann hörte sie Cole antworten.

»Wo, Baby? Wir hören dich, aber wir können dich nicht finden!«

»Hier!«, rief sie ein wenig schwächer. Cole hatte es gehört. Sie wusste, dass er nicht eher gehen würde, bis er herausgefunden hatte, wo sie sich versteckt hielt. »Im Schacht in der Wand!«

Es dauerte ein paar Sekunden, aber dann hörte sie das beste Geräusch aller Zeiten. Das Knarren der Scharniere der Tür hoch über ihrem Kopf. Diesmal hatte sie keine Angst davor, da sie wusste, dass Cole dort war.

»Avery?«, rief er.

Sie neigte den Kopf, schaute auf und sah Coles Gesicht. Es erinnerte sie an damals in Afghanistan, als sie seine

Silhouette am Eingang der Höhle gesehen hatte. Sie war noch nie so froh gewesen, jemanden zu sehen.

»Ich bin hier!«, sagte sie.

»Scheiße, ich kann sie nicht sehen«, rief Cole, dann verschwand sein Gesicht.

»Verlass mich nicht!« Die Worte sprudelten einfach aus ihr heraus. Und dann war sein Gesicht wieder da.

»Ich verlasse dich nicht«, versicherte er ihr. »Wie weit unten bist du? Von hier oben ist alles schwarz.«

Kein Wunder, dass der Verräter sie nicht erschossen hatte. Er hatte sie tatsächlich nicht sehen können. Avery wollte lachen, fand aber nicht die Kraft dazu. »Ich weiß es nicht. Aber ich glaube nicht, dass ich mich noch lange halten kann.«

»Blödsinn«, knurrte Cole. »Du kannst und du wirst. Wir holen dich da raus, aber du musst deinen Teil dazu beitragen, verstanden?«

Avery nickte, auch wenn sie wusste, dass Cole sie nicht sehen konnte.

Er drehte den Kopf und sie vermutete, dass er den anderen in seinem Team zuhörte. Dann rief er nach unten: »Was ist das für ein Schacht? Wohin führt er? Wofür wird er benutzt?«

Avery erklärte schnell, dass es sich um einen Schacht handelte, der vom obersten Stockwerk in den Keller führte und dass es auf jeder Etage Falltüren gab.

Cole besprach sich noch einmal kurz mit seinem Team, dann sagte er: »Okay, Baby, Rocco geht in den zweiten Stock und Ace in den ersten. Du bist wahrscheinlich irgendwo dazwischen. Halt dich fest. Wir holen dich da raus.«

»Cole?«

»Ja?«

»Ist er tot?«

»Ja.«

Das war's. Ein Wort. Aber das war alles, was Avery hören musste. Es würde alles in Ordnung kommen. Sie musste nicht mehr über ihre Schulter schauen, sie war in Sicherheit.

Aber ... das bedeutete auch, dass Cole nicht mehr auf sie aufpassen musste. Ihr Leben konnte zur Normalität zurückkehren.

Während sie darauf wartete, gerettet zu werden, traf Avery eine Entscheidung. Sie war eine Idiotin gewesen. Das Leben war nicht garantiert. Aber wenn sie glücklich sein wollte, musste sie ein Risiko eingehen. Sie musste nach dem greifen, was direkt vor ihr lag.

Ein weiteres Quietschen über ihr ließ sie aufblicken. Avery erschrak, als sie Roccos Gesicht nur wenige Meter über ihrem Kopf sah.

»Hey, Avery. Dass wir uns hier treffen«, sagte Rocco mit einem Lächeln. Dann drehte er sich und schrie zu Cole hoch: »Zweiter Stock, Rex. Komm hier runter.«

Cole musste den ganzen Weg gesprintet sein, denn nach einer Minute sah sie sein Gesicht anstelle von Roccos.

»Hey, Baby. Du siehst ein bisschen unbehaglich aus«, sagte Cole.

Avery kicherte. Natürlich machten Cole und sein Team in einer solchen Situation Witze.

Doch dann wurde seine Stimme sanfter. »Alles in Ordnung? Es ist dunkel da drin.«

»Mir geht es gut«, sagte sie und merkte, dass sie nicht gelogen hatte oder es nur sagte, um ihn zu beruhigen. Es ging ihr wirklich gut. Ja, sie hatte Angst davor, drei Stockwerke tief in den Keller zu stürzen, und sie hatte ein paar schlimme Momente gehabt, als sie geistig in ihre Zeit in Afghanistan zurückversetzt worden war. Aber im Hinterkopf wusste sie immer, dass Cole zu ihr kommen würde. Dass er sie finden würde.

»Gut. Ich sage dir, was passieren wird. Ich lasse ein Seil herunter und du musst es unter deinen Armen und um deinen Oberkörper befestigen. Dann heben wir dich einfach zu uns hoch. Hast du damit irgendwelche Probleme?«

»Nein«, antwortete Avery.

Ihre Rettung aus der alten Rutsche dauerte nur wenige Minuten. Das Seil grub sich in ihre Haut, aber sie beschwerte sich nicht und zappelte nicht, als Cole und seine Teamkameraden sie hochzogen. Das Gefühl, als Cole sich an ihrem Arm festhielt, war das beste, das sie seit Langem gespürt hatte.

In der einen Sekunde war sie noch in der klaustrophobischen Rutsche, und in der nächsten saß sie in Coles Armen auf den Fliesen des Pausenraums im zweiten Stock. Er vergrub sein Gesicht an ihrem Hals, sie tat es ihm gleich, und sie hielten einander einfach nur fest.

Seine Teamkameraden gaben ihnen einen Moment Zeit, dann sagte Phantom: »Ich bin ungern der Spielverderber, aber wir müssen hier wahrscheinlich raus. Das Gebäude hat vor einer Weile gebrannt, und wir sollten die Leiche im dritten Stock melden.«

Avery erschauderte bei Phantoms trockener Aussage. Sie hob den Kopf und Cole umfasste ihr Gesicht mit den Händen. Sie starrten sich einen Moment lang an. Dann flüsterte Avery: »Wenn wir die Nachbesprechung hinter uns haben, zu Hause sind, geduscht und etwas gegessen haben, kannst du mich vielleicht küssen. Mich *richtig* küssen.«

Seine Pupillen weiteten sich sofort. Er leckte sich über die Lippen und fragte: »Bist du sicher? Es ist nicht nur das Adrenalin, das aus dir spricht?«

»Nein. Ich bin mir sicher.«

»Meine Güte, ihr zwei. Ihr redet über einen Kuss, als

wäre es ein Ehering oder so. Komm schon, Rex. Nimm deine Frau und lass uns von hier verschwinden«, drängte Bubba.

Avery lächelte Cole an. Bubba war nicht klar, dass der Kuss, den Cole ihr heute Abend geben würde, fast so gut war wie ein Ehering, und das wussten sie beide.

KAPITEL EINUNDZWANZIG

Es dauerte Stunden, bis Rex Avery nach Hause gebracht hatte. Als sie vor dem Krankenhaus angekommen waren, war das Feuer zwar gelöscht, aber auf dem Parkplatz herrschte immer noch Chaos. Bei all den evakuierten Patienten, den Rettungskräften und der Polizei hatte Rex gewusst, dass es lange dauern würde, bis sie von dort wegkämen.

Er hatte darauf bestanden, dass Avery von einem der Ärzte untersucht wurde, obwohl sie beteuerte, es ginge ihr gut. Einmal musste er sie verlassen, um mit Kommandant North zu sprechen, was ihn fast umgebracht hätte, aber sie winkte ab und sagte, sie sei damit beschäftigt, den anderen Krankenschwestern zu helfen.

Er war so stolz auf sie, wie er nur sein konnte. Sie hatte ihre eigene Hölle durchgemacht und trotzdem half sie anderen. Das war einer der hundert Gründe, warum er sie liebte.

Und ja, er liebte sie wirklich. Er war sogar bis über beide Ohren in sie verliebt. Und ihre Worte im Pausenraum waren so gut, als hätte sie ihm gesagt, dass sie ihn liebte.

Der für die Polizei zuständige Vizeadmiral hatte sich mit ihnen getroffen, ebenso wie der Admiral des Stützpunktes und Konteradmiral Creasy. Das Team hatte ihnen alles erklärt, was im Pausenraum passiert war.

Sie erfuhren, dass Fähnrich Scott Wheatland degradiert worden war, weil er beim Hundekampf erwischt worden war, und dass gegen ihn wegen Betrugs mit verschreibungspflichtigen Tabletten und wegen der Manipulation von Urinproben ermittelt worden war, sowohl seiner als auch der anderer Matrosen.

Alles in allem war der Verräter, der sein Land für eine Million Dollar verraten hatte – ein Betrag, den Tex bestätigte –, in Wirklichkeit ein verzweifelter Drogenabhängiger, der alles tat, damit sein Vorrat nicht zur Neige ging ... einschließlich Landesverrat, Mord, Brandstiftung und der Duldung der Folterung eines unschuldigen Matrosen.

Es war erbärmlich und traurig. Als Rex ihr zu Hause von Fähnrich Wheatland erzählt hatte, hatte Avery nur angewidert den Kopf geschüttelt und dann gesagt: »Was geschehen ist, ist geschehen. Er wird für niemanden mehr eine Bedrohung darstellen, auch wenn es eine Weile dauern wird, bis sich Armee und Marine von seinen Taten erholt haben.«

Und das war's. Sie hielt ihm eine Hand hin. »Bereit fürs Bett?«

Rex tat sein Bestes, um seinen Schwanz zu kontrollieren, aber es war hoffnungslos, vor allem als sie ihre Finger um seine schloss. Sie führte ihn den Flur hinunter in ihr Schlafzimmer und ließ mit einem schüchternen Achselzucken seine Hand los, um ins Bad zu gehen.

Rex zog sich bis auf seine Boxershorts aus und wartete darauf, dass sie herauskam. Als sie auftauchte, musste er sich zwingen zu bleiben, wo er war. Sie trug ein weißes Trägerhemd und einen Slip, mehr nicht. Ihre langen Beine schienen nicht aufzuhören und Rex wollte sie unbedingt nackt ausgebreitet auf dem Bett liegen sehen.

Sie hatten vorhin getrennt geduscht und Rex konnte es nicht länger abwarten, diese wunderschöne und fantastische Frau für sich zu beanspruchen.

Er hielt ihr eine Hand hin und sie ging durch den Raum. Als sie direkt vor ihm stand, griff sie mit den Handflächen nach seinen Seiten. Sie strich seinen Körper hinauf, dann wieder hinunter. Da sie fast gleich groß waren, konnte Rex ihr tief in die Augen schauen, ohne sich bücken oder den Hals verrenken zu müssen.

»Ich bin unglaublich stolz auf dich«, sagte er.

»Ich bin stolz auf mich«, erwiderte sie ohne eine Spur von Verlegenheit. »Ich habe ihn überlistet. Er hat nicht herumgealbert. Sein Plan war es, mich zu erschießen, sobald er mich sieht, und dann von dort zu verschwinden. Aber der Rauch, der Alarm, seine Überheblichkeit ... all das hat mir geholfen, zu entkommen und die Rutsche zu finden, in der ich mich verstecken konnte.«

»Das muss sehr schwierig gewesen sein«, überlegte er.

Avery zuckte mit den Schultern. »Ich war sozusagen auf Autopilot. Ich habe gehandelt, ohne nachzudenken. Und jetzt bin ich hier, also ist alles gut.«

Rex atmete schnaubend aus. »Ich liebe dich, Avery Nelson. Ich habe es bisher nicht gesagt, aber ich liebe dich.«

»Ich weiß. Ich liebe dich auch.«

Er lächelte. »Ja?«

»Ja. Es tut mir leid wegen heute Morgen. Ich war nicht sehr fair zu dir.«

»Nein, *mir* tut es leid. Ich habe dich sehr unter Druck gesetzt, nur um mich selbst zu schützen«, sagte Rex. »Ich weiß besser als jeder andere, dass wir keine Garantie für den nächsten Tag haben. Als SEAL muss ich das jedes Mal feststellen, wenn ich auf eine Mission geschickt werde, und zu wissen, dass dieses Arschloch vor ein paar Wochen fast erreicht hätte, was es wollte, hat mir eine Heidenangst gemacht. Du musst mir nicht die Zukunft versprechen. Ich brauche nur dich, hier und jetzt. Was auch immer morgen passiert, passiert.«

Er sah, wie sie erleichtert seufzte. »Wirklich?«

»Wirklich. Es war nicht fair von mir, diesen Druck auf dich auszuüben. Ich liebe dich. Wir werden die Dinge einen Tag nach dem anderen angehen, okay?«

»Okay«, sagte Avery mit einem Lächeln.

»Also ist alles in Ordnung?«, fragte er.

»Auf jeden Fall.«

Er lächelte sie an.

»Also ... küsst du mich jetzt oder was?«, fragte Avery mit einem kleinen Lächeln.

Ohne ein weiteres Wort zog Rex sie an sich und presste seinen Mund auf ihren. Es gab keinen Aufbau. Kein sanftes Vorspiel ihrer Lippen. Er schob seine Zunge in ihren Mund und beide stöhnten.

Lächelnd, als er eine Gänsehaut auf ihren Armen spürte, neigte Rex den Kopf und nahm sich das, worauf er schon so lange gewartet hatte.

Avery bot ihm Paroli. Sie nahm nicht unterwürfig, was er zu bieten hatte. Sie ließ ihre Hände über seinen Körper wandern, grub ihre Fingernägel in seine Haut und trieb ihn an. Sie stieß mit der Zunge zurück und lernte jeden Zentimeter seines Mundes kennen, fuhr über seine Zähne und saugte dann an seiner Zunge, als wäre sie ein Minischwanz – was seinen *großen* Schwanz natürlich sofort härter werden ließ.

Mit einem Lächeln zog sie sich zurück. »Gefällt dir das?«

»Nein«, erwiderte Rex. »Ich liebe es.«

Dann packte er ihre Hüften, setzte sich abrupt auf die Matratze hinter ihm und zog sie mit sich, bis sie rittlings auf ihm war. Er drehte sich mit ihr und fixierte sie unter sich, wobei er sich nicht davon abhalten konnte, seinen Schwanz in die Spalte zwischen ihren Beinen zu schieben. Er konnte die Wärme dort spüren, obwohl sie beide ihre Unterwäsche trugen.

Ohne ein Wort zu sagen, richtete er sich ein wenig auf, legte seine Hände auf ihren Bauch und begann, sie langsam nach oben zu schieben, wobei er ihr Trägerhemd mitnahm. Rex gefiel es, wie sie mit dem weißen Oberteil aussah, aber er brauchte sie nackt. Er musste alles von ihr sehen.

Freudig streckte sie die Arme über den Kopf und erlaubte ihm, ihr das Kleidungsstück auszuziehen. Dann lag sie unter ihm, nackt bis auf ihr Höschen.

Rex atmete angesichts der Schönheit unter ihm scharf ein. Sie hatte seit ihrer Gefangenschaft zugenommen und war an all den richtigen Stellen füllig. Sie hatte nicht nur Muskeln, aber sie war auch nicht dick. Ihre Brüste waren rund und voll, die Brustwarzen waren hart, als wollten sie nach ihm greifen. Er liebte die niedlichen Sommersprossen, die ihr Dekolleté bedeckten und auf ihren Brüsten weniger wurden.

Begierig darauf, sie dort zum ersten Mal zu kosten, beugte Rex sich herunter.

Er nahm eine Brustwarze in den Mund und saugte kräftig daran. Avery krümmte den Rücken und ließ eine Hand zu seinem Hinterkopf wandern. Sie vergrub die Finger in seinem Haar und zog daran, während sie stöhnte und sich unter ihm wand.

Rex liebte es, wie empfänglich sie war. Er liebte alles an ihr. Er spielte noch eine Weile mit ihren Brüsten, bis er ihren Duft nicht mehr ignorieren konnte. Er konnte riechen, wie erregt sie war, und konnte es kaum erwarten, ihre Muschi zu sehen.

Während er eine Brustwarze mit den Lippen umschloss,

griff er mit einer Hand nach dem Gummiband um ihre Taille. Avery half ihm dabei, indem sie ihre Hüften hob und zappelte, bis sie ihre Unterwäsche von den Oberschenkeln heruntergezogen hatte und sich ihrer entledigen konnte.

Rex küsste sich an ihrem Bauch hinunter, bis er zwischen ihren Beinen lag. Als er aufblickte, sah er, dass Avery sich ein Kissen unter den Kopf geschoben hatte, um ihn beobachten zu können.

»Dein Bart fühlt sich so seltsam an«, sagte sie.

»Magst du ihn nicht?«, fragte Rex.

»Das habe ich nicht gesagt«, beruhigte sie ihn. »Er ist nur anders. Ich meine, meine Haut ist sowieso so empfindlich und ich kann jedes Haar an mir spüren. Es ist, als hättest du Hunderte von kleinen Händen, die mich streicheln, während du mich küsst.«

»Wenn dir gefallen hat, wie es sich anfühlt, als ich an deinen Brüsten gesaugt habe, dann wird es dir auch gefallen, wenn ich dich lecke.«

»Cole«, stöhnte sie, während sie die Beine begierig und einladend weiter spreizte.

Er ließ sie nicht länger warten. Rex senkte den Kopf und leckte sie einmal, von ihrem Anus bis zu ihrer Klitoris, und stöhnte über den leicht würzigen Geschmack ihrer Erregung.

»Scheiße«, fluchte Avery, als sie einen Oberschenkel über seine Schulter legte.

Rex brauchte keine weitere Ermutigung und machte sich daran, seine Frau zu befriedigen. Er glaubte nicht, dass er ein Experte darin war, denn er hatte nicht viel Übung darin. Es war eine sehr persönliche Sache, die er noch nicht allzu oft gemacht hatte. Aber bei Avery wollte er die ganze Nacht dort verbringen und genau herausfinden, was sie anmachte und erregte.

Er stellte schnell fest, dass sie es zwar mochte, wenn er

ihre Schamlippen leckte, aber es erregte sie *wirklich*, wenn er ihrer Klitoris Aufmerksamkeit schenkte. Er schob eine Hand zwischen ihre Beine und fickte sie sanft mit den Fingern, während er mit seiner Zunge über das empfindliche Nervenbündel strich.

Dann umschloss er ihre Klitoris mit den Lippen und saugte daran.

Sie stieß ihn fast von sich, und er lächelte. Jackpot.

Er führte einen weiteren Finger in sie ein, während er sich auf ihre Klitoris konzentrierte. Er leckte, saugte und stieß zu.

»Scheiße, Cole. Schneller, genau da! Ja, so ist es gut«, befahl sie, während sie sich unter ihm versteifte.

Rex war so vertieft in den Genuss, sie zu kosten und um den Verstand zu bringen, dass er fast die Anzeichen übersehen hätte, dass sie kurz vor der Explosion stand.

Erst als sich ihre Oberschenkel um seinen Kopf schlossen und seine Finger so fest zusammengedrückt wurden, dass er nicht anders konnte, als sich vorzustellen, wie es sich anfühlen würde, wenn es stattdessen sein Schwanz wäre, erkannte er, dass sie gleich kommen würde.

Er intensivierte sein Saugen an ihrer Klitoris und jeder Muskel in ihrem Körper spannte sich an.

Sie sagte nichts, sondern stieß nur ein süßes Stöhnen aus, als sie während ihres Orgasmus zitterte.

Rex fühlte sich wie der König der Welt, zog seine Finger zurück und saugte sofort an ihnen, wobei er die Augen schloss, um den wunderbaren Geschmack seiner Frau zu genießen. Dann rutschte er nach oben und griff nach dem Kondom, das er auf dem Tisch neben dem Bett platziert hatte, während Avery im Bad gewesen war. Kaum war es übergezogen, streichelte er mit seinem Schwanz ihre Klitoris.

Sie zuckte unter ihm und griff mit einer Kraft nach seinem Bizeps, die ihn überraschte.

Er wartete, bis sie die Augen öffnete und zu ihm aufsah.

»Alles in Ordnung?«, fragte er, da er sicher sein wollte.

»Ja«, antwortete sie sofort.

»Sobald wir das tun, gehöre ich dir«, erklärte er. »Und du gehörst mir. Es gibt keinen Weg zurück.«

»Ich weiß«, sagte sie. »Ich weiß nicht, was nach heute Abend zwischen uns passieren wird, aber ich weiß, dass ich dich will. Ich brauche dich.«

Das war alles, was Rex hören wollte.

Er drückte die Spitze seines Schwanzes zwischen ihre Beine und drang in sie ein.

Avery tat ihr Bestes, um sich kein Unbehagen anmerken zu lassen, als Cole begann, in ihren Körper zu gleiten. Er war groß und sie hatte schon eine ganze Weile keinen Sex mehr gehabt. Aber sie war offensichtlich nicht in der Lage gewesen, den leichten Schmerz seines Eindringens vor ihm zu verbergen, denn er hielt inne, als er erst halb in ihr war.

»Mir geht's gut«, sagte sie.

Als Antwort darauf zog er sich zurück.

Avery stöhnte und umklammerte seine Arme fester. »Cole«, jammerte sie. »Bitte.«

Dann war er wieder da und füllte sie aus. Dehnte sie. Er ließ sich mit beeindruckender Kontrolle Zeit. Dann war er ganz in ihr drin und Avery konnte sich nicht erinnern, dass sich jemals etwas besser angefühlt hatte als sein Bauch an ihrem, sein Bart, der ihr Gesicht kitzelte, während er über ihr schwebte, und das Gefühl seines warmen Atems.

»Nimm mich«, drängte sie.

Cole bewegte sich. Er glitt langsam aus ihr heraus und

drang dann ebenso langsam wieder in sie ein. Er bewegte sich langsam und gleichmäßig, bis Avery dachte, sie würde schreien.

Als er das nächste Mal in sie stieß, spannte sie ihre inneren Muskeln an und sah, wie seine eiserne Kontrolle zerbrach.

»Scheiße«, murmelte er und beschleunigte sein Tempo.

Avery krümmte den Rücken und lächelte ihn an. Er war so schön und er gehörte ihr ganz allein. Sie hatte keinen Zweifel, dass er ihr treu sein würde. Es lag nicht in seiner Natur fremdzugehen, das wusste sie einfach. Genauso wie sie eher sterben würde, als einem anderen Mann das zu geben, was Cole gehörte.

Noch immer in einem Hochgefühl des Orgasmus, den Cole ihr verpasst hatte, bewegte Avery eine Hand an ihrem Körper hinunter zu der Stelle, an der sie miteinander verbunden waren. Sie schnippte an ihrer Klitoris, wenn Cole sich zurückzog, und ihre Finger streiften seinen Schwanz, wenn er wieder in sie eindrang.

Er merkte, was sie tat, und sie sah, wie seine Pupillen sich weiteten, als er sich auf seine Hände stützte, um ihr Platz zu machen.

»Ja, berühre dich selbst«, sagte er, während sie genau das tat.

»Ich möchte, dass du irgendwann mal für mich masturbierst«, sagte er zu ihr. »Ich will genau wissen, was du magst.«

»Ich glaube, das hast du vorhin ziemlich schnell gelernt«, keuchte sie, während sie ihre geschwollene Klitoris schneller bearbeitete. »Und du hast mich den Gefallen nicht erwidern lassen«, beschwerte sie sich.

»Baby, wenn du mich mit deinem Mund umschlossen hättest, wäre ich sofort gekommen. Ich wollte, dass es anhält.«

»Warum?«, fragte sie.

»Weil es unser erstes Mal ist.«

»Und? Nur weil es unser erstes Mal ist, heißt das nicht, dass es nicht gut ist, wenn es schnell geht. Ich liebe dich, Cole. Ich möchte, dass du genauso viel Spaß daran hast wie ich.«

»Oh, das habe ich«, presste er zwischen zusammenge-bissenen Zähnen hervor.

»Stoß zu und bleib dort«, befahl Avery, die spürte, wie sich ihr Orgasmus aufbaute.

Cole tat, was sie verlangte, und hielt sich über ihr, damit sie ihre Klitoris streicheln konnte. Sie berührten sich nur von der Taille abwärts. Seine Beine waren mit den ihren verschränkt.

Ohne den Blick von ihm abzuwenden, tat Avery ihr Bestes, um sich zum Höhepunkt zu bringen. »Es fühlt sich so anders an, wenn du in mir bist«, sagte sie leise. Als er lächelte, merkte sie, dass er sie gern reden hörte. »Ich fühle mich so voll und werde so verdammt hart kommen. Ich will, dass du es spürst. Du sollst wissen, dass du der Grund dafür bist.«

Seine Hüften zuckten und sie spürte, wie er sich bewegte, bis er noch tiefer in ihr war. Sie wünschte, er würde kein Kondom tragen; sie stellte sich vor, wie er so tief in ihr kam, dass sie seine Wärme von innen heraus spüren würde.

Dieser Gedanke und die heftige Art, mit der sie sich rieb, ließen Avery vor Ekstase explodieren. Sie rief seinen Namen, als sie die Augen schloss und der Orgasmus sie überrollte.

Ihre Muskeln zuckten und schlossen sich um seinen Schwanz, als wollten sie ihn daran hindern, ihren Körper zu verlassen.

Als Cole über ihr stöhnte, öffnete Avery die Augen und

sah, wie er den Kopf nach hinten warf und sein Mund offen stand, als er selbst zum Höhepunkt kam.

Es war verdammt sexy. Sie hatte ihn zum Kommen gebracht, ohne dass er sich auch nur einen Zentimeter bewegt hatte. In diesem Moment fühlte sie sich mächtig und schön. Sie beugte sich vor und streichelte seine Hoden, woraufhin er stöhnte. Er zuckte zwischen ihren Beinen und versuchte, noch weiter in sie einzudringen, auch wenn das unmöglich war.

Dann bewegte er sich, ohne ihr eine Chance zu geben, sich vorzubereiten. Er rollte sich auf die Seite und schlang die Arme um sie, sodass sie sich mit ihm bewegte. Sie landete auf ihm, während sein Schwanz noch immer tief in ihr steckte. Dann tat er etwas Überraschendes – er senkte eine Hand, bedeckte mit dem Daumen ihre Klitoris und drückte zu. Fest.

»Noch einmal«, befahl er schroff.

Erschrocken schüttelte Avery den Kopf, während sie versuchte, sich von ihm wegzuwinden. »Ich kann nicht.«

Er spannte die Hand auf ihrer Hüfte an, um sie auf ihm festzuhalten. »Du kannst. Ich will das wieder spüren.«

Obwohl Avery nicht glaubte, dass sie so schnell ein drittes Mal kommen könnte, war sie immer noch so empfindlich, dass es nicht lange dauerte, bis sie sich gegen Cole wand. Sie lehnte sich zurück und stützte sich mit den Händen auf seinen Oberschenkeln ab. Ihr Rücken war gekrümmt, sie war offen für ihn und hatte sich noch nie so entblößt oder sicher gefühlt wie in diesem Moment.

Der Orgasmus, der kam, war zwar nicht so intensiv und stark wie die ersten beiden, aber er war nicht weniger erschütternd. Cole trieb sie mit seinen Fingern über den Abgrund und ihre inneren Muskeln umklammerten seinen Schwanz erneut.

Sie stöhnten beide auf.

»Scheiße, du hast ja keine Ahnung, wie fantastisch sich das anfühlt«, sagte er zu ihr, als er seinen Daumen von ihrer Klitoris löste und stattdessen ihre Hüften umfasste.

Als Avery sich entspannte und nach vorn beugte, um auf Coles Brust zu sinken, spürte sie, wie sein Schwanz aus ihrem Körper glitt. Sie gaben beide einen enttäuschten Laut von sich, rührten sich jedoch nicht.

»Sind wir tot?«, fragte Avery nach einem Moment.

»Nein«, murmelte Cole, wobei der Humor in seinem Tonfall deutlich zu hören war.

Avery hob den Kopf. »Ich liebe dich.«

Anstatt es zu erwidern, sagte Cole: »Wir werden morgen eine Heiratserlaubnis besorgen. Du heiratest mich, sobald ich es arrangieren kann.«

Avery hätte wütend auf ihn sein sollen. Zumindest genervt. Aber stattdessen legte sie einfach den Kopf auf seine Schulter und nickte. »Okay.« Hatte sie ihm nicht gesagt, dass der morgige Tag nicht garantiert war? Sie liebte ihn, und er liebte sie. Das war genug.

Ihre Familie würde das vollkommen verstehen. Besonders ihre Mutter. Sie würde Cole überreden, später eine Art Empfang zu geben, damit ihre Mutter, ihr Vater und ihre Schwester dabei sein und mit ihr feiern konnten. Und seine Teamkameraden, ihre Frauen und Coles Eltern. Sie würden eine riesige Party feiern. Vielleicht am Strand.

»Das war's?«, fragte Cole. »Das ist alles, was du sagst?«

»Ja. Jetzt sei leise, du ruinierst meinen Drei-Orgasmen-Rausch«, beschwerte sie sich schläfrig.

»Ich liebe dich, Avery Nelson. So verdammt sehr«, flüsterte Cole.

Sie hatte nicht die Kraft, ihm zu antworten, also drehte Avery nur den Kopf um ein paar Zentimeter und küsste stattdessen seine Schulter.

So schlief sie ein, schlaff auf ihrem jetzt Verlobten. Sie

merkte nicht einmal, dass es draußen dunkel war und das einzige Licht im Schlafzimmer von einer kleinen Lampe neben dem Bett kam. Sie war bei Cole, er würde sie beschützen. Es gab keinen Grund mehr, sich vor der Dunkelheit zu fürchten.

EPILOG

Mona Saterfield lächelte, als sie die neuesten Fotos, die sie gemacht hatte, an ihre Wand heftete.

Forest »Phantom« Dalton war jetzt genauso heiß wie vor ein paar Monaten, als er sie zum Essen ausgeführt hatte. Er hatte alles, was sie sich je von einem Mann gewünscht hatte. Er war ritterlich, beschützend und sanft.

Er war wütend gewesen, als die Kellnerin vor ihr mit ihm geflirtet hatte, und als er sie an ihrer Wohnung abgesetzt hatte, war er so besorgt über ihren Gemütszustand gewesen. Er hatte mit ihr Schluss gemacht, weil er nicht wollte, dass sie sich Sorgen um ihn machte, wenn er auf seinen gefährlichen Missionen unterwegs war.

Und sie machte sich tatsächlich Sorgen. Vor allem als er das letzte Mal verletzt zurückgekehrt war. Mona hatte fürchterlich geweint, als sie es erfuhr.

Sie hatte sich so gefreut, als der GPS-Peilsender, den sie vor seiner letzten Mission an seinem Wagen angebracht hatte, aufleuchtete und anzeigte, dass er von wo auch immer zurückgekehrt war ... aber als sie merkte, dass einer seiner nervigen Teamkameraden am Steuer saß, wäre sie fast ausgeflippt, da sie dachte, ihr Mann sei verletzt oder getötet worden.

Sie war dem Wagen durch Riverton gefolgt und verwirrt gewesen, als Forests Freund an einem Haus in Küstennähe anhielt.

Als sie ihr Fahrzeug um die Ecke geparkt hatte und zurück zum Strand schlich, um das Haus auszuspionieren, sah sie, wie Forest ins Haus geholfen wurde. Sie war erleichtert gewesen, ihn zu sehen – bis sie den Verband an seinem Bein sah und bemerkte, dass er auch Krücken benutzte. Sie senkte das Fernglas, mit dem sie ihn im Auge behielt, und drehte beinahe durch.

Schnell wurde ihr klar, dass das, was passiert war, nicht allzu schlimm gewesen sein konnte, denn er lief herum, lachte und unterhielt sich.

Obwohl sie es hasste, dass *sie* nicht diejenige war, die ihn wieder gesund pflegte. Sobald sie verheiratet waren und er seinen schrecklichen, gefährlichen Job aufgegeben hatte, würde sie dafür sorgen, dass er alles hatte, was er brauchte.

Das Fernglas mit der eingebauten Digitalkamera war eine der besten Anschaffungen, die Mona je gemacht hatte. So konnte sie ihn im Auge behalten und gleichzeitig Fotos machen. Jetzt konnte sie die Liebe ihres Lebens jederzeit sehen, wenn sie wollte. Sie brauchte nur einen Blick auf die Wand ihres Wohnzimmers zu werfen. Sie war vom Boden bis zur Decke mit Bildern von ihrem Mann bedeckt.

Allein sein Anblick machte sie glücklich.

Aber noch mehr würde sie sich freuen, wenn er um ihre Hand anhielt und sie als Ehemann und Ehefrau zusammenleben würden.

Mona trat zurück, setzte sich auf ihre Couch und legte sich auf den Rücken. Sie schob eine Hand unter den Gummizug ihrer Shorts und begann, sich zu berühren. Forest wäre nicht glücklich darüber, dass sie das anfasste,

EIN BESCHÜTZER FÜR AVERY

was ihm gehörte, aber sie konnte nicht anders. Er sah so gut aus ... und er würde bald mit ihr zusammen sein. Ihre Liebe war zu stark und zu tief, um ignoriert zu werden.

Forest Dalton gehörte *ihr*. Punkt. Er brauchte nur etwas mehr Zeit, um zu erkennen, dass sie die Frau seiner Träume war, dann würde er zurückkommen und sie um Verzeihung bitten. Er würde die Marine verlassen, einen sicheren Bürojob annehmen und sie würden glücklich bis ans Ende ihrer Tage leben.

Während sie sich streichelte, lächelte Mona verträumt. Forest würde schon bald zu ihr kommen, und sie würde ihn mit offenen Armen empfangen.

Und wenn irgendjemand versuchen würde, ihn ihr wegzunehmen, würde er lernen, wie sehr Mona ihren Mann beschützen konnte.

Phantom stand stramm vor Kommandant North und Konteradmiral Creasy.

»Entspannen Sie sich, Phantom. Setzen Sie sich«, befahl sein Kommandant.

Phantom zog den Stuhl vor dem Schreibtisch des Kommandanten hervor und ließ sich nieder. Er hatte vor zwanzig Minuten einen Anruf erhalten und war in sein Büro bestellt worden. Er wusste, dass es etwas mit Kalee zu tun hatte, aber er war sich nicht sicher, ob es eine gute oder eine schlechte Nachricht sein würde.

Er tendierte zu den schlechten, vor allem weil der Rest seines Teams nicht an dem Treffen teilnahm. Wenn Kalee noch am Leben war, mussten sie dann nicht einen Plan ausarbeiten, um sie zu holen? Die Tatsache, dass Rocco und die anderen nicht dabei waren, war kein gutes Zeichen.

»Ich werde nicht um den heißen Brei herumreden. Ich

habe gestern Abend einen Anruf von Tex bekommen. Er ist der Meinung, dass Kalee Solberg am Leben ist«, sagte Kommandant North.

Phantoms Herz begann sofort, vor Aufregung zu rasen.

Der Kommandant hob eine Hand. »Moment, Matrose, die Dinge sind nicht so eindeutig, wie sie scheinen.«

Phantom hatte keine Ahnung, was das bedeutete. »Sie ist am Leben, also müssen wir hinfliegen und sie holen.«

»Tex hat Informationen, die besagen, dass sie mit den Rebellen zusammenarbeitet.«

Phantom brauchte eine Sekunde, um die Worte zu begreifen, dann schüttelte er den Kopf. »Nein. Das glaube ich nicht.«

»Es heißt, dass eine rothaarige Amerikanerin mit einer der bösartigsten und skrupellosesten Rebellengruppen zusammenarbeitet. Sie wurde dabei gesehen, wie sie mit ihnen kämpfte. Sie tötete Menschen. Sie hat an Entführungen und Folterungen teilgenommen.«

Wieder schüttelte Phantom den Kopf. »Sie wird also gezwungen mitzumachen.«

Der Kommandant presste die Lippen zusammen und stützte sich auf die Ellbogen. »Es ist möglich, dass sie die Seite gewechselt hat«, sagte er leise.

Phantom begegnete dem Blick seines Kommandanten, ohne mit der Wimper zu zucken. »Sie tut, was nötig ist, um zu überleben«, beharrte er. »Sie waren nicht dabei. Sie haben sie nicht gesehen. Sie lag mit dem Gesicht nach unten auf einem Haufen von Leichen. Kinder, die sie liebte und um die sie sich sorgte. Die Rebellen haben offensichtlich gemerkt, dass sie nicht tot war, was ich hätte wissen müssen, und haben sie mitgenommen. Sie wurde wahrscheinlich vergewaltigt und geschlagen und wer weiß, was noch alles.

Wenn sie sich an den Gräueltaten in Timor-Leste beteiligt, ist das eine Taktik zur Selbsterhaltung. Ich habe Piper stundenlang zugehört, wie sie über ihre beste Freundin gesprochen hat. Kalee Solberg ist keine Mörderin. Darauf würde ich meine Karriere verwetten.«

Als er zu Ende gesprochen hatte, keuchte er fast, aber es gab nichts Wichtigeres, als seinem Kommandanten klarzumachen, was auch immer Tex aufgedeckt hatte, war Blödsinn. Nicht der Teil, dass sie mit den Rebellen zusammenarbeitete, sondern ihre Beweggründe dafür.

Kommandant North lehnte sich in seinem Stuhl zurück und seufzte.

Dann ergriff der Konteradmiral zum ersten Mal das Wort. »Sie werden das nicht auf sich beruhen lassen, oder?«

»Nein, Sir. Ich habe es vermasselt. Ich muss es in Ordnung bringen.« Egal wie oft ihm gesagt wurde, dass es nicht seine Schuld war, nicht bemerkt zu haben, dass Kalee noch lebte, konnte Phantom nicht umhin, das Gegenteil zu denken.

»Um das klarzustellen, ich stimme Ihnen zu. Ich glaube nicht, dass eine Frau, die in ihrer Freizeit gern ein Waisenhaus besuchte und sich dem Friedenskorps anschloss, sich plötzlich einer Rebellengruppe anschließen würde, nachdem sie schon einmal fast von besagten Rebellen getötet wurde. Aber ...«

Phantoms Körper spannte sich in Vorbereitung auf die nächsten Worte des Konteradmirals an.

»Ich denke, Sie wissen, dass wir kein SEAL-Team auf eine Mission schicken können, bei der es nicht um die nationale Sicherheit geht.«

»Aber, Sir –«

Der Konteradmiral hob eine Hand, um Phantom das Wort abzuschneiden.

»Ich weiß, dass das für Sie etwas Persönliches ist, aber die Regierung von Timor-Leste hat den Aufstand im Griff und sie hat nicht um Hilfe gebeten. Es gibt immer noch vereinzelte Rebellen, die vor allem in Dili für Unruhe sorgen, aber im Großen und Ganzen wurde der Aufstand niedergeschlagen. Kalee Solberg wird für tot gehalten, und die Informationen, die wir erhalten haben, reichen nicht aus, damit die US-Marine Geld und Personal für eine Situation aufwendet, die bereits unter Kontrolle ist.

Es tut mir leid, Phantom. Ich weiß, dass Sie auf bessere Nachrichten gehofft haben. Wir verstehen beide, wie schwierig die Situation für Sie war, und wir dachten, Sie hätten es verdient zu wissen, was los ist.«

Ein Muskel in Phantoms Kiefer zuckte und er bewahrte nur mit Mühe und Not seine Fassung.

Kommandant North lehnte sich noch näher heran und fixierte Phantom mit starrem Blick auf seinem Sitz. »Tex bleibt an der Sache dran. Er wird uns über alles auf dem Laufenden halten, was er in Erfahrung bringen kann. Wir werden diese Informationen an Sie weitergeben.«

Phantom war nicht zufrieden mit den Informationen. Er hatte gehofft, dass er und das Team nach Timor-Leste fliegen und Kalee holen dürften. Und wenn nicht das gesamte SEAL-Team, dann würde vielleicht er wie durch ein Wunder die Erlaubnis bekommen, allein dorthin zu reisen. Aber als er die ernsten Gesichter seiner Vorgesetzten sah, wusste er, dass das nie passieren würde.

Kalee Solberg war auf sich allein gestellt. Genauso wie sie es schon war, seit er sie fälschlicherweise für tot gehalten hatte.

»Darf ich etwas sagen?«, fragte er.

»Natürlich«, erwiderte der Kommandant.

»Ich möchte einen Monat Urlaub beantragen«, erklärte Phantom, wobei sein Gesicht nichts von seinen Gefühlen verriet.

Der Kommandant und der Konteradmiral schwiegen einen Moment lang und musterten ihn.

»Warum?«, fragte Kommandant North schließlich.

»Ich bin nicht begeistert von dieser Information«, antwortete Phantom ehrlich. »Ich bin müde. Wir hatten eine Menge Einsätze hintereinander. Mein Bein ist immer noch nicht hundertprozentig fit, und nach der gescheiterten Solberg-Mission bin ich ausgebrannt. Ich brauche eine Pause.«

»Wenn Sie daran denken, allein loszuziehen –«, begann der Konteradmiral.

»Das tue ich nicht«, unterbrach Phantom ihn. »Ich bin ein SEAL. Ich arbeite mit meinem Team. Einzeln können wir nicht gut tätig sein. Ich brauche einfach eine Pause, Sirs. Ich habe einen Freund, der auf Oahu lebt. Er hat mich schon oft eingeladen, ihn zu besuchen, aber ich habe bisher jedes Mal abgelehnt. Ich denke, dass es gut wäre, vier Wochen an der Nordküste zu entspannen und zu versuchen, einen klaren Kopf zu bekommen. Für mich, mein Team und die Marine. Sirs.«

Phantom wich nicht unter den strengen Blicken der Männer zurück, die ihm gegenübersaßen. Nichts von dem, was er dachte, war auf seinem Gesicht zu sehen.

»Wenn Sie vorhaben, nach Timor-Leste zu fliegen, wäre das Karriereselbstmord«, sagte Kommandant North.

»Ich verstehe«, entgegnete Phantom.

»Vier Wochen. Und Sie melden sich jede Woche«, sagte der Konteradmiral.

Phantom wollte protestieren. Er war kein Kind, das sich bei seinen Eltern melden musste. Aber er wusste, wenn er seinem vorgesetzten Offizier widersprach, würde er den Urlaub, den er so dringend brauchte, nicht bekommen. »Ja, Sir«, sagte er mit einem leichten Nicken.

»Füllen Sie den Urlaubsantrag aus und geben Sie den

Namen, die Adresse und die Telefonnummer Ihres Freundes an«, befahl Kommandant North. »Ich glaube, dieser Urlaub könnte Ihnen guttun, solange Sie sich nicht über etwas aufregen, auf das Sie keinen Einfluss haben. Im Ernst, Sie müssen sich entspannen, Phantom. Unternehmen Sie ein paar Wanderungen, gehen Sie surfen, verbringen Sie Zeit mit einer hawaiianischen Schönheit ... tun Sie etwas, damit Sie sich wieder auf die Arbeit konzentrieren können. Ihr Team braucht Sie. Ihr Land braucht Sie.«

»Das werde ich, Sir. Danke«, sagte Phantom.

»Ich sage Ihnen Bescheid, wenn ich noch etwas von Tex höre«, versprach der Kommandant ihm. »Wegtreten.«

Phantom stand auf und verließ das Büro. In seinem Kopf arbeitete er bereits an all den Dingen, die er für seinen spontanen Urlaub erledigen musste.

Er hatte weder den Kommandanten noch den Konteradmiral belogen. Ihm war klar, dass es Karriereselbstmord war, wenn er Kalee ohne die Zustimmung der Marine suchte.

Aber das war ihm egal.

Es war *seine* Schuld, dass Kalee in dieser Lage war, und er würde alles tun, um die Situation zu bereinigen.

Phantom musste mit Tex reden, er brauchte so viele Informationen wie möglich, um nach Dili zu kommen, sie zu finden und sie von dort wegzubringen. Er würde sie entführen, wenn es sein müsste.

Er kannte jemanden, der in Hawaii lebte. Einen SEAL-Kollegen, der auf Oahu stationiert war. Er hatte keinerlei Zweifel, dass der Mann ihm helfen würde, eine Unterkunft zu finden, während er dort war. Und er hatte auch vor, seinen Urlaub in Hawaii zu verbringen – aber erst, nachdem er einen Abstecher nach Timor-Leste gemacht hatte.

Entschlossenheit stieg in ihm auf. Er hatte die Chance, das große Unrecht, das er Kalee Solberg angetan hatte, wiedergutzumachen. Er setzte seine Karriere auf die Tatsache, dass sie am Leben war und dringend gerettet werden musste. Er würde sie nicht noch einmal im Stich lassen.

Kalee nahm das Sturmgewehr in die zitternden Hände und schoss so weit weg von den Zielen der anderen, wie sie konnte, aber so, dass es trotzdem den Anschein erweckte, als wäre sie an dem Angriff auf das Gebäude beteiligt. Sie schoss ins Gebüsch und auf den Boden, wenn sie konnte, und betete, dass keine ihrer Kugeln jemanden verletzte. Sie hatte in den letzten sechs Monaten eine Menge Dinge getan, für die sie sich schämte, aber soweit sie wusste hatte sie noch nie jemanden getötet.

Die Arschlöcher, die sie zwangen, ihre Drecksarbeit zu machen, konnten ihr so viel drohen, wie sie wollten, aber sie konnten sie nicht zu einer Mörderin machen.

Sie duckte sich hinter einem bröckelnden Gebäude am Rande von Dili, der Hauptstadt von Timor-Leste, und atmete tief durch. Sie hatte keine Ahnung, auf wen sie schossen und warum. Aber sie wusste aus Erfahrung, dass ihr Leben noch viel härter werden könnte, als es ohnehin schon war, wenn sie sich weigerte mitzumachen.

Ihr Arm wurde gepackt und sie wurde aufgerichtet. Ein Mann schlug ihr ins Gesicht und warf ihr Beleidigungen entgegen, bevor sie nach vorn geschoben und gezwungen wurde, auf ein anderes Gebäude zuzugehen.

Kalees Körper tat mechanisch das, was ihr befohlen wurde. Die Rebellen mochten ihr alle Haare abgeschnitten, sie in die schwarze »Uniform« der Rebellenarmee gekleidet und sie gezwungen haben, an ihren Überfällen teilzunehmen, aber sie würde nie eine von ihnen sein.

Seit sie vor Monaten in der Leichengrube aufgewacht

war, hatte sie kein einziges Wort mehr gesprochen. Es war, als hätte der Schreck, die seelenlosen Augen zu sehen, die sie anstarrten, ihr die Stimme geraubt. Selbst als die Rebellen sie verprügelt hatten, hatte sie keinen Ton von sich gegeben.

Als sie sie abwechselnd vergewaltigt hatten, hatte sie nicht geschrien.

Als sie gezwungen wurde, ein Gewehr in die Hand zu nehmen und an Überfällen auf andere kleine Dörfer und Städte teilzunehmen, hatte sie nicht protestiert, in dem Wissen, dass es sinnlos war.

Ihre Stimme mochte weg sein, aber *sie* war noch da. Innerlich schrie sie um Hilfe. Sie rief nach jemandem, der sie finden und nach Hause bringen würde.

Aber es kam niemand. Es waren schon Monate vergangen und sie begann zu glauben, dass es nie jemand tun würde. Für ihren Vater und den Rest der Welt galt sie wahrscheinlich als tot.

Vielleicht war das auch besser so.

Kalee streckte eine Hand aus, um ihren Sturz zu Boden zu stoppen, und lehnte sich mit dem Rücken gegen die Ziegelwand des heruntergekommenen Gebäudes, in dem die Rebellen sich niedergelassen hatten. Niemand bot ihr etwas zu essen an und sie bat auch nicht darum.

Stattdessen schloss sie die Augen und stellte sich in Gedanken ihren Vater vor. Und ihre Freundin Piper. Sie hatte keine Ahnung, was mit ihr passiert war, aber die Tatsache, dass sie ihr seit ihrer Gefangennahme nicht mehr begegnet war, ließ Kalee hoffen, dass ihre Freundin irgendwie entkommen war. Dass ihre Leiche nicht irgendwo in den Dschungeln und Hügeln vergraben war, durch die sie in den letzten sechs Monaten gestapft war.

Dann dachte Kalee zum ersten Mal nicht mehr an Fluchtmöglichkeiten, sondern daran, wie sie ihre Folter beenden könnte. Für die Welt galt sie wahrscheinlich schon als tot, warum sollte sie es also nicht wahr machen?

Aber ein kleiner sturer Teil von ihr weigerte sich aufzugeben.

Es musste doch jemanden geben, der nach ihr suchte und nicht glaubte, dass sie tot war. Oder?

BÜCHER VON SUSAN STOKER

SEALs of Protection: Legacy
Ein Beschützer für Caite
Ein Beschützer für Brenae
Ein Beschützer für Sidney
Ein Beschützer für Piper
Ein Beschützer für Zoey
Ein Beschützer für Avery
Ein Beschützer für Kalee (1 Mar 2024)
Ein Beschützer für Jane (1 Apr)

Die SEALs von Hawaii:
Die Suche nach Elodie
Die Suche nach Lexie
Die Suche nach Kenna
Die Suche nach Monica
Die Suche nach Carly
Die Suche nach Ashlyn
Die Suche nach Jodelle

Das Bergungsteam vom Eagle Point

EIN BESCHÜTZER FÜR AVERY

Ein Retter für Lilly
Ein Retter für Elsie
Ein Retter für Bristol
Ein Retter für Caryn
Ein Retter für Finley
Ein Retter für Heather
Ein Retter für Khloe

Die Zuflucht in den Bergen

Zuflucht für Alaska
Zuflucht für Henley
Zuflucht für Reese
Zuflucht für Cora
Zuflucht für Lara
Zuflucht für Maisy
Zuflucht für Ryleigh

Delta Team Zwei

Ein Held für Gillian
Ein Held für Kinley
Ein Held für Aspen
Ein Held für Jayme
Ein Held für Riley
Ein Held für Devyn
Ein Held für Ember
Ein Held für Sierra

Die Delta Force Heroes:

Die Rettung von Rayne
Die Rettung von Emily
Die Rettung von Harley
Die Hochzeit von Emily
Die Rettung von Kassie
Die Rettung von Bryn

Die Rettung von Casey
Die Rettung von Wendy
Die Rettung von Sadie
Die Rettung von Mary
Die Rettung von Macie
Die Rettung von Annie

Mountain Mercenaries:
Die Befreiung von Allye
Die Befreiung von Chloe
Die Befreiung von Morgan
Die Befreiung von Harlow
Die Befreiung von Everly
Die Befreiung von Zara
Die Befreiung von Raven

Ace Security Reihe:
Anspruch auf Grace
Anspruch auf Alexis
Anspruch auf Bailey
Anspruch auf Felicity
Anspruch auf Sarah

SEALs of Protection:
Schutz für Caroline
Schutz für Alabama
Schutz für Fiona
Die Hochzeit von Caroline
Schutz für Summer
Schutz für Cheyenne
Schutz für Jessyka
Schutz für Julie
Schutz für Melody
Schutz für die Zukunft

EIN BESCHÜTZER FÜR AVERY

Schutz für Kiera
Schutz für Alabamas Kinder
Schutz für Dakota

Eine Sammlung von Kurzgeschichten
Ein langer kurzer Augenblick

BIOGRAFIE

Susan Stoker ist die New York Times, USA Today und Wall Street Journal Bestsellerautorin der Buchreihen »Badge of Honor: Texas Heroes«, »SEAL of Protection«, »Die Delta Force Heroes« und einigen mehr. Stoker ist mit einem pensionierten Unteroffizier der US-Armee verheiratet und hat in ihrem Leben schon überall in den Vereinigten Staaten gelebt – von Missouri über Kalifornien bis hin zu Colorado. Zurzeit nennt sie die Region unter dem großen Himmel von Tennessee ihr Zuhause. Sie glaubt ganz und gar an Happy Ends und hat großen Spaß daran, Geschichten zu schreiben, in denen Romantik zu Liebe wird.

Besuchen Sie Susan im Netz!
www.stokeraces.com
facebook.com/authorsusanstoker
twitter.com/Susan_Stoker
bookbub.com/authors/susan-stoker

instagram.com/authorsusanstoker
Email: Susan@StokerAces.com